本专著是 2010 年教育部人文社会科学研究青年基金项目资助成果，

项目批准号：10YJC752032

当代美国土著小说中的
生态思想研究

秦苏珏　著

人民出版社

目　录

Contents

序

  美国土著（亦称印第安）文学传统有着几千年的历史。北美大陆曾有数以千计的土著部落，大约两千万至一亿人口，讲 300 多种语言。^① 在哥伦布发现新大陆后，土著部落感染了从遭到欧洲大陆带来的瘟疫，同时也遭到欧洲殖民者对他们的驱赶和屠杀。现今在美国只有 300 多个部落，但他们的语言可能多达 200 种左右。^② 由于多数土著部落都有自己的语言，加之在历史上居住的地域不同而导致的生活和生产方式的差异，所以他们的文化传统和文学传统是多元的。不过，他们的文学传统的一个最基本的共同特点是口头性，在形式和体裁上包括：民间故事、歌谣、种种仪式的祈祷词、演讲词等。但是多数口头文学作品已经失传，只有少数作品在 19 世纪和 20 世纪初期被一些人类学家和民族志学者收集并记录了下来。不过，这种口头文学传统一直生机勃勃，延续至今。土著文化和文学传统的另一大特征是具有强烈的大地情怀，注重人与自然的和谐共存。这一点深刻地影响了现当代的土著文学。

  19 世纪开始有一批"如同口述的"（as-told-to）传记出版，如威廉·阿佩斯（William Apess）的《森林之子》（*Son of the Forest,* 1829），其中最有名的是由尼可拉斯·布莱克·埃尔克（Nicholas Black Elk）讲述、约

---

① Jay Parini, ed. *The Oxford Encyclopedia of American Literature* (Vol. 3). Oxford University Press, 2004, 上海外语教育出版社，2011 年，p.199.

② 参见 Paul Lauter, gen.ed. *The Heath Anthology of American Literature.* Lexington, MA: D. C. Heath and Company, 1994, p. 21.

翰·奈哈特 (John Neihardt) 记录整理的《布莱克·埃尔克如是说》(*Black Elk Speaks*, 1932)，有学者称该书为"一部圣书、一部泛印第安圣经"。①迄今已知的第一部土著美国小说是约翰·罗林·里奇 (John Rollin Ridge) 于 1854 年出版的《华金·缪里塔的冒险人生》(*The Life and Adventures of Joaquin Murieta*)。20 世纪上半叶，有一些受过高等教育的土著教育家和科学家除了写出其专业著作之外，还写出了小说，诸如：穆宁·达夫 (Mourning Dove) 的《混血儿科格威》(*Cogewea, the Half-Blood*, 1927)、约翰·J. 马修斯 (John J. Mathews) 的《日落》(*Sundown*, 1934)、达西·麦克尼克尔 (D'arcy McNickle) 的《围困》(*The Surrounded*, 1936) 等。但是由于受到当时主流文化的压制，它们的影响不大。而人类学家埃拉·C. 德洛里亚 (Ella C. Deloria) 的小说《水仙》(*Waterlily*) 1944 年完成了手稿，却遭到多家出版社的拒绝，迟至 1988 年才出版。②

1960 年代在多种社会运动和文化思潮的冲击下，美国社会和文化出现了剧烈动荡和深刻变化，种种少数族裔文学开始进入主流文化。1968 年土著作家斯科特·蒙马迪 (Scott Momaday) 的《黎明之屋》(*House Made of Dawn*) 出版标志着土著美国文学繁荣（亦称土著美国文艺复兴）的开端，随之出现了一批享有盛誉的作家。他们的作品包括了小说、诗歌、戏剧和批评论著等多个领域。这里仅列举几部小说：莱斯利·西尔科 (Leslie Silko) 的《典仪》(*Ceremony*, 1977)、詹姆斯·韦尔奇 (James Welch) 的《血色隆冬》(*Winter in the Blood*, 1974)、葆拉·冈恩·艾伦 (Paula Gunn Allen) 的《拥有影子的女人》(*The Woman Who Owned the Shadows*, 1983)、路易斯·厄德里奇 (Louise Erdrich) 的《爱药》(*Love Medicine*, 1984)、琳达·霍根的《卑鄙的灵魂》(*Mean Spirit*, 1990) 等等。

对土著文学（包括小说）的研究具有很大的挑战性，因为土著文学往往包含着土著历史、种族、宗教、民俗文化等多种因素，对它们研究不仅

---

① 参见 P. Jane Hafen, "Native American Literatures, " in Philip J. Deloria et al. eds. *A Companion to American Indian Hiustory*. Malden, MA: Blackwell, 2002, pp.236-237。布莱克·埃尔克对应的英文 "Black Elk" 有"黑麋鹿"之意。

② 同上注，第 238—239 页。

需要文学方面的专门知识，也会涉及史学、人类学、社会学、宗教学、神话学等多方面的知识。

国外对美国土著小说的研究已有许多论著，其中不少从生态批评的角度去分析。但是多数是侧重大地情怀和大地伦理的角度，缺少从印第安文化传统的整体生态观，包括动物伦理、女性观和神话传说的影响等去深入探讨。国内对美国土著小说的研究在2000年前成果很少，虽然近十年来有所升温，但是从生态批评的角度去深入研究的论著仍然稀少。

秦苏珏博士在这部专著中选取了7位当代美国著名土著作家的10部代表作，结合文化研究，细读文本，对美国土著小说的生态思想进行了系统的分析和阐释。这部专著的特色大致有如下几点：一、从印第安文化传统的整体生态观去进行研究。作者结合著名土著宗教学家小瓦因·德洛里亚（Vine Deloria Jr.）1973年发表的《红色的神：一种土著宗教观》（*God Is Red: A Native View of Religion*）追溯了北美土著文化的生态观，批判了西方传统的人类中心主义的观念，指出"与西方基督教信仰中坚信人类高居于万物之上不同，土著人更愿意相信每一种生命形式、世上的每一种存在都有其目的和意义，其存在方式也自有其特点。除了人类以外，所有生命体和非生命体都应该被视为另一种形式的人，是宇宙中与人类平等的'其他的人'"。土著人坚持与天、地、神保持良好的关系。二、以印第安女性传统及该传统里的女性神祇原型为基础，结合生态女性主义对土著民族的"大地之母"观念及其在当代小说中的体现进行了深入的阐释。三、结合土著民族的动物伦理观对他们的恶作剧精灵传统做了梳理，指出恶作剧精灵是介于人类与动物之间、文化与自然之间的调停者，并对小说中的种种恶作剧精灵形象及对人类的教化作用进行了分析。四、从环境正义观出发，指出当代土著小说对环境种族主义压迫的揭露和控诉，并超越了族裔的局限，表达了全人类需要共同面对的危机和挑战。

秦苏珏的这部专著是在她博士论文的基础上扩充修改而成的。这部著作采用了多个学科的知识，把美国土著文化传统与当代土著小说研究密切联系，把多种批评理论与作品分析紧密结合。此书视野开阔、材料翔实、分析深入、理据充分。环顾当今全球，包括我们自己面临的严重生态危机，这部专著所研究的问题具有很强的现实意义并对世人有警示的作用。

笔者与秦苏珏已认识多年，看到了她从一位学生到大学教师的成长过程。她在四川大学攻读博士期间学习勤奋、思维活跃，常有自己的见解，写出了不少颇具新意的课程论文。她的一些文章在有影响的刊物上发表，获得了教育部的人文社科项目，并评上了教授。她性格开朗，无论在学习上或者生活中遇到多大的困难都能乐观面对，努力克服。她关心同学，乐于助人，在读博的几年里，她的博士生同学有的生孩子、有的生病，都曾得到她无私的大力帮助。这一切印证了一句老话：要做好学问，首先要做好人。

在她的第一部专著即将出版之际，希望她将来在治学道路上能取得更多、更好的成果。特以此为序。

程锡麟

2013 年 6 月 30 日

于川大花园

引 论:

北美土著人的生态观综述

—— *自然之子与《西雅图宣言》*

　　当代的生态批评源于人类和整个地球的生存危机这样一个大背景,旨在探讨文学与自然环境的关系,启发人类意识到人与自然和谐、平衡的重要性。因为"大自然的各个不同部分就如同一个生物机体内部一样是如此紧密地相互依赖、如此严密地编织成一张唯一的存在之网,以致没有哪部分能够被单独抽出来而不改变其自有特征和整体特征",[①] 正是这样的"整体的有机统一性"让我们认识到一种相互依存的新的伦理,我们只能与整个存在之网完完全全地患难与共才能得以生存。美国当代生态批评家尼尔·埃文登(Neil Evernden)指出,当前的生态运动,尤其是深层生态运动"关注的是环境危机中深层的根源,而不单单是自然表象,需要艺术和人文学科的参与"。[②] 因为根据传统的美学观念,人类与所处环境是主观与客观的关系,是审美与被审的关系,总是有一个外在于我们自身的实实在在的自然景象会令我们产生愉悦、美好的感受,而生态美学则要求将这种关系改变为一个参与的过程,"一个观察者和被观察对象之间的相互作

---

① [美] 唐纳德·沃斯特:《自然的经济体系——生态思想史》,侯文蕙译,商务印书馆 2007 年版,第 370 页。

② Neil Evernden, "Beyond Ecology: Self, Place, and the Pathetic Fallacy" in Cheryll Glotfelty & Harold Fromm eds., *The Ecocriticism Reader: Landmarks in Literary Ecology* (Athens: The University of Georgia Press, 1996), p. 102.

用，审美的经历就在这种相互联合中产生"。① 埃文登进一步指出，人类与存在之网相互依存的事实就"尤其需要艺术的参与，它强调了这种相互关联以及自身与所处环境的亲密而重要的依存关系"。同时，对于个人的界定也应有所改变，"没有所谓个人，只有环境中的个人，由所处环境定义并作为环境的一个部分存在的个人"。② 由此，被普遍认同的主观与客观、主动与被动就必须超越二元对立关系，合而为一，在一个共同体中生成愉悦和美好的感受，并相互惠及。

除此之外，文学教授们也在思考文学与生态环境的关系，"将文学与生态联系在一起是严酷而残忍的现实给予我们的经验教训，并且也渗透进我们的专业领域：我们靠文字及其影响力谋生，但在遵照文字行事上却越来越弱"。③ 尽管如此，从事文学创作、批评和教学的学者们却是"富有创造力的调解人，在文学和生物圈之间承担起鼓励、发现、实践和发展对生物圈具有创新性的领悟、态度和行动的任务"。④ 在以科学技术为主导影响力的现实世界中，来自政治、经济领域的话语迸发着强大的控制力，在很大程度上逾越了传统的话语强者——文学创作和评论以及相关的意识形态领域。尽管文字的影响力看来势单力薄，但是直面现实的残酷教训，文学家们仍然在努力担负着这个跨越界域的调解任务，仍然在参与并阐释人与自然的无可辩驳的依存关系。由此看来，真正的生态文学并不仅仅是指单纯描写自然的文学，"它侧重于发掘人与自然的紧张、疏离、对立、冲突关系的深层根源，即造成人类征服和掠夺自然的思想、文化、经济、科技、生活方式、社会发展模式等社会根源"，⑤ 从而能够发掘导致人类破坏自然的社会原因。在这样的原则指导之下，生态批评家将"场所的审美，

---

① Neil Evernden, "Beyond Ecology: Self, Place, and the Pathetic Fallacy" in Cheryll Glotfelty & Harold Fromm eds., *The Ecocriticism Reader: Landmarks in Literary Ecology* (Athens: The University of Georgia Press, 1996), p.97.

② Ibid., p.103.

③ William Rueckert, "Literature and Ecology: An Experiment in Ecocriticism" in Cheryll Glotfelty & Harold Fromm eds., *The Ecocriticism Reader: Landmarks in Literary Ecology* (Athens: The University of Georgia Press, 1996), p.115.

④ Ibid., p.121.

⑤ 王诺：《欧美生态批评：生态学研究概论》，学林出版社 2008 年版，第 61 页。

生态区域的审美，荒野等原生态景观的审美，家园的审美，特别是寻找和回归家园的审美经验，生态的存在或'诗意地栖居'的审美，污染等破坏自然现象的审丑等"建构为生态批评的美学原则，① 并深入地认识到，"发掘和引入古朴的生态智慧，很可能为生态哲学、生态伦理学、生态文学和生态批评找到解决难题的思路"。② 这个审美与审丑的过程就是意识影响行为并最终改变行为，从而改变人类生活现实状态的过程，而文学在其中具有无可限量的重大影响力。

　　面对当今全球性的生态困境，文学创作和批评领域的专业人士以及普通的读者不断发掘并鼓励能够引导人类以恰当的姿态幸存于世的文学表达，在鞭挞工业化、物质化的现代生产方式的同时，用现实的案例警醒世人直面由此造成的恶果，从而达到教育的目的。与这种惩戒后的醒悟不同，北美土著人面对外部世界的态度更多的是一种传承性的认识，是他们传统的灵学思想的反复、自然的表达。因此，当读者发现他们的生态观与当今的生态批评理论形成观照时，他们的文学创作中所体现出的古老的生态智慧对于当代读者理解生态危机的深层根源以及如何从意识形态和社会形态方面改造人类与外部世界的相处方式具有更大的启示性和借鉴意义。

第一节　北美土著人的生态观及其研究意义

　　在美国环境保护的发展进程中，20 世纪 70 年代堪称是环保的十年。人们开展大规模的抗议污染、清除垃圾的活动，纪念"地球日"，反思人类对自然资源的肆意损耗。其中一个极具表征意义的符号就是一幅名叫"哭泣的印第安人"（Crying Indian）的图片，图片中铁眼科迪（Iron Eyes Cody as the Crying Indian）潸然泪下的双眼在呼吁人们："污染：令人羞辱而泣。人类导致了污染，人类能够停止污染。"

---

① 王诺:《欧美生态批评:生态学研究概论》，学林出版社 2008 年版，第 57 页。
② 王诺:《生态批评:发展与渊源》，刊《文艺研究》2002 年第 3 期。

Iron Eyes Cody as the Crying Indian, 1971.
Reprinted by permission of Keep America Beautiful, Inc.

　　这张图片成为这十年中最有影响力的环保宣传品，这个成功在很大程度上源于人们对"生态的土著人"这一观念的认同。自哥伦布带领欧洲人第一次踏上北美大陆以来的几个世纪里，西方人对北美土著人[①]的刻板印象就一直保持为两种——高尚的野蛮人（Noble Savage）或卑贱的野蛮人（Ignoble Savage）。不论高尚或卑贱，与"文明"的欧洲人相比"野蛮"是确定的。但是如果追溯单词 Savage 的拉丁文词根 silva，除了"不开化"、"未驯化"以外，还含有"林地"、"森林"、"野生的"等含义，[②] 看来"野蛮的"土著人与自然的联系在英语中是一直存在的。在现代社会中，土著

①　在对美国原住民的称谓中，"美国印第安人"和"土著美国人"一直是被广泛争议的两个词，各有赞同和反对的理由。在通常情况下，他们更愿意以部落成员的身份出现，被称作纳瓦霍人、切罗基人等。(参阅邱惠林：《美国原住民的称谓之争》，《四川大学学报》2007年第2期，第52—59页。) 在学术界"土著美国人"运用更多，因为它含有更多对原住民的尊重，所以本文中作者将更多地使用这一称谓，在提及民族、传统与文化时按习惯用"印第安"这一称谓。但由于作者在写作过程中参阅的文献作者用法各有偏爱，无法统一，因此在引用时将遵循原作者的用法，不作改变。

②　*The Compact Edition of the Oxford English Dictionary*, Vol II. (Oxford: Oxford University Press, 1971), p.2646.

人也广泛地被称作"自然之子"（children of nature），因为他们自古以来就拥有丰富的有关大自然的知识，他们对自己生存的环境中动、植物循环再生的了解甚至先于科学的观察和解释。因为他们尊敬自然，"了解自然属于人类和其他所有生物所共有并相互依存"，[①] 一些学者由此称他们是美国最早的生态学家和环保者。土著人也相信人类是应该"与自然世界紧密联系的，相信疾病就是不和谐，是由于我们没有履行与环境互惠的责任"。[②] 例如，对纳瓦霍人而言，"正面的健康一定涉及与其环境中每件事物的适当关系，而不只是个人生理的正确运作。"[③] 当铁眼科比作为"自然之子"的代表为环境污染的现状哭泣时，其形象自然与人们的观念达到了契合，从而能保持其影响力。

　　这同样也能解释为什么谢泼德·克雷奇（Shepard Krech III）在 1999 年出版的著作《生态的印第安人：神话与历史》中对人们传统印象中的土著人的生态特征提出质疑时，立刻引来了广泛的批评。作为一个人类学家，克雷奇根据一些史实、数据和田野调查，认为

　　　　土著人的生态观的前提是他们对动物的行为和种群动态的了解，源自于对轮回的信仰，而西方科学理论对此并不了解。他们的生态系统还包括了诸如地下的大草原等，这也不是西方科学家的生态系统所包含的内容。他们遵循自己的信仰和远大目标而做出的行为自然也与西方生态保护的前提不吻合而显得有失理性。[④]

　　但同时，他也不得不承认，"土著人显然拥有大量的对自身所处环境

---

① Roderick Frazer Nash, ed., *American Environmentalism: Readings in Conservation History* (New York: McGraw-Hill, 1990), p.13.

② Trudy Griffin-Pierce, *Earth Is My Mother, Sky Is My Father: Space, Time and Astronomy in Navajo Sandpainting* (Albuquerque: University of New Mexico Press, 1992), p.8.

③ 乔健：《美洲与亚洲文化的远古关联：印第安人的诵歌》，广西师范大学出版社 2004 年版，第 25 页。

④ Shepard Krech, *The Ecological Indian: Myth and History* (New York: W. W. Norton & Company, 1999), p.212.

的知识，他们理解环境中生物间的关系，从这个程度上说，他们的知识是'生态的'"。① 回顾 20 世纪 60 和 70 年代美国国内风起云涌的反战、人权运动与暗杀领袖、环境保护相互交织的社会情形，克雷奇认为，人们在回归自然的运动中只是将生态的土著人及其传统文化作为一种"反文化"② 的选择罢了，因为"哭泣的印第安人"作为一种宣传手段，就如再版的约翰·G．奈哈特（John G. Neihardt）转述记录的《黑麋鹿如是说——苏族奥格拉拉部落一圣人的生平》（*Black Elk Speaks: Being the Life Story of a Holy Man of the Oglala Sioux*, 1932, 1959）所引发的轰动效应一样，在那喧闹、秩序纷杂的社会场景中，"高尚的印第安人"成为大众文化的主角，演化成的超群出众的形象就是"身处自然，能了解自己的行为所引发的系列后果，并对所有生命形态都心存深切同情，采取措施以保护地球的和谐永不失衡、对自然资源无需担忧"。③ 尽管"生态的印第安人"这种观念对关心当今世界的环境与健康的深层生态学、女性生态学、彩虹家族、绿色和平组织以及诸如坚信地球就是一个具有生命力的有机体的"盖娅假说"④ 的研究者和活动家都具有深远的影响，克雷奇对此却表达了明显的质疑。他认为"土著人不过是在一个平衡、和谐、稳定的自然中再造平衡与和谐，而在一个平衡和气候都出现问题的自然环境中，就像所有的人一样，他们的活动所造成的影响也未必能被敏锐地判定了"，⑤ 由此，他为"生态的印第安人"画上了一个问号。

紧随这种质疑的是各种辩驳之声，例如当怀俄明大学的美国文化遗产中心在 2002 年以"重塑生态的印第安人"为题举办第十届年会时就深受克雷奇的著作的启发，将土著人和他们与环境的关系作为年会探讨的

---

① Shepard Krech, *The Ecological Indian: Myth and History* (New York: W. W. Norton & Company, 1999), p.212.

② Shepard Krech, *The Ecological Indian: Myth and History* (New York: W. W. Norton & Company, 1999), p.20.

③ Ibid., p.21.

④ 著名生态学家詹姆斯·拉伍洛克借用古希腊神话中的地母神盖娅的名字提出的"盖娅假说"，强调了地球生物圈的整体性。

⑤ Shepard Krech, *The Ecological Indian: Myth and History* (New York: W. W. Norton & Company, 1999), p.23.

主题。会议主办人迈克尔·哈金（Michael Harkin）教授既邀请了克雷奇做会议发言，也汇集了包括人类学、历史学和美国印第安文化研究等各方面的专家，更有来自美国各州和加拿大的诸多印第安部落的参会者，这次学术会议以及随后集结出版的《土著美国人与环境：透视生态印第安人》非常典型地反映出人们对印第安人是否生态的矛盾之争。针对克雷奇在著作中的例证和观点，不同领域的学者发表了或赞同或批评的意见，争论之后最终的成果是一部"以反讽为主要修辞"的学术著作，而产生如此讽刺意味的根源就来自于一种分歧——"外界人士在美国历史的发展历程中对根植于标准的文化系统的对土著美国人的期望始终保持不变，而事实上，作为现代人的印第安人在居留地之内和之外都背负着深厚传统，寻求着当前的现实与需求的转变"。① 哈金在《土著美国人与环境》一书的前言中特别提到了"生态"的三个层面，第一层面的生态含义是指严格意义上来说，"各地的人口和文化都是生态的，都必须与自然世界建立反复的、有组织的联系"；第二层面的生态概念就必须强调"可持续性"，而"大部分的美洲土著文化都表明了总体层面的可持续性——尽管人口水平有所波动，却有在数以千年的过程中保持环境不变的能力"，而可持续性正是生态与否的评判准则；第三层面的生态指涉的是一个在特定语境中的术语，也就是"政治支持的可持续性、保护以及大量涉及工业社会的问题"，而现代文明中被迫出现的环保主义"与土著人的生态实践相比在诸多方面都表现得问题重重"。②由此看来，要解决北美土著人是否生态之争就必须弥合这样的分歧，既要消除不必的期望，也要结合土著人原本的传统文化之根，不是用现代的环境保护和生态理念来考量土著人在历史中的所作所为，进行跨时空的批判指责，而是用土著人早已存在的传统智慧观照当代源于生存危机所激发的生态理论，回归、挖掘传统，在启发和反思的语境中产生真正的指导意义。

　　回顾美国各个时期文学中所蕴含的生态意义，读者不难发现，早期美国殖民地时期文学中的生态描写尽管体现了人的主体与自然环境的微妙

---

① Michael E. Harkin and David Rich Lewis, eds., *Native Americans and the Environment: Perspectives on the Ecological Indian* (Lincoln: University of Nebraska Press, 2007), p. xxi.

② Ibid., p.20.

关联，但是当时的作家更多地试图以描写生态自然之名来弘扬基督教教义，……积极地建构美国国家意识。①"美国文艺复兴"时期的浪漫主义作家的生态描写是提倡以新大陆的自然对抗旧大陆的历史，以纯朴天然的大地神话激扬国家自尊，建构美国文化的基础。②

而在美国文学史上较早通过自己的实践和感知认识到北美土著人的生态智慧的当数 19 世纪超验主义的代表人物亨利·大卫·梭罗（Henry David Thoreau）。他在康科德的湖边、丛林中体验并记录着人与自然的亲密接触，也深刻理解与当时的科学要求相对立的土著人探求知识的模式，"真正的科学人士会更好地借助他完美的机体去了解自然，他比其他人更会嗅、尝、看、听和触摸。他的体会将更深刻也更好……最了解科学的人仍将是那些最健康、最友好以及拥有一种比较完美的印第安智慧的人"。③他追随当地的土著人向导在缅因州的森林里穿行，感受着未被人类肆意利用、改变的荒原，同时也"主要是有机会学习印第安人的方法习惯"。④学者约瑟夫·克鲁奇（Joseph Krutch）曾评价到，梭罗独自的反思中不曾提及对死亡的恐惧，在平和、满足中逝去的梭罗也许临终前口中念叨的都一直是为之痴迷的"荒原，麋鹿，印第安人"。⑤科学与土著信仰的碰撞在一百多年以后再次被学者强调，著名土著学者小瓦因·德罗利亚（Vine Deloria Jr.）在为 70 年代再版的《黑麋鹿如是说》所写引言中不仅将该书视作一部宗教经典，更突出了在生态危机日渐增加的现实中，"当我们理解了未来的冲击⑥、无声的春天⑦和使美国恢复活力等涵义后，人们开始寻

---

① 朱新福：《论早期美国文学中生态描写的目的和意义》，刊《解放军外国语学院学报》2004年第 3 期，第 73—75 页。

② Ibid., p.72.

③ ［美］唐纳德·沃斯特：《自然的经济体系——生态思想史》，侯文蕙译，商务印书馆 2007 年版，第 126 页。

④ Henry David Thoreau, *Walden and Other Writings* (New York: Bantam Dell, 2004), p. 390.

⑤ Joseph Wood Krutch, "Introduction" in *Walden and Other Writings* (New York: Bantam Dell, 2004), p.20.

⑥ 美国未来学家托夫勒在《未来的冲击》一书中指涉人的行为及价值观念的剧烈改变给人带来的冲击。

⑦ 美国生物学家雷切尔·卡森在《无声的春天》中描述大自然遭受有毒化学物质破坏后，鸟语花香的春天从此消失。

求被工业主义和进步所无视并压倒的更加宏大的宇宙真理的一种普遍表述"。① 对这种真理的认可源自于人们的生活实践和感受，而对其普遍表述的理解则需要追溯到这一文化传统的历史渊源之中。就如书中的苏族老人所说，伟大的神灵创造了宇宙中东、南、西、北四个区域，创造了万物，而大地母亲是"唯一的母亲"，是"世界的四个区域——我是你们的一个亲戚。给我以力量在柔软的大地上行走，我是众生的一个亲戚啊！"② 在土著人的观念中，伟大的神灵安排了世界上的所有生物，"每个小小的生物都是有所为而来的，它的内心应该具有快乐和创造快乐的神力。我们应该像青草一样互相显示柔嫩的脸，因为这就是世界的老祖宗们的愿望"。③ 黑麋鹿作为部落的圣人，用全族人都能理解的语言和仪式表达出一个生动的宇宙意象：

> 鉴于万物必须一起共同生活，像一个人似的……我们印第安人的神圣的箍（The Sacred Hoop，也译作圣环），乃是许多箍之一，这些箍构成一个大圆圈，辽阔广大如日光和星光，而大圆圈的中央长着一棵巨大的开花的树，蔽荫着由一个母亲和一个父亲所生的全部子女。④

由此，宇宙中的万物合而为一，都是血肉相连的亲戚，必须像一个有机体一样在和谐光辉的圣环中共存亡。这样的理念也出现在凯里斯（Keres）族人历代传唱的古老歌谣中：

> 将我的呼吸融入你的呼吸，
> 我们在地球上的日子会长久无比，

---

① [美] 约·奈哈特转述：《黑麋鹿如是说——苏族奥格拉拉部落一圣人的生平》，陶良谋译，上海译文出版社1994年版，第2—3页。
② 同上书，第5页。
③ 同上书，第160页。
④ 同上书，第37页。

我们族人的日子会长久无比，

我们会成为一个人，

我们会一起走完路程。

愿我们的母亲赐予你生命，

愿我们的生命之路圆满无比。①

在歌谣中，呼吸标志着生命，当生命交融、万物合一时，大地母亲赐予的生命历程才会变得完美，生活也才能富有意义。这样的歌谣表达了北美土著人普遍的生命意识，就如当代美国土著学者葆拉·冈恩·艾伦（Paula Gunn Allen）指出的一样，"这其实是所有富有创造性的生活方式都具有的重要原则，因为宇宙中所有存在物都必须相互联接后，每个个体的生命才能由此获得满足"。② 这样的态度源于土著人对这片土地的了解，是他们与生活的环境相互协调、适应后的总结。如果考察以哥伦布登上这片土地为起点以及随后发生的印、白两种文化的碰撞就会发现，与征服、占有土地为出发点的欧洲人与土著人本质的差别就在于以白人的功利心态根本无法理解土著人的大地情怀，"古代美洲人通常没有能力也不会愿意去巧取或霸占他们的自然环境的成果，而是以使用、理解和适应周遭的环境为中心来表达自己"。③ 从这个意义上来说，了解土著人对自然环境的态度和作为是理解他们的自我表达最重要的角度和途径之一。同时，读者通过了解他们的生态观，将之作为一个参照系来对比研究当代生态批评思潮，就能够更好地理解土著作家基于传统叙事的表述特征，也能对当今生态批评理论的发展提供借鉴。

回顾当代西方生态批评发展的历史，读者会发现，将生态研究与文学研究相联系是一个从个体意识萌发逐步发展为集体关注的过程。当 20 世

---

① Paula Gunn Allen, *The Sacred Hoop: Recovering the Feminine in American Indian Traditions* (Boston: Beacon Press, 1992), p.56.

② Ibid., p.56.

③ Stacy Kowtko, "Introduction" in *Nature and the Environment in Pre-Columbian American Life* (Westport: Greenwood Press, 2006), p.xi.

纪 60、70 年代的妇女运动、民权运动蓬勃兴起并极大地影响着文学研究时，同时期的环境运动对于文学人来说似乎"影响甚微"①，因为当时对于环境所引发的探讨都只是限于一些学者的独立思考，他们对于环境主题的研究大都被划入了地方色彩研究、西部研究，以及文学中的自然、科学与文学研究等等零星分散的圈子之中，从未在现代语言协会（MLA）等富有影响力的机构中促成广泛的探讨。尽管约瑟夫·W. 米克（Joseph W. Meeker）早在 1972 年就推出了《幸存的喜剧：探寻一种环境伦理》（*The Comedy of Survival: In Search of an Environmental Ethic*）一书，在这部现在被誉为生态批评的开山之作的专著中提出了"文学生态学"、"生态美学"、"环境伦理"、"动物的意志"等概念，指出"界定并表达人类价值观的哲学、宗教和艺术也引导人类利用并滥用了自然"，②但是同类研究真正引起广泛的关注却是从 80 年代中期才开始。学者们陆续推出了综合性的研究成果，例如弗雷德里克·瓦奇（Frederick Waage）编辑的《环境文学教学：材料、方法和资源》（*Teaching Environmental Literature: Materials, Methods, Resources*，1985）、艾丽西亚·尼特基（Alicia Nitecki）在 1989 年发起的《美国自然写作通讯》（*The American Nature Writing Newsletter*）以及一些期刊中出现的环境文学研究专题等，将文学研究与环境、生态现状紧密地联系起来。从 90 年代开始，这样跨学科的研讨已经被纳入了主流研究的行列，一些大学科系中出现了环境与文学研究的选修课程，尤其是现代语言协会在 1991 年年会上组织的题为"生态批评：文学研究的绿化"（"Ecocriticism: The Greening of Literary Studies"）的专题会和 1992 年美国文学协会题为"美国的自然写作：新语境、新方法"（American Nature Writing: New Contexts, New Approaches）的研讨会更是极大地促进了学者们对于生态研究的深入思考，并直接促成了 1992 年一个全新的协会——文学与环境研究协会（Association for the Study of Literature and Environment，以下简称

---

① Cheryll Glotfelty, "Introduction" in Cheryll Glotfelty & Harold Fromm eds., *The Ecocriticism Reader: Landmarks in Literary Ecology* (Athens: The University of Georgia Press, 1996), p.xvi.

② Joseph W. Meeker, *The Comedy of Survival: In Search of an Environmental Ethic* (Los Angeles: Guild of Tutors Press, 1972, 1980), p. 8.

ASLE）的成立。该协会成员的快速增长说明生态批评已经成为一个极具人气的研究范畴，至1993年，"生态文学研究已经呈现为一个明晰的批评学派"。[①] 随着学者和研究人员的增多，尤其是一些青年学生受到社会活动的激发而积极参与，生态批评的思潮在此后的近二十年中不断壮大，其理论框架逐渐完善，环境与文学研究相得益彰的现实意义也日益显现。

对于生态批评这一术语的界定在学界仍有分歧，甚至在其名称上也各有说法，诸如生态诗学（ecopoetics）、环境文学批评（environmental literary criticism）、绿色文化研究（green cultural studies）等等，不一而足。但是对于文学与环境的关系的研究始终是生态批评的基本宗旨，就如《生态批评读本》的主编谢里尔·格洛特费尔蒂（Cheryll Glotfelty）所认同的，"所有的生态批评都有一个基本前提，即人类文化与物质世界的相互关联，影响它或者受它影响。生态批评将自然与文化的相互关联作为研究目标，特别是文化的产物——语言与文学。至于其批评立场，则是一边立足于文学，而另一边立足于大地；其理论话语，则是达成人类与非人类之间的调停"。[②] 面对当今现实的生态危机，这样的调停不仅需要，而且显得极为迫切，而要正确理解生态危机的成因并发掘应对策略，则需要了解人类与外在世界存续的恰当的伦理关系，是否是人类自以为正确的相处之道导致了自然的报复，人类又该如何修正错误。这是一个历史学、生物学、宗教学、社会学、人类学、心理学、文学等各个领域相互协作的发现过程。所以，生态批评并不能从技术层面上逆转生态恶化的现实，却能够在文学与环境相互关系的阐释中说明道理，使人类能够在理解的基础上完成思想深处的革命，从而彻底达到改善环境的目的，以一种内心世界平衡、与外部世界和谐的状态存在于世。

基于这样的诉求，美国著名生态批评学家、当代生态研究的领军人物

---

① Cheryll Glotfelty, "Introduction" in Cheryll Glotfelty & Harold Fromm eds., *The Ecocriticism Reader: Landmarks in Literary Ecology* (Athens: The University of Georgia Press, 1996), pp. xvii–xviii.

② Cheryll Glotfelty, "Introduction" in Cheryll Glotfelty & Harold Fromm eds., *The Ecocriticism Reader: Landmarks in Literary Ecology* (Athens: The University of Georgia Press, 1996), p.xix.

之一格伦·Ａ．洛夫（Glen A. Love）在他的代表性著作《实用生态批评：文学、生物学及环境》（*Practical Ecocriticism: Literature, Biology and the Environment*，2003）一书中提到自己研究的"基准就是生态的相关性"。[①] 他所认同的相关性不仅仅指文学与生态学、环境研究等非人文艺术领域研究的联系，更主要在于这些领域的研究与文学的结合可以让我们正视文学创作和研究中惯有的人类中心主义的特征："脱离自然，否认我们人性中的生物本质以及我们与地球的脆弱关系"。[②] 这样狭隘的观念阻碍人类理解生命的重要意义，也无法解答诸如"人本主义能够接受非人类吗？"[③] 这样的问题，因为人本主义传统中并没有关于大自然的权力的伦理探讨。而跨学科的研究却让学者们拥有了更广阔的视野，例如今天对达尔文进化论的研究和基因科学的成果使人们清楚地了解"人类与其他动物的心理和行为渐变与连续统一"，这有助于人类修正"有关人类本性的观念以及长久的先天—后天之争"。[④] 当人类与生存的大地、与同在一个世界的其他动物不再分离时，文学研究才能更好地探析人性本质，体现真正的人文价值。所以，当今的生态批评最核心的指导思想就是生态整体主义，将人类与非人类的共同存在视作一个不可分离的整体，以相互关联的整体利益而不单是人类的利益视为最高价值，以整体性生存作为追求的目标。

　　生态批评"不是代表一种突出的方法论的革命"，[⑤] 在研究方法方面，生态批评没有像形式主义或是新历史主义一样给出具体的研究策略，也没有范式方面的明确界定，一个关于环境与文学关系的研究这样看似简单的定义为生态批评提供了宽松的语境、多层次的角度以及丰富的研究对象。在理论与实践发展的相辅相成中，学者们可以从各个学科领域入手，"控

---

① Glen A. Love, *Practical Ecocriticism: Literature, Biology and the Environment* (Charlottesville: University of Virginia Press, 2003), p.8.

② Glen A. Love, *Practical Ecocriticism: Literature, Biology and the Environment* (Charlottesville: University of Virginia Press, 2003), p.23.

③ Ibid., p.23.

④ Ibid., p.33,35.

⑤ Lawrence Buell, *The Future of Environmental Criticism: Environmental Crisis and Literary Imagination* (Malden: Blackwell Publishing, 2005), p. 11.

制论、进化生物学、景观生态学、风险理论、现象学、环境伦理学、女性主义理论、生态神学、人类学、心理学、科学研究、种族批评研究、后殖民理论、环境史学——凡此种种，分别在各自的学科内部争执不休——又对现存的文学理论的工具方法进行校正或加强。"① 除了格伦·洛夫以进化论和基因科学为例论证动物伦理的新概念之外，哈佛大学著名教授劳伦斯·布尔（Lawrence Buell，也译作布伊尔）在《环境批评的未来：环境危机与文学想象》（*The Future of Environmental Criticism: Environmental Crisis and Literary Imagination*，2005）一书中在谈及生态批评的研究方式时就以生态女性主义为例，解释了其研究视角的合理性："西方历史中有区别地定位性别的传统有助于解释工具理性，使以知识/权力为代表的工具理性操控非人类的环境成为可能，其中既包括现代科技，也包括男性做主的历史与信赖（不仅限于科学家）的轻松相连。"② 由此可见，在生态批评理论的框架之下，读者针对情节、叙述主题、叙事方式等文本要素的不同，可以从不同的角度发掘其中的生态思想和特征，就如环境与文学研究会的首届主席斯科特·斯洛维克（Scott Slovic）一再提倡的，相信"每一部文学作品都可以从'绿色'的角度来阅读，在非文学学科中语言的、概念的、分析框架的发展都可以与生态批评的解读相结合"。③ 因为"生态批评坚持一种系统整体论的观点，主张和谐、均衡、适度的原则"，④ 所以生态圈的整体性存在、自然环境、动物与人类的相互持久的惠泽成为一切"绿色"创作和解读的主要特征，而文学作为艺术的主要代表形式，当与生态研究相结合时，"以关爱美学为基础的环境伦理"⑤ 跃然纸上。以语

---

① Lawrence Buell, *The Future of Environmental Criticism: Environmental Crisis and Literary Imagination* (Malden: Blackwell Publishing, 2005), 10–11.

② Lawrence Buell, *The Future of Environmental Criticism: Environmental Crisis and Literary Imagination* (Malden: Blackwell Publishing, 2005), p. 20.

③ Michael P. Branch and Scott Slovic, eds., *The ISLE Reader: Ecocriticism, 1993—2003* (Athens: The University of Georgia Press, 2003), p.xix.

④ 曾繁仁：《生态美学：后现代语境下崭新的生态存在论美学观》，刊《陕西师范大学学报》2002 年第 3 期，第 13 页。

⑤ Emily Brady, *Aesthetics of the Natural Environment* (Edinburgh: Edinburgh University Press, 2003), p.259.

言为媒介，"通过语言的解读，伦理观与审美更为紧密"。① 换言之，在对语言所传达的想象力与情感的审美过程中，道德的抉择成为一种自觉的行为。读者容易在对环境文本——包括描写一切非人类存在，如高山、河谷、沙石、树木、动物等——的解读中获得审美的经历，或者在审丑中感受对美的渴望，同时也达成道德的感悟。由此，生态批评既依赖于美学激发情感的实际运用意义，也以人类回归社会责任的道德要求体现了美学的价值。

劳伦斯·布尔在《环境批评的未来》一书的最末处发出预言，认为今后的学者会发现，21 世纪初在生态研究方面取得的成果"将环境性确立为文学和其他人文学者永久的关注点，正是这样的关注，而不是教化或者行动主义者的援助，有助于在大众中灌输和强调对于地球命运的关心、人类依照认知行事的责任、洞察力和想象力对于改变思想、生活、政策以及组织语言、作诗、写书的重要性"。② 他发出这样的预言一方面是对生态批评重要意义的强调，另一方面则是基于当今生态批评的广泛影响这一现实。但是，对于生态批评予以关注的学者也意识到，"生态批评明显是一项白人的运动。当社会正义的话题与环境更紧密地联系起来时，当鼓励多种声音加入探讨时，它将变成一项多族裔的运动"。③ 这样的预言与鼓励说明了少数族裔的生态观对于当今生态批评发展的重要性，这不仅是数量上的补充，更会在文明多样性的共识中促进欧洲文明与各个少数族裔文明的对比研究，从中发现问题，拓展视野，促进更广泛的社会正义，从而达到全面的整体和谐共存。

当生态批评理论与实践发展到 20 世纪末时，越来越多的学者意识到这样的局限性，在参与范围上，这"很大程度上是一场白人的荒野运

---

① Emily Brady, *Aesthetics of the Natural Environment* (Edinburgh: Edinburgh University Press, 2003), p255.

② Lawrence Buell, *The Future of Environmental Criticism: Environmental Crisis and Literary Imagination* (Malden: Blackwell Publishing, 2005), p.133.

③ Cheryll Glotfelty, "Introduction" in Cheryll Glotfelty & Harold Fromm eds., *The Ecocriticism Reader: Landmarks in Literary Ecology* (Athens: The University of Georgia Press, 1996), p.xxv.

动";① 在批评实践中也表现出"聚焦于非虚构性的自然书写而行成体裁方面的局限",② 于是以1999年ASLE的第三届会议为标志出现了两个方面的重大转折,"主题——'如何理解被贬损的事物'——直指的话题就是如何靠近并阐述被改变的自然,甚至由于人类的滥用而退化的自然";另一转变表现为"ASLE成员关注于多元文化自然观、环境观的表达,召开了一个多样性研究的会议"。③ 由此,美国少数族裔生态批评从几近缺席进入蓬勃发展的阶段,而土著文学"仿佛成了少数族裔文学的唯一代表"④在发展之初就最受关注,在随后推出的专著与论文数量、影响力方面都处于"独尊地位",⑤ 表现出印第安文化中的传统生态观对于当今生态批评理论与实践的积极意义。不管是他们对于已被贬损的自然的阐释与情感(作为这片土地的最早主人,土著人对于环境的改变历程具有很大的发言权),还是他们演示性的表述方式,都代表着一种"扩展了生态批评范畴、超越自然书写"⑥ 的特点,是当今生态批评研究不可或缺的内容。

早在1853年,当西雅图酋长得知美国政府要购买部落的部分领土时,面对白人发表了一次演讲,深刻地表达了土著人将万物视作亲人、坚持整体利益高于一切的神圣信仰,成为当代生态文学的经典篇章:

> 你们怎么能购买或出售天空和大地?这样的想法是我们无法理解的。如果我们都不能拥有那新鲜的空气和潺潺的流水,你们又怎么能从我们这儿买去呢?对于我的人民来说,这里的每一寸土地都神圣不可侵

---

① Kathleen R. Wallace and Karla Armbruster, "Introduction: Why Go Beyond Nature Writing and Where To?" in eds., *Beyond Nature Writing: Expanding the Boundaries of Ecocriticism* (Charlottesville: University Press of Virginia, 2001), p.2.

② Ibid., p.15.

③ Kathleen R. Wallace and Karla Armbruster, "Introduction: Why Go Beyond Nature Writing and Where To?" in eds., *Beyond Nature Writing: Expanding the Boundaries of Ecocriticism* (Charlottesville: University Press of Virginia, 2001), p.3.

④ 石平萍:《美国少数族裔生态批评:历史与现状》,刊《当代外国文学》2009年第2期,第28页。

⑤ 同上文,第32页。

⑥ 在此借用卡拉·安布鲁斯特和凯瑟琳·华莱士主编的《超越自然书写:扩展生态批评的范畴》一书的书名,强调美国土著作家在生态主题表达与文学体裁多样性的尝试方面所取得的成就。

犯，每一根闪亮的松针，每一片沙滩，黝黑森林中的层层薄雾，每片草地，每只嗡鸣的小虫，在我们族人的记忆和经历中都是神圣难忘的……

我们一直记得：大地并不属于我们，而我们属于大地，世间万物如血肉亲情般连为一体。人不过是生命之网中的一根丝线，无法单独编织出整个生命之网。他如何对待这张网，他就要这样对待自己。

我们只懂得：我们的神也就是你们的神，他对大地无比珍视，亵渎大地就是对造物主的极度蔑视。①

土著酋长早在一百多年以前就在《西雅图宣言》中表达出了现代生态研究的基本思想，土著人也在生活实践中表露着对大地母亲和生命之网的尊崇，承担着与万物交融的职责，而现代人却是在生死存亡的危急时刻才开始进行这样的思考。因此，当学者指出《西雅图宣言》可以当作"一句战斗的口号、发人深省的警示录、代表希望的灯塔和一种梦想的表达"②时，我们更应该以客观、严谨的态度去研究和接受土著人传统灵学思想中丰富而生动的生态意识，而不是执着于考察政治或种族的优先，将其移植为生态的正确合理性（ecological legitimacy）。"当一个次要的族群能被视作正当、有效的环境参与者，当他献身环保不被猜疑时，其生态的合理性就会存在。"③ 同时，土著人都自视为语言的勇士（the Word Warriors），部落族人通过歌谣、仪式、传奇、神话和故事去"体现、表达和分析现实，将孤立、私密的个体融入现实的和谐与平衡之中，描述出感受到的万物雄伟而虔诚的神秘，并用语言将这些真理实体化，教会人们认识到它的伟大涵义和神圣庄严"。④ 土著人通过他们的口述传统，一再反复讲述的就是"从喧嚣到和谐的转变，而大地在确立秩序时扮演着重要的角色。大地由

① Lisa M. Benton and John Rennie Short, eds., *Environmental Discourse and Practice* (Malden: Blackwell Publishing, 2004), pp.23–24.

② Ibid., p.24.

③ Michael E. Harkin and David Rich Lewis, eds., *Native Americans and the Environment: Perspectives on the Ecological Indian* (Lincoln: University of Nebraska Press, 2007), p.42.

④ Paula Gunn Allen, *The Sacred Hoop: Recovering the Feminine in American Indian Traditions* (Boston: Beacon Press, 1992), p. 55.

此与他们的生活紧密相连，一个人只有靠近将人类、动物和植物连为一体的大地才能保持和谐的秩序与平衡。"① 这也正是西雅图酋长在宣言中强调的土著人对于自然的珍视之情。

当代美国土著小说家在文学创作中将土著人的时空观、宇宙观和灵学思想与现当代的西方文明进行对话，对非土著人进行了"有关印第安历史、文化、宇宙观、认识论的教育"②。其中，以人与自然的和谐、平衡的完美境界为标志的圣环成为土著人战胜苦难、乐观面对生活、完成复原的精神支柱和标志。本书将基于国内外对于当代美国土著小说研究的成果与现状，结合土著传统文化中所蕴含的生态观与土著人独特的表述手法，以七位当代美国土著小说家的十部杰出作品作为文本例证，深入分析他们最具代表性的生态意识，如生态整体观、女性复原力量、自然情怀、动物伦理和环境正义观等，以期对美国土著文学的生态批评进行补充，对于印第安传统文化中的恶作剧精灵传说所蕴含的动物伦理的生态指导意义进行创新性的说明，并结合美国土著民众积极参与的环境正义运动的实践，探析当代美国土著作家通过文学之笔所表达的社会诉求。

第二节　国内外研究现状综述及主要研究内容

肯尼思·M. 罗默（Kenneth M. Roemer）在《美国土著文学剑桥导读》的序言中，用两个词——"广博"（immensity）和"多样"（diversity）来描述美国土著文学。他写道：

> 研究美国印地安文学最重要的参考书目（如鲁奥夫的《美国印地安文学》和期刊《美国印地安文学研究》）提及"文学"一词时都采用复

---

① Shi Jian, *Native American Mythology and Literature* (Chengdu: Sichuan People's Publisher, 1999), pp.3–4.

② Catherine Rainwater, "Louise Erdrich's Storied Universe", in Joy Porter & Kenneth M. Roemer, eds., *The Cambridge Companion to Native American Literature* (New York: Cambridge University Press, 2005), p.273.

数形式，这是很正确的。我在本序言中谈到书面和口述文学时也会采用复数形式，尤其是口述文学。因为早在哥伦布到来之前，这里已有专于表演和阐释的专业人士展现了数以千计的叙事、仪式、歌曲和演说等。这些传统的分类下面又可再细分为如创世传说和恶作剧精灵、英雄、动物等不同形式的故事类型。……而不同的文学类型间相互交叉渗透。①

　　美国土著文学的广博与多样源自其文化的多元，早在欧洲人到来之前，在现今的美国领土上生息着的土著人使用着两百多种语言，表达着来自三百多个文化群落的生活体验，② 因此土著传统文学又可分为"纳瓦霍文学"、"切罗基文学"、"奥吉布瓦文学"等。但由于大部分土著传统文学都为口述文学，通过语言的口头相传而没有文字记载，所以关于土著文学传统在美国文学发生学中的地位问题，现在仍然被史学界争论不休，这不仅关系到美国民族文学的起始界定问题，也关系到人们对美国民族文学是由多民族文学传统相互影响而产生并发展这一问题本质的理解。尽管有的学者片面强调美国文学起始的独特性，只承认欧洲传统对美国文学的影响，否定民间口头故事和民谣在其文学传统中的作用，但在近五十年兴起的各种社会和文学理论的影响下，"美国文学"这一概念有了进一步的扩展，"非裔美国文学"、"亚裔美国文学"、"拉丁裔美国文学"、"犹太裔美国文学"等均已成为公认的美国文学的重要组成部分。那么作为本土居民的土著人的文学传统自然也成为人们探讨美国文学时一个不可忽视，也没有理由忽视的重要内容。这一转变可以从学者们编撰的美国文学史的不同版本中对土著文学的不同态度得窥一斑。

　　二十世纪八十年代中期以前在美国编撰出版的美国文学史对各个土著部落创造的丰富多彩的传统文学很少提及，③ 直到 1988 年由埃默里·埃利

---

① Kenneth M. Roemer, "Introduction" in Joy Porter & Kenneth M. Roemer, eds., *The Cambridge Companion to Native American Literature* (New York: Cambridge University Press, 2005), p.4.

② Ibid., p.4.

③ 《美国文学史》的主编 Robert E. Spiller 自称是把美国土著文本纳入美国文学选集的第一人，也只用不到七页的篇幅对土著人的传统作零星简要的介绍。他在主张美国文学史应当反映文化的多元化的同时其文化偏见也表露无遗。

奥特教授（Emory Elliott）主编的《哥伦比亚美国文学史》中才有所改变。全书开篇的第一章就是由美国著名的土著基奥瓦作家斯科特·莫马迪（N. Scott Momaday）撰写的《土著的声音》（*The Native Voice*）一文。在谈到美国文学的起源时，莫马迪认为："在美国文学中，土著人的声音是必不可少的，没有它就没有真正的美国文学史，而这一点在我们的学术界还没有得到清晰的说明。"究其原因，一是由于其历史的悠久而形式丰富、内容广博，难以穷尽；二是由于其反映的社会、文化的多样性令短缺的研究人员和不足的研究手段相形见绌。"尽管如此，这样的研究是显而易见真切需要的。……口述传统依然是文学的发展基础。"① 除此之外，八卷本的《剑桥美国文学史》（1995—2005）中也有专门章节介绍和评论美国土著传统文学。除文学史之外，七十年代以来出版的各种美国文学选集中，都加入了介绍传统和当代的土著文学作品的选篇，并有专门的美国土著文学选集相继出版，如1979年吉尔里·霍布森（Geary Hobson）主编的《令人难以忘怀的大地：当代美国土著文学选集》（*The Remembered Earth: An Anthology of Contemporary Native American Literature*）、艾伦·维利（Alan Velie）主编的《美国印第安文学：一部选集》（*American Indian Literature: An Anthology*）和2001年约翰·L.珀迪（John L. Purdy）与詹姆斯·鲁珀特（James Ruppert）共同主编的《只有真相：美国土著文学选集》（*Nothing but the Truth: An Anthology of Native American Literature*）等，逐渐让读者注意到美国文学中这长期被忽视的组成内容。

十九世纪末到二十世纪早期的土著文学作品最早源于人类学家和民族学家们收集、翻译的一些诗歌、散文作品，其中的宗教传说被剥去内涵转而被复述成富有奇趣的民间故事哄孩子们开心，土著人谴责这种去印第安文化特质的肆意阐释性的翻译，认为白人学者大肆利用土著人的口述文学是与美国政府极力"美国化"土著人的政策和步调相一致的。在这样的大环境下，土著作家大多故意隐匿作者的真实身份，不提及作者的印第安出

---

① N. Scott Momaday, "The Native Voice" in Emory Elliott, ed., *Columbia Literary History of the United States* (New York: Columbia University Press, 1988), p.6.

身，并署上一些典型的白人姓名，被迫认同白人社会的价值观念，表现白人社会主流文化的特征。直到三十年代当美国面临巨大的经济萧条时，白人才第一次回眸，关注到土著人的坚韧与忍耐，以及他们面临困境总能幸存的文化特征，出现了第一代从自己的视角讲述、表达土著人追寻自己的身份认同的真正土著小说家。尽管他们中有的人仍然使用白人姓名，但其中对印第安思想模式的洞见及对部落生活细节的熟悉却跃然纸上。① 与传统土著文学悠久的历史相比，现代的美国土著文学直到 1969 年② 才开始在美国大学课堂、图书馆兴起的美国土著文学研究热潮中崭露头角，这得益于五十年代印第安事务局的建立和六十年代美国印第安运动的推动，一批如斯科特·莫马迪、詹姆斯·威尔奇（James Welch）、莱斯利·M. 西尔科（Leslie M. Silko）、露易斯·厄德里奇（Louise Erdrich）等土著作家用英语写作的文学作品逐渐由边缘进入美国主流文学，被广泛阅读并荣获普利策文学奖、美国国家图书奖、全国图书评论界奖等。以莫马迪荣获普利策文学奖为起点，美国文学史上出现了被著名学者肯尼思·林肯（Kenneth Lincoln）称作"美国土著文学复兴"（Native American Renaissance）的新阶段。1977 年由美国现代语言协会（MLA）在亚利桑那州的弗拉格斯塔夫（Flagstaff）举行的"美国土著文学研究会"及随后的一系列暑期研讨会更促进了美国大学广泛开设包括土著文学的少数族裔文学研究方向的课程。二十世纪八十、九十年代的美国文坛迎来了如葆拉·冈恩·艾伦所说的第三次土著文学浪潮，乔伊·哈荷（Joy Harjo）、西尔曼·阿历克西（Sherman Alexie）、托马斯·金（Thomas King）、杰拉尔德·维泽诺（Gerald Vizenor）、琳达·霍根（Linda Hogan）等土著作家在成熟的前辈作家的创作基础上，将土著文学推向了更广阔的后现代主义的表现空间，使其经历了一个"从无形到边缘，再到众望所归的发展历程"。③ 传统价值观与现代经验的集合、

---

① Priscilla Oaks, "The First Generation of Native American Novelists". *MELUS,* Vol. 5, No. 1 (1978), pp. 57–65.

② 以争取和保护美国土著人同等权利为宗旨的"美国印第安运动"这一左翼组织在这一年成立并积极开展活动。

③ Kenneth M. Roemer, "Introduction" in Joy Porter & Kenneth M. Roemer, eds., *The Cambridge Companion to Native American Literature* (New York: Cambridge University Press, 2005), p. 1.

家族传统与个人情感的冲突等主题的表达使他们的作品超越了族裔的视野而提升至对人类过去及未来的理解和思索。[①] 目前国外对美国土著文学的研究已进入一个新的高潮，从近年来已完成的博士学位论文和出版及再版的专著来看，跨学科研究比较明显，如心理学（Kristin Jacobson, 2004）、生态研究（Conelle Dreese, 2002）、电子技术及其运用于教学实践（Richard Mott, 2002）、宗教研究等各个方面都将当代土著作家的文学创作纳入了研究视野，将土著作家的小说创作读出了无穷的新意。同时，在多元文化思潮的推动下，文学研究领域的学者们也对土著代表作家进行了横向和纵向的比较研究，如与同时代非裔、亚裔、拉丁裔作家的对比研究，和不同时代的主流与非主流作家创作的对比研究等，既突出了作品中反映出的印第安文化特质，又影射出在传统与现代的张力间演化的土著文学创作的困境及出路。"优秀的美国印第安作品的特点之一就是一方面意识到失败的惨痛影响，另一方面也坚定地表达并歌颂于困境中求生存的美好故事，以坚定的意志维护部落和文化的特性。"[②] 如果没有故事讲述者，没有土著作家们充满想象的虚构，记忆就将被束之高阁，直至被永久地遗忘，所以，对当代美国土著文学创作的研究与其说单纯是一种文学的赏析，毋宁说更是一种社会记忆的解读与传承。

　　追溯土著人在北美大陆上被白人逐步蚕食的历史，读者会发现他们诸如口述传统等文化特质的消减总是伴随着生活环境的巨大变化而来，也就是说，白人对土地的掠夺不仅造成了土著人的物质损失，更直接导致了印第安文化的消亡，给他们带来了更具毁灭性的精神创伤。在早期的杀戮结束后，白人对于土著居民的统治逐渐转向政策性的调整，进行隐性的压制。1887 年，由于野牛群的消失，基奥瓦人非常具有代表性的太阳舞(Sun Dance) 也消失了。就在同一年，美国国会颁布了《土地分配法》(*Allotment Act*)，根据该法案，居留地的土地被划成片分给个人，这看似公平合理的

---

① Peter G. Beidler, "Louise Erdrich" in Kenneth M. Roemer ed., *Native American Writers of the United States* (Washington, D. C.: Gale Research, 1997), p.85.

② Kenneth M. Roemer, "Introduction" in Joy Porter & Kenneth M. Roemer, eds., *The Cambridge Companion to Native American Literature* (New York: Cambridge University Press, 2005), p. 12.

土地分配最终演化为白人对土地的公开掠夺，因为支离破碎的土地让许多擅长游牧、不善农耕的土著人无所适从，继承土地的子孙不得不在更小的地块上生活，迫使他们只能出卖土地，远离家园，而最终都是白人接手了这些土地，从而用"合法"的手段大量地、系统地蚕食原来属于土著人的居留地。"截至 1933 年，部落的土地丧失了近一亿英亩，剩下的也大部分租给了白人"。① 随后的安置计划（Relocation Program）则成为美国政府配合主流文化对土著人进行文化融合的有力保障，因为失去土地的土著人只能同意和接受政府提供的交通、住宿、正规教育、工作等，以尽快适应城市文明，变成和白人一样，幸存在白人的世界里。尽管有大约 20% 的土著人最终选择回到居留地，② 但是他们被白人"洗礼"的遭遇却使自己的传统文化濒临灭绝的边缘，"文明和进步的势力就像冰川一样滑过普韦布洛地区，所到之处，一切已经被改变"。③

鉴于这样的史实，许多土著作家志在通过叙事在传统文化与大地之间重建有机而紧密的联系，尤其是在日渐全球化的生态危机中，土著人自然流露的大地情怀已经成为读者阐释的重点之一，在许多著名的生态专著中，土著作家的创作都成为被频繁引用的篇章和例证，如詹姆斯·塔特（James Tarter）的《找出铀矿：莱斯利·马蒙·西尔科的〈仪式〉中的地方、多种族与环境正义》、葆拉·冈恩·艾伦的《圣环：当代的透视》、莱斯利·马蒙·西尔科的《地域、历史和普韦布洛的想象》等。④ 著名土著学者罗伯特·纳尔逊（Robert Nelson）在 1993 年推出的专著《地方与所视愿景：美国土著小说中风景地貌的功能》（*Place and Vision:*

---

① N. Scott Momaday, "The Morality of Indian Hating" in *The Man Made of Words: Essays, Stories, Passages* (New York: St. Martin's Press, 1997), p.70.

② Ibid., p.72.

③ Ibid., p.74.

④ 分别参阅 "Locating the Uranium Mine: Place, Multiethnicity, and Environmental Justice in Leslie Marmon Silko's *Ceremony*" in Steven Rosendale, ed., *The Greening of Literary Scholarship: Essays on Literature, Theory, and the Environment* (Iowa City: University of Iowa Press, 2002); "The Sacred Hoop: A Contemporary Perspective" and "Landscape, History, and the Pueblo Imagination" in Cheryll Glotfelty & Harold Fromm, eds., *The Ecocriticism Reader: Landmarks in Literary Ecology* (Athens: The University of Georgia Press, 1996)。

The Function of Landscape in Native American Fiction）堪称是这一时期最早也最有代表性的研究成果。他重点解读了斯科特·莫马迪的《黎明之屋》、莱斯利·西尔科的《仪式》和詹姆斯·威尔奇的《吉姆·洛尼之死》(*The Death of Jim Loney*)，因为这三部作品"都先后成为肯尼斯·林肯所说的美国土著文艺复兴的代表作"，[①] 而他的研究目的就是要从这三部作品中发掘出"界定、评价、确认或者证实身份认同的共同指示物就是一个实际的风景地貌，而非社会组织"。[②] 当 50 年代盛行的形式主义和 80 年代的结构主义都无法帮助非土著人正确理解印第安文化所蕴含的土地伦理时，纳尔逊认为"地方"——"看作一个真正的地理含义的实体——至关重要，'生命'为大地所有，所有的生命形式就居于大地"。[③] 要理解土著小说中内藏的文化次文本，就必须认可以风景地貌为表征的大地伦理，一切居于此的生命和非生命体——蜘蛛祖母、泰勒山、拉古纳人、阴雨山、大峡谷、骏马等——帮助土著人重新看清人生的愿景。

此外，在各类期刊中都能找到解读美国土著文学中的生态意义的论文，如彼德·贝德勒（Peter G. Beidler）的《〈仪式〉中的动物和主题》("Animals and Theme in *Ceremony*", *American Indian Quarterly*, 5.1, 1979: 13–18) 和《当代美国印第安小说中的动物与人类的发展》("Animals and Human Development in the Contemporary American Indian Novel", *Western American Literature*, 14, 1979: 133–148)、玛丽昂·科普兰（Marion Copeland）的《〈黑麋鹿如是说〉和莱斯利·西尔科的〈仪式〉：马的两种幻象》("*Black Elk Speaks* and Leslie Silko's *Ceremony*: Two Visions of Horses", *Critique*, 24.3, 1983: 158–172)、安妮·布思（Annie Booth）和哈维·雅各布斯（Harvey Jacobs）的《约束的纽带：以美国土著意识为基础的环境意识》("Ties That Bind: Native American Consciousness as a

---

①　Robert M. Nelson, *Place and Vision: The Function of Landscape in Native American Fiction* (New York: Peter Lang Publishing, Inc., 1994), p.1.

②　Ibid., p.1.

③　Ibid., p.3.

Foundation for Environmental Consciousness", *Environmental Ethics*, 12.1, 1990: 27–43)、李·施文宁格（Lee Schweninger）的《书写自然：作为自然作家的西尔科与土著美国人》（"Writing Nature: Silko and Native Americans as Nature Writers", *MELUS*, 18.2, 1993: 47–60）、珍妮弗·布赖斯（Jennifer Brice）的《西尔科和霍根小说中的大地母亲和作为他者的大地》（"Earth as Mother, Earth as Others in Novels by Silko and Hogan", *Critique*, 39.2, 1998: 127–138）、大卫·布兰德（David Brand）的《并非荒野的呼唤：路易斯·欧文斯的〈狼之歌〉和〈混血要义〉中的荒野概念》（Not the Call of the Wild: The idea of Wilderness in Louis Owens's *Wolfsong* and *Mixedblood Messages*, *American Indian Quarterly*, 24.2, 2000: 247–263）、康·贾－莫（Kang Ja-mo）的《莱斯利·马蒙·西尔科〈死者年鉴〉的生态解读》（"An Ecological Reading of Leslie Marmon Silko's *Almanac of the Dead*", *Journal of English Language and Literature*, 49.4, 2003: 731–754）等。除此之外，还有若干论文被收录进不同的论文集或著作，此处不再赘述。在此类论文中，学者们主要论述了土著人对于人类与所处环境，包括各种非人类因素的认识和表达，例如动物、荒野等，其中土地对印第安民族的重要涵义的论述尤其突出，认为他们对自然的描写甚至可以和美国文学史中的梭罗相媲美。

　　随着生态批评理论影响的深入，尤其是 20 世纪末 ASLE 对于生态批评多元文化研究的倡导，当代美国土著文学创作所阐发的生态解读逐渐在更大的范围和力度上引起了读者的关注，有几部专著相继出版。按照时间顺序，亚利桑那大学英文系教授乔尼·亚当森（Joni Adamson）基于自己给大学生和图桑山区的土著中学生教授写作课程时的所见、所感，在 2001 年出版了一部夹叙夹议的专著《美国印第安文学、环境正义和生态批评：中间地带》（*American Indian Literature, Environmental Justice, and Ecocriticism: The Middle Place*）。在书中，亚当森从土著人的视角解读人类与环境的关系，用"中间地带"这一短语指涉"造成相互关联的社会和环境问题产生的有争议的区域"，而写作此书的目的就是"寻求方法去充分理解我们文化上和历史上的差异与相似，我们才可能一起来到中间地带……努力改变"。① 作者通过对白人和土著作家的研究，试图发掘他们如何运用自己的才能和所受的专业训练来帮助读者解读引发地方性的、全国的、甚至全球的社会和生态问题的原因，并且能够找到解决的方案。他强调"中间地带"是因为印白两种文化造就的学者和作家对社会、环境问题的看法具有明显的差异，而人类要解决最艰难的社会和环境问题就"必须从荒原回到家里，冷静地看清中间地带，这是产生文化的大自然，然后再去发掘剥削利用人类、非人类和他们的环境的广泛的社会生态影响力"。② 作者之所以强调文化差异，是因为以非常著名的白人生态学家爱德华·阿比（Edward Abbey）最著名的代表作《大漠孤寂》（*Desert Solitaire*）为例，许多白人自然作家和生态作家都"避开人类文化去观察动植物"，例如阿比以把独自感受与峡谷融为一体的方式赞颂自然；而"印第安作家绘制的景观图满含让人解读的意义，尽管他们长期生活于此，并常常由于环境恶化所造成的边缘化和贫困而受苦"。③ 他以西蒙·奥尔蒂斯（Simon Ortiz）和乔伊·哈荷的诗歌、露易斯·厄德里奇和莱斯利·M.西尔科的小说《痕迹》（*Tracks*）、《死者年鉴》（*Almanac of the Dead*）为例，分析印第安文化所倡导的环境意识。他们不以逃避社会、遁入荒野为手段去了解自然，而是要像奥尔蒂斯一样以在田间劳作的方式"接受自然既不完美也非一无是处，学会与不确定性相处，看清模式，模仿自然的进程"。④ 人类只有面对并了解天天生活的实际环境，通过更好地理解"本地的人们、文化、历史和地理"才能获得一种"本地的教育方法"，⑤ 也才能真正达到教育、改良的实际目的。这也说明了为什么土著作家都将自己的叙事扎根于族群与世代生活的地域，以群体的生活和影响为疗伤的手段，以回归而不是逃避讲述复原的历程。在 2002 年，亚当斯与另外两位

① Joni Adamson, "Introduction" in *American Indian Literature, Environmental Justice, and Ecocriticism: The Middle Place* (Tucson: The University of Arizona Press, 2001), p.xvii.
② Joni Adamson, "Introduction" in *American Indian Literature, Environmental Justice, and Ecocriticism: The Middle Place* (Tucson: The University of Arizona Press, 2001), p. xviii.
③ Ibid., p.17.
④ Ibid., p.57.
⑤ Ibid., p.93.

学者又共同主编了一部被广泛阅读的书：《环境正义读本：政治、诗学和教学法》（*The Environmental Justice Reader: Politics, Poetics, and Pedagogy*），收集整理了有关环境正义理论与实践的论文，凸显少数族裔群体成为环境破坏最大的受害者，强调将环境平等与生态正义作为当今生态研究的关注点。

美国学者唐奈·德里斯（Donelle N. Dreese）在 2002 年推出《生态批评：环境文学与美国印第安文学中自我与地域的创建》（*Ecocriticism: Creating Self and Place in Environmental and American Indian Literature*）一书，以生态批评、地方感知、区域再分配、后殖民主义和怀旧为探讨角度，探寻当代美国土著小说家和诗人如何在地方感知中确立身份认同。对于土著人来说，他们注意到的地方是"一个实际的、心理的、思想的、历史的和环境的建构，而作家质疑并更改这样的建构，以创建一个宜居之所或者家园"。[1] 面对几百年殖民统治，尤其是在历经资源掠夺、资本扩张和文化灭绝之后，当代土著作家都通过重新建构家园来重获身份认同。德里斯在书中以斯科特·莫马迪、琳达·霍根、乔伊·哈荷、温德尔·贝里（Wendell Berry）等人的小说、诗歌为例，分析他们尝试达到的"虚构的区域再分配"。来自不同的印第安文化背景的土著作家们主要运用"口述传统，以重新找到起源处和地方感为核心建构身份认同"。[2] 她提出尊重自然，并且意识到自然与人类之间的相互依存是当今生态批评的基本原则。[3] 她通过列举美国白人对少数民族生存环境的歧视所引发的一系列事例，考察了少数民族文学中所反映出的种族压迫、环境异化、身份与地域的相互关系等敏感问题，由此揭示生态批评在当代美国少数族裔文学创作中，尤其是对解读美国土著文学作品所具有的现实意义。在书的最后一章，德里斯以西蒙·奥尔蒂斯、温迪·罗斯（Wendy Rose）和杰拉尔德·维泽诺为例，介绍了土著作家群中的行动主义分子，他们"公开抗议

---

[1]　Donelle N. Dreese, *Ecocriticism: Creating Self and Place in Environmental and American Indian Literatures* (New York: Peter Lang Publishing, Inc., 2002), p.3.

[2]　Ibid., p.17.

[3]　Ibid., p.4.

环境非正义，以行动的方式创建历史意识，认识当今存在的不公正，并展现所预见的可能的将来"。① 这样的结尾正暗合了生态批评倡导的从意识到行为的改变。

林赛·史密斯（Lindsey Smith）在 2008 年出版了《处于美国文学边缘的印第安人、环境与身份》（*Indians, Environment, and Identity on the Borders of American Literature*）一书，这部著作与前期出版的同类著作相比表现出更大的跨文化研究的特点。她在书中先探讨了库珀、福克纳、莫里森和艾丽斯·沃克如何描写土著人和黑人与土著混血的后代，在最后一章里重点研究西尔科的《死者年鉴》，这样对比研究的结论是，"西尔科展现出传统并不是'血统'，而是一个地方；尽管时过境迁，大地不会改变；尽管有令人难以信服的纯正或正统的信仰，土著身份不会改变，而正统的文化或种族的关键在于保持与特定地方的联系，她的各类人物由此各有成功"。②

李·施文宁格在同一年出版了《倾听大地：美国土著文学对地域的回应》（*Listening to the Land: Native American Literary Responses to the Landscape*），这是他近二十年持续研究美国土著人生态思想及其文学表达的集大成之作，整部著作的关键词就是"大地伦理"（Land Ethic）。他历数现当代美国土著人在文学、历史、宗教等各个方面都普遍表达的大地之母的伦理观，认为他们拥有这样的大地伦理的模式化观念恰恰体现出"美国印第安人的智慧"，因为"美国印第安人被广泛地刻画为环境主义者、大地的守护者、或者大地之母女神的崇敬者"，③ 从早期的土著作家卢瑟·斯坦丁·比尔（Luther Standing Bear）和约翰·约瑟夫·马修斯（John Joseph Mathews）讲述的拒绝同化、与自然交流的故事到露易丝·厄德里奇、路易斯·欧文斯、斯科特·莫马迪、杰拉尔德·维泽诺、琳达·霍根

---

① Donelle N. Dreese, *Ecocriticism: Creating Self and Place in Environmental and American Indian Literatures* (New York: Peter Lang Publishing, Inc., 2002), p.89.

② Lindsey Smith, *Indians, Environment, and Identity on the Borders of American Literature* (New York: Palgrave Macmillan, 2008), p.6.

③ Lee Schweninger, *Listening to the Land: Native American Literary Responses to the Landscape* (Athens: The University of Georgia Press, 2008), p.17.

等当代作家在创作中普遍表现出的对传统文化的回归，尤其是他们强烈的环境保护意识，都与当今的生态探讨达成了共识。

但是这几部专著大多是基于作者自己在居留地的经历或是教授土著文学的经验提升，强调了土著文学作品与白人或非裔、西裔作家创作的异同，并且大都仅仅局限于探讨土著人对于土地的挚爱，更多地表现为一种具体空间的解读，对于印第安文化中突出的生态整体性思想挖掘不够，对于土地之外的因素少有论及，缺乏对于他们的动物伦理、女性观等文化传统，尤其是他们古老的神话传说的影响力的分析。作为口述传统的继承者，土著作家从世代相传的神话传说中汲取着民族文化的营养，尽管"在当今年代，'神话'这样的表述总是意味着虚假，但是当我们研究神话时，我们发现它们是更高层次的真理，它们是我们人类精神和心理成长历程中最深沉、最内在的文化故事。最重要的是，神话让我们回到创世的神秘时代，让我们再次倾听到一个全新的世界"。[①] 因此，在对土著作家生态意识的理解中必须加入对他们的传统神话、传说的研究，从形式和内容两个方面来分析和解释为什么他们一直执着于重述传说，为什么土著人具有如此强烈的自制力和自觉性，从而在白人到来之前能长期保持北美大陆的生态美景。

在美国文学史的编撰方面，中国学者较早就关注了土著文学在美国文学发展中的重要作用，例如，董衡巽先生在《美国文学简史》中首先充分肯定了原住民在北美的地位，作为土地的主人，他们被屠杀，文化也受到致命的摧残，文学传统几乎完全中断。[②] 刘海平、王守仁等人编撰的《新编美国文学史》充分肯定了美国土著文学在美国文学的起始和发展中所起的重要作用，在全书的概论中，他们指出："如果将'美国'看作一地理概念，那么，在英国及其他欧洲殖民者和移民在这片土地上出产文学作品前，'美国'文学早已有了数千年历史。"[③] 他们视土著文学为美国文学的

[①] Linda Hogan, *Dwellings: A Spiritual History of the Living World* (New York: W. W. Norton & Company, 1995), p.51.

[②] 董衡巽：《美国文学简史》，人民文学出版社 2003 年版，第 1—5 页。

[③] 刘海平、王守仁主编：《新编美国文学史》，张冲主撰第一卷，上海外语教育出版社 2000 年版，第 2 页。

起点，因此，张冲在撰写第一卷时，第一章就是《美国印第安传统文学》，详细介绍了印第安典仪、曲词文学、起源神话和其他传说。王守仁主撰的第四卷中论及当代美国小说时也专列一节探讨本土小说。单德兴在《重建美国文学史》一书中，通过比较美国历史上最重要的三部文学史的异同，探讨了典律的演变特征，尤其是在反映族裔的歧异性这一理念推广之前和之后的变化反映在不同的文学史版本中。他还专撰一文——《边缘的声音：论克鲁帕特的美国原住民文学／文化批评论述》，结合克鲁帕特的文章《美国原住民文学与典律》（Native American Literature and the Canon）和他对美国原住民自传作品的研究，提出从美国原住民文本被提升到更清晰可见、可闻的地位，并致力于重思、重建美国文学典律和美国文化史的过程来看，

> 如何维持一定程度的边缘性及危机感，随时随地调整、修订，并对任何可能产生"强制性的知识"及任何形式的"暴政、宰制、虐待"持续保持批判甚或自我批判，则成了必须时时警惕、处处留意、历久弥新的重任。①

印第安文化中涉及东西方差异的研究，一直以来都是人类学家的兴趣所在，但由于语言的障碍，美国学者未能进行深入的探寻，中国学者则部分地弥补了不足。李安宅先生是第一位进入土著人部落作民族志调查的中国人类学家（1937），他的论文《祖尼人：一些观察和质疑》（发表于《美国人类学刊》，1939）成为迄今为止中国人类学家所撰写的在西方流行最广的一篇论文。② 随后，人类学家乔健的论文《拿瓦侯沙画与藏族曼荼罗之初步比较》和博士论文《拿瓦侯传统的延续》（仪式在拿瓦侯社会中与儒家在中国文化中是如何得以延续的比较研究报告）以及考古学家张光直的论文《连续与破裂：一个文明起源新说的草稿》，都探讨了美亚的文化

---

① 单德兴：《重建美国文学史》，北京大学出版社2006年版，第171页。
② 乔健：《美洲与亚洲文化的远古关联：印第安人的诵歌》，广西师范大学出版社2004年版，《序言》第2页。

关联。可见，国内学者对美国土著文学一直是予以关注的，但由于资料的相对匮乏，对美国土著文学的研究相对于美国文学研究的其他方向来说，仅仅是一个起步阶段，专门从事此方向研究的学者甚少。除了石坚教授在1999年出版的专著《美国印第安神话与文学》（*Native American Mythology and Literature*）一书中对莫马迪、威尔奇、西尔科和艾伦四位作家的重要作品一一作了详细的评述以外，① 国内还鲜有其他学者对当代美国土著文学创作出版过专著，只在《新编美国文学史》第一卷和第四卷中有所论述，在陈许的《美国西部小说研究》和朱振武的《美国小说本土化的多元因素》等书中被提及。

就国内期刊发表的论文来看，数量也极其有限。王建平曾先后发表四篇深入研究西尔科和厄德里奇的小说创作的论文，分别是《解构殖民文化回归印第安传统——解读路易斯·厄德里奇的小说〈痕迹〉》（《东北大学学报》2004年第6期，第6卷，第455—457页）、《后殖民语境下的美国土著文学——路易斯·厄德里奇的〈痕迹〉》（《国外文学》2006年第4期，第75—81页）、《莱斯利·西尔科的〈典仪〉与美国印第安文化身份重构》（《东北大学学报》2007年第1期，第86—89页），《〈死者年鉴〉：印第安文学中的拜物教话语》（《外国文学评论》2007年第2期，第45—54页）；高琳的论文《书写当代印第安人生存困境的〈爱之药〉》（《当代外国文学》2006年第2期，第161—164页）分析了此书中着力刻画的文化冲突现象及其所揭示的当代美国印第安人的生存境况。此外，综述性的论文和论及美国土著文学的论文主要有：王家湘：《美国文坛上的一支新军——印第安文学》（《外国文学》1996年第6期，第23—25页）；胡铁生、孙萍：《论美国印第安文学演变历程中的内外因素》（《河南师范大学学报》2005年第3期，第130—135页）；郭洋生：《当代美国印第安小说》（《西南民族学院学报》1996年第4期，第1—5页）；刘克东：《〈亚利桑那菲尼克斯意味着什么〉中的"魔法师"形象和口述传统》；刘玉发表的关于艾伦的论文

---

① Shi Jian, *Native American Mythology and Literature* (Chengdu: Sichuan People's Publisher, 1999).

有三篇，分别是：《美国印第安女作家波拉·甘·艾伦与后现代主义》、《用神话编织历史——评波拉·甘·艾伦的短篇小说〈指日可待〉》（《外国文学》2004 年第 4 期，第 3—5 页和第 9—13 页）、《美国印第安女性文学述评》（《当代外国文学》2007 年第 3 期，第 92—97 页）；邹惠玲先后发表了数篇关于美国土著文学研究的论文，分别是：《从同化到回归印第安自我——美国印第安英语文学发展趋势初探》（《徐州师范大学学报》2001 年第 4 期，第 18—21 页）、《典仪——印第安宇宙观的重要载体——印第安传统文化初探》（《徐州师范大学学报》2004 年第 4 期，第 54—57 页）、《〈绿绿的草，流动的水〉：印第安历史的重构》（《外国文学评论》2004 年第 4 期，第 40—49 页）、《北美印第安典仪的美学意蕴》（《艺术百家》2005 年第 3 期，第 95—97 页）、《印第安传统文化初探之二——印第安恶作剧者多层面形象的再解读》（《徐州师范大学学报》2005 年第 6 期，第 33—37 页）、《19 世纪美国白人文学经典中的印第安形象》（《外国文学研究》2006 年第 5 期，第 45—51 页）、《试论蕴涵于印第安创世传说的印第安传统信仰》（《徐州师范大学学报》2007 年第 1 期，第 40—44 页）等。其中，邹惠玲和刘玉分别以美国土著文学为研究对象，完成了博士论文《后殖民理论视角下的美国印第安英语文学研究》（2005）和《文化对抗——后殖民氛围中的三位美国当代印第安女作家》（2005）。但是，从生态批评的角度深入探讨美国土著文学的论文至今数目寥寥，只在朱新福的《美国生态文学批评述略》（《当代外国文学》2003 年第 1 期，第 135—140 页）和石平萍的《美国少数族裔生态批评：历史与现状》（《当代外国文学》2009 年第 2 期，第 25—34 页）等综述性论文中有所论述，而这两位学者都没有将当代美国土著作家的文学创作作为自己的主要研究对象，因此并没有涉及具体的内容。西北大学的童靖和湘潭大学的张明远分别运用生态批评理论完成了硕士论文《自我、自然及当代美国印第安自传文学》（2005）和《重建生态和谐：生态批评视角下的西尔科的〈仪式〉》（2007），但是他们仅局限于研究西尔科的《仪式》、《讲故事的人》和莫马迪的《通向阴雨山的道路》，从研究深度、广度来说都还有极大的扩展空间，尤其是印第安文化中的生态观溯源及其传承还有待进一步探讨。由此，本书以当代美国土著作家的代表性小说为研究对象，阐释和分析这些作品中突出表现的生态思想，为解读当代美国土著小说提供一个新颖而具有强烈现实感的研究视角。

　　尽管有的学者认为古代土著人的自然观属于原始意识范畴，与中国道家的"自然观"不可比，[①] 但在美国当代土著小说家们的作品中所体现出的异化后的回归自然，确实是一种"复杂后的简单"，[②] 代表了当代土著人在物质和精神生活两个层面对自然的再认识。受印第安传统文化与西方文学传统双重影响的当代土著作家背负民族使命感，将传统与现代主题和结构进行嫁接，通过笔下的混血人物展现了一个个被称作"重新创世"[③] 的神奇故事。用现代西方文学理论和批评方法来解读这些故事时，部落文明与西方文明的冲突则不可避免，例如土著人的语言观、视死亡为短暂过渡的天人合一的宇宙观、以女性原则为特点的文化传统以及以恶作剧精灵的多面性为教化的幽默特质等，都与西方文学理论及其批评实践出现了不兼容的现象。长期被视为"自然之子"而非"文化人"（the man of letters）的土著作家的文学创作只在最近五十年才由于两点缘由开始进入美国文学的经典之列，一是土著文学中体现的生态而非人类中心主义的观念，二是其演示性而非单纯文本性的表述模式。[④] 作为印第安文化的代言人，当代美国土著小说家遵循口述传统，运用"讲故事"的叙述方式，通过展现土著人的仪式传统等表达了他们对时空循环和亲缘关系的独特认识。对于美国文学经典中这一支较晚被接纳、较少被研读的分支，其文化和历史的演变及其文学研究的后殖民语境充分体现出历史、文化与权力的互动、博弈，对于当代读者透视美国历史、解读文化多元、理解民族属性及其文化内涵都具有极大的现实意义。

---

① 高小刚：《图腾柱下：北美印第安文化漫记》，生活·读书·新知三联书店 1997 年版，第184—185 页。

② 同上书，第 185 页。

③ 陈许：《土著人的回归——美国西部印第安人小说中的人物身份探讨》，刊《盐城师范学院学报》2005 年第 3 期，第 91 页。

④ Arnold Krupat, "Native American Literature and the Canon", *Critical Inquiry*, Vol. 10, No. 1 (1983), p.147.

　　本书在研究过程中主要采用文本细读和比较分析的方法。任何文学研究都离不开对文学作品中的形式因素的研究，当今的文学批评要求我们既要从宏观上掌握社会历史语境，同时也要从文本细读中寻求有说服力的证据，以便获得正确的结论。对美国当代土著作家的文学研究，首先应该从他们的作品出发，从作品中读出意义。同时，通过阅读、分析文献来间接地对研究对象的本质和规律进行研究，才能得出对主客观事物的正确认识。在对当代土著文学的研究中，广泛收集、分析并综合整理涉及历史、宗教、人类学、社会学等相关领域的研究成果都对正确解读文本有至关重要的作用。对同类和不同类的事物进行比较，才能更好地把握研究对象的特征和实质。美国土著文学与起源于欧洲的西方文学创作传统有很大的差别，主题、表现手法都有不同，因此，只有了解其不同才能认识其本质，也才能更好地理解当代土著文学在美国文学中的地位及出路。同时，美国土著文学中表现出的一些与东方文化（如人与自然、人与人和谐统一的宇宙观、集体观）、与美国本土的其他少数族裔文化的相似性，以及与白人社会中"个人主义"理念的差异性，都能有助于读者更好地理解印第安民族在夹缝中求生存并总是能幸存的民族精神。除了以上方法外，作者还会将文学研究与文化研究相结合，因为文化研究更注重对文本以外的因素进行关注和考查，在研究方法和研究角度上对本课题都具有启示意义。因此，本书作者将结合文化研究，对美国当代土著作家小说创作中突出的生态思想进行深入的研读和分析。

　　本书除引言和结语外主要分为五章。

　　第一章以现代生态批评的重要理论核心——生态整体观为出发点，分析海德格尔天、地、神、人四元合一的哲学理念对于当代生态批评理论发展的重要影响。在生态批评的语境中，四元合一成为生命之网这一意向的理论表述和阐释路径，反映了宇宙中各种生命力之间的关系，以及生命的每一方面都是一个互相交叉的宇宙体系的一部分这样浅显的真理。在解读当代美国土著作家文学创作的过程中，读者会发现，土著作家所反映的传统宗教观和灵学思想与西方文化中崇尚的社会进步和以独立、自由为标志的个人主义式的追求具有极大的反差，这源自于基督教思想与土著部落传统信仰的巨大差异。土著人从来没有人类高于其他存在物的观念，他们将世间的存在视为与人类平等的其他人，以谦和的姿态处理着人类与自然、人类与人类的关系，而将神圣的地域、伟大的神灵视作生命的源泉，以与周围的一切保持良好的关系为生活的目标，从而达成生命之网的平衡与长久的美好。这样的理念和实践与深层生态主义所倡导的生态整体观不谋而合，而莱斯利·西尔科的最新力作《绿松石矿脉》(*The Turquoise Ledge*, 2010) 对这样的生态观进行了详细的阐释，小说《仪式》(*Ceremony*, 1977) 则成为传达和赞美生态整体观的最好例证。当书中饱受创伤的土著青年如他的先人一样能从天地万物的整个生命之流中找到相互依靠的强大力量时，他最终在生命之网的仪式中得到了复原。

　　第二章主要阐释和分析北美土著人"大地之母"的观念，以及印第安文化中持久的女性传统。这样的传统根植于印第安部族神话中广泛存在的女性神祇原型，如"思想女"(Thought-woman)、"蜘蛛女"(Spider-woman)、"光之母"(Grandmothers of the Light) 等。在白人到来之前、还没有受到基督教教义影响的北美大陆，广泛流传的故事和创世传说都明白无误地表述着土著人对于女性力量的敬仰，这种以女性为中心的文化"崇尚和平、和谐、合作、健康和广泛的繁荣，他们的思想和实践体系值得我们备受困扰而矛盾重重的现代社会深入探究"。[①] 他们广泛存在和倡导的平等、和谐的两性关系起源于他们对于自然大地的母性认同，而神话传说作为一种普识性的载体，表达和教育着族人正确认识传导于自然、女性、部落、神力之间的和谐之流，以从容、自然的心态对待物质和精神世界，并且通过对女性特质——生命力、创造力、决断性、康复性等原则的认同和保持，以达到群体内部与其他族群之间、族人与自然世界之间长久的平衡与和谐。同时，这样的传统对当代土著作家的文学创作也有很大的影响，例如，与美国华裔、非裔作家中常有男女作家对峙的局面不同，土著作家中极少有男女作家相互大肆抨击的现象。在他们的作品中，女性原则成为一

---

① Paula Gunn Allen, *Grandmothers of the Light: A Medicine Woman's Sourcebook* (Boston: Beacon Press, 1991), p.29.

个极为普遍的现象，即重塑印第安女性在部族文化中的核心地位。在共同面对当今的生态危机时，这样开放的语境更是与生态女性主义的思路达成了一致。本章以葆拉·冈恩·艾伦的《拥有影子的女人》（*The Woman Who Owned the Shadows*, 1983）和詹姆斯·威尔奇的《血色隆冬》（*Winter in the Blood*, 1974）为例，分析印第安女性原则的象征——大地之母和女药师的复原力量。

第三章以露易斯·厄德里奇和斯科特·莫马迪为例，阐述了这两位土著作家的代表作中强烈表达的大地情怀，这样的情怀是基于土著人对于人类与大地的亲缘关系的认同。在一个相互关联、相互协作的生态圈中，土著人对于世代生活的地域具有一种朴素的伦理观，对于一切生命体存在和繁殖的荒原抱有真挚的敬爱之情。厄德里奇在《爱药》（*Love Medicine*, 1984, 1993）中对土著人居留地的环境和地域景观的描写，表达出了她对这片土地的强烈情感，对于非土著人来说，这是理解印第安传统灵学思想中一直颂扬的人类与大地的亲缘关系的有力例证。当自然不再是故事发生的背景，而是成为引导人类认识自己的身份、了解自己的历史和文化的指南时，人才能真正理解地域感知并最终到达福地。而斯科特·莫马迪在《通向阴雨山的道路》（*The Way to Rainy Mountain*, 1969）和《黎明之屋》（*House Made of Dawn*, 1966）中，则通过讲述故事宣扬了印第安传统文化，对于族人世代生活的这片大地的颂扬，在他饱含色彩的画笔下，也鲜活而直观地展现在读者的眼前，是一次对家园的审美过程。读者追随着故事讲述者的脚步，一起在这片他熟知的土地上进行了一次细致的游历，从而也深刻体会到土著人对这片土地的热爱之情。

第四章从北美土著人的动物伦理观入手，对于他们的恶作剧精灵传统进行了梳理，并以厄德里奇的《爱药》和托马斯·金的《青青的草，流动的水》（*Green Grass, Running Water*, 1993）为例，分析了土著人通过恶作剧精灵对于人类所进行的教化。北美土著人对动物的关注除了因为动物为他们的生存提供食物来源这个极为现实的原因之外，还在于他们总是从心理和精神层面上强化人类与动物的关联。同时，他们的动物观通过传说、图腾、仪式等方式得以表达、强化和传导，不仅在历史上对于土著居民的生活方式起了决定性的影响，对于挽救现在脆弱的生态圈中许多生物种类的实践也具有理念上的指导意义。例如在当代土著作家的创作中，郊狼时常作为恶作剧精灵叙事的代表频繁出现是因为在广为人知的古老传说中，他常常是"一个教唆者，而不是道德的检验者；他既不专横，也不特别苛刻，而是不断颠覆他假装拥有的一切权威——或者一旦发现有这样的姿态就会被颠覆"。[①] 恶作剧精灵作为来自这片土地的教导者，他们以身说法，通过自己或正确、或错误的行为来展现对于自然世界逐步了解、熟悉以及建立合理关系的过程，并在自嘲与欢笑声中确立自己在印第安传统文化中近乎"守护者、保护神"[②] 的角色。

第五章以琳达·霍根的两部代表性作品《卑鄙的灵魂》（*Mean Spirit*, 1990）和《鲸鱼的子民》（*People of the Whale*, 2008）为例，分析当代美国土著作家小说创作的社会诉求。直面当今全球范围内的生态恶化，土著学者曾经明确指出，"相信凭借科技力量将我们从生态灾难中解脱出来只会导致产生'法西斯主义'的变体"。[③] 他们认为，人口膨胀导致自然超负荷承载、工业化的生产和消费导致能源消耗过多以及由此引发的污染等等现象只是生态灾难的表象和结果之一，当全人类都共同面临生存的考验时，"西方文明式的生活方式是一条死亡之路，他们的文化根本没有可能的解决之道。当面对他们自己的毁灭时，他们只能更进一步，迈向更快的毁灭"。[④] 由此，土著学者在当今西方民主发展的时期，在美国代表的西方文明消灭种族压迫、提倡民主自由的喧嚣中，发表了自己的深刻见解："生活在这个星球上的人们要突破人类解放的局狭观念，开始认识到需要赋予整个自然世界以自由，需要解放所有支撑生命的存在——空气、水、

---

① Eric Anderson, "Manifest Dentistry, or Teaching Oral Narrative in *McTeague* and Old Man Coyote" in Elizabeth Ammons and Annette White-Parks, eds., *Tricksterism in Turn-of-the-Century American Literature: A Multicultural Perspective* (Hanover: University Press of New England, 1994), p.64.

② Gary Snyder, "The Incredible Survival of Coyote" in William Bright, *A Coyote Reader* (Berkeley: University of California Press, 1993), p.167.

③ Donald A. Grind & Bruce E. Johansen, *Ecocide of Native America: Environmental Destruction of Indian Lands and People* (Santa Fe: Clear Light Publishers, 1995), p.266.

④ Ibid., p.267.

树木——支撑神圣的生命之网的所有存在。"[1] 曾经被称作野蛮人的土著民众完全有能力教会西方文明世界正确认识自然，与欧洲文明所谓的普世价值观进行对抗，因为他们从未放弃传统文化的滋养。尽管他们亲眼目睹自己的家园被掠夺，并成为美国生态灾难最大的受害者，他们仍然用自己曾经微弱的力量表达着责任感和理性诉求，用环境正义的口号和行动挽救着这个残破的世界。就如美国土著知识分子沃德·丘吉尔（Ward Churchill）所言，"必须先于解放人类之前解放大地……我们还自然以它应得的地位是人类生存的核心要素"。[2] 琳达·霍根在小说中不仅从美国土著民众的角度叙述了他们所遭受的环境种族主义压迫，他们为了自己的权利所进行的不懈努力以及印第安文化传统所具有的强大生命力，更站在全人类幸存的视角上，在历史的再叙中通过环境正义提出了更加强烈的社会责任和改变的诉求。

　　以去人类中心主义为主要特征的当代生态批评实践将生态整体主义作为追求的目标，其核心思想就是将整个生态系统视为统一的整体，将万物合而为一，将人类与其他生命和非生命形式联系起来，以生态系统的整体利益而不仅仅是人类的利益为最高标准评判进步与否，考量科技、文化、经济和社会生活的方方面面。这样的理念与崇尚个人主义的西方传统文化是相悖的，但对于北美土著人来说，却是早已经过祖先的历代实践并努力传承的古老智慧。当西方哲学家们一直在层出不穷的二元对立关系中沉思、辩论时，北美土著人却通过身体力行的方式表述并实践着自己的宇宙观和灵学思想，建构着天人合一的和谐圣环。

---

[1]　Donald A. Grind & Bruce E. Johansen, *Ecocide of Native America: Environmental Destruction of Indian Lands and People* (Santa Fe: Clear Light Publishers, 1995), p.268.

[2]　Ward Churchill, "The Earth Is Our Mother: Struggles for American Indian Land and Liberation in the Contemporary United States", in *The State of Native America*, ed. M. Anette Jaimes (Boston: South End Press, 1992), p.177.

第一章

生命之网

——天、地、神、人的四元合一

在解读美国土著作家的文学创作时，读者会明显感受到印第安民族的宗教观和灵学思想与基督教等西方传统宗教理念的不同、土著人的群体意识与欧洲人追求的个人主义的差异等。身处美洲大陆却与白人文化迥异的土著人一直视个人与群体、人类与自然的和谐、平衡为悠久的精神财富。当代美国土著小说中普遍的对故事言说和仪式的尊崇既源自于其口述文学的传统，也源自于这一民族的宇宙观和传统信仰。土著人一直都坚信宇宙是一个有秩序的整体，其中的自然现象从本质上说都是神圣的、有生命的，并且与人类的活动有着密切的联系。他们总是以一种参与的意识来对待自然现象，因为他们相信宇宙就是各种生命力之间关系的反映，而生命的每一方面都是一个互相交叉的宇宙体系的一部分，所以人类的一切活动都不可避免地参与了整个宇宙体系的运作，都与其中的每一个成员共担、共享自然的变迁。他们传统的创世传说、曲词和仪式中都蕴涵着对自然界万事万物的景仰，崇敬将神灵、万事万物和部落族人融为一体的圣环，将圣环之中的和谐平衡统一视作最完美的境界。据学者们研究，土著人的和谐平衡观念与中国文化中"致中和"的宇宙观有很大的相似之处，追求"天人合一"，既包括个体系统的内外和谐，也包括自然系统和人际关系的社会和谐，即时空、人间和超自然界的和谐。① 因此，建立在信仰之上的仪式就成为"族群的、社区的、具有地方价值的功能性表演"，② 往往是部族的全体成员参与的仪式成为维系部族群体的一条精神纽带，从神灵处获得的超凡能力绝非仅仅属于个人，而是以整个部族群体融入和谐宇宙、获得新生为目的。

这样的理念与古希腊哲学家赫拉克利特的"万物是一"的思想形成了观照。但随着希腊和罗马文明的衰落、基督教的盛行，

> 大自然在西方伦理学中就没有得到公平对待。越来越多的人相信，大自然（包括动物）没有任何权利，非人类存在物的存在是为了服务于人类，并不存在宽广的伦理共同体。因此，人与大自然之间的恰当关系是便利和实用。这里无需任何负疚意识，因为大自然的唯一价值是工具性和功利性。③

在工具理性思想的支配下、在人与自然二元对立关系的演进中，在所谓文明、现代的进程中人类最终走向了生态系统濒临崩溃的危急关头，至此，相互依存的观念成为人们思考的重点。俄国哲学家彼特·奥斯宾斯基（P. D. Ouspensky）告诫人们："任何一个不可分割的存在，都是一个有生命的存在物"。奥尔多·利奥波德（Aldo Leopold）希望人类要学会"像一座山那样思考"："大地是有生命的……它的土壤、高山、河流、森林、气候、植物以及动物的不可分割性"使地球成为一个"拥有某种类型、某种程度的生命的有机体"。④ 由此，把生态系统视为一个统一的整体，将整体利益作为最高价值以保持其完整、和谐、平衡和持续发展成为与人类中心主义对抗的新趋势，是工业文明的飞速发展而导致的人类与土地疏离后必然的结果。"在很大程度上，这种

---

① Peter G. Beidler, "Louise Erdrich" in Kenneth M. Roemer ed., *Native American Writers of the United States*, (Washington D. C.: Gale Research, 1997), pp.25–29.

② 彭兆荣：《文学与仪式：文学人类学的一个文化视野》，北京大学出版社 2004 年版，第 34 页。

③ [美] R. F. 纳什：《大自然的权利》，杨通进译，青岛出版社 1996 年版，第 17 页。

④ 同上书，第 80 页。

强调整体性和万物有灵的看法，是由人与自然之间不断增强的隔绝感激发出来的，是西方国家工业化进程所产生的极其猛烈和痛苦的副作用的结果。"① 这样理念和态度的转变既是面对现实状况的必须，也是现代哲学思辨的成果。

著名哲学家马丁·海德格尔（Martin Heidegger）在他哲学思想的后期放弃了建立一般存在论的构想，更多地关注人的生存情况、人类命运与人类未来，通过开展技术批判，试图为无家可归者寻求精神家园。他绘制出了一幅天地神人四元和谐的美学图景，将生存世界（人与生存环境全部联系的总和）的结构概括为天、地、神、人的四元合一（das Geviert，也被译作四重整体或四方关联体）。无家可归的现代人"居住于天空下，居住于大地上，居住于神圣者前"。② 海德格尔认为"终有一死的人通过栖居而在四重整体中存在"，并被保护。人栖居着，"因为他们拯救大地……拯救大地远非利用大地，甚或耗尽大地。对大地的拯救并不是要控制大地，也不是要征服大地"，而是使其摆脱危机，还其本质。人栖居着，"因为他们接受天空之为天空。他们一任日月运行，群星游移，一任四季的幸与不幸。"③ 同时，人也向诸神表达希望，期待暗示。海德格尔指出，"诸神是暗示着的神性使者"，其神性是隐而不显的，但与其他三方同在。④ 在对四元合一中神性之维的探讨中，赵敦华认为"'神'是神秘之域"；⑤ 王诺则清晰地将其分析为"自然规律，是自然之大道，是运行于世界整体内的自然精神……就是运行于包括人在内的整个世界中的、决定和制约着整个生态系统的真理和规律"。⑥ 海德格尔的天地神人四元合一的哲学思辨成为当代深层生态学的思想基础，生态整体观将不可分割的代表自然的

---

① ［美］唐纳德·沃斯特：《自然的经济体系——生态思想史》，侯文蕙译，商务印书馆2007年版，第110页。

② 张贤根：《海德格尔美学思想论纲》，《武汉大学学报》（人文科学版）2001年第4期第54卷，第417—418页。

③ ［德］马丁·海德格尔：《演讲与论文集》，孙周兴译，三联书店2005年版，第158页。

④ 同上书，第186页。

⑤ 赵敦华：《现代西方哲学新编》，北京大学出版社2001年版，第113页。

⑥ 王诺：《欧美生态批评：生态学研究概论》，学林出版社2008年版，第89—90页。

"天地"、代表精神信仰的"神"和栖居在这个世界上的"终有一死的人"紧密联系起来,指导失去自然家园和精神家园的无家可归者与自然万物和谐相处,以整体观取代人类中心主义,只有这样人类才能真正拥有家园,并能回归家园。

海德格尔在对诗人荷尔德林的诗歌阐释中和对艺术语言的美学研究中勾画出了四元合一的美好蓝图,当代美国土著作家则是在古朴的生态智慧的引导下讲述了一个个无家可归者从疏离绝望中重回家园的生动故事。他们在归家("Homing-in")之途的描写中提供了一种西方文化所缺乏的全新的观察视角,"那是一种整体性的、生态的角度,将总体的生存视为核心价值,将人类置于与所有因素等同的位置,而不是高高在上,并赋予人类关照我们居住的世界的重要责任。"① 这样的世界观并非像生态批评理论一样是来自环境恶化后的反思,而是土著人在世代相传的故事中一再表达的主题,土著作家坚信传统文化的持久生发力,在当下的语境中也通过文学的想象进行着不懈的传承和强化。

第一节　美国土著文学中的生态整体观溯源

美国土著文学传统与西方文学传统最明显的区别就在于文学作品本身所承担的意义具有本质的不同,在西方文学传统中,文学创作是为了抒发个人的情感,而土著传统文学却

> 从不赞美个人情感,因为他们认为这是人人皆能做到的。一个人的感情属于个人所有,认为他人可以效仿这样的感情其实是将个人的感受强加于他人。部落通过颂歌、仪式、传说、神话和故事探寻着象征、表达和参与现实的方式,将孤立、个体的自己融入现实的和谐、平衡之中,表达出万物的庄严、神秘感,用语言实现那些让人类明白

---

① Louis Owens, *Other Destinies: Understanding the American Indian Novel* (Norman: University of Oklahoma Press, 1992), p.29.

的最有意义、最庄严的真理。①

美国土著文学传统与西方文学最大的不同就是"对天地万物的基本看法",② 由此,土著人与西方人的真实感受以及对经历的表达必然不同,这也正是造成非土著人无法并不愿正确解读土著传统文学创作的真正原因。

小林恩·怀特（Lynn White, Jr.）在《我们的生态危机的历史根源》一文中深入挖掘了人类的宗教信仰与生态现状的关系,"人类对生态所采取的行动取决于他们如何理解自己与周围事物的关系,人类的生态很大程度上是由我们如何理解自己的天性和命运所决定的,也即取决于信仰"。③通过分析对西方文明影响最为深刻的基督教思想,怀特指出,基督教继承了古老的犹太教中的创世传说,相信无所不能的上帝创造万物,并依据自己的形象创造了亚当和与亚当相伴的夏娃,使其成为人类的始祖。由此人类为动物命名并高居所有生物之上,自然界中的所有一切都是为了满足人类的需要,"与古代的异教和亚洲的宗教完全不同的是,基督教不仅确定了人类与自然之间的二元对立关系,还宣称人类利用自然满足自身的需求是上帝的意志"。④ 在逐步取代万物有灵论的过程中,基督教所倡导的自然神学也不过是强调通过了解自然来尊崇上帝的无所不能,因此 13 世纪以来随着自然科学的进步,尤其是近现代的科学知识所催生的技术的一步步革新使人类对自然的掠夺到了无所不用其极的地步。源自于欧洲白人基督教信仰的人类中心主义所造成的自尊自大,成为当代全世界生态危机的根源。要解决这样的危机,也就必须从改变盲目自大的信仰做起,重新认识人类与自然的正确关系,只有抛弃自然的存在仅仅是为人类服务的理念

---

① Paula Gunn Allen, *The Sacred Hoop: Recovering the Feminine in American Indian Traditions* (Boston: Beacon Press, 1992), p.55.

② Paula Gunn Allen, *The Sacred Hoop: Recovering the Feminine in American Indian Traditions* (Boston: Beacon Press, 1992), p.55.

③ Lynn White, Jr., "Historical Roots of Our Ecologic Crisis" in Cheryll Glotfelty & Harold Fromm eds., *The Ecocriticism Reader: Landmarks in Literary Ecology* (Athens: The University of Georgia Press, 1996), p.9.

④ Ibid., p.10.

才能终止持续恶化的生态危机。

在对西方宗教思想的反思和再认识中，许多学者都将目光投向了东方的禅宗、佛教等宗教理念，也有学者对于生活在同一片土地上的北美土著人的宇宙观和灵学思想进行了深入的研究，尤其是土著学者，他们出于对本民族传统文化的了解和珍视，同时也是为了给当代全球化的生态困境和人类的精神困境找到出路，在对传统万物有灵的宗教思想的梳理和理解中，用古朴的生态智慧考量着人类在现代困境中的抉择。著名土著学者、被《时代》杂志评为 20 世纪最伟大的宗教思想家之一的小瓦因·德洛里亚（Vine Deloria Jr.）1973 年出版的《红色的神：一种土著宗教观》被视作是了解北美土著宗教和灵学思想的"旗舰之作"，在随后的几十年间不断再版，并于 2003 年推出了由莱斯利·西尔科和学者乔治·廷克（George Tinker）作序的 30 周年纪念版本。"它详尽地探讨了相关的学术问题，对根植于欧洲传统的西方史学、哲学、神学、社会评论和政治理论的基本问题给出了系统的、清晰的印第安式的回应。"[1] 德洛里亚在书中不仅回顾了印第安运动，他还通过基督教创世纪与土著创世信仰的对比，介绍分析了北美土著人的时空观念以及对死亡的独特理解。首先，基督教教义中宣扬一个有具体人形的上帝创造了人类，而人类的始祖却很快堕落，人类也因此只能苦苦等待救赎；而印第安的部落宗教都"视创世为一个在界限清楚的具体地点的生态体系"，[2] "宇宙万物都完好无损一起运作维持下去……人类和宇宙的其他部分相互协作、相互尊重，肩负伟大的神灵（the Great Spirit）所赋予的重任"。[3] 在他们的信仰中，伟大的神灵不必像基督徒心中的上帝和上帝之子一样神人同形，尽管在许多部落传说中，"她"或"他"常常被称作"祖母"、"母亲"或"祖父"，但他们更相信神、人和所有一切都可以相互转换，"通过这种方式，不同物种能够相互交流和学习"。[4]

[1] George E. Tinker, "Foreword" in Vine Deloria Jr., *God Is Red: A Native View of Religion* (Golden: Fulcrum Publishing, 2003), p.xi.

[2] Vine Deloria Jr., *God Is Red: A Native View of Religion* (Golden: Fulcrum Publishing, 2003), p.77.

[3] Ibid., p.80–81.

[4] Ibid., p.87.

德洛里亚指出，这样的部落信仰：

> 决定了部落中的族人必须和其他生物保持恰当的关系，在部落群体中展开自律，人类才能与其他生物和谐共处。他生活的世界是由一个存在的力量所控制，那是生命力量的展现，是宇宙万物的整个生命之流。人类一方面要知道自己在这个宇宙中占有重要的地位，另一方面也要低调地认识到自己的存在是依靠宇宙中的所有一切……通过观察不同生物如何交织为一幅锦绣之毯来理解生命的意义。[①]

与西方基督教信仰中坚信人类高居于万物之上不同，土著人更愿意相信每一种生命形式、世上的每一种存在都有其目的和意义，其存在方式也自有其特点。除了人类以外，所有生命体和非生命体都应该被视为另一种形式的人，是宇宙中与人类平等的"其他的人"（the other peoples），"平等不仅仅属于人类，而是对宇宙万物的生物性的认可"。[②] 由此可以看出，平等和生命力是土著人认识论中最核心的特点，相互关联所结成的生命之网成为理解一切存在的核心意向，在这张网中，平等使万物相存，生命力使万物相连。例如，斯托尼印第安人（Stoney Indian）"行进的水牛"（Walking Buffalo）曾用质朴的语言解释宇宙万物皆有生命并与人类等同的本质特征：

> 你知道树要说话吗？他们确实会的，他们相互交谈，如果你倾听，他们会和你交谈。但问题是，白人不会倾听，他们从来没学会听印第安人讲话，因此我想他们也听不见自然中的其他声音。但我却从树林中学会了很多：有时是关于天气，有时是关于动物，有时是关于伟大的神灵。[③]

---

① Vine Deloria Jr., *God Is Red: A Native View of Religion* (Golden: Fulcrum Publishing, 2003), p.87.

② Ibid., p.89.

③ T. C. McLuhan, *Touch the Earth* (New York: Outerbridge & Dienstfrey, 1971), p.8.

正是因为这样的信仰，在土著人世代相传的歌谣中、宗教活动的祷告中、医师的复原仪式中，总是会直接提及各种植物、动物以及大地的神奇援助，以谦和的姿态表达对于人类局限性的接受。

土著人对宇宙本原的认识也决定了他们独特的时空观和死亡观，尽管北美大陆的后来者们一直信奉线性的时间流，认为自己不断西进征服新领土就是历史的发展和进步，值得引以为豪，土著人却一直敬仰以地域为标志的神圣空间。他们始终相信时间具有极大的局限性，因为它总是有始有终，只能被看作是自然的有规律的循环往复，而"信仰是态度、信念和行动的总和，是与人们生活的大地完美协调的"，① 因此，神圣的地域是生命的源流，是世间万物的集合，是和谐平等的体现和见证，只有特定的空间才能给予人类心灵的启示，成为人类行为和精神的向导。与白人为时间的流逝而叹息或者为历史的进步而鼓吹不同，土著人相信空间产生时间，一切族人能感受和理解的往事都是历史记忆的书写方式，都代表着时间的流逝，但是族人世代生活的家园却承载着这些往事，因此部落历史总是与地域紧密相连，是神圣的地理（sacred geography）。部落传统中最显著的特征是"与地域相连的精准、特异的传统"，当失去这片土地时，部落的传统、族人的身份认同也就随之流逝了。②

这样的时空观也说明了为什么大部分土著部落信仰中都没有对死亡的恐惧，他们既不会等待天堂的极乐，也不会畏惧炼狱的惩戒，死亡不过是进入另一个生命流程，"几乎是一个机械的过程，每个人都必须服从，所有事物都不可避免地属于一个自然的宇宙进程"。③ 人类与自然世界密不可分，死亡作为一种自然现象可以让人类将身体奉还给大地，成为泥土，"为供养人类的植物和动物提供营养，因为人们认为部落群体和家庭在任何情况下都是一个持续统一体，因此死亡只不过是更长久的生命远景中的一个过渡事件"。④ 部落族人世代居住的土地承载着先人的遗骨，先辈的

---

① Vine Deloria Jr., *God Is Red: A Native View of Religion* (Golden: Fulcrum Publishing, 2003), p.69.

② Ibid., p.121.

③ Ibid., p.170.

④ Ibid., p.171.

亡灵也与伟大的神灵合而为一，庇护着后代子孙，"证实着印第安灵学思想中根本的和谐统一。宇宙是一个生命体系，世间万物都发挥着作用"。[1]当白人企图将他们世代生活的家园掠为己有时，许多土著首领都为保卫部落的土地率领族人勇敢作战，即使是最终被迫签订屈辱的条约，他们也总会面对敌人勇敢地表达出族人的信念。在流传至今的诸多土著部落首领的演讲中，有两个主题被一再表达，"地球是有生命的，所有与之相连的事物也都具有生命力；大地使人类的活动变得神圣，使之超越我们所能"。[2]神圣的大地成为土著人意识形态中一个普遍的认同，在各个部落的传说、仪式或颂歌中，大地被亲切地称作母亲，世上的一切生物都被视作亲戚，而人类则必须与大地母亲和谐相处，完全无法分离。1912年，克罗印第安人（Crow Indian，又译作乌鸦印第安人）酋长柯利（Curley）拒绝将部族的土地卖给联邦政府，他曾说到：

> 你们所看到的土地绝不是普通的土地——它是我们先人的血肉和遗骨。我们为了不让其他印第安人夺去而战斗、流血甚至死亡，我们也曾为了帮助白人而战斗、流血和死亡。你们将不得不挖穿表层才能看到大自然的泥土，因为表层全是克罗族人。大地事实上就是我的血、我的亡灵；它是神圣的，我绝不想放弃任何部分。[3]

涅兹－佩尔塞（Nez-Percé）族的年轻首领约瑟夫（Joseph）在白人开始入侵族人居住的山谷时英勇战斗，因为他始终记得父亲的临终遗言："我的儿子，我的身体即将回到大地母亲那里，我的灵魂会去与伟大的神灵族长会面。当我离去后，你要想着你的家园，你是这些人的首领，他们盼着你为他们指引方向。记住，你的父亲永远不会出卖自己的家园。"[4] 对

---

① Vine Deloria Jr., *God Is Red: A Native View of Religion* (Golden: Fulcrum Publishing, 2003), p.173.

② Ibid., p.146.

③ Ernest Thompson Seton, *The Gospel of the Red Man* (New York: Doubleday Doran, 1936), pp.58–59.

④ Virginia Armstrong, *I Have Spoken* (Chicago: Swallow Press, 1971), pp.94–95.

于土著人来说，信仰不仅仅是伦理道德的教导和准则，它更可以通过语言和仪式展现出来，证明自己所生活的大地是一个富有生命力的集合体，这个集合体中不仅有现存的万物，更有先人的灵魂与神圣的神灵护佑和指导着他们每天的言行。

著名的西雅图酋长在 1854 年被迫签订《药溪条约》（"Treaty of Medicine Creek"）时指斥巧取豪夺族人土地的白人：

> 我们祖先的骨灰对于我们是神圣的，他们的葬身之所是圣地，而你们远离自己的祖先却似乎毫无愧意……这里的每寸土地在我的人民看来都是神圣的，每片山坡、每道河谷、每处旷野和树丛都因为过去岁月中或悲或喜的事件而变得神圣。你站立的双脚现在对脚下的尘土并无反应，但是我们对于这尘迹却满怀深情，因为它饱含了我们祖先的鲜血，我们赤裸的双脚能感受到心弦的触动。即使是曾经住在这里并为短暂的季节而欢欣过的小孩子都会喜爱这肃穆的荒野，他们会在日暮时迎接那些若隐若现的神灵的回归。当最后一个红种人消失后，有关我的族人的记忆将会成为白人的传说，这里的海岸将布满我们死去的部落族人。当你们的后代的后代在地里、在店里、在大路上、或是在没有道路的树林的寂静中感到孤单时，他们将不会孤独。在夜晚，当你们的城市或乡村的街道一片寂静、你们感到荒凉无趣时，它们却是挤满了归来的主人，他们曾遍及并一直挚爱着这片美丽的土地。这里永远不会只有白人。①

环顾四周，土著人在遍布先人魂灵的土地上总能找到自己的前世与今生，在大地上找到无处不在的记忆和关联，也同样是这一片土地将生活于此的所有人联系起来，不管他是白人还是红种人。

基于大地的关联也表现在他们对于宇宙整体的理解和接受上，例如，

---

① *Uncommon Controversy*. A report prepared for the American Friends Service Committee (Seattle: University of Washington Press, 1970), p.29.

莫马迪曾经谈到自己与女儿之间的一次对话。当女儿问他太阳住在哪里时，他并没有像绝大部分人一样回答："当然是在天上"。因为这是人人都目睹的现实，但是心灵深处却有另一个声音回答说："太阳生活在地上"。①尽管人类早已知道太阳和地球是宇宙空间中相距遥远的两个截然不同的星球，但是在谈及"居住"、"生活"时，这些字眼所指涉的行为已经变成了一个象征，是一个个鲜活生命的展现，是对同一个家园的归属，而对于土著人来说，这个家园当然是地球，是一切存在的唯一的家——大地。现代科学的宇宙知识也无法改变他们内心深处的信仰，太阳、大地、先人的灵魂、不同肤色的人类，以及一切存在都是缺一不可的整体，都鲜活而实在地永远存在于一个家园里，不管是在过去，还是在将来。但是，这样的观念却注定一开始就会与白人制定的宏伟的扩张计划发生冲突，殖民之初的白人将土著人对于土地的所有权、对自然资源的开发权等看作是需要首要解决的问题，而解决的方式就是让土著人变得和白人一样"文明"，或者直接消灭这样的"野蛮"与"无知"。

土著人在苦难中仍然坚守着自己的信仰，他们并不仅仅为逝去的族人悲伤，更是用万物合一的朴素思想安抚着族人，因为他们坚信尽管自己回归自然、重新化身为大地母亲的泥土，但灵魂却踏上了一条再生之路。与宇宙万物密不可分的信仰使他们对未来的期许超越了个体或现世的生存困境，并能用平等、和谐的理想追求教育、警示白人，告诉他们生灵和万物就如海洋中永不停息的波浪一样，都将遵循大自然的规律，而对于人类，"我们毕竟是兄弟，我们终将会看到的"。② 在这样的理念影响下，土著作家莫马迪写下了诗歌《我活着》，他在诗中写到：

> 我是明亮天空中的一根羽毛，
> 我是平原上奔跑着的蓝色骏马，

① N. Scott Momaday, "On Indian-White Relations: A Point of View" in *The Man Made of Words: Essays, Stories, Passages* (New York: St. Martin's Press, 1997), p.51.
② *Uncommon Controversy*. A report prepared for the American Friends Service Committee (Seattle: University of Washington Press, 1970), p.29.

> 我是水中旋转着的闪亮的鱼儿，
>
> 我是追随着孩子的一片影子，
>
> 我是夜晚的光亮，草地的光泽，
>
> 我是盘旋在风中的一只雄鹰，
>
> 我是一串闪亮的链珠，
>
> 我是最远处的星辰，
>
> 我是黎明的清冷，
>
> 我是大雨的轰鸣，
>
> 我是雪面上的闪光，
>
> 我是湖中月光的长长倒影，
>
> 我是四色的火焰，
>
> 我是暮色中站在远处的一只野鹿，
>
> 我是长满漆树和补骨脂的田野，
>
> 我是冬天天空中斜飞的一只野鹅，
>
> 我是饥饿的幼狼，
>
> 我是所有这些汇成的一个梦。
>
> 你看，我活着。
>
> 你看，我与大地保持着良好的关系。
>
> 你看，我与众神保持着良好的关系。
>
> 你看，我与一切美好保持着良好的关系。
>
> 你看，我活着，我活着。①

土著人懂得，人类因为这些良好的关系而活着，也只有一直保持与天、地、神的良好关系才能得以存活并活得圆满。印第安文化中的生态整体观理念在现代社会中能保持其强大的活力和影响力，在很大程度

---

① N. Scott Momaday, "I Am Alive", in Jules B. Billard, ed., *The World of the American Indian* (Washington, D. C.: National Geographic Society, 1975), p.14.

上，除了归功于德洛里亚等土著学者对传统文化和信仰体系的挖掘、整理外，当代土著作家在文学创作中的再阐释更是起到了非同寻常的推广作用。他们用诗歌、杂文、回忆录、小说等形式一再表述着这样的观念，其中西尔科在 2010 年推出的新作《绿松石矿脉——一部回忆录》更堪称是一部"视野广远、结构创新、表述直接、唤意抒情的佳作"，①而学者们对于这部集家族历史、内心自省和景观描写为一体的非虚构作品也同样进行了高度的赞扬，例如学者、作家特里·坦皮斯特·威廉斯（Terry Tempest Williams）认为，"莱斯利·马蒙·西尔科用文字画出了一幅地图，让我们不仅看到了这个世界，还带着对所有生物的俯首谦善追寻着它前行"。② 学者乔伊·威廉斯认为，"在时代终结时，当人类对于地球的不尊已经达到凶残的精神病态时，西尔科与那些除人类之外的令人耳目一新的世间万物所进行的清新、生动的倾身交流就像沙漠中的雨水一样让人滋润"。③ 在这部作品中，西尔科带着读者穿行于她非常熟悉的亚利桑那州的索诺兰沙漠（Sonoran Desert）和图桑山脉四周，这是一片她生活了 30 年的土地，这里也见证过她的家族故事和拉古纳普韦布洛人、切罗基人、墨西哥人以及白人的历史。在她找寻沿途的绿松石的过程中，伴随她的是云、雨、风、沙漠中的酷热以及身边无处不在的响尾蛇、蜜蜂、蚂蚁、蚱蜢、蜂鸟、老鼠和家里喂养的金刚鹦鹉、马士提夫犬等。从她对这片景观的描写中和她对于身边事物的思索、反省中，人类与自然万物和谐交融的场景跃然纸上，她与星辰、动物、砂石的交流以及对于人类挖掘、破坏干旱河谷地表的愤怒抗争都代表了印第安文化所蕴藏的对待自然的朴实态度和智慧，是一部撰写于沙漠中的《瓦尔登湖》。

与梭罗记录在瓦尔登湖边两年左右简单而充满思索的生活相似，西尔科在书中描写了她常常独立一人在索诺兰沙漠里徒步行走时的所见、所想，但是与梭罗的不同之处在于她更多地关注族人与这片地域的联系，甚

① 参阅企鹅出版集团的编辑在该书的封皮上对这部作品的推荐评价。
② 参阅该书的封底评价。
③ 参阅该书的封底评价。

至整个人类与自然相处的是与非，而不仅仅是基于个人的领悟。读者从书中更多地直观看到和听到了星辰、云彩、暴雨、砂石、鸟虫们的表达。在时代的更替中，他们的表达方式始终没有改变，他们与人类的关联也始终不会改变。西尔科用自然的小小一角，通过以她的家族为代表的一部分土著人的历史和视线，展现了印第安文化中所蕴藏的朴实的生存之道，那就是对于一切生命表达爱意，对于天地星辰表达谦恭，对于先人和神灵表达尊崇，因为人类与这些存在都密不可分，只有在自然万物共同存在的前提下，才能实现人类生存的美好状态。

在书的第一部分，西尔科首先提及的就是《祖先》（"Ancestors"），但是这里的祖先已经不仅仅是指人类血脉关系中前人后代的承继，而更多的是生存环境中那些常常被人类忽略但是却永远与人类相伴的另外一些"人"。例如，在她日常行走的小道周围遗留着许多古老的石器，那些看似粗糙的石块上既有风沙、流水打磨的痕迹，也有人类雕琢的成果，它们曾经为先人磨出粮食，猎获动物，并在家族中代代相传。如今那些静静地躺在树下的石块会"让我听到在11月的晚风中传来妇女们碾磨时的歌声，天黑后我不会从起居室的窗户往我农场老房子的西边看，因为我看到过有十来个人一起走过去"。① 他们看不清的面容、他们古老的衣着提醒"我"意识到这里曾经发生过并且也一直存续下来的族人先辈的生活历程。除此之外，天上的云彩也是一些"人"（the cloud beings），"家里的挚爱亲人和祖先会化身为云回来，用带来的珍贵雨水表达他们的爱"（13），所以"我"能理解一位霍皮族的母亲向我讲述她失去的年仅七岁的儿子，相信天上飘来的一片云洒在她身上的几滴雨代表着儿子的归来。逝去的亲人的魂灵都会以不同的方式归来，"他们会变成鸟儿或其他野生动物来拜访我们，让我们知道他们都在不远处的一个好地方"（14），而人类也要时时惦记着他们，通过仪式和一些食物"供养着魂灵"（14）。万物有灵的信仰让土著人与一切存在之间建立了一种紧密相连的亲情，并且能跨越时空的限制，安

---

① Leslie Marmon Silko, *The Turquoise Ledge: A Memoir* (New York: Viking, 2010), p.12. 下文中所有来自该文本的引文均出自此版本，不再赘述，只在括号中标明页码。

抚着人类的精神伤痛。西尔科在书中以自己为例表达着这样的信仰对于土著人的精神安慰，她在母亲于 2001 年去世后也曾有过长久的哀伤，但是当她有一次骑着马在沙漠中徜徉时，路面上两条蓝色的响尾蛇立刻让她想起了母亲，

> 那就是现在的她了——她的人形和能量已经改变，与清晨的蓝荧荧的微光融为一体，这两条一模一样的响尾蛇引起了我的注意，他们是她传递给我的信息，她现在就在我身边的这个世界，而不是她以前的那个地方了（97—98）。

尽管这看来荒诞而缺乏理性，但是将蛇、云彩、雨水等视为先人的化身或爱抚，这样的信仰确实在土著文化中广泛存在，并且为他们的心灵带来抚慰，同时也对于人类与自然世界的关系进行着一种不同的诠释，这样的诠释方式不仅为人类带来精神安慰，也为保持自然世界的基本状态提供了保证。

土著人在确定了人类与天地万物相互转化、相互慰藉的亲密关系之后，自然世界内化为自己的身体和精神世界的一部分，并且能随时进行交流，在一种非语言文字的交流中，人类与外部世界达成了自由与平等的互动。

> 在那些山冈上我从未感觉孤独，很久很久以前，在哈马哈（hummah-hah）之类的故事中① 描述的郊狼、乌鸦和秃鹰总是与人类对话交流，我对于很久以前人类与动物常常自由交谈的信念感到着迷。年长以后我认识到云彩、风和河流也有它们自己的交流方式；我对这些存在物会说什么很感兴趣，我尽力用想象去发现不用文字的表

---

① 在以克里族为代表的土著人口述传统中，他们常常以 "Hummah-hah" 开始进行讲述，类似于英语中的 "Once upon a time" 或 "Long ago, so far"，也有写作 "hame haa" 或 "humma haa" 等。参阅 Robert M. Nelson, *Leslie Marmon Silko's Ceremony: The Recovery of Tradition* (New York: Peter Lang Publishing, Inc., 2008), pp.58, 169.

述能让我知道些什么。(45)

在一个更广阔的视野中,西尔科开始关注荒漠中清亮的星空,想起美洲大陆上不断被发现的神秘岩画和岩壁上的象形文字,在那些神秘的记叙和表达中,遥远的星辰总是令人浮想联翩。土著人相信星星就如人类一样,生活在另一个世界但是却一直在注视着我们这个世界。纳瓦霍盾牌上的金星是他们敬仰的战神,壁画和壁毯上的星空图不仅反映了他们对星星的观察,也是他们在用想象力展现人类与星辰相互交流的结果,所以,西尔科也曾尝试用画笔而不是文字体验并表达这样的交流。"当我素描或在画布前工作时,星星人与我进行着交流,让我知道他们希望被描画成什么样子。"(137)尽管星星人并没有用语言给西尔科指示,但是门前草地上蜷伏着的响尾蛇脸上有棕有褐的精致线条、天上太阳的闪闪金光或是一弯新月、树上哀鸠的头冠与白色的翅膀,甚至大地上黝黑的玄武岩和火山岩与细白的砂石的相互映衬都出现在星星人的画像上。她想象着、跟随着先人的传统,用画笔描绘出了与祖先流传下来的壁画相似的另一个世界。她尽力去理解这些另一类人,并且相信

> 星星人认为人类对于新奇的欲望是愚蠢而可怜的,对于人类的幸存是一种威胁,因为新生和更新事物的交替是没有止境的,尤其是如今总是追求最大新奇时,它会由于自然的原因被轻易地阻扰和中断,更不用提恐怖主义和战争了。那些最初、最早、古老的事物就足够满足全世界的需求,并能免受破坏(138)。

通过画笔,这些最初、最古老的事物就如身边的伙伴和亘古不变的星空一样,提醒着人类意识到无节制的贪欲将会给自己未来的生存带来怎样的威胁和破坏,是一种怎样可怜而无望的追求。

除了遥远而古老的星空会给予现代人以生存的启示以外,现实生活中的事物更能让人们对生存环境的状态和变化产生深刻的反省。在沙漠中,水是最珍贵的资源,西尔科以绿松石为她的书命名不仅因为她记录了自己

沿着沙漠小径寻找绿松石的过程，更重要的是"水对于绿松石的形成必不可少——难怪沙漠中的土著人总是将绿松石与水和雨联系在一起——这不仅仅是由于它或绿或蓝的颜色——绿松石意味着那里曾经有水"（6）。沙漠中的绿松石作为水的象征，提醒也鞭策着人们意识到这片土地的巨大变迁，从清水潺潺的绿洲变成酷热干旱的沙漠，住在这里的人们更能体会环境对于人类的责罚，能理解为什么"老人们常常劝诫我们让一切保持不变，不要去扰乱自然世界或她的生物，因为这样会打扰并威胁到所有的事物，包括我们人类"（69）。当美国政府强行在他们的土地上开采矿产、进行原子弹爆炸试验时，土著人能更多地从感情上感受到自然世界被破坏的恐惧与愤怒，金钱也无法诱惑他们参与采矿的工作，因为"拉古纳和阿科马人拒绝进入大地的体内去亵渎她"（72）。千百年来流传的印第安故事都一直颂扬着自然万物对于人类的恩赐和关爱，而如今他们的土地却遍布被撕裂的创口，"他们听到老人们每每提及曾经长在那里的动人的苹果园和杏树就哭泣，露天采矿让一切都不复存在"（73）。西尔科借助绿松石传达着印第安文化中生态体系相互关联、相互依赖的信念，同时也对现实生活中现代人漠视生态的破坏行为进行着鞭挞。当她看到有人用机械大肆挖掘干旱河谷中的砂石用于建造房屋牟取利益时感到无比愤怒，"在图桑生活了这么些年后，我始终不习惯人们不经考虑就用机械活生生地捣碎从未被触碰过的岩石、小山以及那些生物"（177），所以她四处奔走投诉，试图阻止更大的破坏，保护这看似死寂无用的河谷。在土著人看来，所有地方都具有生命力，都与人类的命运休戚相关，那些看似没有生命的

　　干旱河谷本身就是一个生态系统。动物和人类用河谷作为穿越陡峭不平的山丘和玄武岩山脊地带的道路，大的河谷可能会横贯私人领地，但是野生动物、行人和骑马的人有权穿过这些河谷；这里不允许修建栅栏、水坝和其他障碍，因为流水在河谷中汇集，沙漠中的野生动物被吸引到这里来饮水或捕获食物。挖掘的机器不仅挖走了砾石，还破坏了整个区域，让许多动物变得无家可归，饥饿而干渴（206）。

西尔科基于印第安文化的影响所产生的对于整个生态系统的关注让她无法忽视并漠视周遭正在进行的破坏，也许她无力对抗现实世界中出于利益诱惑和贪婪而正在不断恶化的生态现实，但是，她却尽力通过书写表达着人类应该具有的谦卑和自省。例如，她在书中描写了对于身边出现的各种动物以及自己饲养的鸟儿、响尾蛇和马士提夫犬的关心、爱护，当碰到一只野生乌龟时，"我保持距离以示尊敬；对于野生动物来说，人类看上去丑陋、讨厌、躲避不及。我用轻柔的声音说话因为我不想惊吓到乌龟，我说：'哦，你真美。'然后我慢慢地退出，给它让路"（277）。她也拒绝毒杀房子周围的老鼠，因为她始终记得干旱饥荒时，老鼠曾经挽救了多少族人的生命。从她朴实的语言和细心的关注中，读者直观地感受和理解了土著人从远古的历史传统中继承的生态观，这是一种包含了遥远的星空、近处的大地以及大地上的一切事物的整体性思索，人类作为其中的一个部分，并不存在主体的优越性，而必须为整体性的生存承担主动的责任和义务，为自己的遗忘羞愧，为大地的创伤痛苦，为身边的生命让步，这正是沙漠中若隐若现的绿松石给人类发出的警示。

西尔科受邀为德洛里亚的《红色的神》30周年的新版本写作前言时指出，基督教中的上帝在现代社会中已经如此的脆弱，"上帝已死"的呼声四起，但在美洲大陆的土地上，"上帝——大地母亲之神——美洲土著社会的宗教却鲜活而欣欣向荣"。① 这种活力一方面是由于部落信仰就是倡导要认识人与其他存在的恰当关系并保持自律，另一方面也是因为部落信仰中这种一直对天、地、神、人融为一体的强大力量的推崇与生态整体观不谋而合，成为挽救脆弱不堪的生态系统的唯一办法。作为印第安文化的代言人，土著作家在自身的生活经历中不断被这样的教导所指引，是一种内化了的感性认同。同时，他们更能理性地反思印白文化的差异所造成的现实后果，并能更深切地体会和表达出自己和族群所面临的困境，以直接经验证明印第安文化所宣扬的生态整体观的历史渊源及其长久的号召力

---

① Leslie Marmon Silko, "Foreword" in Vine Deloria Jr., *God Is Red: A Native View of Religion* (30th Anniversary Edition) (Golden: Fulcrum Publishing, 2003), p.viii.

和影响力。以西尔科为例，她尝试着运用不同的文学体裁传达印第安文化中对于天地、神灵和世间万物和谐共存的追求以及他们身体力行的自律方式，用诗歌（例如在《故事讲述者》中，*Storyteller*，1981）、散文集（如《黄女人和一个精神的美人》，*Yellow Woman and a Beauty of the Spirit*，1996）、摄影和绘画图册（如《圣水》，*Sacred Water*，1993）、回忆录（如《绿松石矿脉》，*The Turquoise Ledge*，2010）等不同方式反复传达着相同的理念。在她所有的文学创作中，小说《仪式》应该是受众最多、对于整体性共存阐释最清晰、最精彩的代表。她一再强调的整体性关联并共存的理念不仅是处于精神困境中的土著人的心灵指南，也为人类最终能改善全球普遍的生存困境指明了方向。

第二节　莱斯利·西尔科的生态整体观探析

从 1968 年开始在文学创作中崭露头角到至今的所有当代土著作家创作的文学作品中，"莱斯利·马蒙·西尔科的《仪式》（Ceremony, 1977）在评论界获得最多赞扬"，[1] 迄今已被译为日文、德文等在多国出版，出售逾 50 万册。《美国印第安文学研究》的前主编罗伯特·纳尔逊认为，

> 莱斯利·M. 西尔科可能是最广为人知，是现在被最频繁地收录入文学选集的美国印第安作家，她的《仪式》一书与其他当代美国杰出小说一样被广泛阅读。就如她的其他作品一样，在《仪式》一书中，大地和她成长的拉古纳普韦布洛地区的口述和记录的讲故事的表现方式造就了她的创造性的虚构。……而她创造性的虚构一再颂扬故事与地域的改造能力及其对生命的复原。[2]

---

[1] Allan Chavkin, "Introduction" in *Leslie Marmon Silko's Ceremony: A Casebook* (New York: Oxford University Press, 2002), p.3.

[2] Robert M. Nelson, "Leslie Marmon Silko: Storyteller", in Joy Porter & Kenneth M. Roemer, eds., *The Cambridge Companion to Native American Literature* (New York: Cambridge University Press, 2005), p.245.

《仪式》里处于文化夹缝中、陷于战后绝望、疏离的现实生活中的主人公塔尤正是在回归居留地重访帕瓦蒂村、泰勒峰、阿拉莫清泉和沙丘、台地的过程中再次理解了人类与自然的亲缘关系，从而完成了复原的仪式。

作为一位拉古纳(Laguna)、普韦布洛(Pueblo)和白人混血的女作家，西尔科成长于印第安文化氛围浓郁的新墨西哥州，从小就表现出对印第安故事和传说的浓厚兴趣。她的父亲仍然记得童年的西尔科"一直是一个好听众，总是在大人身边听他们聊天。他们说话时，她就静静地听，他们讲完故事，她就问问题。……她似乎记住了每个人讲给她听的故事"①。在这些故事讲述者中有对她影响最大的苏茜阿姨（西尔科随父亲称呼她苏茜阿姨，其实是她祖父的弟媳），传授给她部落口述传统，"她属于一代/这拉古纳最后的一代/用口述文字/传下整个文化/整个历史/对世界的整个看法/依靠记忆/依靠世世代代的反复讲述"②。此外，利利祖母、汉克祖父、艾利斯阿姨以及父亲李·马蒙都是伴随她成长的讲故事的好手。因此，将印第安文化中典型的口述传统与欧洲叙事形式相结合成为《仪式》一个突出的特点，也是文学评论家和读者广泛讨论的一个话题。但在文学艺术形式的讨论之下，还有一个更深层次的话题却被忽视了，那就是口述传统所蕴含的文化底蕴。"普韦布洛人将世界想象为一个不间断的故事，只要人和世界存在，故事就正在并继续发生下去。"美国西南部的土著人都相信人类来自地下的四个世界，现在生活的是第五世界，因此，在创世故事的反复讲述中，"普韦布洛故事讲述者变成了来自大地的声音，故事本身以及他们的呼吸、话语就取决于所来自的大地"。同时，因为生存本身就是不断发展的故事，故事也就"承载着人们对自己的理解，期待着每个人在故事的重述中增添新的内容"③。

---

① Frederick Turner, *Spirit of Place: the Making of an American Literary Landscape* (Washington D. C.: Island Press, 1989), p.327.

② Leslie Marmon Silko, *Storyteller* (New York: Arcade Publishing, 1981), pp.4–6.

③ Frederick Turner, *Spirit of Place: the Making of an American Literary Landscape* (Washington D. C.: Island Press, 1989), p.329.

美国荣获普利策文学奖的著名诗人詹姆斯·赖特（James Wright）在因癌症去世前曾与西尔科保持了长达两年的书信往来，他缘于对《仪式》一书的欣赏而向她发出了第一封信，随后他们进而探讨对生活、死亡以及各自的文学创作的理解。后来这些书信由赖特的妻子安妮·赖特整理出版，名为《蕾丝的精美与强度——莱斯利·马蒙·西尔科和詹姆斯·赖特书信集》。在谈及《仪式》时，赖特非常赞赏西尔科的描述能力，

> 《仪式》读来令人感受到你的一大长处，即难以形容的描述能力，可以这么说——你对地域景观的处理绝不仅仅拘泥于细节，而似乎是灵魂的召唤（我无法想出更好的词来表达）？总之，我读来的效果几乎是倾听景观自己在讲述这个故事。[①]

在回信中，西尔科坦诚地告知赖特，她在阿拉斯加创作《仪式》时正深陷远离拉古纳的沮丧之中，只有通过写作来为自己重造拉古纳。作为作家，她相信写作就如传统的沙绘一样，"沙绘中那些小小的几何图形代表着山脉、星球、彩虹——在一个个彩绘中所有创世中的事物都由细沙勾勒了出来"，[②] 而作家也通过写作为自己重造了那熟悉的世界。"当你说似乎是大地在书中讲述故事时，你点出了大地一个非常重要的方面以及普韦布洛人与大地的关系。这是很准确的，但却难以传达这样的相互关系……"[③] 西方以物质化为导向的思维方式使白人难以理解土著人对土地的情感和认知。例如，当美国政府为制造原子弹将许多土著人视为圣地的地方大肆破坏后，土著人并没有放弃这些地方，仍然坚持生活在这些地域。在普韦布洛人看来，"人们对这些地方（虽然已被破坏）的强烈感情、爱护和关心，那些情感，以及那些情感、记忆、信仰的重要性已经远远超

---

① Anne Wright, ed., *The Delicacy and Strength of Lace: Letters between Leslie Marmon Silkon and James Wright* (Saint Paul: Graywolf Press, 1986), p.26.

② Ibid., p.28.

③ Ibid., p.27.

出那些具体的场所了"①。《仪式》的主人公塔尤的回归之路就证明了这种重要性。

《仪式》中的塔尤是一个出生于居留地但不知父亲是谁的混血儿，长年酗酒的母亲在他四岁时去世，从此他由祖母、舅舅和姨妈抚养，在以舅舅为代表的印第安文化和姨妈为代表的基督教文化的夹缝中长大。他自小和舅舅一起骑马放牧牛羊，舅舅给予了他父亲般的关爱，也教会他如何像一个真正的印第安人一样了解这片土地。他会指着峡谷和谷中的山泉告诉他世界上有比金钱更重要的东西，那就是周围这看似平凡的土地，"看，我们就来自这里。这沙、这石、这些树、藤，这些所有的野花，是土地让我们生存下去"②。而当面临连续几年的干旱，生计难以维系时，他会决定购买饲养更适合这片土地的墨西哥斑点牛，并告诫塔尤：

> 你听见人们在抱怨这些年的干旱，抱怨沙尘、大风。但沙尘和大风也是生活的一部分，就如同太阳和天空一样。你不要咒骂它们，知道吗？是人，要骂就骂人吧！老人们常说，当人忘记了，当人犯错了，就会出现干旱。(46)

当舅舅在谈及这些山泉、沙石、树藤、干旱时，他更想向下一代传递的是人类的责任。西尔科在此向读者展现了族人对于自然现象的一种朴实的认识，这是她自己从长辈的口中听来、学到的，她也希望借长辈之口向年轻的一代——塔尤——传承下去。《仪式》的故事展开的主要场景就是西尔科自己熟知的拉古纳居留地，在那片以沙丘、无水的河谷、仙人掌为主要景观的干旱之地，似乎人们对于水的珍视、对于干旱的抱怨更容易让人理解。但是，水被拉古纳人奉为神圣之物却并不是受到惩戒后的教训，而是自古就蕴含在他们对于世界的认识之中。在族人的古老传说中，拉古

---

① Anne Wright, ed., *The Delicacy and Strength of Lace: Letters between Leslie Marmon Silkon and James Wright* (Saint Paul: Graywolf Press, 1986), p.28.

② Leslie Marmon Silko, *Ceremony* (New York: Penguin Books, 1977), p.45. 下文所有来自小说文本的引文均出自此版本，不再赘述，只在括号中标明页码。

纳村庄的旁边曾经有一个美丽的湖泊，村庄的名字就源于这个湖泊，意为"美丽的湖"西班牙语中"湖"就叫"拉古纳"。① 拉古纳人一直相信"山泉和淡水湖含有强大的能量，在水下有通向地下四个世界的入口"。② 生活在水中的蛇作为信使，将人们的祈祷带给地底下的"创世之母"（Mother Creator），"保证人间能有所有的植物和动物需要的充足的雨水，让美丽的湖装满淡水"。③ 部落中的孩子们在长辈的口中听到了湖水的故事，学会保护水中的一切生物，"如果伤害了水中的蟾蜍和青蛙就会招致暴雨和洪水，因为青蛙和蟾蜍是雨云最爱的孩子"。④ 人类的亡灵也会化为天上的雨云，以另一种形式关注着世间的家人。水将族人、祖先、神灵和天地间的一切动植物连接起来，既是物质生活的必须，也是代表其精神信仰的圣物。在循环流动中，它庇护着世间万物的需求，也会在人类犯错时给予毫不留情的责罚。如今，这美丽的湖不复存在，当长年的干旱肆虐大地时，舅舅教育塔尤警醒人类犯错的后果。

与舅舅不同，皈依基督的姨妈按白人的方式培养儿子罗基。他是学校的全优学生、橄榄球明星和田径明星，他长大后会远离居留地，成为一个"不仅了解外面的世界并且能融入其中的人"（76）。姨妈因为对妹妹的放荡行为极为恼怒而迁怒于塔尤，刻意向塔尤明示他的出身给家族带来了耻辱，并在罗基与塔尤之间划分出一道清晰的分界线。塔尤在罗基主动入伍参加二战时被迫跟随他去到菲律宾的战场，期望能保护自己的兄弟，但在罗基死于日本人的枪口下后，不堪幸存者的负罪感，更在因舅舅逝去而陷入的悲痛绝望中，失去了自我，整日哀嚎，成为一缕"隐形的白烟"（14），迷失在现实世界里。

西尔科在不断的直线式和闪回式的交错叙述中勾画出了一幅拉古纳居留地的荒漠图，连续六年的干旱使圈养的"山羊和羊羔不得不每天到越

---

① Leslie Marmon Silko, *Sacred Water: Narratives and Pictures* (Tucson: Flood Plain Press, 1993), p.23.

② Ibid., p.20.

③ Ibid., p.24.

④ Ibid., p..6.

来越远的地方找一些杂草和枯干的灌木充饥"(14)，每天不间断的大风刮起漫天红尘，"沿着地面卷起红色的沙浪，随着干燥的红色沙洲翻滚向前"(19)。二战归来的老兵们失去了耀眼的英雄光环，在残酷杀戮的人性浩劫后以酒迷醉，驾驶着破烂的皮卡车整日在居留地边缘的一个个酒吧中耗尽自己的军残补贴，形成了与自然景观并置的人际间的疏离和冷漠。西尔科最初的创作动机就来源于她对居留地老兵的关注，在这些人中有她曾在阿留申群岛服役的父亲，也有二战归来后的表兄弟们。他们有的能回归族群，重新开始战后的新生活；而有的却成为游离于族群之外的不合时宜的人（misfits），终日在酒精的麻醉中消耗生命。她以此分析在 20 世纪后半叶的社会生活中"美国土著人的艰辛和持续的生命力"，而更大的目的则是通过塔尤的故事发掘出"老兵复员与重归族群"背后所蕴含的印第安文化的生发力，[1] 而这种生发力就来源于印第安民族一直拥有的对天、地、神、人四元合一的信仰。

西尔科继承了印第安文化中"讲故事"的传统，并以此来传扬这样的信仰，她曾专门解释这一传统对土著人的特有含义："当我用'讲故事'这一术语时，我所说的已远远超出了这个表达本身。我讲述的是来自生活的经历和对'创世'的原初的理解——我们都是一个整体的一部分，我们并不会区别对待或分裂故事与经历。"[2] 因为就如《仪式》开篇的印第安信仰中的创世传说所表达的，端坐在房中的思想女（Thought-Woman）"想什么就出现了什么"(1)，在最初，是创世母亲思想女想出了所有的事物，她想出的所有

植物、鸟、鱼、云，甚至泥土——它们都与我们相连。老人们相信，所有的事物，甚至岩石和流水都有灵魂和生命，他们认为所有的事物都只愿保持不变，……只要我们不打扰它们，所有创造出的事物

---

[1] Allan Chavkin, "Introduction" in *Leslie Marmon Silko's Ceremony: A Casebook* (New York: Oxford University Press, 2002), pp.5–6.

[2] Leslie Marmon Silko, *Yellow Woman and a Beauty of the Spirit: Essays on Native American Life Today* (New York: Simon & Schuster Paperbacks, 1996), p.50.

就保持着相互和谐的状态。[1]

他们还相信在创世之初，"宇宙间没有绝对的好或坏，只有平衡与和谐的消长"。[2] 人类的生存或灭亡也不仅仅取决于人，而依靠"一切有抑或没有生命的事物间的和谐与合作"。[3] 因此，拉古纳人的宇宙观中最核心的理念就是"除非万物幸存，否则无人能独存"（None can survive unless all survive.）。[4] 当一个个体期望在这个世界上保持美好的生存状态时，他的族人、他身边的一切生命体和非生命体存在，甚至他所信仰和尊崇的精神世界中的神秘力量都将影响并决定着个体的存在方式，他们就像一张蛛网上的所有连接点和有规律地纵横交错的蛛丝一样，共同造就了蛛网的完整和功效。那么，塔尤的复原与幸存就不仅仅是他个人的仪式，而是他融入所处世界中的自然万物后一个精神和身体的双重洗礼。

从战场上归来的塔尤如一缕轻烟般失魂落魄地游荡在居留地，他试图通过寻访与舅舅旧日生活过的地方来重拾记忆，再次找到生活的意义。尽管人去物非，但坐在曾与舅舅和罗基常去的酒吧台阶上时，荒弃的酒吧前的三角叶杨树依然带给他熟悉的感觉，"在一个蟋蟀、大风和三角叶杨树的世界里他似乎又活过来了"。手上把玩着墙上掉下来的灰泥让他感到镇静，"像仪式上的舞者一样在手背上画出道道白线"（104）令他感悟到其意义在于泥土"让他们与大地连在了一起"，也让他突然"意识到这个地方才是他曾经的所在"（104），而不是一直盘绕在脑海中的大雨滂沱的东南亚雨林那死亡之地。随后祖母请来为他治疗的药师老贝托尼告诉他土著人世代居住的地域对他们的重要性，他们坚守在这里是因为他们"了解这里的山岭，在这里感到舒服"，而这种"舒服"不是因为大房子、丰富的

---

[1]　Leslie Marmon Silko, *Yellow Woman and a Beauty of the Spirit: Essays on Native American Life Today* (New York: Simon & Schuster Paperbacks, 1996), p.64.

[2]　Ibid., p.64.

[3]　Ibid., p.29.

[4]　Ibid., p.130.

食物或干净的街道，而是一种"置身于大地的舒服和与山岭一体的平静"
(117)。当塔尤祈求他治愈自己的痛苦时，老药师告诫他不能只苦苦地等
待帮助，"人们必须要行动起来，你必须要行动起来"(125)。与白人医生
让他只考虑自己，不要顾及他人才能治愈心理问题不同，老药师让他意识
到"他只是更大的问题的一部分，他的痊愈只有依靠一个更大的、包含一
切的事物才能实现"(125—126)，因为世界是与"我们"一起运行的，而
不仅仅是"我"。伴随白人而来的欧洲文化对世界的摧残在印第安的古老
预言故事中早就提醒了土著人：

> 于是他们（指白人）就远离了大地／于是他们就远离了太阳／于
> 是他们就远离了植物和动物／他们看不见生命／当他们四处张望／他
> 们只看到物体而已／这个世界对于他们来说已死去／树木和河流不再
> 存活／高山和巨石不再存活／鹿和熊也只是物体／他们看不见生命……
> 他们会投毒于河流／他们会抽干河水／干旱即将来临／人们将挨饥受
> 饿……／他们会为自己的发现恐惧／他们会为人而恐惧／他们会杀死
> 他们恐惧的一切（135—136）。

与天地万物的疏离导致了人类对自然、生命的漠视，也导致了人类自
己的毁灭。因此老药师告诫塔尤要行动起来，要恢复与自然万物的联系，
只有将个体生命融入一个自然天地所包容、神秘力量所引导、挚爱亲朋所
辅助的强大整体环形中时，他才可能获得复原。同时，塔尤的复原过程也
作为一个个案，展示了以他为代表的土著人和整个现代社会中陷于疏离绝
望、面临生存困境的所有人的仪式。

塔尤在老药师贝托尼的复原仪式的沙绘中再次感到了强壮，在代表快
乐的四色彩虹沙绘的指引下重新找到了生活的目标，那就是找到舅舅留下
的斑点牛，继续以一个真正的土著人的身份像熟悉这片土地的斑点牛一样
顽强地生活在属于自己的土地上。当他心怀目标站在高岗上时，"一切界
限都消失了，在这一晚，脚下的世界和沙绘中的世界合二为一了，四周
的群山全都合在了一起"(145)。此时，沙绘仪式与真正的世界已没有了

界限，也只有在此刻，仪式已真正成为他行动的一部分，开始发挥复原的功效。但就如老药师所说，这只是开始。塔尤带着久已消失的对世间草木、昆虫、河流、岩石的热爱，追随沙绘的启示、在代表自然母亲的两位女性和天上的群星的指引下踏上了属于他自己的复原之路。在追踪斑点牛的路途上，他路过了那些白人的牧场，回想起白人伐木工肆无忌惮地砍伐森林，劫杀鹿、熊和美洲狮，"那时起拉古纳人知道大地被掠夺了，因为他们无法阻止白人猎杀动物、破坏土地，也是从那时起，拉古纳和阿科玛的圣人们警告人们世界的平衡已被打破了，人们会面临干旱和更困苦的日子"（186）。当他最终在白人的牧场上找到自己被困的斑点牛时，他悄悄剪开篱笆，希望为斑点牛打开一个缺口，让他们跟随自己回到自己的土地上。躲避白人牧场篱笆检修工人的塔尤全身匍匐在树荫下，这时，"将脸埋在松针中的他嗅到了大树的气息，从来自潮湿泥土深处的根部到月光中摇曳的蓝色的树枝顶端，这味道将他薄薄地包裹了一层，吸走了他的骨肉，他的身体变成了一个虚幻体，……就像树下的一片阴影"（195）。这时，他看到了一头美洲狮优雅地走来，与他对视，又如一股黄色的烟雾消失在树林中。深刻体会到与大地融为一体的塔尤在古老传说中作为助手的美洲狮的辅助下最终走向了复原仪式的尾声，那就是以一种博大的、超越物种和种族的爱来克服世间的一切邪恶。他学会了克制自己的仇恨，在面对欲置自己于死地的艾莫时认识到这些世间的丑恶是传说中的"毁灭者"（Destroyer）"蒙蔽白人、愚弄印第安人"（204）的伎俩；目睹母牛与小牛的亲情令他看到了舅舅乔西亚的面容，"他能看到血与肉的故事正在展开"（226）。最终，塔尤在对自然天地和人类世界的重新认识中，在秋分这一天迎来了日出的一刻，"日出！我们在日出时 / 祝福你。/ 我们呼唤你 / 在日出时。/ 云彩之父 / 你如此美丽 / 在日出时。/ 日出！"（182）书中的日出成为塔尤复原仪式的标志性时刻，"一切都是如此美丽，四面八方的所有一切，均衡地、完美地平分白天与夜晚、夏天与冬天。山谷包容了这万物化作的一体，就如思想在一刻间包含了所有的想法"（237），塔尤也最终在这万物平衡的时刻完成了复原的仪式。在以克里族为代表的土著文化中，日出代表着"超自然的神灵", ① 在西尔科的《仪式》一书中，第四页上只有一个词——"日出"（4），这是塔尤故事的开始，也同时暗示着来自地底下面三个世界的人类开始来到了生活的第四个世界，是人类故事的开端；《仪式》也以"日出"（262）二字结束，应和了族人熟知的关于居住在东方的太阳之屋的神灵救助人类的传说，标志着塔尤脱离险境，开始生命新的篇章，而他最终能获得神灵的护佑关键还在于他自己对于故事、传统的主动接受和信仰。当他面对晨曦时，他开始在记忆中搜索族人对日出的赞歌，

> 他重复着记得的歌词，尽管并不确定是否正确，但是他感觉是正确的，感觉黎明这一刻是万物汇聚的时刻——最后隐没的星星、山巅、云彩和风——在赞美着这一刻的到来，每一天的能量静静地泼洒在山冈上（182）。

塔尤在寻找斑点牛、赞美自然万物、克服仇恨的实际行动中获得了复原，但是这仅仅是转变的开始，他还必须用行动维护长久的平衡和美好。因此，复原后的塔尤开始四处采集草籽，在沙丘上细心播种，因为他相信"植物会像故事一样在那儿生长，像星星一样坚韧、明亮"（254）；就如云会永远在天空一样，"我们来自这片土地，我们是属于她的"（255）；就如枯黄的三角叶杨树"一直是被爱护的"（255）一样，世间万物都应该是相互关爱的。在行动中，土著人传统的万物合一的整体观得到了最好的印证，它既是医治他们心灵创伤的良药，为他们带来复苏，同时也为未来指明了方向，那就是通过行动回馈自然万物，人类才会在青草、星空、祖先神灵的相互陪伴、相互爱护中走向美好。

在土著人的心目中，他们除了相信故事的内容神圣而重要之外，作为文化传承的重要方式之一，讲述故事这种形式本身也具有非比寻常的意

---

① Robert M. Nelson, *Leslie Marmon Silko's Ceremony: The Recovery of Tradition* (New York: Peter Lang Publishing, Inc., 2008), p.60.

义，"将故事与讲述者之间理解为解剖关系并不仅仅是一个比喻"。[1] 也就是说，故事的讲述者在用语言展现真相，是目标明确的解析过程，他们用讲故事这样的形式表达的是土著人的世界观和人生观，是他们对生命和死亡、对宇宙万物以及人类与万物的关系的理解。每一个故事都蕴含着一定的真理和能量，"一个被正确理解的故事就是一个生命体，因此是和其他的每一个生命体相关联的，有时直接而明显，有时又隐隐约约"。[2] 故事的创造者负有发现、分析真理的责任，而听众则在理解、接受的过程中接受能量，在能量的传递中与故事讲述者、与故事所传承的文化感染力融为一体，并且借助这样的感染力达到指正行为的目的。

在所有讲述的故事中，土著人所表达出的"最令人信服的主题就是大地的神圣庄严（the sacredness of land）"，作为所有生灵的母亲，大地不仅是富有活力和庄严神圣的，"她还与那些要听、要看的人们交谈"，向人类传达自然之道，与万物和谐相处的生存之道。这样的世界观不仅在从美国西南部到东北部的土著部落中被广泛接受，也在以西尔科为代表的"当代美国土著作家的创作中被强烈地表达了出来"。[3] 当他们在与天、地、神的和谐共处中受到庇护，感受神圣时，用西方哲学观点来分析，却容易将这样的感受理解为是神秘主义的表现，"一种主客统一的感受"，"感觉自己以某种方式和神、存在、一切事物'融为一体'"。[4] 如果根据表象用西方哲学的定义将土著人的生态整体观打上神秘主义的标签的话，显然是一种极大的误解。首先，他们的意识和表达中从未有过主客体的二元对立关系，一再强调的都是多元平等的相处之道；其次，西方哲学解释人类追寻这种万物一体的神秘感受是因为"人需要灵魂的安宁"，[5] 而显然土著

---

[1]　Robert M. Nelson, *Leslie Marmon Silko's Ceremony: The Recovery of Tradition* (New York: Peter Lang Publishing, Inc., 2008), p.22.

[2]　Ibid., p.22.

[3]　Richard F. Fleck, "Introduction" in Richard Fleck ed., *Critical Perspectives on Native American Fiction* (Pueblo: Passeggiata Press, 1997), p.4.

[4]　［德］恩斯坦·图根德哈特：《自我中心性与神秘主义：一项人类学研究》，郑辟瑞译，上海译文出版社 2007 年版，第 1 页。

[5]　同上书，第 1 页。

人更看重的是共同的受益，强调由于人类的行为给现实世界造成怎样的后果，四方中的任何一方都会相互影响，而不仅仅是人类的独存或安宁。读者之所以会有这样的误解，在很大程度上是因为他们对于土著人传统的生态思想了解不多。著名的《自然书写的诺顿之书》（*Norton Book of Nature Writing*，1990，由 Robert Finch 和 John Elder 主编）厚厚的 908 页中，莫马迪、西尔科等几位土著作家占的还不到 18 页。尽管学者托马斯·莱昂（Tom Lyon）在《这无法比拟的大地：一部美国自然书写之书》（*This Incomperable Land: A Book of American Nature Writing*，1991）中表达了对于土著人的自然观的尊重，认为"在美国土著人的神话叙事中能强烈感受到自然的力量",[1] 但是却没有一篇土著人的论文进入他的选集。以上两个例子表明了白人学者对土著作家自然书写的忽视。而要理解土著人的生态整体思想，尤其是他们基于"神圣大地"的联想，就必须深入了解他们的"神话叙事"，从传统中发掘新意，找到古代思想与现代理念的纽带，理解他们如何通过神话表达，将土著文化中所蕴藏的生态智慧代代相传，并且在当今的生态现实中、在更广阔的范围中发挥着启发和指导性的作用。

---

① Thomas Lyon J., *This Incomperable Land: A Book of American Nature Writing* (New York: Penguin, 1991), p.xv.

第二章

大地之母

——女药师的复原力量

美国早期的土著作家查尔斯·亚历山大·伊斯门（Charles Alexander Eastman）曾经早在 1911 年就在哲学专著《印第安人的灵魂：一种诠释》（*The Soul of the Indian: An Interpretation*）中谈到，族人能与世界和谐相处的秘诀就在于他们的意识中从来没有自然与文化的二元对立，"在我们看来，除了自然，世上就没有神庙或圣坛"。[1] 他认为，土著人万物有灵的信仰具有极大的象征特性，"印第安人对太阳的敬仰就如同基督徒对十字架的尊崇"，同时，他们在与自然世界的相处中又抱有异常的理性，是一种"科学"而非"野蛮"的关系：

> 用一个明晰的比喻，在族人的观念中，太阳和地球就如所有有机生命体的父母，这更加接近科学真理，而非诗化的象征。作为宇宙万物的父亲，太阳催生着自然界，地球就如我们母亲的子宫，孕育着植物和人类。所以，我们对他们的尊敬其实就应想象成我们对亲生父母的爱的延伸，带着这种如孝顺子女般的温情，我们愿意被他们吸引。[2]

---

[1] Charles Alexander Eastman, *The Soul of the Indian: An Interpretation* (Lincoln: University of Nebraska Press, 1980), p.5.

[2] Ibid., p.13–14.

珍妮·罗林斯（Jeanne Rollins，斯维诺米什人，Swinomish）在解释族人为何能与环境和谐相处时也提到：

> 我们族人是与他人亲密相处的一个集体……印第安人的生活方式就是与自然相适应，而不是对抗，重要的是与所有其他的生物保持协调、正常有效的关系……集体中所有的孩子都被看作一母所生，共同拥有，因此，我们的母亲——地球——的产物也是一样，单个和所有都一定要受到关照。在过去我们被教导要对此负有责任，今天我们如果想幸存为自由的人类，就必须延续这样的责任。①

对于人类与大地及其所包含的万物的亲缘关系这一理念的描述中，著名土著学者葆拉·冈恩·艾伦做了很好的总结：

> 我们就是大地。据我的理解，这是渗透在美国印第安生活中最基本的理念。大地（母亲）和人类（母亲们）是相同的。…… 土地是人类的源头和根本，我们都是土地上平等的生命。大地并不是一个与我们分离、任我们演绎孤独的命运悲喜剧的确切的地点，……远离她养育的其他生物，没有灵魂，土地就不是令我们幸存于世的唯一源泉，她也不能被认作毫无活力，任由我们按照自己的思想意识、根据社会和个人层面对自己的理解去抽取资源。我们决不能认为土地是一个没有生命的他者，由于完全的自我意识而漠视她的存在。因此，对于美国印第安人来说，土地就是存在，所有的生物都是存在：有意识、明显可知、充满智慧、充满活力。②

这里，自然界中的一切存在都被赋予了与人类同等的地位，是人类存

---

① Jeanne Rollins, "Liberation and the Native American" in Sergio Torres and John Eagleson, eds., *Theology in the Americas* (Maryknoll: Orbis Books, 1976), p.204.

② Paula Gunn Allen, ed., *Studies in American Indian Literature: Critical Essays and Course Designs* (New York: MLA, 1983), p.128.

在的前提，并成为预防人类盲目自大的警示物。这产生于土著游牧、农耕文化的理念在流传千百年的传说中被一再重复，反复强调。

　　从上述表述中可以看到，土著人不是将自然看作一个被动的产物，而是一个富有生命力的创造者。在美洲大陆的许多地区都广泛存在着类似的认同，许多土著居民都有类似的信仰，他们都习惯于将自然世界拟人化，并赋予其女性的身份，并将人类的产生看作大地母亲的生产。例如，墨西哥中部地区发掘出的法典中就记载人类来自大地，大地被理解为一个孕育人类的子宫。来自加拿大的甸尼族人（Dene）伊西多·科乔翁（Isidore Kochon）也曾说过，"在白人到达北方之前，大地公平地抚育着一切，她对于我们就像一位母亲抚养着她的孩子"。① 在秘鲁生活的盖丘亚族人（Quechua）也将世界尊称为大地母亲。② 作为美国土著人中最早获得哲学博士学位的学者之一，来自阿帕契族的女性知识分子薇奥拉·科多瓦（Viola Cordova）在接受西方古典哲学的正规学院式教育之后，在印、白两种文化的直接熏陶之中，也仍然执着地将自己对于哲学研究中三个主要问题的思考——世界是什么？人类是什么？人类在世界上的角色是什么？——放在印第安哲学研究的视角之下，以土著人所信仰的大地之母作为哲学思考的起点。她认为，西方宗教和哲学的一个重要特征就是"脱离尘世"（extraterrestrial），③ 尽管白人也相信人类是由大地的泥土造就，但是人类却在产生的那一刻起就脱离了大地，与世上的万物划分了清晰的界限和等级，并在造物主的诅咒之中被抛弃在一个严酷的环境之中挣扎，只能将所有的美好期望都寄托在一个与现存世界毫无关联的未来世界，是一种超越于自然之外的寄托。这样的信仰完全无法以积极的方式帮助人类理解现世的生存意义，找到人类在世界上存在的恰当方式，也无法解答人类在现实世界中应当担当怎样的正确角色等问题。而土著人的信仰则是一种

---

① Dene Nation, *Denedeh: A Dene Celebration* (Toronto: McClelland and Stewart, 1984), p.7.

② Jace Weaver, ed., "Introduction" in *Defending Mother Earth: Native American Perspectives on Environmental Justice* (New York: Orbis Books, 1996), p.9.

③ Kathleen Dean Moore etc., eds., *How It Is: The Native American Philosophy of V. F. Cordova* (Tucson: The University of Arizona Press, 2007), p.115.

基于大地的神学，这是一种产生于现世经历的感悟，最易于被自然而非强制教化地接受。他们对于前世、今生和来世的理解都被放置于大地母亲的理念之中，一切的神圣性都集中体现于大地母亲这一意向。但是母亲这个称谓不仅仅是一个拥有生育能力的生理载体的象征，她的最大特征是她的神圣性，而她之所以神圣是因为她就是生命力本身，

> 当地球将生命力导入她的无穷创造之中时，她成为了母亲。地球这个星球将尽自己所有创造出独特的产物，由于生命力必不可少，所以变得不可低估。地球成为母亲不仅仅是她生产的行为，更在于她创造的持续不断的养分，在这个意义上，地球是一个真正的母亲。①

生命力之流让现实中所有的一切都围绕在了生命力的源泉——大地母亲的周围，人类作为其中的一员也得到了她平等的眷顾，所生活的这个世界因为大地母亲的生命力而变得美好、适当。土著人心怀感恩地享受着这样的存在方式，他们因为这令人满足的归属感而从来没有过对所谓另一美好世界的追逐，所以他们教育族人要坦然面对今生的完结，个人长成后也不能独立于母亲之外，而是要报答母亲，为了她持续的生命力而通过回归大地回报母亲。在土著人的信念中，个人与大地的关系不仅仅是成长、独立的后代与母亲的关系，更是"互惠的关系——既有索取，也有给予"。②由于世界上所有存在物的参与，大地母亲得以保持持续不断的生命力，而所有存在也在生命力之流中合而为一，形成了一个具有生命力的统一体。人类通过索取和给予加入这个统一体，并且在这个过程中得以超越个体的渺小，"将自己看作一个更伟大的整体中的一分子"。③现代的环保主义者基于地球生态恶化的现状也开始广泛地宣传这样的理念，例如"盖娅假说"就是与北美土著人尊崇的大地之母最为相似的概念。著名生态学家詹

---

① Kathleen Dean Moore etc., eds., *How It Is: The Native American Philosophy of V. F. Cordova* (Tucson: The University of Arizona Press, 2007), p.114.
② Ibid., p.116.
③ Ibid., p.150.

姆斯·拉伍洛克（James Lovelock）借用古希腊神话中的地母神盖娅的名字提出的"盖娅假说"（Gaia Hypothesis），将其定义为

> 一个复杂的存在，包括地球的生物圈、大气圈、海洋和土壤，这些要素的全体组成一个反馈或控制系统，为这个星球上的生命寻求一个最为理想的物理和化学环境。通过积极的控制，相关不变的条件得到维持，由此达到体内平衡。①

通过这样的假说，拉伍洛克强调了地球生物圈的整体性，即地球上的所有生物都被视作一个连续的生命统一体，而环境是满足统一体的整体需要。人类的行为所导致的污染会给地球的将来带来怎样的后果？我们并不确定，因为我们对地球的控制系统还并不了解，"如果盖娅的确存在，那么就存在物种之间的相互联系，从而使得这些物种相互协作，来实现基本的调节功能"。②他面对人类为了满足欲望、增长财富的无限要求而将生态系统的有限承载力推向极限的现状而提出这一理论，希望人们能认识到人类不是地球上唯一的物种，物种间是通过相互联系、相互协作来实现基本的调节功能，从而保持整个生态系统的平衡，"起到调节作用的不仅仅是生物圈，而是一切物体，包括生命、大气、海洋和岩石"。③由此，将整个生态系统比作一张网成为一个核心的意象，而这些基本观点正好与土著人普遍认同并在生活中长期坚守的人类与自然的亲缘关系形成了观照。

但是就如科多瓦所指出的一样，作为西方文化的产物，"盖娅假说"尽管将大地视为一个有机的生命体，但在环保主义者的解读和宣传中，仍然透露着"人类是地球的管理者这样欧洲（基督教）式的观念，管理权就暗含着人类居于地球之上的优越感——这在美洲土著人的理念中绝不存

---

① ［英］詹姆斯·拉伍洛克：《盖娅：地球生命的新视野》，肖显静、范祥东译，上海人民出版社2007年版，第13页。
② 同上书，第126页。
③ 同上书，第3页。

在"。① 人类在认识自己的过程中一个很首要的问题就是世界的起源问题，这会直接影响我们对于人类之间的正确关系、人类的内心世界和外部世界的关系、人类的存在机理等诸多问题的思考，也会直接影响我们的行为方式，并能有效解释不同方式所产生的直接后果。因此，诸多学者将研究方向指向土著人的宗教和信仰，试图发掘他们认同的创世传说与基督教的创世纪对于信众的引导究竟有何本质的差别，从而导致了人类在与自然相处的过程中产生不同的结果。

第一节　北美土著人的大地之母神祇原型
故事与女性中心传统

美国加州大学民俗学和人类学教授、1993 年国际民俗学和民族志终身成就奖彼得雷奖（The Pitre Prize）的获得者阿兰·邓迪斯（Alan Dundes），在他主编的著名的《西方神话学读本》（*Sacred Narrative: Readings in the Theory of Myth*，1984）的导言中指出："神话是关于世界和人怎样产生并成为今天这个样子的神圣的叙事性解释"，其中"决定性的形容词'神圣的'把神话与其他叙事性形式……区别开来"。② 因为对于其神圣性的理解直接决定了一个人对待神话的态度，取决于他/她是否相信神话包含着真实性，从而也说明真实性的神话与虚构性的其他叙事具有本质的不同。罗马大学宗教史教授拉斐尔·贝塔佐尼（Raffaele Pettazzoni）基于对北美土著人的神话研究，发表了《神话的真实性》（Verità del mito）一文。他以北美土著中的鲍尼人（Pawnee）、维奇塔人（Wichita）和奥格拉拉–达科他人（Oglala-Dakota）为例，分析了他们关于起源、宇宙创始论、神谱和超人英雄类的神话，并且"还看到讲述这些

① Kathleen Dean Moore etc., eds., *How It Is: The Native American Philosophy of V. F. Cordova* (Tucson: The University of Arizona Press, 2007), p.115.
② ［美］阿兰·邓迪斯编：《西方神话学读本》，朝戈金译，广西师范大学出版社 2006 年版，第 1 页。

故事的人认为它们是'真实'的",①"它是历史","它们全都是祖先经历的,同时又是现实存在所'绝对必需'的东西"。② 对于土著人来说,神话就是真实的历史,讲述并牢记这样的历史是族人神圣的职责,对于现世的生存必不可少。贝塔佐尼发现,土著人相信神话传说不仅仅是因为它的内容,"而且取决于它具体发出的神圣力量","讲述世界创造的故事是为了有助于保存世界;讲述人类的起源是为了有助于人类的生存"。③ 土著人将他们对于世界如何产生以及如何成为现今的状态的理解以神话传说的方式表达出来,并且这样的表达方式能够幸存至今,说明了土著人对于神话绝对真实性的信仰,这样的信仰就成为了"部落生活的'宪章',是世界的基础;没有了神话,部落生活和世界就不能延续下去"。④ 同时,各个印第安部族都普遍相信"语言能够把所说的东西化为现实",⑤ 所以"真实的神话"成为当代土著作家创作的基础和指南,他们在对族人广泛认同的神话传说的一再表述中维系着本民族的信仰,让当代土著人在已经被改变得面目全非的世界上仍能"延续下去"。同时,读者也需要在了解他们的传统神话的前提下,理解其中所蕴含的深意,在大地之母神祇故事中真正接受他们关于大地伦理的阐释,以此揭示出这样的伦理对于人类处理生态危机时可能具有的现实意义,那就是用一种亲缘的情感克服贪欲,用一种满怀感激的爱意取代无理性的抱怨。

在诸多学者中,对于美洲土著人将大地视为母亲神祇原型持有较大异议的,当数萨姆·吉尔(Sam Gill),他在 1987 年出版的著作《大地之母:一个美洲故事》中认为,"大地之母被北美印第安人奉为主要的女神看起来是一个事实,但是她成为女神不过是 20 世纪的事情",并且认为虽然这样的信仰深受当地土著人的影响,但是这样广泛地宣扬大地之母不过是欧

---

① [意] 拉斐尔·贝塔佐尼:《神话的真实性》,阿兰·邓迪斯编:《西方神话学读本》,朝戈金译,广西师范大学出版社 2006 年版,第 123 页。
② 同上书,第 125 页。
③ 同上书,第 125 页。
④ 同上书,第 131 页。
⑤ 同上书,第 126 页。

洲人的后代在北美大陆获取土地需求的一种政治上的计谋。① 这样的看法带有很大的政治、社会考量的因素，如果我们真正从历史、文化、民族学的角度认真了解美洲土著人的口述传说和传统仪式就不难发现，在遍布美洲大陆的许多民族中，大地之母的神圣形象是早在20世纪之前就广泛存在并深入人心了，而白人殖民者正是利用了这一点，玩弄着政治和利益的权谋。

对于创世者，诸多部落有不同的传说，与基督教中一个清晰可见的男性耶稣形象不同，土著部落由于数量众多，并没有一个统一的至高无上的个体神祇被所有部落膜拜，例如，切罗基人视火神约瓦（Yowa）在不断变化中散发、创造世界，② 世界的产生和发展是一个动态的、持续的创造过程，不可能一挥而就。这样的信念有效地监督和克制着族群中个人的任意行为，强调了行为可能造成的不可预知的后果。纳瓦霍人相信一个"伟大的力量"（Great Power）创造了一切，这个"伟大的力量"不需要名字，但是族人都相信"这个不为人知的伟大力量在创造中无处不在，所创造出的各种形式中都有这样的精神……因为每一种形式都有创造者的智慧精髓，我们就必须崇敬创造出的一切"。③ 苏族人（Sioux）信仰的神译作英文意为"伟大的奥秘"（Great Mysterious，苏族人称为Wakan-Tanka），它无处不在，是他们尊崇万物有灵信仰的体现。哥威迅人（Gwich'in）信仰被称作"伟大的能量"（Great Energy）的创造者，

> 我们为从创造者那里获得的强烈关联感祈祷，我们向大地母亲祈祷，我们向高山祈祷，我们向月亮祖母祈祷，我们向太阳祖父祈祷，我们总是向滋养我们的水流祈祷，我们为此而祈祷。那些都是最伟大的创造者，他们发出的能量造就了"伟大的能量"。④

---

① Sam D. Gill, *Mother Earth: An American Story* (Chicago: University of Chicago Press, 1987), p.130.

② Emmet Starr, *History of the Cherokee Indians* (Muskogee: Hoffmann Printing, 1984), p.23.

③ Joseph Epes Brown, *The Spiritual Legacy of the American Indian* (New York: Crossroad, 1982), p.70.

④ Jace Weaver, ed., "Introduction" in *Defending Mother Earth: Native American Perspectives on Environmental Justice*, New York: Orbis Books, 1996, p. 11.

从这些例证中可以看出，美洲土著人的创世传说中大多不会出现一个人形的、无所不能的、一次性完成的成功创造者，他们并不过多追究创世之前的存在是如何，或者物质是从何而来，而是强调人类的到来并不比其他所有一切的出现更有优先性，人类不过是与其他存在一样被创造，并且紧密相连。这不是一个由开始、继续和结束组成的直线发展过程，这是土著人一直相信的日月相交、时间循环的亘古原则，与西方人的线性时间观具有很大的不同。这样，他们的世界观更多地强调生存环境的考量，空间的重要性具有更大的约束力，因为他们相信人类必须与自然世界达成永久的平衡才能世代生存，而不是以暂时的拥有为现世的目标。

在对北美印第安文化和宗教信仰中的女性神祇原型和女性中心传统的研究中，土著女性学者葆拉·冈恩·艾伦的著作《圣环：恢复美洲印第安传统中的女性特质》（*The Sacred Hoop: Recovering the Feminine in American Indian Traditions*）具有广泛的影响力。艾伦在该书的前言中就明确指出，

> 传统的部落生活方式大多是女性制的，从来不是父权制的，这样的特征对于所有负责任的活动家理解部落文化非常重要，因为他们试图探寻以生命为实证的社会改变来减少毁灭人类和破坏地球的结果，真正提高地球上的所有生存者的生活质量。[1]

对于这些活动家来说，他们需要理解的印、白两种文化中一个最明显的不同就是"不管如何的千差万别，美洲印第安人都将他们的社会体系建立在仪式的、神灵居中的、女性为核心的世界观基础之上"，因为有了这样的世界观为主宰，"负责提供食物的和平主义的男性……和自信、刚毅、果断的女性"就成为突出的特征。[2] 也正是在这样的女性制社会形式中，女性特质决定了新的生命力的不断延续是族群繁荣的基本前提，强

---

[1]　Paula Gunn Allen, "Introduction" in *The Sacred Hoop: Recovering the Feminine in American Indian Traditions* (Boston: Beacon Press, 1992), p.2.

[2]　Ibid., p.2.

调了"所有生命形式的互补特性",而"作用强大的女性对社会安康的核心性也不可质疑"。① 为了将这样的世界观和理念传播给族人,印第安传统的创世传说中存在着普遍的女性神祇,其中最为著名的就是老蜘蛛女(Old Woman Spider)的形象,"她将我们编织在相互交织的结构之中,她是最古老的神,是记忆之神,是能再造物之神……我们因为确信自己的生存意义、她的核心性以及她以神圣环形而存在的特征活到今天"。② 除此之外,第一女(First Woman)、蛇女(Serpent Woman)、谷物女(Corn Woman)、大地女(Earth Woman)、思想女(Thought Woman)、沙祭女(Sand Altar Woman)、生育水流女(Childbirth Water Woman)、天空女(Sky Woman)、变化女(Changing Woman)等等各种女性神祇遍布北美印第安部落的传说中。

传说中的女性不仅是生命的创造者,她们的女性能量还能激发思想,以思想女为例,"她是唯一的思想创造者,而思想优先于创造力"。这些女性神祇的多样性和普遍性说明在土著人的知识体系中,当女性不仅仅作为生命力的创造者,而同时是思想的创造者时,"她成为至高无上的神,同时成为了所有人类和存在物的母亲和父亲"。③ 在克里族人的信仰中,至高的神灵是"蜘蛛祖母"(Grandmother Spider),又称"蜘蛛女",她的名字翻译成克里族语的意思是"思想女",

> 她是梦想者,是仪式的核心,她用歌声赋予她的两个神女妹妹乌雷特塞特(Uretsete)和娜奥特塞特(Naotsete)以生命,并教会她们仪式,用歌声将篮子中的一切、她们的药束唱了出来。篮子中有天空、水、高山、大地、灵魂的信使和保护者、动物和植物。④

---

① Paula Gunn Allen, "Introduction" in *The Sacred Hoop: Recovering the Feminine in American Indian Traditions* (Boston: Beacon Press, 1992), p.3.

② Ibid., p.11.

③ Ibid., p.15.

④ Ibid., p.98–99.

尽管在口述故事中，乌雷特塞特的名字有所变化，也有人叫她艾亚蒂库（Iyatiku），但是她从此成为克里族人信仰的"人类、神灵和动物之母"，是"繁殖之力量"[①]的标志。许多女性神祇在拥有创造宇宙、天空、星星、大海的能力之外，她们还能"赋予生活在地球上的万物以生命与活力"，[②]例如霍皮人（Hopi）就将"蜘蛛女"视为"太阳祖母"，具有"伟大的医治能力，用歌声将人类送入了我们现在生活的第四个世界"。[③] 而人类要在这第四个世界永久地生存下来，就必须保持宁静与和谐——"这是女性心灵的力量"——否则，"光亮、谷物、繁殖的力量和仪式的魔力就没有作用"。[④]

土著人对于这些根植于神话传说中的女性神祇的尊敬并不能简单地被贴上愚昧、迷信的标签，因为它们更多地体现出土著人对于"宇宙的理性分类"，他们的神话表明了他们"对于生存的本质目的的认识，表明物质存在之外的可能力量"。[⑤] 在土著人的集体想象和创作中，他们的女性神祇形象将族人与宇宙的关系阐释为一种再生、继续、互为一体的关系，以女性力量为核心的宇宙成为一种能够再生并且能够包容一切的表征，是物质生命力和精神吸引力相互转化、相互延续的最佳载体。他们在出生、成长、逝去的浅显伦理中讲述着过去、现在和将来的循环往复，让族人在将神灵、祖先、后代和自己合为一体的神话中获得了整体性的认同。所以，艾伦将宇宙进化论一词（cosmogony）和希腊词汇 gyné（意为"女人"，"woman"）合并创造了一个新的术语"Cosmogyny"，意为"女性创世"，以此来概括她所理解的土著人的创世传说和宇宙观。[⑥] 她认为土著人宇宙观中的女性特征是一种基于女性价值观的精神体系，她通过收集整

[①] Paula Gunn Allen, "Introduction" in *The Sacred Hoop: Recovering the Feminine in American Indian Traditions* (Boston: Beacon Press, 1992), p.99.

[②] Ibid., p.16.

[③] Ibid., p.19.

[④] Ibid., p.26.

[⑤] Ibid., p.104.

[⑥] Paula Gunn Allen, "Preface" in *Grandmothers of the Light:A Medicine Woman's Sourcebook* (Boston: Beacon Press, 1991), p..xiii.

理各地的创世传说强调了遵循这种价值观和原则所能带来的社会、自然环境、精神世界（主要表现为集体仪式）的和谐与平衡状态。当然，女性特征并不是指与父权制相反的另一种性别压迫，而是一种两性平等的平衡状态，他们的神话传说中有足够的例证说明这是一种打破两性对立关系的价值观，是旨在教育族人达到两性和谐的途径。例如，纳瓦霍人敬仰的女神变化女和妹妹白壳女（White Shell Woman）就是神性的女性原型，她们对于男性的态度可以明晰地说明纳瓦霍人心中和谐的两性关系。变化女和白壳女分别在阳光和流水中孕育了各自的儿子——戮魔者（Monster Slayer）和水孩（Child of Water），作为男孩们唯一的导师，母亲教导他们消灭世上的恶魔，而独独留下四个代表——老女人、冷女人、贫穷恶魔和饥饿魔——以教育后世的人类了解生命力、寒冷和贫穷，并知道用劳动创造食物，儿子因此接受和理解母亲的用意，希望留在世上的恶魔能有助于人类的繁衍和成长。这样的故事体现了女性作为母亲优先拥有的教育功能，而儿子的成长也让母亲清楚地认识到自己的变化，"我成为了一个有可靠决断力的女人。"[1] 随后，神话故事的重点转移到女神与丈夫的和谐关系上，当太阳向变化女提出让她作为自己的伴侣的要求时，变化女并没有被动地接受，而是相应地也提出了自己的要求。对于太阳的质疑她只是柔声答道：

> 你是天空，必须一直保持不变，而我是大地，我随季节而变化。你一直在移动而我保持原地不动，这样，我们相互完善，让世界保持完整。你和我都有相同的精神特征，我们的价值是平等的，尽管我们不相同，但是我们是相似的。[2]

在这样不卑不亢的表述中，纳瓦霍人通过他们敬仰的女神表达出了他们认同和接受的正确的两性关系——平等、互补、平衡。

---

[1] Paula Gunn Allen, *Grandmothers of the Light: A Medicine Woman's Sourcebook* (Boston: Beacon Press, 1991), p.78.

[2] Ibid., p.80.

　　女神不仅是人类和谐的两性关系的表率，还为人类子孙做出了真正的实质性的贡献。神话中的白壳女为即将到来的人类——天幻男孩（Sky Mirage Boy）和地雾女孩（Ground Mist Girl）建造了结实的房子，教会他们繁殖后代，由此世界上才开始有了人类，她也成为人类真正的祖母，并化身为雨水和谷物，眷顾着子孙的繁衍。

　　除此之外，大多数人对于土著人传说中的太阳神都有所耳闻，并自然地认为这是一个典型的男性神祇。但是，在切罗基人看来，他们更信仰太阳女神（Sun Woman），因为"太阳的一个主要作用是被用来估量时间"，对于精于耕种的切罗基人来说，太阳的运动可以准确地告知他们节气的变化和进行仪式的准确时间，"他们相信履行精神义务会直接导致物质需求的结果，而要完成这些义务取决于与宇宙的和谐"。[1] 所以土著人相信准确的时间、正确的行为，甚至公平的决断都远比对物质财富的积累和攫取更为重要，物质只是精神力量的某种后果，但不是目的。相当数量的土著部落都是由女族长掌握着这样的决断权，他们认为"估量个人和群体中和谐、平衡的行为是女神的工作，由此，也就是女性的职责范围"，[2] 所以，太阳女神成为一个可以很自然地被接受的形象，与其说这是一个涉及性别差异的敏感观点，毋宁说这是土著人在约束物欲后对于和谐、平衡的精神追求一种别样的理解。

　　同样，土著人还将许多女神赋予救治的职能，例如，阿兹台克人（Aztec）相信他们尊敬的祖母和母亲托南特津（Tonantzin）"是一个康复女神（a healing goddess），她自身就代表着自然滋养万物的特性"。[3] 类似的还有玛雅人（Maya）敬仰的水晶女（Crystal Woman），作为艺术技能娴熟的女性，她站在山顶，迎接人类的到来，并作为"女祭司、萨满和女医师"，[4] 成为传授知识的始祖。艾伦由此又创造了一个新的词汇"女性智

---

[1]　Paula Gunn Allen, *Grandmothers of the Light: A Medicine Woman's Sourcebook* (Boston: Beacon Press, 1991), p.84.

[2]　Ibid., p.84.

[3]　Ibid., p.171.

[4]　Ibid., p.196.

慧"(Gynosophies, gyne = woman; Sophia = wisdom)[1] 来总结土著文化结晶中所体现出的女性特质。例如族人大多相信部落传说中对于知识的传播途径和方式的描述：

> 创世者将所有的东西都放在一个巨大的储藏室里——所有在人类身上已经发生、将要发生的每一件事都放在那里，所有的知识都在那里，这些知识会以不同的方式通过祭司释放出来或赋予某一个人。当创世者认为我们需要知识的力量时，创世者就将这种力量通过祭司给予她的民众。[2]

在土著人的认识论和知识体系中，知识的力量在于拯救和帮助人类，而人类得以拯救的标志就在于建立一个协作的社会，在这个协作过程中，对于神圣大地的信仰是必需的前提，因为只有以大地为象征的物质世界——包括星辰、气象、地理、生物等——都具有了智慧而神秘的生命力，人类才能在一个活跃而不是死寂的时空场中进行创造和发展。

土著人对于知识的认可就在于自己与神圣大地的协作后果，这样的后果是"由一系列行为所导致的必然结果（event-ual），而依据和谐和发展的原则，人类的行为和消耗利用必须是理性的"，[3] 是每个个体都能将"部落—大地—宇宙—自我"[4] 作为整体性思考的结果。这样的知识虽然具有一定的神秘色彩，但绝对不是西方传统的神秘主义的产物，如果要给北美土著人贴上西方传统文化的神秘主义的标签，那么，他们对于神秘力量的尊崇和由此导致的自律则完全是"建立在一种适当感上，是对自然力量的主动尊崇；是对宇宙秩序和平衡的习惯性理解；是对于个体行为、思想、关系、情感会对宇宙产生或利或弊的后果的信仰"，[5] 那么，这就必须是一

---

[1]　Paula Gunn Allen, *Off the Reservation: Reflections on Boundary-Busting, Border-Crossing Loose Canons* (Boston: Beacon Press, 1998), p.8.

[2]　Ibid., p.49.

[3]　Ibid., p.19.

[4]　Ibid., p.19.

[5]　Ibid., p.42.

个全体族人都认同和参与的集体贡献，性别差异绝不是区别对待或要求的借口。土著人将拥有知识能力并传达出其能量的媒介赋予女性身份在很大程度上是他们对于创世传说信仰的延续，他们对于"大地母亲"信念的接受具有了一定的首要性，以"蜘蛛祖母"、"龟祖母"以及她们的姐妹们所创造和主导的宇宙要保持长久的和谐秩序，成为人类健康发展的世界，人类也就自然要继续接受女性力量的指引。

在最早和土著人打交道的殖民者的记载中，可以轻易地找到白人是如何在争夺土地的过程中遭受挫败的，因为土著人总是用基于自己的创世信仰的人类与土地母亲的血脉亲情来揭露殖民者企图掠夺土地的贪婪意图。尽管多数情况下他们的表达根本无法被白人所理解和接受，最终只能被枪炮的轰鸣所掩盖，但是却有力地说明了他们是如此地珍视大地，也说明了他们的文化就像一面镜子一样，清晰地反照出他们大地之母的理念如何有效地帮助他们自律，从而能保持这片大地长期的和谐与平衡。面对以抢占土地为目的的清教徒，万帕诺亚格人（Wampanaog）的首领马萨索伊特（Massasoit）说道：

　　　　这被你们称作财产的东西是什么？不可能是大地，因为大地是我们的母亲，抚育着她的孩子：野兽、鸟儿、鱼儿和所有的人；森林、溪流；大地上所有的一切都属于每一个人，为大家共享，怎么可能有一个人说仅仅属于他所有？[1]
梅蒂斯人（Métis）曾说过，
　　　　我们人类与大地之母的相连是明白可见的，她的海水很像我们自己的血液，她的能量脉络就如我们的身体，她的土壤是我们的肌肉，她的岩石是我们的骨骼。氢、钠、氧、镁、碳等都在大地之母身上，也都在我们身上。[2]

---

[1]　Donald A. Grinde, Jr., and Bruce E. Johansen, *Ecocide of Native America: Environmental Destruction of Indian Lands and People* (Santa Fe: Clear Light Publishers, 1995), p.30.

[2]　Carole and Jon Belhumeur, "Reconnecting with Mother Earth", *Native Journal* (October, 1994), p.4.

但是，这样的说理并没有阻挡住当年外来者掠夺土地的野心，也没有抵挡住现代资本扩张、物欲横流的趋势，曾任职于美国印第安国民议会（National Congress of American Indians）的格雷丝·索普（Grace Thorpe）就曾严厉谴责美国政府和一些企业为了满足无限制的物质享受和利益追求，而大量开发核能。他们无视土著人对于一些神圣地域的崇拜，大肆开采居留地地下埋藏的铀矿，"在过去50年里，80%到90%的采矿和铣矿都发生在居留地上或毗邻居留地，这些行为引发了大量的死亡和病害，而大部分都出现在美国西南部的纳瓦霍和拉古纳普韦布洛"。① 由于铀的强烈放射性，居住在此地的一些土著人不仅被迫沦为地下开采的高风险工人，同时，矿山的尾矿也给当地的生态环境造成了不可估量的损害。

堆积的尾矿产生的辐射、提炼铀以后的残渣都渗透到滋养印第安家庭、农田和牧场的地下水中，矿堆里持续散发出的高浓度的氡气被这一地区的印第安人吸入，普遍的辐射量都保持在危险水平，因此，在矿区生活的印第安人与在地底下工作的矿工面临同样的健康危险。②

不仅如此，许多公司还试图用金钱买通居留地的居民，将他们世代居住的土地变成核电厂、核武器工厂的废物堆积地。尽管他们信誓旦旦地保证装有核废料的金属容器非常密封、安全，但是调查显示，用于原子能生产的钚元素的活动期高达50,000年，而所谓安全的金属容器不过只能存在10,000年，还不包括地震等地质灾害可能造成的破漏等风险。③ 面对这样的谎言，生活在居留地的土著人在未来也将一直面临极大的生存风险。

---

① Grace Thorpe, "Our Homes Are Not Dumps: Creating Nuclear-Free Zones" in Jace Weaver, ed., *Defending Mother Earth: Native American Perspectives on Environmental Justice*（New York: Orbis Books, 1996）, p.47.

② Ibid., p.50.

③ William J. Broad, "Scientists Fear Atomic Explosion of Buried Waste", *New York Times*（March 5, 1995）, p.18.

极为奇妙的是，这些经过现代科学实证的危险物质在土著人古老的创始传说中早就有所提及。例如，在纳瓦霍人的创世故事中，他们的先人来自于地下的第三个世界，在来到这个世界时，他们被要求从两种黄色粉末中选择，一种是从岩石中产生的黄色粉尘，一种是玉米花粉，他们选择了玉米花粉而将另一种黄色粉尘抛在了地上，从而受到神的赞许，并告诫他们，如果要拿取那些黄色粉尘，他们将会遭受灾难。[①] 当今天的土著人目睹大地母亲被残忍地撕裂，人们从她的身躯中无休止地攫取资源时，尤其是发现丢弃在他们土地上的核废料让他们面临比美国安全标准高出 23 倍的罹患癌症的风险时，[②] 一定深刻地体会到了祖先明智的警示。

现在的美国主流社会一方面在高调地探讨全球生态危机及其应对策略；另一方面却不能理智而有责任心地正确面对本国土著人所遭受的生态迫害，在给土著人戴上类似"大自然的卫士"之类的高帽的同时，也丝毫没有放弃将他们的土地变为毒物堆置场的做法。但是，以格雷丝·索普等为代表的土著人勇敢地揭露了这样的虚伪。她曾在 1993 年向美国印第安国民议会坦言，"认为我们是这些废弃物的'自然卫士'简直就是对我们信仰的歪曲，对我们智力的侮辱"[③]。 因此，在这场对大地之母的保卫战中，土著人以祖先的智慧为向导，为了自己和子孙的健康未来而对抗势力强大的政府和诸多企业，维护自己的尊严，将自己的居留地宣布为"无核区"（Nuclear Free Zone），同时也是在生态正义的感召之下，用实际行动为其他种族和群体树立了榜样。

当然，在世界上也有一些民族将创世者赋予女性的身份，这并不能表明在社会体系中女性就比男性占有较高的地位。早期社会对于性别的差异看待很大程度上取决于各个性别对部族群体的贡献大小，尤其是保证食物供给的数量和部族遭受灾难时的表现。尽管女性一直因为承担着繁衍、抚

---

① Grace Thorpe, "Our Homes Are Not Dumps: Creating Nuclear-Free Zones" in Jace Weaver, ed., *Defending Mother Earth: Native American Perspectives on Environmental Justice* (New York: Orbis Books, 1996), p.54.

② Ibid., p.52.

③ Ibid., p.54.

育后代的神圣职责而在各个族群中都必须保持平衡的数量，但是随着时代的变迁，尤其是当群体冲突日益显现时，许多社会群体中男性的地位都远远高于女性。即使在现代高度文明的社会群体中，当食物保障和战争威胁不再成为衡量性别差异的标准时，这仍然是一个长期争执的话题。如果研究北美印第安社会历史的发展，就会发现在白人文化入侵之前，他们的男女性别在社会生活中的力量和影响的差异悬殊并不明显，一个重要表现就是古老传说中普遍而大量存在的对于女性角色的渲染，以及部族生活中女性与男性都共同分担的各种群体职责，如食物采集、领导仪式、药物治疗等。女性对于植物的了解和使用使她们在很多印第安部落中都占据着与男性同等的社会地位，有许多部落长期保持着女性氏族的传统。例如，莫马迪谈到基奥瓦人生活中女性的角色时，认为虽然她们在战士的威武形象映衬下可能会"隐蔽在暗处，让路给完美的武士，但是总体上说她们是必不可缺的……她们是神圣的"。① 他指出许多非土著人都有一个错误印象，认为美国西南部的平原文化是父权制的，而事实上，在基奥瓦文化中，部落群体中的女性从不会被男性虐待。尽管在人数上似乎有更多的男人充当祭司、药师等角色，但是他们只是药物、器具的掌管者，"药物的知识和灵性却同样由女性拥有"。② 但是，随着美国不断强制性执行其殖民法律，这样的状况被迫改变，"部落妇女的地位在几个世纪的白人统治中严重下降，在部落依照美国的殖民法案的重组中，她们在部落的决策团体中完全没有发言权"。③ 随着欧洲殖民者对他们家园的入侵，北美土著人长久保持的女性传统因为与欧洲文化的异质性而惨遭扼杀，这是一个围绕着土地、人种、仪式而逐步进行的经济和文化蚕食，并最终导致生态和政治上的恶性循环。

　　米歇琳·佩桑图比（Michelene Pesantubbee）以美国东南部的乔克托

---

① Charles L. Woodard, *Ancestral Voice: Conversations with N. Scott Momaday* (Lincoln: University of Nebraska Press, 1989), p.64.

② Ibid., p.67.

③ Paula Gunn Allen, *The Sacred Hoop: Recovering the Feminine in American Indian Traditions* (Boston: Beacon Press, 1992), p.30.

族（Choctaw）为个案研究对象，揭示了以女性传统为特征的土著社会结构在与西方文化的遭遇战后被迫转化的过程，以及由此带来的文化灭绝的后果。在欧洲人到来之前，乔克托族人的部落经济状态长期保持为女耕男猎，以母系传统为核心，妇女主要从事田间耕作，较为稳定地为族人提供玉米等农作物作为口粮，并负责林间采摘野果、药材等野外工作，而男性则主要担任狩猎者、保护者角色，为族人提供肉食，也在播种和收获季节帮助妇女，在战争中保护族人。妇女在族群中因为在提供食物、生育后代等方面不可替代的重要性而成为受到尊重的敬爱之人（Beloved People），在庆典仪式和葬礼等群体活动中担任主导角色，在部族决议中具有很大的发言权。例如，乔克托人最为重要的"绿玉米仪式"（Green Corn Ceremony）就是向带给他们玉米的敬爱之人——奥霍约·奥西·奇斯芭（Ohoyo Osh Chisba）女神表达感激之情，他们将九月举行仪式的这一天定为新年的开始，"绿玉米仪式"代表着

> 重生与宽恕，分享与感激。这是在盛宴和舞蹈中庆祝丰收的日子，既确保狩猎和战斗的胜利，也通过洗礼和圣火中的重生迎接新的一年。在仪式中，族人的团聚、对于每一个人——男人、女人、孩子和老人——的贡献和重要性的了解，增强了社群联系。通过这样的仪式，东南部的土著人加固和增强了他们所尊崇的所有价值观以及平衡、补偿、互惠、一致等社会宗教理念。[①]

但是欧洲人的入侵，尤其是伴随枪炮而来的奴隶制度和基督教思想在很短的时间之内就将曾经的"敬爱之人"——妇女化为隐形，彻底摧毁了乔克托人的母系传统以及与之相应的所有文化仪式、社会结构和精神信仰。战争使妇女无法耕作，欧洲人因为皮毛贸易而产生的对于男性猎手所大量捕杀的猎物的需求，打破了部族经济的结构，原罪带来的永久惩罚等

---

① Michelene E. Pesantubbee, *Choctaw Women in a Chaotic World: The Clash of Cultures in the Colonial Southeast* (Albuquerque: University of New Mexico Press, 2005), pp.117–118.

基督教思想以及殖民者出于对女性的需求而推行的奴隶制，瓦解了部族的精神信仰，"绿玉米仪式"的消失标志着英、法入侵者对土著人的全面侵害，这是一种以经济改变为表象和起点的侵略，最终导致乔克托人母系传统的社会政治结构的改变。当传统仪式的根基被摧毁时，仪式所具有的精神力量不复存在，由此产生的后果也就不可避免。西达·珀杜（Theda Perdue）在对切罗基妇女的研究中也有相似的发现，传统的部落传说中女神塞卢（Selu）将自己的血液渗入大地，为子孙带来了维持生活的玉米和豆子，从事耕作的切罗基妇女们也因为与大地的关联成为部族中重要的决策者和维系家庭的纽带。但是自 18 世纪以来，以皮毛贸易而始的大规模狩猎，不仅使北美的生态圈遭受了巨大的摧毁，也彻底改变了切罗基人传统的农业经济，

> 切罗基人开始看到为了皮毛而尽量猎杀鹿所能带来的明显的利益，也理解了在严重依赖贸易的社会中，不顺从的家庭会遭受怎样的灭顶之灾。等级制的观念开始出现，男人们对于动物的猎杀也让他们攀上了人类等级的上端。①

由此，切罗基人传统的两性平衡被打破。

当曾经丰沛的草原上已经无鹿可杀时，当兴旺的皮毛交易在 19 世纪末无法继续时，族人开始反思这样的改变对于后代所造成的无法挽回的创伤，并相信"动物用疾病约束了人类，植物医治了疾病，让动物达到了平衡……同样，男人和女人相互平衡，共同促成了生存之道"。② 对于乔克托和切罗基妇女的历史研究中可以发现，以"绿玉米仪式"等为代表的传统仪式体现了印第安文化中长久的女性传统，以女性为主角的集体仪式表达了族人

> 对于丰盛大地的感激，确保了未来的丰收，没有绿玉米仪式，乔

---

① Theda Perdue, *Cherokee Women: Gender and Culture Change, 1700–1835* (Lincoln: University of Nebraska Press, 1998), p.85.

② Ibid., p.85.

克托人无法相信族人赖以生存的植物和动物能在来年兴旺繁茂，到那时，不仅妇女无法为仪式提供主要的食物，将妇女与大地的丰盛之能相连的象征都在消失。①

部落仪式中的主要人物——女药师——会"通过深入研究病人的家庭和文化渊源以及病人过去的生活状况来寻找发病的原因，以此了解病人生活中的消极因素（诅咒、侵害、打击等等）、根源以及确证"，并运用"精神力量"② 进行救治。在族人共同参与下，女药师承担着仪式所赋予她们的职责，通过部族长期保留的口述文化传统——传颂的故事和吟唱的歌谣——在精神上给予受伤者以鼓舞和开导，从而逐步实现身心的和谐。但是随着欧洲文化的入侵，这样的仪式消失了。

仪式的消失不仅仅是一种活动形式的失传或中断，它也意味着对于人们的一种真实信仰的否定，是对于族人传续上千年的某种文化形式的扼杀。在宗教学家看来，"神话和仪式是互为本体的。它们不是像通常人们所认为的属于两种人为的事物，或公式化地形成相互关系，而是从两个不同的角度或通过两个不同的棱镜来观察同一事物"③ 。也就是说，在土著人的神话和他们的仪式活动中常常表述的是他们对于自然、神灵、人类之间生命之流相互交织的真切理解，他们用这样的形式向全体族人以及后代传达这样的信仰。族人通过参与仪式的方式感受和体会神圣的力量，而神话故事作为"仪式性文本"，"表现为对仪式的一种解释或者是对仪式的一种认可"，④ 两者以互补的方式解读着同样的信念。当仪式消失时，神话作为解释性文本也相应地失去了一定的效力。如果没有神话故事的传承者，

---

① Michelene E. Pesantubbee, *Choctaw Women in a Chaotic World: The Clash of Cultures in the Colonial Southeast* (Albuquerque: University of New Mexico Press, 2005), p.133.

② Gloria Feman Orenstein, "Toward an Ecofeminist Ethic of Shamanism and the Sacred" in Carol J. Adams, ed., *Ecofeminism and the Sacred* (New York: Continuum Publishing Company, 1993), p.176.

③ ［美］西奥多·H. 加斯特：《神话和故事》，阿兰·邓迪斯编：《西方神话学读本》，朝戈金译，广西师范大学出版社 2006 年版，第 141 页。

④ ［美］艾克·霍特克莱茨：《意识形态的两分：肖肖尼人中的神话与民间信仰》，阿兰·邓迪斯编：《西方神话学读本》，朝戈金译，广西师范大学出版社 2006 年版，第 190 页。

没有作家和民族学家的继续讲述，印第安文化所蕴含的生发力确实处于岌岌可危的边缘。

人类基于性别不同在社会生活中会担任不同的职责，其中的一些社会角色会很轻易地被贴上性别的标签，例如战争必然属于男性、纺织大多属于女性等。在大部分人的观念中，成功、英武的战士就意味着善用武力摧毁敌对力量，保卫自己的领土、亲人和信念，这已经成为典型的男性特质的象征，而女人在这样的事务中则成为柔弱、被动的受保护者，是反衬与对比的角色，是必然的弱者。但是在北美土著部落传统中，战斗绝不仅仅属于男人，除了战士（soldiers）之外，参与战斗的还有勇士（warriors），与男性成员一样，她们是能"忠诚于自己、亲人、大地和天空"的族人，不仅在血刃中展现勇气，更是在精神层面上，"在仪式之路上，用一种方法或精神训导和考验荣誉、无私和奉献，能将勇士与超自然力量和大地置于更亲密、更强大的和谐之中"。①

美国土著作家在早期的文学创作中就大量书写着这样的勇士的故事，其中典型的当数 E. 保利娜·约翰逊（E. Pauline Johnson），她从 20 世纪初开始就在诸如伊利诺依州的《母亲杂志》（*The Mother Magazine*）等刊物上发表短篇故事和诗歌，在父亲——一位积极地争取印第安权力的活动家的影响下，她的作品中充满了土著传统的因素，其中的短篇故事《就如开初》（*As It Was in the Beginning*）就是一个典型的土著女勇士的故事。故事中的"我"是一个印第安与白人混血父亲和印第安母亲的混血女儿，在父亲的安排下，"我"接受了身穿黑袍的白人牧师的宣讲，在他描述的地狱之鞭的抽打下接受着基督教义，从而将他视为"伟大的导师、心灵的药师"。② 而母亲对此却并不认同，"如果白人制造了这位黑袍人口中的地狱，就让他去那儿吧，这是为先发现它的人而设的。印第安人没有地狱，只有

---

① Paula Gunn Allen, ed., *Spider Woman's Granddaughters: Traditional Tales and Contemporary Writing by Native American Women* (Boston: Beacon Press, 1989), p.25.

② E. Pauline Johnson, "As It Was in the Beginning" in Paula Gunn Allen ed., *Spider Woman's Granddaughters: Traditional Tales and Contemporary Writing by Native American Women* (Boston: Beacon Press, 1989), p.60.

快乐的狩猎之地，黑袍人吓唬不了我"。[1] 年少的"我"被父亲送往白人的寄宿学校接受全盘欧化的教育，但随着年龄的增长，"我"内心深处却总也摆脱不了对"古老的野外生活的向往，它伴随着我的成长和女性气质而来……我想念我的亲人，我自己原本的生活，我的血液呼唤着"。[2] 这是印第安母亲输入儿女血脉之中的力量，是外部强权的欧洲文化无法漂白的特质，并会伴随着他们的成长而日益凸显。当黑袍牧师劝阻与"我"青梅竹马的他的侄儿娶"我"时，"我"从他的口中第一次真正听到了白人的虚伪和恶毒："[她的]血脉是很差、很差的混血……我试着将她与邪恶的异教影响分离；她是教会的女儿；我希望她没有其他双亲；但是你永远不知道有什么潜埋在这些曾经野蛮的圈养动物身上"。[3] 在白人牧师心中，"我"的血脉就意味着"我"是不可教化的"魔鬼"、"毒蛇"的化身。[4]在懦弱、浅薄的爱人退却之后，"我"选择了战斗，趁他熟睡时用弓箭头在他手腕处轻刮两下旋即离去，回到了母亲的身边。牧师侄儿的暴亡虽然蹊跷，却除了看似遭到蛇咬的结果外，毫无其他证据，只有"我"心中明白，"他们看来忘记了我是一个女人"。[5] 在与敌人的战斗中，印第安文化熏陶和教导的女勇士拥有更加果敢的决断力和智慧，更加善于运用自然的神力，这样的神力不是来自人造的教堂、文字的宣讲或者上帝之手，欧洲文化中长久的父权制的影响让白人无法想象和接受女人所能展现的勇气和神奇，所以这是一种他们无法用实证证明的结果。但是土著女勇士们却始终尊重和善于运用这样的神力，相信这是人类与自然达到密合之后的结果，是女性天生拥有的创造力的结果，也是她们女性特征的有力证明。土著人擅长宣讲的女勇士的故事既是实证，也是宣扬，是对强权、模式化的白人父权文化的反讽和颠覆。

---

[1] E. Pauline Johnson, "As It Was in the Beginning" in Paula Gunn Allen ed., *Spider Woman's Granddaughters: Traditional Tales and Contemporary Writing by Native American Women* (Boston: Beacon Press, 1989), p.60.

[2] Ibid., p.61.

[3] Ibid., p.60.

[4] Ibid., p.65.

[5] Ibid., p.66.

土著作家们知道，作为传统知识的拥有者和传播者，土著妇女在社会生活中一直充当着与男性相同的责任和义务，但是在欧洲政治和文化的影响下，许多土著妇女常常隐没在男性的阴影下，尤其在19世纪土著人面临被迫大量向西部迁徙的重要历史时刻，妇女与土地的纽带被政客们强行扯断，"尽管她们在迁移危机中发挥了巨大的道德影响力，却连被联邦政府颠覆的男性领袖拥有的拒绝迁移的权利都没有"，① 成为社会生活中的隐形人，生活在男性和白人文化双重压迫的阴影之中。但是，当代美国土著作家们却常常回顾着自己的成长经历，回忆着、聆听着身边的女性长辈的故事，在她们的故事中学习祖先的传统；同时，在他们的笔下，读者总能发现不同的女性人物，她们或者是女勇士的化身，或者在主人公的成长历程中充当着导师、医师等，眷顾着、帮助着这些受伤的心灵重新走上复原之路。

当代土著作家们认识到，传统仪式、妇女角色、社会结构的改变以及政治经济的博弈都是内在相互联系的，基于性别差异、精神信仰的不同理解而最终导致的物质世界的巨变成为解读生态的链状因果关系的视角之一，这样的观念与当代女性生态批评的研究结果达成了一致。在故事中众多游子的回归之路上，当代土著作家通过展现和解读部落传统中以大地之母为原型的女性原则（Woman Principle）为途径，发掘了现代土著人如何在物质化、工业化造成的精神困境中，在大地之母的洗礼中重获新生。

第二节　女性生态批评与当代美国土著小说中的女性复原力量

法国女性主义运动的活跃分子弗朗索瓦斯·多邦勒（Francoise d'Eaubonne）在1972年第一次运用了"Ecologie-Féminisme"（生态—女性主义）这个术语，并且在1974年出版的《女性主义还是死亡》（*Le*

---

① Theda Perdue, *Cherokee Women: Gender and Culture Change, 1700–1835* (Lincoln: University of Nebraska Press, 1998), p.194.

Féminisme ou la Mort）一书中正式使用了"生态女性主义"（ecofeminism），认为"这个星球的毁灭就源于男性权力中固有的利益驱动"，表达了展望一个"为了所有存在而再次绿起来的星球"[1] 的强烈生态意识。将性别研究与环境研究结合为一体的生态女性主义者从宗教哲学的根源出发，发掘出政治经济和社会形态中所表现出的压迫的相关性——与男性对应的女性和与文化对应的自然成为受害者是男权思想中漠视身体和自然后"将压迫神圣权威化"[2] 的手段和伎俩，而生态批评的核心主旨之一就是批判并改变"我们与他者"的二元对立思维模式，其中的"他者"不仅是指女性，在 20 世纪 90 年代发展壮大于欧美国家的生态女性主义运动更加扩展和定义了"他者"的范畴，"他者"还包括异于人类的一切其他因素，包括大地、天空、植物和其他动物等。

学者们以女性性别的社会遭遇为出发点，开展了一场"维护她们自己、她们的家庭以及她们的社群的妇女抗争"，"是一场引发社会变革的关乎现实的运动"。[3] 在这场旨在促进实现"环境平衡、多层次的女性中心社会、土著文化的延续和以生存与持续性为基础的经济价值标准和规划"[4] 的运动中，以男性中心主义和人类中心主义为重要特征的欧洲文化被理解为造成社会与自然二元对立的根本原因，并由此产生了一系列的二元对立面，如男性与女性、理性与情感、人类与动物等等。由于社会现实中以女性、自然等为代表的"他者"这个概念桎梏还在男性中心主义和人类中心主义思维下不断扩展、不断被强化，成为一种维持强权统治的必要存在，从而造成了父权制社会、跨国公司和全球化的资本扩张等强权势力控制下的社会畸形发展和环境恶化。在寻求转变的呼声中，生态女性主义将"女神传统、自然神学、土著灵学和内在性而不是超越性"[5] 作为理论的基准，向

---

[1]　Carol J. Adams, ed. *Ecofeminism and the Sacred* (New York: Continuum Publishing Company, 1993), p.xi.

[2]　Ibid., p.1.

[3]　Greta Gaard and Patrick D. Murphy, eds., "Introduction" in *Ecofeminist Literary Criticism: Theory, Interpretation, Pedagogy* (Urbana: University of Illinois Press, 1998), p.2.

[4]　Ibid., p.2.

[5]　Ibid., p.3.

一切统治方发出挑战。因此，这不仅仅是一种态度、精神的改变，更涉及种族、政治、经济领域的改变，是对种族主义、殖民主义、新殖民主义和资本剥削的挑战，从而达到在以多元性取代二元性、持续性取代单纯发展的改变中形成人与自然、女性与男性的和谐。

对于生态女性主义的一个较为普遍的误解是认为这是一种本质论，因为女性声称比男性更加本能地接近自然。但是生态女性主义学者们指出，"生态女性主义的固有信仰是所有存在的相连性（interconnectedness），因为每一种生命都是自然，也就不可能其中的一部分比其他部分更加接近'自然'"。① 所以，生态女性主义是旨在消灭男性/女性为代表的一切二元对立论，是直面权力政治学的运动，并不是用女性高于男性的二元转化作为反击，而是以多元平等、共存、互助为目的的新形态，是男性也必须参与并同样受益的具有实际的社会、生态效果的改变，在改善女性、自然的文化地位的同时，达到整体性的改良，最终实现真正的自然崇拜（naturism），成为"结束性别压迫和统治思维的女性主义团结运动的必要部分"。② 所以，在这场以团结为重要特征的运动中，在对于生态女性主义意识的理解中，相连性成为一个关键词，这是自然科学理论与社会性别理论的相连，是生态系统与社会系统的相连。同时，相连性也说明了差异的存在，肯定了个体多样性的合理，而不是以绝对的统一体——以一个强权的部分——代替或强势地压榨、消灭其他部分，只有这样接受多元存在的思维方式才可能维持并保证自然生态和社会生态的和谐存在。

生态学家帕特里克·墨菲（Patrick Murphy）认为，要理解并接受人类与所处世界的正确的生态关系，就必须用"自我—另我"（self-another）取代"自我—他者"（self-Other）。在这看似细小的改变中，"另我"（another）成为对"我"的补充，与"我"相互影响、相互完善的延续性取代了"我"

---

① Barbara T. Gates, "A Root of Ecofeminism: *Ecoféminisme*" in Greta Gaard and Patrick D. Murphy, eds., *Ecofeminist Literary Criticism: Theory, Interpretation, Pedagogy* (Urbana: University of Illinois Press, 1998), p.20.

② Karen J. Warren, "The Power and Promise of Ecological Feminism", *Environmental Ethics*, Vol. 12 No. 2 (1990), p.132.

与"他"（Other）的相异性，在对相异性的尊重和认同中达成平等与相连。"另我来自于对于相异性的差异层次的感受，是一种去除了等级的相异感"，[1] 也就是说在接受差异时排除等级，在平等中感受相异。这样，我们也就同时必须要承认非人类存在物虽然与我们相异，但是在感受它们的过程中会发现它们也具有相当的手段和力量，在我们人类意识之外具有"关注并采取行动的能力"，[2] 也就是加里·斯奈德所说的一个会让人类为自己的行为负责的"关注和倾听的世界"[3]。如果消除了二元对立的模式，而采用对话的方式和途径，那么通过对话方式就会发现，"大部分基本关系都无法用辩证形态来解决：人性 / 自然、愚昧 / 知识、男性 / 女性、情感 / 智力、意识 / 无意识"。[4] 所以，执着于通过二元辩证的途径来为不公平的人类社会关系、人类与自然的关系设立一个看似合理的解释，找寻一个维持不平等关系的借口注定会引发抗争，而沉默的自然也以一种人类没有意识到的手段和力量发表着抗议。生态女性主义就是通过自身为代表和媒介，警醒世人关注和改变社会生活中一切不合理关系的存在。

在一个整体性的因果结构中，生态女性主义必然也成为决议和行动的一部分。在合理正义的评判中，在为所有成员的代言中，生态女性主义的倡议者们更能清楚地认识到"社会自主权最弱的可能正是环境危机的最大受害者"。[5] 所以，如果读者追溯美国生态意识的早期觉醒者就会发现，生态女性主义早在 19 世纪就伴随着西方女性主义运动的发展而初露端倪。

　　　1891 年佐治亚州开始了花园俱乐部运动，也有许多妇女致力于

---

[1] Patrick D. Murphy, "Voicing Another Nature" in Karen Hohne and Helen Wussow, eds., *A Dialogue of Voices: Feminist Theory and Bakhtin* (Minneapolis: University of Minnesota Press, 1994), p.63.

[2] Elizabeth S. D. Engelhardt, *The Tangled Roots of Feminism, Environmentalism, and Appalachian Literature* (Athens: Ohio University Press, 2003), p.3.

[3] Gary Snyder, *The Practice of the Wild* (New York: North Point Press, 1990), p.20.

[4] Patrick D. Murphy, *Literature, Nature and Other: Ecofeminist Critiques* (Albany: State University of New York Press, 1995), p.35.

[5] Elizabeth S. D. Engelhardt, *The Tangled Roots of Feminism, Environmentalism, and Appalachian Literature* (Athens: Ohio University Press, 2003), p.4.

保护公园里的历史遗迹，妇女俱乐部还帮助通过了保护水域和可通航的河流的联邦法案、于 1916 年建立国家公园公共部门、最早的联邦环保措施和 1900 年旨在保护濒危动物的莱西法案等。[①]

这些早期的妇女俱乐部形式的团体环保组织为美国后续的环保人员的壮大提供了良好的群众基础，并逐渐细化为针对某项环保主题的专门组织，例如 1908 年开始的"全国河流和港湾妇女议会"（Women's National Rivers and Harbor Congress）等。

与白人妇女早期的妇女运动抗争不同，就北美土著人来说，"对妇女和自然的控制起始于殖民统治……生态女性主义理论更严肃地针对殖民问题，尤其是对土著人土地的殖民统治，对压迫展开分析"。[②] 也就是说，北美印第安社会中所谓的妇女受到压制的情形起始于白人的殖民统治。葆拉·冈恩·艾伦在对部落女性角色和形象的研究中发现，尽管各个部落对于女性的态度会有所不同，"但是他们从来就不会质疑女性特质的力量。有时他们认为妇女胆怯，有时安静，有时又无所不能、无所不知，但是他们决不会觉得妇女愚笨、无助、头脑简单或者受压迫"。同时，如果谈及具体部落中的某个女人时，她一定具有她所生活的那个"超自然、自然和社会生活"的影响所造就的独特形象。[③] 部落女性在各个族群中由于传统仪式、生活条件和社会分工的不同承担不同的群体义务，发挥不同的作用，表现出不同的个性，但决不是如白人文献或影片中的模式化描写，只是围坐在篝火旁的默默无语的倾听者、受丈夫虐待的性奴或是在公众中大打出手的酒鬼。

随着欧洲人对于北美大陆殖民统治的加强，根植于西方神学理念的父权制传统逐渐取代了土著人灵学思想中的母系传统，而北美大陆的殖民统

---

① Elizabeth S. D. Engelhardt, *The Tangled Roots of Feminism, Environmentalism, and Appalachian Literature* (Athens: Ohio University Press, 2003), p.25.

② Andy Smith, "Ecofeminism through an Anticolonial Framework" in Karen J. Warren, eds., *Ecofeminism: Women,* Culture, Nature (Bloomington: Indiana University Press, 1997), p.22.

③ Paula Gunn Allen, *The Sacred Hoop: Recovering the Feminine in American Indian Traditions* (Boston: Beacon Press, 1992), p.44.

治所导致的生态破坏却让现代人认识到，对于自然神灵缺乏敬畏所导致的灾难"不仅会发生在土著人身上，也会最终影响每一个人，好好地放置在印第安人土地上的放射物最终会浸染整个这片大陆"。[①] 所以，生态女性主义研究者朱迪丝·普兰特（Judith Plant）认为，

> 摆脱西方神学传统中的等级制束缚，转为以大地为根基的灵学思想是使精神与物质弥合的开端。就如美国土著人和其他部落传统一样，生态女性主义的精神实质就是在我们自己身上看到鲜活的神灵，精神和物质、思想和身体都是一个富有生命力的有机体的一部分。[②]

当土著人被冠以"最后的生态主义者"[③]时，学者们从他们的理念中看到了人类与自然界的合而为一，看到了在生活实践中各种存在物相互依存的平衡体系，也发现与西方信仰相比照，土著人总是将自己的生活保持与环境相适应的动态变化，他们"不仅更加的生态，（至少从可能性上来说）也更加地主张男女平等"。[④] 在部落生活中最具有影响力的灵学思想就是"接受神灵或者相信一个神灵的世界（the Spirit World），信仰神灵的力量体现在所有的事物中"。[⑤] 他们最为普适性的灵学思想以族人中长期、广泛流传的各种神话传说为载体，在代代人的口口相传中保留下来。这样，土著人具有了一种自觉的态度和力量，努力与社群、与周围的环境达成和谐，以"伴送着美好"（Walk in Beauty）和"在一切事物中看到良善"

[①] Andy Smith, "Ecofeminism through an Anticolonial Framework" in Karen J. Warren, eds., *Ecofeminism: Women, Culture, Nature* (Bloomington: Indiana University Press, 1997), p.24.

[②] Judith Plant, ed. *Healing the Wounds: The Promise of Ecofeminism* (Philadelphia: New Society Publishers, 1989), p.113.

[③] Noël Sturgeon, "The Nature of Race: Discourses of Racial Difference in Ecofeminism" in Karen J. Warren, eds., *Ecofeminism: Women, Culture, Nature* (Bloomington: Indiana University Press, 1997), p.270.

[④] Ibid., p.271.

[⑤] Carol Lee Sanchez, "Animal, Vegetable, and Mineral: The Sacred Connection" in Carol J. Adams, ed., *Ecofeminism and the Sacred* (New York: The Continuum Publishing Company, 1993), p.222.

(see the Good in everything)① 为生活准则和最终的信仰目标。这种内化的和谐感超越了外在物质利益的诱惑，让他们在理解各种生命力的持续和各种外在物质的转化中，通过仪式和口述传说教育并实践着真正的人与人、人与自然的和谐。

自幼在新墨西哥州长大的葆拉·冈恩·艾伦专注于研究土著传统中的女性原则，同时，她也一再强调产生这样的传统与北美土著人对于大地的情感和认同是紧密相连的。伴随土著人的荒野决定了他们的文化特征，也汇集和表现着他们的文化成果。艾伦以自己为例，说明自己的成长完全是所处地域环境的结果，而自己的创作也一直是对于这片土地的回报。她熟悉的美国西南部是"祖先和他们的后代深切理解并拥有着、表达着的心灵空间，具有地域特征的印记"。② 除了食物、气候、景观等物理特征之外，这里也是他们的心理空间，祖母、母亲口中流传下来的故事"具有深深的延续感"。③ 同样，自己熟悉的"大地、家庭和道路是萦绕在我头脑中、激发我灵感的三个主题"。④ 在她的小说创作中，女性与大地成为不可分割的同一体，成为可以相互表达的修辞，成为心灵回归永远的家园。在她的第一部小说《拥有影子的女人》(The Woman Who Owned the Shadows, 1983) 中，她明晰地表达着土著女性与大地、女性与女性、女性与男性之间不可忽视的相连性，以及由此才可能产生的互补、平衡。

《拥有影子的女人》分为四个部分，前三个部分的《序言》都来自土著部落的传说或者复原仪式上的歌谣，而第四部分则整个是传说与小说情节的相互交叉、完全交融。通过这样的叙事结构，艾伦表达了当代土著文学与土著传统叙事的相互交融、不可分离，同时也强调了小说的主题呈现与土著传统思想的相互映照，而其中最为凸显的主题思想就是小说的主人公埃芬妮（Ephanie）作为一个土著女性在现代的社会生活中无所归

① Carol Lee Sanchez, "Animal, Vegetable, and Mineral: The Sacred Connection" in Carol J. Adams, ed., *Ecofeminism and the Sacred* (New York: The Continuum Publishing Company, 1993), p.222.

② Paula Gunn Allen, *Off the Reservation: Reflections on Boundary-Busting, Border-Crossing Loose Canons* (Boston: Beacon Press, 1998), p.231.

③ Ibid., p.234.

④ Ibid., p.183.

依、失魂落魄的挫败感，尤其是她的女同性恋身份在基督教语境中给她带来的毁灭性的压迫感，让她最终只有在向土著女性传统的回归中，在对自然神启的感悟中，找到幸存之路。就如她的名字所反映出的拼接特点，由伊皮芬妮（Epiphany，意为顿悟）和埃菲（Effie，Euphemia 的昵称，意为信奉众神）这两个传统女性名字组合而成的埃芬妮，本应代表"高挑而尊贵"①，但是在她的身上却成为一个奇怪的"被割裂的名字"(3)，它一方面凸显着主人公的混血身份，另一方面也对现实社会生活中一个土著妇女从白人文化中所能获得的神启，表达了极大的怀疑和反讽。

　　小说的第一页呈现给读者的就是土著传说中著名的蜘蛛祖母："混沌初开时只有蜘蛛，她划分了世界，她做到了，由此想来她创造了世界，她吐着蛛丝让各个部分相交相连。"(1) 随后，她的双胞胎女儿乌雷特塞特和娜奥特塞特继续着创造世界的重任，"我们将命名，我们将思考"(2)。在歌声中，"她们创造了语言"(2)，完成了美好的创世，"并让一切都有所不同，有所区分"(2)。但是在这女神们创造的原本美好的世界中，埃芬妮却是一个从飞翔的梦想中重重摔下的失败者，一个纠结于记忆和幻觉中的"怪人"(3)，在孤独和黑暗中感受恐惧，几近疯癫，连自己的儿女都无法照顾，只有她"亲如兄弟"的斯蒂芬（Stephen）前来陪伴她、照顾她。但是，她内心却对此无比绝望和愤怒，"我恨他"(10)，因为他的所作所为在每一天都提醒她"没有他提供的安全保障，她就面临着死路一条"(10) 的挫败感以及他"重新改造"(17) 她的压迫感。现在，她除了生命已经一无所有，"希望、信仰、梦想、欢笑、爱情"(19) 都被掠走，这是她生命历程中数次被掠夺的结果。埃芬妮曾经和童年的好友、白人女孩埃琳娜（Elena）自由而安全地徜徉在沙丘上，或者倦怠地躺在门前枝繁叶茂的苹果树下享受着属于她们的秘密，也曾相约着一起去攀登险峻的高山。但是两小无猜、青梅竹马的她们却不能逃脱大人们的阻隔，在她们懵懂的心灵中早早地打上了"恶魔"、"罪恶"(30) 的烙印，女伴也被带

---

① Paula Gunn Allen, *The Woman Who Owned the Shadows* (San Francisco: Spinsters Ink, 1983), p.3. 下文中所有来自此小说文本的引文均出自此版本，不再赘述，只在括号中标明页码。

出了她的世界。在孤独和羞耻感中长大的埃芬妮继续承受着自己的身份所带来的困扰，尽管她已经是一双儿女的母亲，丈夫却弃她而去；尽管她模仿着那些白人妇女——"她认为是自信、能干、自由的人"（36）——来解放自己，"从斯蒂芬压迫、傲慢的眼光中躲开"（36），但是"她摆脱可怕的纠结的努力尝试还是毫无意义"（36）；尽管她再次试着用女性的身躯安慰同样遭受身份困扰的日裔美国人托马斯（Thomas）并和他组成了完整的家庭，却很快失去了自己的一个双胞胎儿子。在土著人和同性恋这双重大山的阴影下，埃芬妮的妥协和努力丝毫没能给她的生活带来任何转机，"噩梦、愤怒、抗争、鲜血、死寂就是她的生活状况"（73），而她的生命之树——祖父在她出生前种在房前的那棵苹果树，她和埃琳娜编织童年梦想的地方——"几乎快死了"，"它被闪电劈死"，"只有一个枝桠还有花和叶，但是没有果实"（41）。她选择离开家乡，去往辉煌、代表繁荣和希望的自由之地加利福尼亚，却发现

> 曾经是平静生活之地的加利福尼亚上空弥漫着瘴气般的死亡气息，那是传说中母亲、祖母、大地之母、星辰之母和跌落天空的女人最后栖息的黄金之地啊，是先人们都举目西望的地方，也是白人们，那些陌生人们一路砍杀追逐而来的地方。他们在方圆两百英里之中播撒死亡，动物、鸟儿、爬行动物、昆虫、植物、草药、牧草、大树都没有幸免，还有人类，那些还在跳着、唱着、渔猎着、采摘收集着草种的人们。但他们仍然生活在那里，尽管是在另一个世界，而不是这个用沥青和水泥铸造棺罩，用手上、脸上、胳膊上、眼睛里喷涌而出的鲜血铺洒人行道的地方（73）。

在曾经的希望之地，死亡成为一个最强烈的意向，一个埃芬妮不得不面对的阴影。作为现代文学中一个普遍的主题——疏离（alienation）的象征和极端表征，它编织了一张让埃芬妮孤寂、恐惧、憎恨而又无处躲藏的阴暗之网。但是，以强调"他者"为主要特征和表意方式的"疏离"对于土著传统文学来说却是一张陌生的面孔，

　　在传统文学中，关注的核心是归属感；即使一个人被驱逐出去了，就像战争双胞胎小子的神话故事一样，作为太阳的儿子，他们尽管被父亲拒绝了，还是必须寻求他的认可，被摒弃的人又会回归部落的怀抱，并常常带回非比寻常的礼物和知识。整个传统叙事都倾向于整体性，因为关联性是部落的主要价值。那些疏离的人不过是属于另一个团体罢了，这样不会造成冲突，因为陌生人并不是陌生人，在部落传统中对待他们的规则是清楚的。只有当部落内部的人成为陌生人时，内部冲突和疏离感才会发生。①

　　作为一个漂移于印、白两种文化之间的混血儿、作为一个被摒弃的女性同性恋者，埃芬妮成为一个心理、生理上的双重疏离者。只有当她再次与自己所属的群体成为一体时，当她不再是一个陌生人时，才能驱赶走这样的疏离感。对于当代土著人来说，回归是一个不一样的历程，当他们的家园已经被鲜血浸染，当他们敬仰的生灵已经饱受涂炭，当他们的传统已经支离破碎时，归属何方已经不是一道简单的二选一的选择题。

　　在美国印第安写作中，对待疏离的重要描述手法常常是无意识地假定一个人必须与自身的某一特定经历相关，而不是其他经历，以对抗性的原则看待世界，因此，好与坏、印第安人与"白人"、传统与外来文化相互抗衡，个人的重要性在二元对立的困惑中消于无形。②

　　就像白人常常"看不到联系"（75）一样，土著人也会在仇恨和对抗中"忘记对立双方相互平衡的古老的秘密知识"（97），但是只有这样的古老知识才教会他们看清争斗只会带来毁灭，就像白人曾经干过的那样，"杀死更多的人、动物、大树、河流和云彩，他们甚至知道如何杀死雨水，那些致力于毁灭的人"（186）。在毁灭和对抗中，一切复原都无从谈起。

---

① Paula Gunn Allen, "A Stranger in My Own Life: Alienation in American Indian Prose and Poetry" in *MELUS*, Vol. 7, No. 2 (Summer, 1980), p.3.

② Ibid., p.8.

　　艾伦在这部小说中试图通过对久远的故事、记忆的再叙述，通过女主人公埃芬妮的生死挣扎阐释现代人——不仅仅是土著人——的一条自救之路。艾伦在书中再次讲起了那个古老的神话传说，那个曾经从空中跌落的女人的故事：天空女因为比自己的丈夫更强大而被诱骗到一望无底的洞穴边，并在他的怂恿下跌落凡尘。但是与基督教中的跌落成为人类苦难的开始不同，天空女的跌落（fall）开始了世间的一切，鸟儿将她托起，她的跌落之地——龟祖母的背——成为大地开始、生命起源的地方。小说中的埃芬妮也曾被斯蒂芬诱惑，去攀苹果树上的绳索悠荡，最终重重地跌落在地，但是她所受到的伤害却让她"理解了天空女、祖母身上发生的古老的跌落的故事"（38）。与对跌落内涵的不同阐释相似，小说作者还强调了女人的复原力量，她们所拥有的知识最终能消灭仇恨，达成平衡，尽管这是惨烈代价的结果。传说中伟大的复原女神盖约·凯佩（Gayo Kepe）在男人们束手无策时用泉水救治了族人头领的女儿黄女（Yellow Woman），并"告诉女人们怎么做。由于她的智慧，她到达村庄时还活着的人们都获救了"（113），但是她却被嫉妒的男人们杀死了。她知晓他们的阴谋，却选择了平静地面对死亡，因为她知道，"在你们的伤疤愈合之前，在你们回归信仰之前，一代代人会来到，一代代人会逝去"（114）。

　　埃芬妮自己既有印第安人血统又有白人的血统，既有女性的生理特征又有钟爱女性的男性心理特征，她能更深切地感受非黑即白式的刻板选择的谬误，"没有这么简单"，"当你爱战争双方的每一个人时，怎么办呢？"（146）所以，抗争所带来的伤害不是善于救治的女性所能接受的，她们曾经跌落、她们曾经付出过生命的代价，埃芬妮从她们的故事中看到了女性应有的态度，她想起了土著人和白人都共同遭受的伤害，那些白人妇女

　　　总是告诉我我们是怎样的受害者，难道她们不知道她们是比我们更大的受害者吗？她们一而再、再而三地称呼我们是受害者我们就应该相信吗？因此我们就要相信没有了希望，我们会永远无助受伤？……我们当然是受害者，可谁又不是呢？（159）

　　这样的表白并不容易被听众接受，即使是她曾经知心的朋友埃琳娜也不能理解埃芬妮，不能理解在一个"大地、流水、天空都被偷走，梦想都被殖民"（160）的世界上，何人又能幸存呢？埃芬妮自己在绝望之中也曾经不惜以自己的生命作为抗争，当她试图在家里上吊自杀时，她在死亡降临之前的最后时刻，"眼角的余光看到了衣橱角落中逗留着一个大大的蜘蛛，它似乎在注视着她"。那一刻，她惊慌地意识到自己的险境和愚蠢，并最终成功地自救。"当她抬头看时，她看到了那只蜘蛛，像所有的蜘蛛一样随意地坐着。它看上去对她很赞赏，在点头致意，甚至或许在微笑"（164）。经历了真正的生死考验后，埃芬妮看清了抗争和死亡的意义，与其"谋杀自己，为无谓而争斗"（187），还有更有意义的死亡，"有神圣的死亡之路，为了清清的水、洁净的空气，为了故乡的高山和天空"（187），"那样的死亡能复原一切，是一切美好的生命力的源泉"（187）。这样的态度曾在土著人的故事中、在久远的记忆中反复讲述，埃芬妮也在对这些叙述的反复思索中变得坚强，从而最终能够摆脱死亡的诱惑而跑出家门迎接太阳，"她看到了那棵苹果树，花枝招展，在清晨的阳光中，花丛熠熠生辉。清风带来的甜蜜气息掠过她的脸、她裸露的胳膊和腿，大地向她的赤脚送来舒适的凉气"（196），她似乎看到了青草的复苏，想到了现在又是一年耕作时，是新的生命开始的时刻。曾经被生活的重重阴影包裹的女人在这一刻重新恢复了生机，"将要满含生命力和作用"（204）。他们一直敬仰的女神的姓名"是每一个女人的姓名"（209），她们继承了女神的知识和能量，"老女人、鹰、蝴蝶、蜜蜂的脸，狼和蜘蛛的脸，老郊狼女人的脸，岩石、大风和星辰的脸，无尽、痛苦、强大、敬爱的黑暗午夜的脸，黎明的脸，红红的火焰的脸，遥远的星辰的脸"（209）都是变幻无常的同一张脸，在无穷变化中、在不同的故事中，生命在前行，不管是在天空还是跌落凡尘，不管是在这个世界，还是在梦想的世界，"人类和神灵的故事，大地的故事就是迁移、前进的故事……生命的故事就是迁移、前进的故事"（210）。埃芬妮认识到这一切后，阴影对于她来说不再代表压抑和恐怖，"阴影变得有了形状，形状变成了女人们的歌声，随着女人们的古老舞步吟唱、舞蹈"（213）。这是来自于传统的救治良方，这是女性原则所赋予的能量，这是消除对抗后的新生，这也是万物相连、相互融合后所能达成的整体性幸存，只有这样的幸存才能真正具有生命力，能真正为人类、为这片大地以及所有的生灵，甚至遥远的星辰带来持久的福祉。

对于土著传统中女性力量的认可和表达不仅在女性作家的创作中可以找到大量的代表，当代的男性土著作家基于对传统的理解也进行着同样的传承和发扬。因为北美大陆的土著们都有着相似的以自然为根基的伦理观，各个族群的口头传说或仪式会由于自己的地域特点和历史史实有所不同，但是曾经与其他大陆文明有所隔绝的土著文化中非常凸显的相似性也不可否认，那就是他们对于大地之母原型的信仰。在遭受伤害和孤苦无助时，土著人常常会在集体的协助中、在女性传统的引导下以回归自然，以蜘蛛祖母编织的蛛网为象征的一种整体性的相连与和谐达成心理和生理的最终复原。在詹姆斯·威尔奇的《浴血隆冬》（*Winter in the Blood*，1974）中，读者会从主人公——一个无名的土著青年的经历中感受到与大地相连的女性原则发挥的复原作用。威尔奇在《浴血隆冬》中描写了生活在蒙大拿州黑足人居留地（Blackfoot Reservation）的一位敏感而忧伤的年轻土著人的故事。与故事中无名的主人公一样，成长于蒙大拿的威尔奇熟悉这片土地，这是他接受教育、开始作家生涯的起点，这里也是他开始真正了解自己、书写人生故事的地方。读者从无名的主人公身上看到的不仅仅是一个个体小人物的故事，这更是作者那一代年轻人的成长故事。就如读者在《浴血隆冬》的封底能读到的评价一样，这是"一部关于年轻的土著美国人接受他的传统——他的梦想——的非比寻常、能够激发情感的小说"，[①]这里不仅有作者在对故乡的描写中所透露出的赞美和哀怨，还有一种让不了解印第安文化的非土著人感觉怪异的对于寻根执着的驱逐力，这样的动能在主人公的疗伤过程中常常不受他自己的支配，更多的是他周围的其他人物——尤其是一些女性人物——直接和间接的引导、诱惑甚至驱赶，最终在故事的结尾他才获得了对于自己和所属文化传统的认同。当主人公在

---

① 参阅 James Welch, *Winter in the Blood* (New York: Penguin Books, 1986) 封底。下文中所有来自此小说文本的引文均出自此版本，不再赘述，只在括号中标明页码。

蒙大拿的荒野中无所适从时，他的母亲特雷莎（Teresa）、祖母、女朋友阿格尼丝（Agnes）、马尔塔的酒吧女、来自哈弗尔的马尔维娜（Malvina）和马琳（Marlene）等这些女性人物帮助他学会了尊重女性，珍视她们赋予的爱，在历经生死的考验后重新找到了自己与养育祖先的这片土地的纽带，因为是这片土地长久地承载着他的家庭、他的族人、他的社会以及他们相互之间内在的联系，那是他们得以幸存的结果，并且也是能继续幸存下去的希望。

故事开始时，自暴自弃的主人公遭受着身心的双重折磨。心理上，他因为十四岁就死于一场事故的哥哥莫斯（Mose）而忍受着作为幸存者的内疚感，尽管他自己的膝盖也在这场事故中严重受伤。此外，父亲弗斯特·雷兹（First Raise）又在哥哥的事故发生不久后突然冻死在雪堆中。在心理上，父兄的逝去让他对于自己作为家族中的男人应该传承的传统失去了方向和信心，只能漫无目的地挣扎在无望的生活中；生理上，膝盖的伤痛反复提醒和强化着这样的无助和沮丧，因此，读者在小说的第一页就清楚地从那些塌陷的屋顶、地上裸露的灰色枯骨、老鼠和爬虫、荒地上高高的杂草看到了遍布的死亡气息。当他意识到回到家里也只能面对母亲和祖母时，他"除了感受到这些年累积起来的疏远外，没有恨、没有爱、没有内疚、没有不安，什么都没有"。(2) 这种内心的疏离所导致的冷漠就如小说的题目所透露出的寒意一样，是隆冬般的冷彻心肺，使年轻的主人公只能在酒精的麻痹和刺激中有稍许的忘却和逃避，成为白人社会易于接受的一个土著人——醉鬼、冷漠而全无所谓。内心的寒意让他无力留住自己未来的伴侣——女朋友阿格尼丝，她还拿走了他的枪和电动剃须刀——一个现代社会的男性象征，而母亲催促他去要回属于自己的枪就成为他重拾自己男子气概的象征。这场寻枪之旅最终演变为一场他伴随身边的女人重返童年、在精神和身体上都获得重生和复原的疗伤之旅。烂醉中，马尔塔的酒吧女在他的梦中与母亲特雷莎重合，并"伴有另一个形象，那个骑在马背上的男孩，从长长的山坡上冲下来，尖叫着、击打着……欢笑着"(52—53)。这样的组合让他不安，让他有了前所未有的、又迷惑不解的"近乎于羞耻的感觉"(57)。他对马尔维娜感到好奇，总是试图了解这个神秘女人和以前的男人发生了什么，当听到马尔维娜抱怨这个糟糕的世界时，他对自己的谎言感到羞耻，站在她的卧室里，他想到童年时"莫斯和他在那个寒冷的春日发现了特雷莎卧室里的泡泡浴球，一定是父亲送给她的圣诞节或生日礼物……[他]试着想象特雷莎在卧室里的金属浴缸中让泡泡直没到脖子的情景"(83)。这时，尽管他坐在马尔维娜的床上，但脑子里想到的却是她正在隔壁房间吃着麦片粥的儿子。在他对女性的追逐中，这些女人总是能让他想起童年，想到这些女人、母亲与自己的关系，她们化成了一个能将父亲与儿子、兄弟与兄弟、儿子与母亲连接在一起的结，而这样亲密而温暖的连接中都有着母亲的身影，因为母亲的形象在印第安文化中象征着持续的生命力，是让家庭富有暖意的核心。

主人公与女友阿格尼丝的感情成为判断他康复疗程的参数。在故事开始时，阿格尼丝只是他随意带回家的一个女孩，"准备晚餐吃的一条鱼，如此而已"(22)，他也只记得她月光下的酥胸，而不是一个与他分享真实情感的人，所以找不到她时，他只"感觉一种特别的轻松感"(88)，他并不真想找她回家。但是遇到酒吧女和马尔维娜后，他开始知道他最终需要找到她，而真正见到她时，她在他的眼中变得不一样，"她蓝色的短裙和短发令人着迷，像个孩子一样"(101)。他"只想和她在一起"(102)，这是他多年来没有感受过的温暖，一种让他惊奇的震撼，似乎"二十年的岁月了无痕迹，[他]又成了一个孩子，而莫斯就在身边"(103)。再次看到自己的女人，他有了要和她相随相伴的强烈愿望，他在她的眼中看到了一种让人温暖的希望，并对她多年来由于自己的冷漠过着不快乐的生活而心生同情。但是阿格尼丝的哥哥并不信任他，在他被阿格尼丝的哥哥痛殴一顿后，素不相识的马琳照顾着他，"她的呼吸温暖而令人愉悦，就像一个孩子的气息"(121)，他忍不住请求她收留自己，更多地感受这样的安全和温暖，他感觉自己以前的生活已经变得无法忍受。当他返回家中时才发现祖母已经去世，那位坐在摇椅中，总是生活在自己的记忆中并不断讲述着古老故事的老人就像她故事中将一切相连的蜘蛛祖母。她与神秘的医师耶洛·卡夫(Yellow Calf)生下了母亲，是母亲和祖母这些家族的女人们让他重温了印第安的传统，而游离于这个家庭之外的男人们并不能让他找寻到家族的脉络，也没有在他成长的重要关头给予过指点和开导。这样的觉醒让他开始有了对于生命的尊重，也让他冒死拼命从泥潭中救出了快被淹死的母牛。此时，死亡是考验与牺牲，而对生命的热爱成为救治的良方。他在泥潭中的挣扎和努力成为他新生的开始，在这重生的仪式中他证明了自己爱的能力，那受伤的膝盖——内心伤痛的象征——也在淤泥中不治而愈。当深入骨髓的伤痛被医治好以后，他带着对女性的热爱，在祖母的葬礼后以健康的身心重新踏上了找寻阿格尼丝的征途，重新找回并证明他真正的男人气概——用爱去安抚和他一样曾经受伤的心灵。威尔奇运用以蛛网为意向的女性原则表达了对于连接一切、包容一切、循环往复的强大生命力的敬仰，而泥潭中的重生则是这种原则最本质的根基——大地之母与人类的不可分割以及她生生不息的疗伤神力。

对于大地之母的神奇，土著艺术家们总是执着地表达着他们的信仰和感激之情，例如普韦布洛族的女雕刻家、诗人诺拉·纳兰霍—莫尔斯（Nora Naranjo-Morse）就和威尔奇一样，也在自己的艺术创作中理解并表达着族人对于泥土的感情。在现代商业气息的影响下，人们漠视土著艺术品的真正价值，无法认识到它是族人精神、集体和生态价值观的代表，是一种将环境、文化和艺术糅为一体的代表，

> 植物、动物和人类的生命循环、养育和保护都聚集在一个更大的被称作地球的容器中，地球的对称性取决于我们对于地球平衡的尊重和我们对于这些循环的关照。我在泥土中获取这些知识，我被这些经验的精神力量所打动。[1]

她在雕塑的同时还用诗行表达自己作为一个用泥土进行艺术创作的"泥土女人"（Mud Woman）在泥土中接受的洗礼："这些泥土／我已化身为它，／我也由它而来"。[2] 与她一样，威尔奇执着地将自己塑造的人物呈

---

[1]　Nora Naranjo-Morse, *Mud Woman: Poems from the Clay* (Tucson: University of Arizona Press, 1992), p.10.

[2]　Ibid., p.24.

现于自然之中，尤其是自己所熟知的大地之上，"在地域环境中、倾身于风中"，他的人物在"自然功能"① 的作用下获得了洗礼。

在当代美国土著作家的笔下，现代战争中归来的战士们或者生活于部落与城市边缘的青年人常常成为游离于传统和现实之间的典型的受害者，他们不仅身体遭受摧残，精神上所遭受的打击更加让人同情，因为他们所面对的死亡和伤害并不是如先人教导的那样，是"与现世生命的精神基础达成一致的方式之一"，尽管放弃生命是现世的人类必须在精神上理解并以坦然的态度接受的一种必然结果，是为了保持族人与所敬仰的自然力量、精神力量的和谐关系而达成的妥协，但是如果忽略了教育人类保持与大地、亲人和灵魂的亲密关系，人类就"不能走上战斗的仪式之路，他们就只能惊恐地摧毁别人或者恐怖地被摧毁"，② 所以这些还没有准备好走上战斗的仪式之路的青年人就成为最大的受害者。土著作家们基于这已经发生、无可更改的现实努力书写着悲剧之后的篇章，寻找着救治的良方，他们不约而同地在部族的女性传统中找到了女药师、女勇士的复原力量，因为他们发现，勇士并没有性别优先，而更加强调精神的敏锐和强韧，就如切罗基人传说中的蜘蛛祖母为人类带来的不仅仅是光明，更多的是"智慧和经验之光"。③ 女勇士的复原力量体现为她们能在苦难之中为受伤的心灵灌输能量，告知他们人类的本源，教导他们"不要忘记我们所拥有、所分享、所给予人类尊严的就是美好"。④ 对于美好的坚守和分享是人类战胜一切困苦的精神力量，是保持人类与自然、社会和谐的前提，是摆脱一切强权控制的途径，所以女性特质的力量在他们的复原之路上能表现出极大的效应，伴随着生命力、决断力和精神力量的指引，受伤的心灵在女勇士和女药师的关怀、救治中重新找回了与亲人和大地的和谐，从而彻底摆脱了被摧毁的命运。

---

① Mary Jane Lupton, *James Welch: A Critical Companion* (Westpot: Greenwood Press, 2004), p.60.

② Paula Gunn Allen, ed., *Spider Woman's Granddaughters: Traditional Tales and Contemporary Writing by Native American Women* (Boston: Beacon Press, 1989), p.25.

③ Ibid., p.1.

④ Ibid., p.94.

　　土著青年的疗伤之路体现了印第安文化中以"大地之母"为力量源泉的女性传统的复原力量，许多当代土著作家都擅长讲述这样的故事，提醒读者认识到人类的成长永远离不开大地母亲的滋养和关爱。人类对自己造成的伤害也需要在重新寻找与大地母亲的关联中得到治愈。但是当代美国土著小说家除了对土著青年的迷茫和困惑给予关注外，他们表述的另外一个主题则是土著人在当代美国社会生活中普遍面对的身份认同的危机以及对于家园的向往和归属感。这已经不仅仅涉及某一代人或某一类人，是所有土著人都正在面对或必须面对的问题，是会对他们生活的方方面面造成影响的客观存在。除了族群的共同信仰能够带给每一个土著人以精神的支撑之外，他们也需要在身边找到并感受到亲爱之物，在每日所看、所听、所触中体会到传统的积淀，这也就是学者乔尼·亚当森所说的"本地的景观"（vernacular landscape）。当白人用武力和政治手段强制性地将土著人投入官方的运作体制——教育、宗教、经济、社会结构——等"官方景观"（official landscape）之中时，与之相对抗，土著人需要创建一个或者在现实中寻找到一个他们自己能了解、能接受并且熟悉的家园，从而以一种属于自己的方式生存下去。这样的本地景观就是"一个家乡的景观。在那里，人们适应家园和本地的状况；它是一片鲜活、会呼吸的土地，所有的地理特征……都有生动的含义；人们不管是生活在乡村还是城市都能告诉你他们邻居的名字，每一棵树的名字；这是他们能感受到本地文化韵律的地方"。① 土著人强调这样的地域感知是因为他们的家园曾被白人粗暴地掠走，他们最能深切地感受族人与家园分离的痛苦，以及由此造成的茫然无助。因此，如何通过身边的景观重新找到自己，如何在身边再造一个家园成为当代土著小说家热衷讲述的故事，也是土著人机智的生存之道。

---

① Joni Adamson, *American Indian Literature, Environmental Justice, and Ecocriticism: The Middle Place* (Tucson: The University of Arizona Press, 2001), p.90.

第三章
身份认同与家园的审美

——当代美国土著小说中的自然情怀

在欧洲人到来之前，在这片广袤的土地上到处都点缀着土著人视为神圣标志的神圣地域。他们相信

> 大地自身富有活力并受到神力——保护神灵的护佑，在这样的世界里，人们不应该随意砍伐树丛，翻耕原始的草地，筑坝拦水或改变水流。人们必须通过和解性的仪式获得神灵的安抚后才能对大地景观进行改动。①

例如，如果需要砍伐树枝，人们就必须在祷告中向居住于此地的神灵解释清楚为什么树丛需要修剪得更稀疏一些。土著人之所以能形成这种言行上的自律就在于他们相信"不管是对待树丛、巨石、洞穴、高山，还是清泉，都不要肆意损害，他们是世界的这个层面与其他层面相互交融的参照点，是通道与入口"。② 在基督教到来之前，土著人从富有活力的大地神话中、在世代相传的口述传统中"记住了自己是谁，理解了人类在宇宙

---

① Frederick Turner, *Spirit of Place: The Making of an American Literary Landscape*, (Washington, D.C.: Island Press, 1992), p.12.

② Ibid., p.13.

中居于何地"。① 但是，从白人踏上这个"新世界"开始，土地和资源就使土著人沦为殖民者的牺牲品，而他们根植于土地的文化也备受摧残。在对新大陆的早期开拓中，最早来到这里开始文字记述的作者们认为，

> 印第安人看来和那些手握木槌的开荒者和探险者们一样无用，他们对土著部落能闪避就闪避，不能闪避就枪炮相加。由于语言和文化的障碍，作者们无法体会部落族人对土地的强烈认同，也不能理解部落首领在协约谈判中如此肃穆地陈述对土地的所有权的意义何在。②

白人将土地视为客观的物质表征，以获得土地的多少来展现力量的优劣，以从土地获得的最大利益来评判价值的高低，在这样的理念指导下，他们可以肆无忌惮地掠夺和占有土地。"现在印第安人拥有的土地是五百年前他们所支配的土地面积的 2.3%，这是一个不争的事实。"另外，"美国为了推行殖民化还将印第安人从土地上赶走（迁移），通过土地变革碎化居留地（配发），再强迫印第安人接受欧美人的土地使用传统（再配发）"。③ 但是对于土著人来说，大地是历史演绎的载体，只有土地能让人们"清楚地记住历史的长流"，也能"激发起人们的情感认同"。④ 土著学者小瓦因·德罗利亚用地缘神话学（geomythology）一词来解释土著人的身份认同，"他们是从地方感中获得身份认同"，他们的"世界观和宗教也是具有生物地域性的（bioregional），会因为所处环境的不同而有所变化"。⑤ 同时，与基督徒追求最终的救赎不同，在土著人的信仰中"并没有神示表明造物主对于人类比其他所造之物有更多的关心，没有什么能独立于终极存在，而这样的存在是在

---

① Frederick Turner, *Spirit of Place: The Making of an American Literary Landscape*, (Washington, D.C.: Island Press, 1992), p.13.

② Ibid., p.15.

③ Michael E. Harkin and David Rich Lewis, eds., *Native Americans and the Environment: Perspectives on the Ecological Indian* (Lincoln: University of Nebraska Press, 2006), p.40.

④ Frederick Turner, *Spirit of Place: The Making of an American Literary Landscape* (Washington, D.C.: Island Press, 1992), p.13.

⑤ Jace Weaver, *That the People Might Live: Native American Literatures and Native American Community* (New York: Oxford University Press, 1997), p.28.

生态群落中体验得到的"。如果人类作为生态群落的一部分要体验至高无上的神的存在,就要"在宇宙中找到自己的正确位置,确立正确的关系",而这里所强调的关系并不仅仅是人与人或者人与其他非人类之间的关系,还有"自己和地方的关系"。① 那么,失去承载着部落和家庭历史的土地、生存环境的巨大改变必然从精神上造成土著人的情感创伤,导致了他们个人身份认同的危机。基于这样的认识,当代美国土著作家在创作中都通过回归故土,在重新认识族人与自然的亲缘关系中讲述着自己的幸存故事。

第一节　当代美国土著小说中的地域之情与身份认同

对地域之情的关注一个世纪以来始终贯穿着美国文学的发展,既造就了其总体共性,又形成了各个地域文学的个性。尽管各位作家与之认同的地域有所不同,但是这种地域情愫却一脉相承,成为文学创作中具有无穷潜力的主题。②

在美国文学史上较为典型的例子莫过于威廉·福克纳(William Faulkner)在文学创作之初屡遭失败时舍伍德·安德森(Sherwood Anderson)对他的点拨:

你必须从某个地方开始,然后你就开始学会写作了。这究竟是什么地方倒无关紧要,你只要记住它,不嫌弃它就行了。因为,你从一个地方开始和从另一个地方开始同样重要。你是个乡下孩子,你所了解的就是你的家乡密西西比北部的那一小块地方。③

---

① Jace Weaver, *That the People Might Live: Native American Literatures and Native American Community* (New York: Oxford University Press, 1997), p.31.

② 孙宏:《美国文学对地域之情的关注》,载《外国文学评论》2001 年第 4 期,第 78 页。

③ William Faulkner, "Sherwood Anderson: An Appreciation", in Walter Rideout ed., *Sherwood Anderson: A Collection of Critical Essays* (Englewood Cliffs: Prentice Hall, Inc., 1974), p.169.

从此，福克纳将整个文学创作的主要背景就设定在了以密西西比北部家乡为原型的约克纳帕塔法县，在那"如邮票般大小的地方"创立了"约克纳帕塔法世系"，成为美国文学史上典型的"地域主义"（regionalism）作家的代表之一。

在生态批评理论的影响下，当代文学评论对"地域主义"或"地方色彩"进行了新的诠释，它已不仅仅是对地图上某一地理区域的熟知或生动描写，还是"对这个区域所有地方的全面了解和描述"，[①] 更加强调对这一地域的感知（the sense of place）。在对当代地域文学的重新审视中，作者和读者所期望的这种感知就是发现其本质，获得"这个地方的生命气息，对其生活的描写就如土生土长的植物一样给读者留下深刻的映象"。[②] 当代生态批评的主要诉求是"通过文学来重审人类文化、进行文化批判、挖掘导致生态危机的思想文化根源"。[③] 生态学研究所应该坚持的基本思想就是整体观、联系观、和谐观等，其中所强调的整体已经不仅仅是指由单个生命组成的存在或有机体，而是"一个由生命和非生命成分以一定的方式组织起来的集合"，[④] 是一个整体大于局部之和的概念。要通过挖掘思想根源达到文化批判的目就一定需要这种情感上的感知，因为"只有当人们能首先学会感性地看这个世界时，他们才会照顾它"，[⑤] 也才能从文化现象出发达到改变思想的目的。著名生态作家加里·斯奈德在对地方色彩和地域感知的阐释中强调，对于一个地方的感知必须"产生一种敏感性、一种开放性、一种对于所有天气状况和自然形态的感悟意识"。[⑥] 而在过去的美国文学中，地方色彩更多地展现了人类在对于一个地方的了解和描写中

---

① Michael Kowalewski, "Writing in Place: The New American Regionalism", *American Literary History*, Vol. 6, No. 1 (1994), p.180.

② Frederick Turner, *Spirit of Place: The Making of an American Literary Landscape* (Washington, D.C.: Island Press, 1992), p.9.

③ 王诺：《欧美生态批评：生态学研究概论》，学林出版社 2008 年版，第 63 页。

④ ［美］戴斯·贾丁斯：《环境伦理学：环境哲学导论》，林官明、杨爱民译，北京大学出版社 2002 年版，第 192 页。

⑤ 同上书，第 110 页。

⑥ Gary Snyder, "The Incredible Survival of Coyote" in William Bright, *A Coyote Reader* (Berkeley: University of California Press, 1993), p.164.

凸显的"人类历史",在一个地方所发生的"独特的人类习惯所产生的故事、怪异荒诞的事以及任何文化群体的差异性"。① 但是,在现代生态思想的影响下重新审视这些文学中的地方色彩时,读者就会发现,作为核心的"地方"已经让位于"人",充斥的都是人类利用、开采一个地方后仅剩的"羞耻、挫败和丧失的历史",② 是人类幸存的心酸史和耻辱史。在这样的叙事和描写中,人类的贪婪和无知被放置于意识的中心,而一切存在的基础——自然世界不过是衬托的背景和装饰,那么,这样的地方色彩对于现代人类的生存困境的启示就必然具有极大的局限性。

美国著名哲学教授、《环境伦理学》杂志的创始人和主编尤金·哈格洛夫(Eugene Hargrove)在探讨环境伦理时从历史演变的角度分析了西方"文明人"对野生动植物保护态度的转变。

> 原始部落往往会有一些风俗习惯,根据这些风俗习惯,他们祈求被他们杀死用作食物的野生动物的宽恕和谅解。然而,这些风俗和传统在西方文明中没有被保存下来,为娱乐而非为食物杀死野生动物的运动传统在西方文明中反而被发展起来。根据这一传统,猎人没有任何罪恶感地从杀死动物的活动中获得快乐。③

即使在 19 世纪晚期公众对保护野生动物的良好态度已经形成的情况下,"对物种保护的关怀没有伴随着对构成这些物种的个体动物生命保护的平等关怀",它们只是"遇见的自然客体,不是伟大的自然整体中的元素"。④ 因此,工具理性仍然占据主导思想,利用价值和"极具美感效果"的捕杀场面才是关注的焦点。即使根据当代自然保护主义者的观点,坚信环境问题在性质上最终是一个哲学问题的著名学者奥尔多·利奥波德

---

① Gary Snyder, "The Incredible Survival of Coyote" in William Bright, *A Coyote Reader* (Berkeley: University of California Press, 1993), p.166.

② Ibid., p.167.

③ [美] 尤金·哈格洛夫:《环境伦理学基础》,杨通进等译,重庆出版社 2007 年版,第 138 页。

④ 同上书,第 147、148 页。

（Aldo Leopold）所提出的"动物拥有存在的权利"这样的说法仍然是"斑比综合症"①的表现。②从进化史的角度赞赏野生动物成为一种广泛的实践，它们只是"作为独特生命形态的展现者，作为有价值的对手，作为有意义的纪念物，作为健康生态系统的重要元素"③扮演着重要的角色。西方文化中这种对待荒野的态度与犹太基督教传统有着密切的关系，在《圣经》中，亚当和夏娃被逐出伊甸园后来到了贫瘠的荒野，摩西率领族人也曾在荒野中流浪长达40年，最终才得以到达福地。因此，荒野成为与伊甸园和福地相对的危险、邪恶、惩罚的象征，常常是幸福、惬意、满足的敌人。

这样的视角显然与土著人在对待自然所表现出的朴素的伦理观有着巨大的差距。根植于游牧文化的北美土著人对荒野抱有真挚的敬爱之情，他们眼中的自然从来不是凄凉之地，更不是敌人。

> 我们并不认为大平原、美丽的群山以及长满水草蜿蜒的小溪是"荒芜"的。只有白人才认为自然是荒野，"野蛮"的动物在那里"出没"，"野蛮"人才居住在那里。对我们来说，它是温顺的……直到后来东方的毛人来到这里，他们野蛮而狂暴地将不公平强加给我们和我们所爱的家园，它才变得"荒芜"起来。④

据史料记载，在欧洲殖民者到达美洲大陆之前，整个北美大陆出没着成群的野牛，数量多达1.25亿头之多。土著人的生活所需大都来自野牛，他们与这片土地以及生活在此的生物保持着稳定的生态平衡。而在19世纪末，最后幸存的野牛仅仅只有85头，被圈入黄石国家公园经过数十年

---

① 源于动画片《小鹿斑比》的故事，片中的小鹿在母亲被猎杀后独自在森林中经历一系列考验，不断成长。斑比综合症意在讽刺单纯和幼稚的伤感。
② ［美］尤金·哈格洛夫：《环境伦理学基础》，杨通进等译，重庆出版社2007年版，第145页。
③ 同上书，第168页。
④ ［美］戴斯·贾丁斯：《环境伦理学：环境哲学导论》，林官明、杨爱民译，北京大学出版社2002年版，第178页。

的保护后，现在也仅存 7.5 万头。[①] 这样的结果在很大程度上应该归因于西方哲学和技术传统。如果追溯西方哲学观点中涉及环境伦理的探讨，则不难发现，人类中心主义伦理将人类的需要和利益置于了任何关于自然的责任之上，因为人所拥有的知识和思考、选择的能力使人类和神一样自然地具有了道德身份，而其他生物和自然物体因为缺乏这样的能力就必然没有道德身份，无须表示同情。例如，亚里士多德曾告诉我们，

> 植物活着是为了动物，所有其他动物活着是为了人类，驯化动物是为了能役使它们，当然也可作为食物；至于野生动物，虽不是全都可食用，但有些还是可吃的，它们还有其他用途：衣服和工具可由它们而来。若我们相信世界不会没有任何目的地造物，那么自然就是为了人而造的万物。[②]

同样，托马斯·阿奎那（Thomas Aquinas）也在自己的神学研究中重复了相似的观点，

> 我们要批驳那种认为人杀死野兽的行为是错误的这种错误观点。由于动物天生要被人所用，这是一种自然的过程。相应地，据神的旨意，人类可以随心所欲地驾驭之，可杀死也可以其他方式役使。[③]

在这样的观念中，人类当然可以超越需求，自由而主动地支配和开发大自然，忽视其他存在物除了实用性之外的一切价值。尽管人们也在谈及保护环境，但是在这样的理念支配之下，保护环境的目的也不过是为了使其更好地满足人类的需求，动物、植物只有服务于人类才会具有伦理价

---

① ［美］戴斯·贾丁斯：《环境伦理学：环境哲学导论》，林官明、杨爱民译，北京大学出版社 2002 年版，第 104 页。
② 同上书，第 106 页。
③ 同上书，第 106 页。

值。这样的所谓哲学理论部分地对当前的生态危机负有责任。

　　美国土著作家、学者葆拉·冈恩·艾伦解释了土著人对现实中的生存地域的普遍认识："印第安人都坚信，地球和活着的人一样是有生命的。这并不是一种物质的表现，而是玄秘和精神意义上的生命力，这种观点使印第安人意识中产生了根深蒂固的形而上的现实观。"① 这种现实观中核心的理念就是 "以敬仰之情对待环境中的方方面面，犹如对待亲人般，将之看作神或大智慧的化身。大部分印第安文化都从对地域景观的关心和互惠这一传统发展而来"。② 吉尔里·霍布森也在《令人难忘的大地》(The Remembered Earth) 一书中写道："有一些联系是我们一定永不能忘的，我们的土地是我们的力量所在，我们的人民和大地是同一的，一直是这样，并将永远如此。"③ 在他们的理解中，人与所生存的地域完全是同一体，因为这是历经岁月考验后的直观感受。他们的感受和信仰都是族人生命体验的结晶，是在不断变化、适应、融合后的真正包容，而不像以基督教为代表的西方宗教中的表达，是根植于一个固定的神圣文本。当土著人与他精神上早已认作自身一部分的地域产生分离，尤其是被迫割离时，

　　　　他们被剥夺的就已经不仅仅是领土，他们被迫与无数的地域景观分离，而这些地方是他们信仰和身份认同的核心，这里遍布着他们实际的和传说中的亲友、祖先、动物和一切，造成的是精神的创伤。④

　　当地域景观通常被理解为一个接受观望的被动者时，土著人却将观望者放置于景观之中，由于人类也不过和其他存在一样是这个现存世界中平

---

① Paula Gunn Allen, *The Sacred Hoop: Recovering the Feminine in American Indian Tradition* (Boston: Beacon, 1986), p.70.

② Donelle N. Dreese, *Ecoriticism: Creating Self and Place in Environmental and American Indian Literature* (New York: Peter Lang, 2002), p.7.

③ Geary Hobson, *The Remembered Earth* (Albuquerque: University of New Mexico Press, 1979), p.14.

④ Jace Weaver, *That the People Might Live: Native American Literatures and Native American Community* (New York: Oxford University Press, 1997), p.38.

等的一分子，所以"人只要一站在台地的边缘或爬上山顶，就立刻与他的周围成为一体，人类的身份认同通过家族与一切创造物联系在了一起"。①

土著人将宇宙中的一切都视为有生命力的人，并且是亲人，总是以经验主义的态度来理解生活，指导生活实践。例如，当一个纳瓦霍老人在给孙子解释山谷中的白雪时，他给孩子讲述了一个长长的故事。故事中的祖先发现了一个神秘燃烧的物体，当神灵来索回时，他要求保留一部分，遭到拒绝后，他又通过重重考验迫使神灵答应每年都向族人居住的山谷抛洒一些灰烬，由此变成了年年飘洒的白雪。故事讲完后，孩子询问为什么每年的降雪量不一样时，老人失望地感叹孩子并不懂得故事，"这并不是关于山谷或其他地方下雪由来的历史故事，而是一个关于人类与其他存在的事物真正相互联系的故事"。② 在他们的讲述中，始终核心的内容就是万物的关联，而土著部落的族人作为故事的讲述者，就在这样不断的重复和强调之中得以幸存。

西尔科在题为《故事讲述者的逃离》（"The Storyteller's Escape"）一诗中解释了这样的幸存："故事讲述者拥有故事……就这样／我们拥有它们／陪伴我们一生／就这样／我们世代延续。"③ 同时，在故事的不断展开和反复中，土著文化中万物相连的神圣信仰被一代代讲述者和听众继承下来。例如，西尔科的族人普韦布洛人都相信人类来自地下的世界，因此，大地成为部落故事中最核心的象征，"不是作为故事发生的背景或地域特色，而是积极、首要的实质要点"。④ 在所有的狩猎故事中，对地域环境特征的介绍都极为详细生动，每一眼清泉、每一块巨石、每一处沙丘都让听众们不由自主地产生敬仰之情，因为只要大地存在，普韦布洛人就会世

---

① Leslie Marmon Silko, "Landscape, History and the Pueblo Imagination", in John and Hertha D. Wong, eds., *Family of Earth and Sky* (Boston: Beacon Press, 1996), p.249.

② Dennis Tedlock and Barbara Tedlock, eds., *Teachings from the American Earth: Indian Religion and Philosophy* (New York: Liveright Publishing Co., 1975), p.xxi.

③ Leslie Marmon Silko, "The Storyteller's Escape" in *Storyteller* (New York: Arcade Publishing Inc., 1981), p.247.

④ Frederick Turner, *Spirit of Place: The Making of an American Literary Landscape* (Washington, D.C.: Island Press, 1992), p.330.

代不停地讲述在这里发生的狩猎经历。在故事的讲述中，"在让听者不断回想起的那些所在之处中，故事讲述者使听者永远地记住了自己是谁，狩猎故事中的地图成为族人的精神和心灵映照"。① 西尔科从小就在这样的故事吸引下产生了对普韦布洛人生活的地域的亲切感受，在故事中了解这片土地并抑制不住地期望去探险。她曾独自骑着心爱的马儿乔伊去山谷中漫游，并回忆说，

> 我一点也不怕，因为我从听到的古老故事中获得了对自然的情感，感觉周围的大地充满与人类紧密相连的各种生物，与我息息相关。我也从故事中觉察到了与台地、山丘、巨石的亲近和温暖，这儿就是故事中的事件和活动发生的地方……最让我激动的是听苏茜姨妈讲述一个古老的故事，然后意识到她故事中的重要场景就是我熟悉的某一个台地或洞穴。②

儿时游历的这些台地、沙丘也成为她日后文学创作的故事中最主要的场景，这不仅来自于她对这片土地的熟悉，更多的是出于"从古老故事中获得的对自然的情感"。她在与学者弗雷德里克·特纳交流时曾谈到自己作品的主题，

> 小说中的所有事物——印第安抗议运动、美国政府的诡计、药物传播、白人与印第安人的历史关系等等——都和一个主题相关，这个主题就是这个新世界的土地，大地的灵魂、历史及将来。她说大地就是主角，她将自己的智慧、艺术和热情都明显贡献给了这片土地以及它的土著人民。③

---

① Frederick Turner, *Spirit of Place: The Making of an American Literary Landscape* (Washington, D.C.: Island Press, 1992), p.330.
② Ibid., p.330–331.
③ Ibid., p.348.

由此，读者也就不难理解为什么西尔科在创作《仪式》时非常注重其中的地理细节，因为作者本人就认为《仪式》一书"准确得就像一张地图"，

> 也许我故意将一些地标的位置稍稍做了改动，但大部分地方你在拉古纳随意走走，都能够找到。这部分原因是由于我写作时身处遥远的阿拉斯加，萦绕在我心中的都是家乡的点点滴滴……我通过这样的写作来挽救自己。①

通过地域描写来解除精神上的疏离，从而在情感上挽救自己，这恰恰表明土著人对土地的感情依托之深，而这种深厚的感情并不仅仅是时间积累的效应，而是来源于他们对人类与大地亲缘关系的认同。

> 认识到历代祖先生于斯、亡于斯的大地的神圣性是所有其他情感的基础。我们从不否认我们感情生活中的这个方面，我们会保留一些具有非凡意义的地方，这些超越世俗的神力有所展现的地方能让我们关注到自己的特定生活形式。这些地方提醒我们理解我们与统治宇宙的神圣力量之间的独特关系，唤起我们对信仰所担负的使命。这样的宗教感受在确定的现象中向我们展示了宇宙的本质，也启迪我们理解了所有的事物。②

土著人对于世代生活的地方总有一些别样的情感，会赋予某些地域以神圣的敬仰。例如北美大陆上广为人知的药轮（Medicine Wheel）、魔鬼塔（Devil's Tower）、伤膝（Wounded Knee）③ 等地名都与他们的古老传说、仪式或某段历史有着紧密的联系，从而成为族人崇拜的圣地。回到这样的地方"能让你再次触碰到鲜活的地球的脉搏，让你感受到它的气息，你与

---

① Frederick Turner, *Spirit of Place: The Making of an American Literary Landscape*（Washington, D.C.: Island Press, 1992），p.349.

② Vine Deloria Jr., *God Is Red: A Native View of Religion*（Golden: Fulcrum Publishing, 2003），p.282.

③ 位于现在美国俄克拉荷马、犹他州等地，是基奥瓦、纳瓦霍等土著人敬仰朝拜的圣地。

那跨越了时间与空间却又遍及整个地质年代的魂灵合为一体"。[①] 在这一刻，重返圣地的土著人会在回想中忘记了时间的印记，因为大地的颜色、日月的光辉、林中的鸟鸣、野兽的足迹不会因为时光的流逝而改变。在时间的打磨中，人类会停留片刻，但只有大地是永恒的。同时，土著人因为信奉大地，也甘愿为它奉上自己的献祭，赞歌、仪式、祈祷，甚至用自己的生命让圣地变得更为神圣。基于信仰的神圣性是无法用理性或分析来传导的，土著人用世代流传的口述传统表达了他们对于圣地的真实接受，用这种神秘的体验来收获自己的救赎。长辈的土著人会告诉后辈，"让肌肤触碰大地是美好的，老人们会喜欢脱下鹿皮鞋光脚走在圣地上，天上的飞鸟会飞来歇在地上，这是活着的、生长着的一切事物最终的停留地，泥土会有抚慰、增强、净化和修复的功效"。[②] 他们的话语清楚地表达出了这种地域与归属的血肉交融的关系，这是基于一个地方的想象性的表达，但是它又超越了想象，成为一种真实。土著作家就是在这样的信仰影响下，抱着对土地这样的深切情感进行着创作，佐证着土著人将自己视为自然界中平等、普通的一分子的朴素思想，并通过创作作品将这种思想与世界进行着交流。由于现代人逐渐丧失了对于大地的神圣感的认同，这样的交流变得尤其重要。尽管土著作家在故事的讲述中鞭挞了白人通过亵渎土著神灵企图达到灭绝文化的目的，但是读者更需要看到，现代社会中普遍存在的冒渎大地、滥用资源的行为会因为人类唯我独尊、藐视一切的思想和行为方式给全人类及其子孙带来灭顶之灾。

　　北美土著人向世界贡献了玉米、土豆、红薯等农作物，成为现在许多人口的主粮。他们也为世人引入了烟草，但是，烟草最初只是印第安传统仪式中必需的物品，烟雾是与神灵通达信息的渠道，用量也在有限的范围之内。现实却令其变得极具反讽意味，原本被土著人视作神圣的物品现在被滥用，成为个人的不良生活习惯而被批判，但是正如赛尼卡的行医法师

---

① N. Scott Momaday, "Sacred Places" in *The Man Made of Words: Essays, Stories, Passages* (New York: St. Martin's Press, 1997), p.114.

② 这是生活于北方平原的"卢瑟立熊"所说，参阅 N. Scott Momaday, "Sacred Places" in *The Man Made of Words: Essays, Stories, Passages* (New York: St. Martin's Press, 1997), p.115。

(Seneca medicine man) 比曼·洛根 (Beeman Logan) 所说:"烟草能杀死我们是因为我们不懂得尊重它。"① 在这样的话语中,土著人与自然世界的亲近自然地流露出来,因为他们懂得要去尊重自然界中的一切事物,懂得去尊重并合理地利用一株植物使得他们与自然走得更近,这不禁让我们回想起在我们一味向往着通过现代技术利用、控制自然之前,也曾与万物有过这样的亲近之情;在我们认为自己比土著人有更高明的方法获得物质利益极大化时,是否也是在用自己所付出的代价警示他们远离这样的结果。当今世界的生态环境问题早已经不仅仅是技术的问题,还需要思考人类与环境的伦理关系问题,给人类以外的生物以及一切存在物以道德身份,包括"动物、植物、种群、非生物的自然客体如山、河、荒野区,甚至地球本身",② 只有这样,人类才能再一次获得与自然共生的机会。土著人朴素的环境伦理和大地情怀警醒了现代人,在经历了"寂静的春天"③ 之后不由将目光投向他们,去发掘他们古朴的生态智慧,在大自然这个相互交织的存在之网中寻找一种相互依存的伦理。

以 1984 年出版《爱药》(*Love Medicine*)④ 而一举成名的奇佩瓦人(也被叫做奥吉贝瓦人)露易斯·厄德里奇(Louise Erdrich)是美国当代最多产、最有成就、创作力最旺盛的作家之一。她迄今已出版十余部长篇小说、三本诗集以及四本儿童故事,先后荣获欧·亨利短篇小说奖、全国书评家协会奖、司各特·奥台尔历史小说奖等多种奖项,《爱药》也成为被美国教材选用最频繁的作品之一。她在创作中既吸收了土著口述故事的传统,又将之与西方的文学写作方式相融合,从而开拓了更广泛的阅读空间。以《爱药》为例,这部作品从形式上来说不像一部长篇小说,而更像一部分别由六个人物以第一人称讲述加上作者从旁观者的角度叙述的二十

---

① N. Scott Momaday, "Sacred Places" in *The Man Made of Words: Essays, Stories, Passages* (New York: St. Martin's Press, 1997), p.12.

② [美] 戴斯·贾丁斯:《环境伦理学:环境哲学导论》,林官明、杨爱民译,北京大学出版社 2002 年版,第 115 页。

③ 参阅雷却尔·卡森的《寂静的春天》,指大自然由于受到杀虫剂等有毒化学物质的破坏,鸟语花香的春天从此消失。

④ 厄德里奇在 1993 年再版的《爱药》中增加了四篇故事,主要人物和事件未作大的修改。

多个短篇故事组成的故事集。多角度、碎片化的叙事内容跨度长达五十年，开始于 1984 年，回溯到 1934 年，再逐渐回归到 1984 年，整个过程没有传统长篇小说所刻意营造的铺垫、高潮和结尾的程式，阅读可以始于或终于任何一个故事。同时，这部作品和她后来创作的《甜菜女王》(*The Beet Queen*, 1986 年)、《痕迹》(*Tracks*, 1988 年)、《宾戈宫》(*The Bingo Palace*, 1994 年) 被合称为"北达科他奥吉贝瓦世家系列小说四部曲"，因为四部作品互为背景，都以北达科他州居留地的土著人和一些白人家庭的生活为主要内容，其中的人物、事件相互交织。尽管她的大部分作品都根植于那块土地，但是她对地域的关注与马克·吐温对密西西比、薇拉·凯瑟对内布拉斯加大草原和威廉·福克纳对美国南方的描写中所体现出的"地方色彩"，"地方主义"(local color, regionalism) 具有很大的差异。厄德里奇在《爱药》中所塑造的主要人物总是经历一个在颠沛疏离中、在自我迷失的无根状态中以部落传统文化为依托、在族群的帮助下完成疗伤的过程。在这个过程中，对地域和环境的感知成为了人物寻根的指南和良药。

厄德里奇在《我的所属之地：一个作家的地域感》一文中解释了她的选择：

> 一个作家必须有一个他或她有爱有怨的地方。我们要经历过当地的损毁，听得懂它的俗语，能忍受收音机里的宣传。通过对这一地域的细细研究，包括它的人、作物、产品、猜疑、方言和各种挫败来向我们的真实情况靠拢。要瞎编一个地方的故事或情节是很困难的，但对一个地方真正的了解却能使情节变得有意义。[1]

那么，在北达科他州的红河谷长大并对龟山居留地极为了解的厄德里奇对这一地域的选择就很自然了。[2] 但不仅于此，她在分析了福克纳等人

---

[1] Louise Erdrich, "Where I Ought to Be: A Writer's Sense of Place", in Hertha D. Sweet Wong, ed., *Louise Erdrich's Love Medicine: A Casebook* (Oxford: Oxford University Press, 2000), p.49.

[2] 她的外公、外婆都住在北达科他州的龟山居留地，外公是部落酋长，并擅长讲故事。

文学作品中的"地方色彩"之后，更提到了作家的责任："当代美国土著作家有一个与我提及的其他作家不同的任务。鉴于我们的巨大损失，作家一定要讲述当代幸存者的故事，同时还要保护和歌颂灾难之后保留下来的文化核心。"① 她刻意地将自己的地域描写与白人作家区别开来，强调其文化核心，因此，仅仅用传统的"地方色彩"的特点来解读她书中的北达科他居留地显然就无法参透其用意，也就不能完全理解她的创作主旨，无法把握人们的"标记和身份认同，以及能映照最强烈情感的地域景观"。② 厄德里奇在《爱药》中对土著人居留地的环境和地域景观的描写，正是出于她对这片土地的强烈情感，这种情感一是来自于她对印第安历史的了解，更重要的是她深切地理解印第安传统灵学思想中一直颂扬的人类与大地的亲缘关系，而这一点与当今的生态思潮不谋而合。

在《爱药》一书中，厄德里奇通过喀什帕、拉扎雷和露露三个土著家族的故事投射出她所熟知的印第安传统，展现了地域、环境的因素在几个主要人物身上对身份认同所起的重要作用，由此突现出印、白两种文化对自然解读的巨大差异。喀什帕家族中第一代的女主人玛格丽特（印第安名字是拉什斯·贝尔，意为奔跑的熊）坚守在北达科他州的土地上，将两个最小的儿子留在身边。她同意政府把尼科特送进白人的学校读书，却悄悄把伊莱藏在房间下面的地窖里，因此"尼科特从寄宿学校回来，像白人一样能看会写，而伊莱只对林子十分了解"，③ 成为居留地上唯一还会下套捕鹿的土著人，虽到老年头脑仍然敏锐，"是这片土地上最了不起的渔夫"（34）。而尼科特却早已糊涂，"满脑子里都是过去的事，但又记不起来，像鱼鳍一样拍打几下就消失了，就像水的颜色一样"（19）。尽管与伊莱相比，他失去了学习印第安传统生活方式的机会，但放暑假期间和伊莱一起去捕野鹅的经历也教会了他一些印第安文化中人类对待动物所应有的

---

① Louise Erdrich, "Where I Ought to Be: A Writer's Sense of Place", in Hertha D. Sweet Wong, ed., *Louise Erdrich's Love Medicine: A Casebook* (Oxford: Oxford University Press, 2000), p.48.

② Ibid., p.49.

③ [美] 路易斯·厄德里奇：《爱药》，张廷佺译，译林出版社 2008 年版，第 19 页。下文中所有来自小说文本的引文均出自此版本，不再赘述，只在括号中标明页码。

感受：

> 我一个人在林子里，检查陷阱套圈，发现受伤的动物已经痛苦地
> 死去，或者更糟的是，它还没死，我只好帮它脱离痛苦。有时只是一
> 只被我打伤的大鸟。当我别无选择时，喉咙有时会感觉到堵得慌。有
> 时，我抚摸正在经受折磨的尸体，把它们当成死去的应该受到尊敬的
> 圣徒。(70)

这像拍打的鱼鳍一样时隐时现的记忆和感受虽然像水一样清淡，却是
奥吉贝瓦族人世代遵守的道德操守。他们在狩猎和采集食物时都遵循一个
理念，就是"在所有人际间的关系和活动中都要保持一种平衡，一种协调
的比例"，以此来控制人类无休止的贪婪和欲望。因此，

> 猎人们必须总是仔细地、以恰当的方式对待杀死以获取肉或皮毛
> 的动物……残酷地对待动物是一种冒犯，会导致同样的报复……满足
> 最基本的生存需要，或者处于自卫所采取的行为与不必要的残忍行为
> 有道德上的清晰区分。

他们如此强调道德的自律就在于他们始终遵守大自然中"互尽义务"
的准则，[①] 也正是由于土著人以信仰而自律，才使北美大陆几千年来都
保持着生态的和谐。那时的大平原是"野牛和野生物的天堂，是探险家
们注意到却无法理解的按照印第安人的管理原则保持的一种良好的生态
状况"。[②] 但伴随着北美印第安传统文化的遗丧，和谐的生态圈也随之消
亡了。

---

① A. Irving Hallowell, "Ojibwa Ontology, Behavior, and World View" in Dennis Tedlock and Barbara Tedlock, eds., *Teachings from the American Earth: Indian Religion and Philosophy* (New York: Liveright, 1975), p.172.

② Dan Flores, "Wars over Buffalo: Stories versus Stories on the Northern Plains" in Michael E. Harkin and David Rich Lewis, eds., *Native Americans and the Environment: Perspectives on the Ecological Indian* (Lincoln: University of Nebraska Press, 2006), p.156.

露露家族中的中心人物露露是由传统的土著代表人物纳娜普什抚养长大的，纳娜普什对她如父亲般的影响就像他粗糙的衬衫里"木头和干墨汁的味道、捕猎手的麝香味，还有干燥的皮肤的味道"（72）一般持久而具有吸引力，她由此形成了自己发乎自然、顺其自然的生活方式。她在和以莱曼·拉马丁为代表的企图扭曲印第安文化的功利人物对抗时，表现出了纳娜普什辈的土著人所具有的勇气和精神，坚持自己的信仰。在看到野牛的照片时她想到的是"这些四条腿的，它们以前帮助过我们这些两条腿的"，提醒年轻一代记住"以前万事万物都是相互关联的"（309）。尽管由于和不同的男人交往而备受争议，但她从不为自己辩解，只是以坦然、直白的方式对待每一个人，就如她对待大自然一样，

> 我热爱世界，热爱世界上用雨露滋养的所有生灵。有时，我望着外面的院子，那儿郁郁葱葱，看见黑羽椋鸟的翅膀油亮油亮的，听见风像远处的瀑布一样奔泻翻滚。然后我会张大嘴，竖起耳朵，敞开心扉，让一切都进入我的体内（277）。

人与人、人与物、所有事物之间相互关联、自然平等的理念不仅表现在她教育别人的话语中，也一直是她生活中无形的指导。对土著人来说，

> 部落就是家庭，不仅仅是血缘上的，还是延伸的家庭、氏族、群落，是与自然界进行礼仪交换的场所，为所有合情理的、强大的创造力表达尊重。部落也使人通过与某一区域实实在在的联系，认识寄居在身体中的这个尘世中的自己。①

人与自然世界原本不可分割，部落群体与家庭都是和整个世界整体合一的，但在"部落"已不复存在的现代社会中，个体与群体、个体与自然

---

① Kenneth Lincoln, *Native American Renaissance* (Berkeley: University of California Press, 1983), p.8.

的传统联系方式也被切断。露露无法接受现代人对待大自然的方式，"我知道，大自然是人脑无法测量的，所以我没有尝试过，只是让世界进入我体内"（282）。尽管并不为人所接受，她仍然用自己的方式表达着人与人、人与自然的关系，寻找着顺应自然的方法。

拉扎雷家的女儿琼在母亲去世后是由伊莱"当亲生骨肉养大的"（24），曾经被称作迷人的"印第安小姐"（9），嫁给了尼科特的儿子高迪。她也想过"混出个名堂"（9），但当她作为一个土著人被别人开玩笑、蛮横无理地对待后，就拂袖而去了，最终沦落为一个靠有钱的单身牛仔过活的女人。她在离家多年后的一个复活节前夕赶回居留地，却冻死在四十年从未有过的暴风雪中。她的死成了一个谜，因为在平原上长大的琼应该知道暴风雪的到来，"凝重的空气、乌云的气味会告诉她的。她天生拥有那种动物般的本能"（10）。她死后的保险金为远在双城生活的儿子金换来了崭新的跑车，但在居留地生活的家人并不喜欢代表现代城市生活的跑车，"所有人对这辆车都格外小心"，除了金以外，"谁也没有因为这辆车而自豪"（24），因为炫目的跑车令他们想起了死去的琼。在琼、高迪和金的故事中除了有这部作为现代文明标志的跑车外，最令读者印象深刻的就是酒。琼曾经喝得醉醺醺地去工作，在酒精的迷醉中与各种男人交往；金在酒后痛打妻子，甚至差一点将她溺死；高迪整日沉溺于喝酒，酗酒后驾车在路上撞上了一只鹿。他唯一的想法就是把它卖了换酒喝。但被撞晕后的鹿又站了起来，

　　　　它眼睛乌黑，眼神深邃，让人心生同情。它的目光直刺他的内心。它看到了他已经六神无主，它看到了他的骨头嚓嚓作响。它看到了他是怎样为自己编织荆棘之冠的。它看到了他戴着荆棘之冠，虽然他不配。它看到了他的内心深处，他却看不透它（223）。

高迪用撬棍将它打死后，却突然发现"刚才杀死了琼"（224）。"他几乎要崩溃了，他绝望了。他慢慢失去控制力，就像风化的地面在塌陷。血在耳朵里发出巨大的声响。他不知道会掉入哪儿，但他知道，他身在茫茫无边的恐怖地带，那儿一切都是陌生的。"（224）

酗酒、刻板、非理性的土著人形象在美国文学中并不少见，但厄德里奇笔下的这三个人物却发人深省。琼死在返回居留地的路上，金每次回居留地"都发疯了似的"（43），高迪在家中唯一做的事就是整日喝酒。被传统居留地生活和现代城市生活撕扯着的土著人成了酒的牺牲品。由西方人带来的酒并非自然的产物，就如同他们带来的天花等病毒一样，成为他们灵魂的毒药，将熟悉的家园变成了那陌生的、茫茫无边的恐怖地带。琼丧失了她天生的动物般的本能，高迪也只能"像个落水鬼似的在旷野上号啕大哭"（231）。

居留地与城市的差异不仅仅是地域景观的差异，也不仅仅是"猎鹿"与"跑车"这样生活方式的差异，它更是一种文化上的差异。与家园的疏离导致生活方式的改变，更导致了身份的迷失和灵魂的麻醉与枯竭。二战后的欧美作家（尤其是美国作家）更热衷于描写一种以人的异化、疏离为特征的病态的社会炎凉，并且大多对其改善抱以否定的态度（以索尔·贝娄、约瑟夫·海勒、约翰·厄普代克等为例）。与此相反，美国土著作家却大多以这种病态为起点，力图寻求一种复原的途径，在迷失中重新找回自我。同时，与"欧美文学传统中的现代主义和现实主义都将社会认同视作真正的讨论对象"不同的是，20世纪下半叶以来的美国土著作家更相信"文化身份，以及个体认同并非来自阶级斗争，而是来自土地"。[1] 他们相信，大地与文化、个人身份以及由此产生的林林总总相比具有毋庸置疑的优先性，它本身拥有持续的生命力，并不断激发人类的想象力，而不是受制于人类。任何意识形态或企图征服自然的途径都无法令人类真正认识到自己的本性，只有"与大地共存，才能拥有生活，被生活眷顾，从而达到个体和文化的幸存"。[2]

大自然在厄德里奇的笔下和土著人眼中是宽容而有生机的，野外的北极光代表着他们的希望：

---

[1] Robert M. Nelson, *Place and Vision: The Function of Landscape in Native American Fiction* (New York: Peter Lang Publishing, Inc., 1993), p.7.

[2] Ibid., p.8.

　　夜空如幽灵一般。淡绿色的点点光亮闪烁着，渐渐消失。充满生机的亮光。亮光慢慢上升，越来越高，越来越高，然后消失在黑夜中。有时，天空布满了光点，光线聚集、坠落、闪烁、消失，就像呼吸一样有节奏。整个天空好似一个神经系统，我们的思想和记忆则在其中穿梭。天空好似我们的一个巨大的存储器。或者说是个舞池，世上所有游荡着的灵魂都在那儿翩翩起舞（38）。

　　对大自然的敬仰，世间万物都是相互关联的有机统一体的整体观是他们一直坚守的信仰，也成为他们追寻身份认同的指南。因此，地域景观已经不仅仅是故事发生的场所，它指引着故事中的人物在自己的文化系统中重获身份认同。作为印第安文化的代言人和文化使节，遵循印第安传统和价值取向、重构文化身份成为当代土著作家共同的使命。对地域与个人联系的关注是当代美国土著作家的文学创作中一个明显的共同点，[①] 这一方面是由于他们对大地万物的亲缘关系的信仰，另一方面则是对北美土著几百年来的惨痛经历的控诉。对于土著人来说，

　　　　在他们对于平衡地生存的向往中，核心就是地域的观念和想法。一个人要真正知道一个地方，就必须对那个地方有亲身的经历，并成为其中的一部分。地域的观念是和一个个人及其群体的世界观直接相连的，美国土著人复杂、富有活力的宇宙观表现为一个多层面的、有生气的地域概念，因此，一个地方就是一个在物质和精神意义上的生动存在。[②]

　　对于他们来说，健康的生存表现为物质和精神的和谐，是个人与集体，尤其是与所处世界的和谐，必须是要在一个特定的地域才能达到这样

---

① 这样的关注还体现在斯哥特·莫马迪的《通往雨山之路》、莱斯利·西尔科的《仪式》和詹姆斯·威尔奇的《浴血隆冬》等作品中。

② Stacy Kowtko, *Nature and the Environment in Pre-Columbian American Life* (Westport: Greenwood Press, 2006), p.130.

的目的。同时，在印第安文化中，言说就是现实，因为它具有展现精神和显灵的神奇力量。因此，语言不仅仅是现实的再现，作家更能通过语言描绘出一个生动的存在，就如以地方色彩著称的作家们能创造出一个个鲜活的地域，塑造出一个个活跃的群体一样，它能将人与外在环境连为一体，体现人与地方相互包容所代表的社会意义。对于土著人而言，他们对仪式的尊崇和对夜吟歌谣、讲故事的热爱，成为他们用口述形式抵制历史叙述的权威性，自己记录历史的方式之一。尽管白人曾肆无忌惮地"翻译"、"篡改"他们的历史和文化，一度令土著人在历史的叙事中消声，但厄德里奇作品中的纳娜普什、露露等人再现了与文本性、按单向时间线性的方式记录的历史完全不同的口述的、按自然循环的方式呈现的另一种历史，成为对传统历史的修正。在这一过程中，土著人的宇宙观、人生观对复原和身份认同起到了非常重要的作用。尽管厄德里奇认为仅仅依靠小说也许并不能改变总体恶化的趋势，但是

> 却能影响个人，鞭策我们对待地球就要像对待庇护过我们的母亲和父亲一样，要依从地球。因为我们脱离母体后就和地球建立了同样依靠的关系，完全靠着它的循环和环境，没有它保护的怀抱，人类是完全无助的。[①]

人与自然的和谐、平衡的完美境界正是土著人战胜苦难、乐观面对生活、完成身份认同的精神支柱。

第二节　斯科特·莫马迪的环境书写与家园的审美

美国哈佛大学著名教授劳伦斯·布伊尔曾提出，美国生态文学批评历经了第一浪潮和第二浪潮，其中第一浪潮主要关注自然书写，"环境实际

---

① Louise Erdrich, "Where I Ought to Be: A Writer's Sense of Place", in Hertha D. Sweet Wong, ed., *Louise Erdrich's Love Medicine: A Casebook* (Oxford: Oxford University Press, 2000), p.50.

上就是指自然环境",① 也就是对自然环境的书写，而在第二浪潮中更多涉及城市与自然的对话，也就是说在这一阶段，学者们在生态文学研究中已经不仅仅将研究文本拘泥于对自然的书写，并且"不仅仅研究与地域相连的隐喻和概念在如何作用，而是不同的文本如何改变地域（反之亦然），以及不同地方或空间的形式如何限制或扩展我们对不同文本、方法、人群、文化和整个世界的理解"。② 在文学创作中非常普遍的对自然的描写在现代生态批评中已经凸显为意识形态的显性文化表征，不同的文化就必然产生不同的自然观，而不同的自然书写也必然观照出不同的文化特征。

作为当代美国土著作家的代表之一，西蒙·奥尔蒂斯（Simon Ortiz）直言写作对于自己来说就是"口述传统的延续，而口述传统就是对于某些形式、参与和主动的责任的表达"。③ 他认为"传统知识真正传达的就是责任，就是我们作为社会的团体和群落对生命之源——大地的责任的实践"。④ 对于土著作家来说，他们承担着这种向族人传承人类责任感的使命，并且强调通过实践履行责任，"不仅在乎说了什么，还要实践并完成"。⑤ 因此，他们在自然书写中既表达了对自然的关注，更多的则是通过书写传达责任，并敦促族人行使职责，成为有效的"大地的维护者"。⑥ 在土著作家群中，这种将客观描写转化为主动参与的写作实践非常普遍。例如在莫马迪、西尔科和威尔奇的作品中，主人公都是在游离于族群的传统家园与现实的城市生存空间时陷入困境，又在对于自己的责任的重新认识和实践中获得新生，而这个过程总是与土著人传统知识中一再传达的自

---

① Lawrence Buell, *The Future of Environmental Criticism: Environmental Crisis and Literary Imagination* (Malden: Blackwell Publishing, 2005), p.21.

② Sidney I. Dobrin and Christopher J. Keller, "Why Writing Environments: An Introduction", in eds., *Writing Environments* (Albany: State University of New York Press, 2005), p.2.

③ Sidney I. Dobrin and Christopher J. Keller, "Writing the Native American Life: An Interview with Simon Ortiz", in eds., *Writing Environments* (Albany: State University of New York Press, 2005), p.203.

④ Ibid., p.194.

⑤ Ibid., p.196.

⑥ Ibid., p.197.

然观紧密相连。

与这种对土地的强烈责任感所不同的是作为这片土地的外来入侵者，欧洲人在对弗吉尼亚等地命名时，巧妙地否定了土地的原有者，认为这是一片从未开垦过的处女地。英文地名 Virginia 不由让人联想起 virgin（处女），因为他们很自然地认为，美洲土地肥沃，"那里的居民不在土地上耕作（这是有争议的），也就算不上是土地的主人"。这样冠冕堂皇的理由来自诸如洛克（Locke）等西方哲学家们对耕种土地和采集土地的人的区分，他们认为，"从道义上讲，只有前者才对土地拥有所有权，他们应该从那些不耕作土地的土著人手里拿回土地，耕种它，让它增值"。① 他们能肆无忌惮地利用先进的科学仪器测量美洲土地并加以瓜分，就在于对于土地的所有和责任只有利益的考量，而没有情感的参与，这也就"支持了西方人将自己入侵美洲看作是西方文明的使者，而将土著人看作自然生态系统的一部分的观点"。② 这样的观点同样也证明了欧洲人长期保持的文明与生态的二元对立的观念，在实际社会活动中，则表现为将人与景观分离，并用自己的知识体系，例如现代形式的人本主义和所谓理性科学来阐述甚至强化人类理智对于自然的权威，而弱化了人对于自然，尤其是自然景观的心灵体验。随着机器时代和批量消费时代的到来，人类的生存空间在功能上似乎显得更加有效，但是人们生活的自然空间却成为"无地区、无灵魂的新空间的牺牲品"。③ 摒弃种族优越感、通过正确的政治姿态在生存空间中重新找回"家园"，成为当代人不得不面临的一个有待解决的难题。

斯科特·莫马迪在《土著人的声音》一文中特别强调族人对于言说的重视，他们都"深深地、绝对地相信语言的功效，认为言语具有内在的力量，富有魔力，通过言语能导致宇宙中实在的改变"。④ 例如在纳瓦霍的祈祷仪式中，人们肃穆地吟唱："背靠群山！／群山的神灵！／……／我的声

---

① ［英］迈克·克朗：《文化地理学》，杨淑华、宋慧敏译，南京大学出版社 2005 年版，第 60 页。
② 同上书，第 60 页。
③ 同上书，第 101 页。
④ N. Scott Momaday, "The Native Voice" in Emory Elliott, ed., *Columbia Literary History of the United States* (New York: Columbia University Press, 1988), p.7.

音让你复原 / 为我在美好中复原 / 让我眼前的一切都美好 / 让我身后的一切都美好 / 在美好中完成 /……"① 在这样整体的、带着美好期望与心灵企盼的祈祷声中，他们用言语表达了愿望，并且也坚信神圣的语言能实现愿望。在看似刻板的仪式中，参与者用虔诚的态度将口述的传统保持了相当的稳定，并将之流传下来。莫马迪也在《第一个美洲人眺望他的大地》一文中提到，土著人很早就知道大地与自己有着亲密、重要的联系，"一种蕴含着权利和责任的错综复杂的网状关系"。② 在他们的世界观中，自然成为核心，因为他们的信念告诉他们，大地是母亲，天空是父亲，这种对于自然世界的信任成为一种道德伦理上的表达和约束，而对于为什么土著人会有这样的信念，莫马迪认为，"也许这开始于对美的认识，领会到自然世界的美好"。③ 在对于美好事物的领会和赞美中，人类懂得了信任和热爱，土著人在传说、仪式以及生活所用的器物、工具中将这种信任和热爱表达出来，并以一种有形、持续的方式传承着这种道德规范。迈克·克朗在对民族文化地理学的研究中就提出，

> 虽然传统像代代相传的惯例与习俗的连贯整体，但它常是在追溯过去的过程中被发明出来的，这些发明的传统进一步证实了民族特性可以像某种宝贵的精髓一样代代相传。同时，它们也证实了仪式能容纳预先假定的民族特性。④

在此意义上，土著人对仪式的尊崇，尤其是对文字的神圣性的认同就成为他们对民族特性的一种表达和自觉保护的方式。就如莫马迪所说，对传统故事的反复讲述其实是一种极妙的隐喻，是"关于故事的故事"，就

---

① N. Scott Momaday, "The Native Voice" in Emory Elliott, ed., *Columbia Literary History of the United States* (New York: Columbia University Press, 1988), p.8.

② N. Scott Momaday, "A First American Views His Land" in *The Man Made of Words: Essays, Stories, Passages* (New York: St. Martin's Press, 1997), p.32.

③ Ibid., p.33.

④ [英] 迈克·克朗：《文化地理学》，杨淑华、宋慧敏译，南京大学出版社 2005 年版，第154 页。

像"一面多棱镜",[①] 能在简单中显现复杂。他在自己的文学创作中一直执守着本民族的口述传统，正是通过故事的讲述形式及过程传达出本民族的特性，并且坚持强调，"美国文学史的重要进步之一就是在现当代的文学中出现了土著人的声音"，[②] 因为他们的加入弥合了当代文学与传统口述文学之间的鸿沟，同时也能够让当代读者有机会更深刻地理解言说的本质。

由于宗教信仰的不同，土著人的许多传统仪式都被白人视为巫术，在科学信仰深入人心的现代社会，土著人的仪式更是被贴上了迷信、愚昧的标签。但是，以其渊博的民族学知识在人类学的巫术研究等领域作出了开创性贡献的法国著名人类学家、现代人类学理论的重要奠基者之一马塞尔·莫斯（Marcel Mauss）认为，所有口头仪式的功能和目的都趋向于"召唤神的力量或者让某个仪式特殊化……而且，每个仪式活动都有一个相应的词语，因为总是有一种最简单的表达方式来表述仪式的性质和目的"。正是基于这个原因，"没有语言的仪式并不存在"。[③] 同时，在对巫术仪式的界定上，莫斯也对于弗雷泽提出的两个标准，即巫术仪式是感应仪式以及巫术仪式通常都是自己对自己产生效力，是一种强迫，而宗教仪式却是崇拜和调和这样的观点提出了异议，认为"感应仪式既可以是巫术仪式，也可以是宗教仪式"，并且"宗教仪式也会产生强迫"。[④] 作为一种社会现象，传统仪式在不同的国家和地区都有，并且具有各种不同的表现形式，不过在各异的形式背后表达的都是一个强调感应效力的集体性观念，这种集体性观念所表现出的就是其中的每个个体的需求和普遍愿望。"它既是一种力量，同时也是一种环境，一个跟其他世界都隔离，但又仍然与它们有紧密联系的世界"。[⑤] 即使在以实证和归纳为基准的科学信仰的强大影

---

① N. Scott Momaday, "The Native Voice" in Emory Elliott, ed., *Columbia Literary History of the United States* (New York: Columbia University Press, 1988), p.13.

② Ibid., p.14.

③ [法] 马塞尔·莫斯、昂利·于贝尔：《巫术的一般理论 献祭的性质与功能》，杨渝东、梁永佳、赵丙祥译，广西师范大学出版社2007年版，第71页。

④ 同上书，第29页。

⑤ 同上书，第139页。

响下，许多代表某些宗教教义的传统仪式仍然占据着社会生活的重要空间，是"一种基于演绎的信仰"，[①] 而这种演绎在很大程度上则取决于语言，因此不难理解为什么莫马迪如此强调口述传统对于传承民族特性所具有的重要性。

　　语言作为文学创作的重要载体也是文艺美学研究者们广泛讨论的话题，其中，马丁·海德格尔的哲学思考和批判与诗歌的碰撞对于生态存在论美学具有极大的启发意义。他在《……人诗意地栖居……》一文中曾以诗人荷尔德林的诗歌为例，阐释了语言对于普通人和诗歌创作对于诗人的意义所在。"在我们人可以从自身而来一道付诸言说的所有允诺中，语言乃是最高的、处处都是第一位的允诺。语言首先并且最终地把我们唤向某个事情的本质。"[②] 诗人荷尔德林在诗歌中畅想人能诗意地栖居在大地之上，正是通过语言表达出人与大地的本质关系就是委身于大地，"作诗并不飞越和超出大地，以便离弃大地、悬浮于大地之上。毋宁说，作诗首先把人带向大地，使人归属于大地，从而使人进入栖居之中"。[③] 因此，"诗意地"并不表示一种假象，而是一种通过语言允诺、筑造的栖居之所，并能在一种恰当的关系中得以体现。海德格尔在《诗人何为》一文中也曾说过，"存在者并非首先和仅仅作为被意愿的东西存在，相反，就存在者存在而言，它本身便以意志之方式存在。只是作为被意求的东西，存在者才是在意志中具有自己的方式的意愿者"。[④] 因此，土著作家在现实的生存空间中寻求"家园"的过程，也就体现为他们通过文字表达愿望并能实现愿望的过程。土著文化传统教会他们理解了自然是一个整体意义上的存在，是包括人在内的所有动、植物存在的基础，这个基础对于一切都是同一的，因此诗人、小说家不过是作为存在的人通过语言表达着一种意求，一种允诺，同时也必须执守人与其他存在的同一关系。如果如荷尔德林在

① ［法］马塞尔·莫斯、昂利·于贝尔：《巫术的一般理论 献祭的性质与功能》，杨渝东、梁永佳、赵丙祥译，广西师范大学出版社2007年版，第110页。
② ［德］马丁·海德格尔：《演讲与论文集》，孙周兴译，三联书店2005年版，第199页。
③ 同上书，第201页。
④ 同上书，第291页。

最后一首诗歌中所讲，人能够人性地栖居在大地上，那么"人的生活就是一种栖居生活"。在万物同一的理念中，这样的栖居就会如同他在《远景》一诗中所描绘的那样：

> 当人的栖居生活通向远方，
> 在那里，在那遥远的地方，葡萄季节闪闪发光，
> 那也是夏日空旷的田野，
> 森林显现，带着幽深的形象。
>
> 自然充满着时光的形象，
> 自然栖留，而时光飞速滑行，
> 这一切都来自完美；于是，高空的光芒
> 照耀人类，如同树旁花朵锦绣。①

作为现代文明的重要表征，现代科技成为人类征服自然的手段，在带给人类物质享受的同时，也让人类陷入了生态崩溃的险境。海德格尔在批评人对自然的统治的同时，也期待着通过"诗"，通过艺术美学从根源上影响导致生态危机的二元对立思维方式，进行技术批判，"把诗和艺术视为存在之真理的澄明，把人的生存理解为诗意地栖居，即对天地人神共同构成的完整生存世界的看护"。② 而诗人所进行的创作就是要在空洞、危机四伏的流浪中"通过生命体验寻觅最合适的意象、词语，让对常人来说隐蔽陌生的本源通过熟悉的生活形象发出声音，或者说让在世俗生活中已经疏离本源而黯淡的事物、语言通过接近存在之本源而重新散发出光彩"。③ 这个存在之本源就是大地，如果没有意象、语言等建立一个有意义的世界，大地就无法被人所理解，而文学家就具有主动进入意义世界，向世人昭示本源并向其靠拢的可能性和责任。因此，

---

① ［德］马丁·海德格尔：《演讲与论文集》，孙周兴译，三联书店 2005 年版书，第 215 页。

② 王茜：《生态文化的审美之维》，上海人民出版社 2007 年版，第 161 页。

③ 同上书，第 173 页。

　　诗意地栖居不仅是爱护和保养自然之物，人作为自然生命的辅助者而不是征服、统治者登场，同时还意味着爱护和保养人自身，让人学会像自然之物一样自在地生存，这种"自然"并非抛弃文明和意义世界，而是努力使世界和大地的斗争通过存在而最终达到和谐，不会因为斗争而导致大地的彻底沉默。①

　　只有以这样的思维重新审视人类与其他存在的关系，人类才能在获得审美体验的过程中同时获得生存之道，通过意义世界的建构发掘和实践存在的真谛。与欧洲哲学家们的这些理论思辨相并行的是当代土著作家们在自己的文学创作中反复诠释的人与自然的和谐关系，在传统文化力量的引导下，他们笔下的主人公都是在孤寂的灵魂之旅中通过回归本源——自然，理解着自然以及一切存在物的生命力，在大草原、沙丘、荒漠的游历中进行着家园的审美，在与自然的交流中达成和谐。在语言所能建构的意义世界中，土著作家们就如诗人荷尔德林一样，投射出了一束既能照耀人类，也能帮助人类赞赏与人类平等的"树旁的锦绣花朵"的智慧之光，只有在这样的审美历程中，人类才能最终解决自然生态危机和精神生态危机。

　　但是对于主动、发乎自然的生态审美，土著作家与白人作家之间却有着很大的区别，这一方面缘于西方文明中科学理性思想根深蒂固的影响，另一方面更来自于白人长期的、顽固的种族自豪感。他们要不就明确地表达出作为大自然的征服者的霸气，大自然不过是表现自己英雄气概的陪衬，如果人类遭受挫折，那大自然更是成为了人类的敌人；要不在谦卑的表象下总也忍不住会透露出些许的嫌恶或失意。例如，曾于1905年获得诺贝尔文学奖的波兰作家亨利克·显克微支（Henryk Sienkiewicz）在《西兰卡：一幅森林图画及其他故事》（*Sielanka: A Forest Picture, and Other Stories*）一书中有一篇颇为著名的故事《通过大草原》（"Across the Plains"），描写了一支移民棚车队从美国东部出发，穿过还未开发的大草

---

① 王茜：《生态文化的审美之维》，上海人民出版社 2007 年版，第 176 页。

原，前往加利福尼亚开采金矿的经历。在一个白人和一个土著人的眼中，一片同样的大草原展现出的却是完全不同的场景。作为这次旅程的带头人，队长劳尔夫自认对大草原具有非常丰富的知识，"熟悉大草原不比任何印第安人差"，[①] 并且觉得自己"好像古时的族长，带领着一个《圣经》上的车队走向希望之乡"。[②] 但是，尽管他有敬仰他的美丽少女莉莉相伴，并在这里举行了一场浪漫的牧歌式的婚礼，但紧随的疾病、野兽、饥饿和死亡却不断威胁着他们，虽然走出了大草原，他却不幸失去了自己的爱人和挚友。可以想象，在这样的旅程之中，大自然在他们这群以掠夺资源为目的的旅行者来说会是一个怎样的形象。旅程是艰苦的，虽然羚羊、松鸡等"动物在我们附近有千千万"，为"我们"提供了充足的食物，"其余时光我们吃吃睡睡，或者唱歌或者打雁鸟作乐"，[③] 但是他们同时又畏惧野兽带来的威胁，"希望印第安人、熊和美洲虎都见鬼去啊！"[④] 明明是白人带来的病毒戕害了无数的土著人，他却认为"使他们得病的病菌一定是从密苏里河肮脏的河岸上传来的"。[⑤] 尽管书中也有很多描写草原美丽风光的场景，但对于白人来说，"这变幻莫测的景色使我们的好奇心得到了满足"，[⑥] 并不会带来感情的慰藉。例如，当他们看到雄伟的落基山脉时，"层层烟雾笼罩着山腰，它的山峰消失在一望无际的白云和积雪之中，我觉得非常恐惧"。尽管"这一切是如此庄严肃穆，我们的灵魂处在这大堆岩石的压迫之下又是如此感到压抑"。[⑦] 在失去爱人的那一刻，他号叫着咒骂神灵，"谁比造物主更崇敬生物并为生物造福更多？""是我！"[⑧] 这极为狂妄的宣泄恰恰准确地说明了为什么他们最终只能沦为失败者，因为他们嘴上张扬着自己对大自然的热爱，而切实感受到的却是"上帝观看宇宙

---

① ［波］显克微支：《通过大草原》，陈冠商译，中国和平出版社 2005 年版，第 6 页。
② 同上书，第 14 页。
③ 同上书，第 66 页。
④ 同上书，第 87 页。
⑤ 同上书，第 88 页。
⑥ 同上书，第 91 页。
⑦ 同上书，第 94 页。
⑧ 同上书，第 122 页。

时那种钟爱的欢乐"。① 也就是说，他们在面对大自然时，并不带有丝毫的敬仰或谦卑之情，而是如上帝一般，甚至妄想超越造物主，成为凌驾于一切之上的万能之主，期望通过这种虚幻的优越感满足自己所有的需求，达到自己所有的目的。但是，显然这只能是永远无法企及的"希望之乡"，这部长期被认作是颂扬征服者的英雄气魄的名篇，在现在读来，却成为对人类至上的所谓英雄主义的极大反讽。

美国著名作家威廉·福克纳在中篇小说《熊》中成功地通过白人男孩艾萨克的观察视角描述了印第安老人山姆对以森林和大熊老班为代表的大自然的理解和感情。在山姆这位契卡索酋长后代的眼中，被白人视作只会破坏的恶魔般的大熊老班"是熊的领袖"，"是人"，② 并甘心在老班被猎杀后以死为他陪葬。身上带有四分之一印第安血统的布恩曾狂热地视征服、杀死老班为无上荣耀，但是当自己敬重的山姆、自己钟爱的猎狗"狮子"都与之同归于尽后，却为了保护一只受火车惊吓而爬到树上去的幼熊而"到那棵树下坐了整整一宿，不让人们用枪打它"，③ 并最终看到，那"就像是一条肮里肮脏的不伤人的小草蛇"④ 一样在森林中横冲直撞的火车成为人类现代技术文明的代表，"在斧钺尚未真正大砍大伐之前就把尚未建成的新木材厂和尚未铺设的铁轨、枕木的阴影与凶兆带进了这片注定要灭亡的大森林"。⑤ 而他，一位曾经勇猛、执着的猎手，却在故事的最后沦为一个野蛮的狂人。主人公艾萨克既是故事的核心人物，也成为印、白两种文化碰撞的产物。他将山姆看作自己"精神上的父亲"，在老人对大自然如"父母亲一样"的敬重态度的影响下，也学会了将森林看作"他的情人、他的妻子"。他在对老人的追忆中看到了"大森林消融一切的同化力"，埋葬于此的故人，不管是敌人老班，还是战友"狮子"，永远不会消失，"而是自由地呆在土地里，不是栖身在土地里，而是本身就属于土地，生命虽

---

① ［波］显克微支：《通过大草原》，陈冠商译，中国和平出版社 2005 年版，第 68 页。
② ［美］威廉·福克纳：《熊》，李文俊译，中国和平出版社 2005 年版，第 12 页。
③ 同上书，第 100 页。
④ 同上书，第 99 页。
⑤ 同上书，第 102 页。

有千千万万，但每一个都密切相关，不可分离"。① 这一刻，他就像一个土著人一样认识了生死，在失去中学会了收获。但是，紧接着的一幕却发人深省，他看到了一条巨蛇，一条老了的、六英尺多长的蛇令他感到"有一阵剧烈的惊恐涌进全身"，导致这种惊恐是因为在白人文化的浸染中长大的艾萨克还是根深蒂固地抱有基督教信仰，相信蛇"自古以来就受到诅咒，既能致人死命而又形单影只"，那令人恶心的气味让他想起"所有的知识、一种古老的倦怠、低贱的种姓和死亡"。但同时，他却不由自主地开始用山姆的古老语言说话了，"酋长，爷爷"。② 艾萨克这样的表现反映出他同时受到白人视蛇为邪恶而唾弃和土著人视蛇为先人而尊敬的信仰差异的影响，但作为一个白人的自然感受仍然表明了他对自己祖先的知识体系的认同。在火车的轰鸣声中，很难想象艾萨克能真正体会山姆教导他的人与自然相互关联的静谧；在对自然的贪婪攫取的社会现实中，能真正做到对万物的同等尊重和对自己行为的自律。福克纳这部以成功表现万物有灵和对自然环境的敬仰而著称的作品也不得不以艾萨克的怅然若失收场，这是欧洲文明主导下的思维方式的必然结果。

以历史唯物主义观来看待人类历史与自然界的历史的辩证关系就会发现，自然界是无法自我扩张的，资源的有限性是由自然法则所决定的，而当今的资本主义是一个经济发展的自我扩张系统，自然界的有限发展是完全无法跟上资本运作的节奏和需求的。以满足人类的需求为第一准则的观念中就出现了自然界的祛魅，而这样的现象在大多数的马克思主义者看来源于社会化了的人类物质生活在资本主义的剥削方式中的两个作用，

　　首先是以"人化自然"或创造一个"第二自然"的方式来改变自然界的形式。……其次，社会化了的人类物质生活通过"把人类加以自然化"而改变人类自身的思维方式，也就是说，人类变得习惯于在不断开拓和发展新的物质财富形式的名义下以自然规律的主人

---

① ［美］威廉·福克纳：《熊》，李文俊译，中国和平出版社 2005 年版，第 110—113 页。
② 同上书，第 113—114 页。

自居。①

在满足物质需求支配一切的思维模式下，上述案例中以西方文明和逐利心态为主导的自然之旅中会呈现出如此的心态和形式，当然也就是一种自然而然的表现。而只有当作家不是以征服者、而是以栖居者的心态进行真正的自然之旅时，才能创造出感动人心的家园感和审美效果，而北美大草原的土著居民们作为真正的主人，正在向世人昭示着这样的审美与回归。

从 1980 年开始，美国现代语言协会推出了一套开放性的系列丛书《世界文学名著教学手册》，选择了几十部频繁被教材选用的世界文学名著、或以在教材中出现的文学名家及其所描述的传统为研究对象，收集在该研究方向颇有影响力的成果，其中既包括教学方法，也包括研究对象的主要哲学思想和艺术成就。它作为一系列资料性的研究书籍，引导着文学方向的教师和学者的有效教学和研究。由美国著名学者肯尼思·M. 罗默主编的《莫马迪的〈通向阴雨山的道路〉教学手册》在 1988 年作为第一部美国土著作家的代表作被收进这一系列，这说明以斯科特·莫马迪（也译作莫马戴）为代表的土著作家的文学创作在美国的教育界已经与乔叟、但丁、塞万提斯、加缪、易卜生、弥尔顿、歌德、伏尔泰、梅尔维尔等世界著名作家的成就一样，成为被广泛关注的对象。在这个被关注的过程中，莫马迪代表着在北美这片土地上生活了三千多年、现在仅存的 150 万土著人向来自欧洲的白人主流文学传统展现了不一样的印第安的价值观和美学观，对主流经典文学的视角进行了挑战和修正，也对传统经典进行了扩充。正如罗默在该书的前言中所指出的一样，莫马迪的文学创作，尤其是《通向阴雨山的道路》（*The Way to Rainy Mountain*, 1969）一书，向读者提供了一些另类的视角，"这些视角包括将大地视作形成个人身份认同和人类生态学的决定性因素；发现解决 20 世纪个体和社会问题的个人关系的

---

① ［美］詹姆斯·奥康纳：《自然的理由——生态马克思主义研究》，唐正东、臧佩洪译，南京大学出版社 2003 年版，第 7 页。

概念——尤其是与祖先的关系；认可美国土著人关于神圣、美丽与和谐等观念的影响力；尊崇涵盖了整体、愉悦、惊叹和内部能量的口头叙述和表演性的风格"。① 美国读者对这些视角的关注证明美国土著的观念不仅作为土著人的文化遗产指导着他们在现世的生存，也与非土著人有着密切的关系。

作为当代美国土著文艺复兴的领头人，莫马迪自幼年起就与从事艺术和教学的父母辗转于美国西南部的数个土著部落，既在父母执教的俄克拉荷马州和新墨西哥州的纳瓦霍、普韦布洛、赫梅斯（Jemez）等小村落的学校学习过，也在圣菲（Santa Fe）、阿尔伯克基（Albuquerque）等地的高中就读，更获得了新墨西哥大学和斯坦福大学的高等教育学位，凭借对弗里德里克·戈达德·塔克曼（Frederick Goddard Tuckerman）的诗歌研究于 1963 年获得斯坦福大学的博士学位，并先后在加州大学圣巴巴拉分校、伯克利分校、斯坦福大学、亚利桑那大学等教授英文和比较文学，在创作生涯中先后获得至少八个荣誉博士学位。他的教育和研究经历使他对印、白两种文化都有深入的了解，既能从土著口述传统中汲取智慧，又能从梅尔维尔、福克纳、史蒂文斯、乔伊斯等人的成就中获得启迪，也就难怪读者常常在他的作品中同时发现家族故事、希腊神话、个人自传、《圣经》和欧洲现代的叙事技巧，他获得普利策文学奖的成功之作《通向阴雨山的道路》和《黎明之屋》（*House Made of Dawn*, 1966）等作品也就是这种传统与现代集合的典范，被翻译成俄语、波兰语、德语、意大利语、挪威语、日语和中文等，② 受到世界各地读者的关注。

对于自己的文学创作，莫马迪曾经多次在访谈中谈到他重复讲述某些主题、人物甚至内容的习惯，对此他向采访他的凯·博内蒂（Kay Bonetti）解释道："我想我在讲述一个故事，它很长，我无法一次讲完……但它就是一个故事。"在另一次访谈中，他也曾对约瑟夫·布鲁查克（Joseph Bruchac）说："我就关注着将这个故事讲下去，我打算坚持同

---

① Kenneth M. Roemer, "Preface to the Volume", ed., *Approaches to Teaching Momaday's The Way to Rainy Mountain* (New York: MLA, 1988), p.ix.

② 斯科特·莫马戴：《通向阴雨山的道路》，主万译，上海译文出版社 1994 年版。

样的主题，通过每次讲述传递开去。"① 这个他喜爱不断重复的故事就是一个关于这片土地的故事，《通往阴雨山的道路》就是一个追随基奥瓦祖先的足迹，在记忆和心灵深处再次踏上从蒙大拿到俄克拉荷马的迁移之路；《黎明之屋》中的主人公埃布尔（Abel）留有足迹的洛杉矶、普韦布洛的赫梅斯以及莫马迪的祖母阿霍（Aho）熟知的美国西南部的地域都反复出现在莫马迪的多角度叙述中，呈现在不同的历史视角中。在这样不断的重复中，莫马迪坚信"语言文字激发我们的想象，使我们自己、他人以及这片土地真正存在"。② 在与劳拉·科尔特利（Laura Coltelli）的访谈中，莫马迪一再强调土著口述传统与土地的重要关系，并坚定地表达了自己对大地之灵（the spirit of the land）的信仰。北美土著人作为这片大陆最初的主人，对它有几千年的体验和感受，对这片土地的感知对于土著人来说"就是一种对地域的精神投入，因为他有这样的体验，他就能用一种独特的方式看待自己，看待自己与大地的关系，他就能给自己一个明确的地域感和归属感"。③ 在祖先的口述故事中，族人对土地的感知被不断加强；在当代作家的创作中，"令人牢记不忘的大地"（"remembered earth"）也总是以不同的形式、从不同的视角被反复展现，在对这片永久的家园的颂扬声中，莫马迪的《通向阴雨山的道路》和《黎明之屋》无疑是极具代表性的成功之作。

1969 年普利策文学奖评判委员会在对莫马迪的文学创作（《黎明之屋》成为评委们对当年该奖的第一选择）进行评价时，认为他堪称一个成熟、老练的艺术家，因为他的作品充满"文采与强烈的情感，视野清新，主题直观"。④ 这种擅长以直观、清新的方式表达强烈情感的特点与莫马迪对绘画的热爱和所受的熏陶是分不开的。他的父亲阿尔（Al，也译作艾尔）

① Kenneth M. Roemer ed., *Approaches to Teaching Momaday's The Way to Rainy Mountain* (New York: MLA, 1988), p.4.

② Ibid., p.4.

③ Laura Coltelli, *Winged Words: American Indian Writers Speak* (Lincoln: The University of Nebraska Press, 1990), p.91.

④ Kenneth Lincoln, "Reviewed Work: N. Scott Momaday: The Cultural and Literary Background by Matthias Schubnell", *American Indian Quarterly*, Vol. 11, No. 1 (1987), p.73.

是一位基奥瓦（Kiowa，也译作基阿瓦）画家，曾长年担任普韦布洛一所学校的校长；他的母亲是一位知名的切罗基作家、画家和教师，他们对莫马迪的艺术道路具有深远的影响。从20世纪70年代起，莫马迪就开始同时以作家和画家的身份获得好评，除了文学创作之外，他还先后在北达科他大学、明尼阿波利斯、圣菲、凤凰城等地举办画展。在与劳拉·科尔特利的访谈中，他特别强调了写作与绘画的紧密联系，在理解口述传统的重要性时，他提到了文字产生之前的故事讲述者就是通过画面来进行讲述，认为"美国文学真正发端于一个人对美洲景观的第一次个人表达"。[1] 绘画对于写作的促进就体现在他的独特的写作技巧上，"我试着描述性地写作，试着用文字来描绘画面"。[2]

莫马迪着手写作《通向阴雨山的道路》缘自两个事件，一是随祖母瞻仰了基奥瓦人崇敬的泰米(Tai-me) 药包，作为他们神圣的阳光舞的偶像，泰米分享了阳光舞的神性，也通过族人的古老神话获得了基奥瓦人的敬仰，成为他们朝圣的对象。但随着草原上野牛群的消失，基奥瓦人的最后一次阳光舞仪式于1887年在阴雨山河上游的沃希托河上举行。1963年莫马迪随祖母第一次目睹了这一神物，第一次感觉到一种强烈的震撼，"我更敏锐地感觉自己像一个穿行于时空中的人，血液中饱含着某种极为宝贵的古老而不灭的东西"。[3] 随后他写作了《泰米的旅程》，是《通向阴雨山的道路》的第一卷的原始手稿。第二个事件发生在祖母去世后不久，莫马迪去阴雨山墓地瞻仰埋葬于此地的先人，急切地希望通过文字再次建立与先人及基奥瓦人的文化传统的纽带关系，前后花了六年的时间完成这部多声部叙事的作品。莫马迪的传记作者玛莎·斯科特·特林布尔（Martha Scott Trimble）在近十页的篇幅中细细分析了《通向阴雨山的道路》的体裁，认为它兼具若干种特点："自传、叙事诗、诗歌、非虚构文学、悲剧、

---

[1] Laura Coltelli, *Winged Words: American Indian Writers Speak* (Lincoln: The University of Nebraska Press, 1990), p.95.

[2] Charles L. Woodard, *Ancestral Voice: Conversations with N. Scott Momaday* (Lincoln: University of Nebraska Press, 1989), p.141.

[3] N. Scott Momaday, "Notes and Fragments [*The Way to Rainy Mountain*]", Bancroft Library, University of California, Berkeley.

韵文、剧本、十四行诗、散文、图画和创世赞歌"① 等等，例如，书中三个声部的表述分别源自古老的基奥瓦部落传说（叙事诗、创世赞歌）、祖母阿霍的历史叙述（自传和非虚构文学）以及作者的评议（韵文、诗歌和散文等），并穿插了莫马迪的父亲阿尔的多幅画作。这种将历史叙事与个人叙述的结合使作品的表达方式具有多效性，同时也使作品的体裁界定变得复杂，但莫马迪在作品的《开场白》中就明确表示这是一次在平原上跨越时空的历史之旅，"这次旅行在北方平原的边沿上开始了，这是一次历经许多代人，行程好几百英里的旅行"。② 这里记叙的旅行就是他的祖先基奥瓦人的迁徙之旅，他们在北方大山中为生存而挣扎，最终决定进行一次伟大的历险，从黄石河（Yellowstone River）的源头出发，往东到黑山（Black Hills），往南到威奇托大山（Wichita Mountains）。在整个旅程之中，他们目睹了野牛群的消失，也"获得了马匹、大平原上的宗教以及一种对开阔土地的热爱与拥有。他们的游牧精神被释放出来了"（4）。莫马迪在泰米药包的震撼中，在对先人的缅怀中，开始了一次历史的再叙，用得以保存的口述传统、传说中的画面、祖母的回忆以及自己作为当代作家所富有的想象力，在一种权利和责任的驱使下，再现了"一片无可比拟的景色、一段永远过去的时期，以及持久的人类的精神"（5）。同时，《通向阴雨山的道路》"首先是一种'思想'的历史"，基奥瓦人作为一个民族抱着对前途的美好想象开始了这段旅程，"他们敢于想象和确定自己是什么人"（4），而作者莫马迪通过文字再叙的这次旅程也无疑帮助他完成了确定自己是什么人的创作初衷。

《通向阴雨山的道路》包括《开场白》、《序言》、《出发》、《继续前进》、《围拢》、《尾声》，外加开始和结尾的两首诗歌《源头》和《阴雨山公墓》。书中的第一个声部是基奥瓦人的古老传说，第二个声部中以莫马迪的祖母阿霍为代表的族人的历史叙述与古老传说相互交映，表达了族人对天与地的崇敬，以及对处于天地之间的基奥瓦人与宇宙的特殊关系的理解。给读

---

① Martha Scott Trimble, N. *Scott Momaday* (Boise: Boise State Coll., 1973), pp.27–35.
② 斯科特·莫马戴:《通向阴雨山的道路》，主万译，上海译文出版社 1994 年版，第 3 页。下文中所有来自小说文本的引文均出自此版本，不再赘述，只在括号中标明页码。

者第一个深刻的印象就是他们对自然神性的颂扬。在《序言》中，祖母讲述了传说中的七姐妹为逃避变成了熊的兄弟的追逐而被大树带到天上变成北斗七星的故事，"只要这一传说存在一天，基奥瓦人在夜空中就有了一些亲属"（10），这解释了族人坚信的天地合一的宇宙观以及人与天地的亲缘关系，同时也解释了族人对自然的神性的直观理解。"在大自然中有些事物在人类的心中引起了一种令人敬畏的静谧"（10），这种对自然的敬畏就如一种古老的物质，通过传说，血脉相传。例如祖母，她对太阳始终抱有一种崇敬，既通过故事传达给孙子，也通过行动，引导他第一次真正瞻仰了族人的神物泰米——太阳舞的象征，而"这种敬意如今在人类心中几乎已经毫不存在了"（12）。在《出发》部分，传说中的基奥瓦人是从一段空心的木头来到了世界上，他们从黑暗处走到了光明，从北方的崇山峻岭走到了阳光普照的大草原，因此最具代表性的神话传说就是对太阳的尊崇：族人的女儿成为了太阳的妻子，生下儿子后在逃离回家的路上被太阳打死，但儿子却被蜘蛛老祖母抚养长大；在基奥瓦人忍饥挨饿的艰苦日子里，一个长着鹿角，身体上长满了羽毛的人前来搭救他们，"你们要什么我就给你们什么"（40），从此成为他们敬重的太阳偶像泰米。在《继续前进》部分，传说都集中于族人在平原的制箭、骑马打猎的生活，他们是大胆的水牛猎手，他们认为自己"已经找到了太阳的老家"，在夏日阳光的眷顾下，水草丰沛，野牛成群，他们也靠着家乡鲜美的水牛肉过着安逸的生活。但是在《围拢》部分，更多的现实取代了传说，与敌人的冲突成为主题，狩猎的马羞愧而死，大片的草地被围栏围住，神圣的泰米也出人意料地落到了地上，族人在大草原上自由驰骋的游牧生活就如第 24 章中那具有象征意义的鹿皮华丽衣服一样，"被埋在了地底下"（86）。《尾声》中，1833 年 11 月 13 日凌晨时刻划过宁静夜空的一阵狮子座流星被记载在基奥瓦人的历书中，"在部落的心里标志着历史时期的开始"，"象征着旧秩序的突然而剧烈的解体"（89），而记述的这一切，"全是一场探索，一次出发，朝前走向阴雨山去"（93）。在族人的传说中和口述历史中，代表自然的天、地、太阳、星辰和草原总是神圣并富有寓意，生活在其中的牛、马和人类总是与自然不可分割，所以在传说的最后，族人中还记得阳光舞的一个百岁的女人讲述着这古老的仪式。在仪式的开始部分，他们需要泥土，这是"他们非有不可的泥土"，"跳舞的人非得在沙土上舞蹈"（91），而在全书结尾处的诗歌《阴雨山公墓》中，尽管"清晨的太阳红得像一轮猎月，在平原上运行。大山燃烧，闪耀"，而人类的最终归属仍然只能是公墓中那"寒冷、稠密的黑石头"（94），我们来自那埋葬着先人的大地，在旅程之后，也将回归大地，这无可争议的事实在先人的传说中被反复吟唱，也坚定地表达着土著人对大地的敬仰。

《通向阴雨山的道路》与其他白人作家的自然书写或欧洲传统的神话传说研究不同的地方主要体现在第三个声部，即莫马迪作为当代土著人的代表，如何结合传说、通过自然书写传达族人的文化内涵，在寂静中发出强音，在平凡中凸显智慧，从而对白人的强势文化进行反拨。如果将莫马迪的自然书写与白人的自然书写进行比较，其中的差异非常巨大。莫马迪认为，受欧洲文化传统熏陶的自然诗人大多专注于研究植物学、动物学和天文学，将自己与自然拉开距离，从而获得观察者与被观察者之间的距离美，而土著传统却认为"自然是个体生存的一部分，他生活于其中就如同我们生活于空气中一样"，[1] 刻意拉开距离不仅不会产生美感，还会产生令人窒息的疏离感，而这已经成为现代人普遍的病症。为了克服这种疏离感，土著人选择了回归传统，在精神的寻根之旅中，在土著文化的生发力中寻找药方。《通向阴雨山的道路》中的第三个声部就展现了一位当代的土著人如何在故土上经历了一次这样的重生，他对周围世界的感知力如何在传统故事和对先人的追忆中渐渐恢复，在大草原上或巨大、或微小的事物和景象中一步步增强。将阴雨山作为旅程的终点是因为在地理位置上，阴雨山及周围的威奇托大山是基奥瓦民族的中心，是以猎获野牛著称的基奥瓦猎手们驰骋的南方大草原的代表，是部落文化的根基，而族人对自己的认识总是基于对周围关系的感受力，"只有根植于大地他才能坚守自己

① N. Scott Momaday, "Native American Attitudes to the Environment" in Walter Holden Capps, ed., *Seeing with a Native Eye: Essays on Native American Religion* (New York: Harper, 1976), p.85.

真正的身份认同",① 因此，这次旅程必然就成为了他的自我追寻之旅。

在故事的开始，"我"站在清晨的平原上，"想象力又苏醒过来了"，从这"天地万物开始的地方"(6)踏上旅程。但是，莫马迪在启程阶段就强调，这是一次1500英里的"朝圣"，就如祖母能将"大陆内部的壮丽景色像回忆那样存在她的血液里"，能讲述她从没见过的人与物，"我想要亲眼目睹一下她心里更为完整地看到的一切"(8)。因此在这次心灵之旅中，莫马迪作为第三声部的讲述者，他所亲眼目睹的一切就代表着他心灵的变化，而紧随着他的描写的变化，就能发掘出这次旅程的真正意义。在《序言》的开始部分，"我"所看见的都是宏大的远景，"许多深邃的湖泊和幽深的林地、峡谷和瀑布的地区"，"大地延展开来，土地的界限退却下去。一丛丛树木，还有在远处吃草的动物，使视线伸向远方，并使人心头感到惊讶"。(9)这样的描写不禁让人想起欧洲移民初来北美大陆时的情景，他们对这片广袤土地的惊讶之情也应该就是如此吧。旅程之初的"我"在回归部落传统之前，对于展现在眼前的大地也是只有这样的惊讶而已，并没有情感上的依托。但是"我"逐渐从基奥瓦人关于大地的古老传说中发现，他们对于自然谈论更多的不是贪婪的掠夺或占有，而总是赋予大自然中的事物以神性，就如与天上北斗七星相联系的山峰魔鬼塔的故事，总能让族人找到与自然相连的亲情，既有对太阳的敬畏，也有对拯救族人于灾难的泰米的信赖。当北方的大山无法承载他们时，他们选择出发，来到了大草原。这时，通过"我"的心灵之眼所看到的山下的平原是"平静的、阳光灿烂的"(21)，生活在这片土地上的所有东西——"牲口群、河流和小树林……全具有完整的生命"(21)，而这才是"大地的实际情形"(21)。因此，又角羚"在属于自己的荒野上缓缓地、长时间地溜达，仿佛逃跑的概念从来不曾来到它们的脑子里"(23)，它们作为大地的一部分已经自由地在这儿生活了数千上万年。除此之外，草原上的扁萼花、羽扇豆、野生的荞麦、黑松树上的松雀、草原上的水牛、蜘蛛、金龟子、蚱蜢、响尾蛇、乌龟、鸟蛛、蜻蜓、

---

① N. Scott Momaday, "I Am Alive …." In Jules B. Billard, ed., *The World of the American Indian* (Washington D. C.: National Geographic Society, 1974), p.14.

水蝇、青蛙、水中生活的巨兽等拉近了"我"与自然的距离，宏大的远景变为细致的静物写生，这种物理距离的改变也标志着情感的贴近，而这样的改变正是跟随着族人对这片土地的熟悉和适应而慢慢展开的。《在继续前进》和《围拢》部分，伴随传说中的制箭人、战士、水牛猎手、骏马的故事，"我"将目光转向了自己的先人——"我"在阴雨山公墓的墓石中走来走去，追忆起自己的父亲、祖母、老头儿切内、艺术家卡特林笔下挺拔而随和、风度优雅的基奥瓦男子汉肖像以及百岁的老女人科–山（Ko-sahn），尽管其中的一些人"我"从未谋面，但从祖母和父亲的口中，

> 我脑子里还可以想象出那个人，仿佛他现在就在那儿。我喜欢在他祈祷的时候注视着他。我知道他站在哪儿，他的声音在哪儿传过那片滚滚的青草，以及太阳从哪儿升起来照耀着大地。黎明时分，你在那儿可以感到那片寂静。天气寒峭、清朗、凝重，像水一样。它握住了你，不肯放开（50）。

科–山、祖父母等人将族人世代居住的大地融入了他们的血液，在他们谈及"太阳舞"、"泰米神药"时，言语中表达的已经是对于整个宇宙的理解，"这是她（科–山）对于自己与地球、太阳、月亮的生命之间关系最本质的表达"。① 同时，"我"的想象在不知不觉中变成了"你"的感知，"我"在对族人的追忆中认识自己的同时也让"你"感受到了这种无法摆脱的约束力。莫马迪能将"我"和"你"奇妙地合而为一是因为他相信，当一个人像他一样看着太阳从平原上升起来时，"一个人生活中总该有一次把思想集中在令人牢记不忘的大地上，他应该沉迷在他经历中的一片特殊景色里，尽可能从许多角度去看它，为它感到惊讶，细细地考虑它"（87）。就像他回忆自己幼年生活在新墨西哥的普韦布洛时看着年老的酋长每天早晨观察太阳，提醒族人的生产活动一样，莫马迪认为自己的心

---

① N. Scott Momaday, "An American Land Ethic", in *The Man Made of Words: Essays, Stories, Passages* (New York: St. Martin's Press, 1997), p.49.

灵之眼看到的是"一个象征印第安世界中人与大地真正和谐的缩影"。^①
他在谈到这次通向阴雨山的旅程的奇妙之处时说:"对于我的族人来说,
这次旅程是在悲伤、失意中结束,但对于我却是一次非常愉快的经历,
因为它充满了我的想象,成为一次满是愉悦的朝圣。"^② 也许并不是每一
个人都有机会进行这样愉悦的朝圣,尽管寻根之旅在很多文学作品中都
有所表现,这样的主题重复出现说明了不同地域、种族的人都有这样的
需求,但是在有根难寻的情况下,这样的旅程就变得更加具有吸引力。
对此,莫马迪认为寻根之旅并不根基于事实,而在更大的程度上是一种
"通过想象去满足自己的好奇心"的愿望,"需要对于自己的起源保持相
当的神秘"。^③ 就像他在故土上、在传统故事、在历史叙述中重新找回
自己一样,所有的人,不管是白人还是土著人,都能从像他这样的心灵
之旅中认识到"他去往阴雨山的旅程是一次在自然世界和祖先的传统中
对个人身份的追寻",^④ 这次成功的旅程应该对每一个现代人都具有启发
意义。

如果说莫马迪在《通向阴雨山的道路》中侧重于通过自然书写和历史
叙事追寻身份的认同,那么他在《黎明之屋》中则更加强调在外部景观的
描写中达成内心伤痛的康复(healing)。作家巴里·洛佩斯(Barry Lopez)
用"一致感"(sense of congruence)来表达这种内外相通的特征,以此解
释人与大地的重要关系。他在《阿纳克图沃克关的故事:地域景观与叙
述的联结点》("Story at Anaktuvuk Pass: At the Junction of Landscape and
Narrative")一文中谈到,"外部景观是由人类无法操控的法则、规律和趋
势形成的,可知的是它包含了人类无法分析但却绝对可靠的完整性……纳

---

① N. Scott Momaday, "A First American Views His Land", in *The Man Made of Words: Essays, Stories, Passages* (New York: St. Martin's Press, 1997), p.37.

② Charles L. Woodard, *Ancestral Voice: Conversations with N. Scott Momaday* (Lincoln: University of Nebraska Press, 1989), p.3.

③ Ibid., p.4.

④ J. Frank Papvich, "Journey into the Wilderness: American Literature and *The Way to Raining Mountain*" in Kenneth M. Roemer, ed., *Approaches to Teaching Momaday's The Way to Raining Mountain* (New York: MLA, 1988), p.120.

瓦霍人相信大地显示出了一种神圣的秩序，那秩序就是仪式的准则"。①
一个人的内心景观是指他的思想、心灵所属，并会在很大程度上取决于
"外部景观的特征和微妙之处"，当他所处的大地、自然都内化为人生的一
部分之后，他就会感受到自己与世界之间这种"无处不在的一致感"。②
在富于口述传统的土著人中，故事的讲述者正是通过"将两种景观合而为
一"，在听众的心中创造出一种"无尽的幸福感"。③ 同样，莫马迪作为故
事的讲述者，也正是遵循着族人的这种信仰，在《黎明之屋》的讲述中，
通过外部景观与内部心灵景观达成一致，完成了埃布尔的疗伤之旅。

　　苏珊·斯卡贝里-加西亚（Susan Scarberry-Garcia）在她的著作《康
复的标志:〈黎明之屋〉研究》（*Landmarks of Healing: A Study of House
Made of Dawn*）中谈到，"康复就是一个获得整体性的过程，或者是使一
个人自身或与他人和文化、自然环境达成身体和精神上的平衡。"④《黎明
之屋》可以被看作是一部描写土著人在现代社会中成功复原的故事是因为
书中的埃布尔最终能将大地的景观内化，并在族人的祈祷和故事讲述中重
新感知到自己在自然世界中的恰当位置，最终成功康复。《黎明之屋》的
书名取自纳瓦霍人的一首著名夜歌，歌中唱到:

> 　　黎明之屋，暮光之屋，乌云之屋，阳雨之屋，黑雾之屋，阴雨之
> 屋，花粉之屋，蚱蜢之屋……我为你献上祭品，我已为你备好烟雾。
> 为我修复我的脚，为我修复我的腿，为我修复我的身体，为我修复我
> 的脑，为我修复我的声，就在今天，为我施展魔力……⑤

　　莫马迪在一次访谈中提到，作为祈祷康复的歌曲，歌中唱到的"'黎

---

① Barry Lopez, "Story at Anaktuvuk Pass: At the Junction of Landscape and Narrative", *Harper's*
(December 1984), p.51.

② Ibid., p.50.

③ Ibid., p.51.

④ Susan Scarberry-Garcia, *Landmarks of Healing: A Study of House Made of Dawn* (Albuquerque:
University of New Mexico Press, 1990), p.2.

⑤ Ibid., p.99.

明之屋'的意思是指'大地'"。① 房屋不仅仅是作为人类居住的小小的建筑物，还是足以供所有存在共同栖息的大地，纳瓦霍人吟唱和赞颂的黎明之屋就是在日月相交时、在所有生命即将醒来时静谧而自由的大地，只有大地具有这样修复一切伤痛的魔力。那么，作为故事发生的主要地点，纳瓦霍、赫梅斯、普韦布洛等部落聚居地以及族人敬仰的圣地，如赫梅斯大山、大峡谷等都是伴随埃布尔成长的外部景观，而土著人始终相信，人类与周围的其他人、物体和环境密不可分，他们的复原仪式就是以群体、自然以及精神世界达成和谐为核心，因此，埃布尔回归的家园就必然是他唯一的康复之地。

莫马迪采用赫梅斯部落传统的方式开始了故事的讲述，小说中的第一个词 Dypaloh 意为"故事的开始"，最后一个词 Qtsedaba 意为"故事的结束"，开始与结束的场景都是埃布尔在荒原上奔跑，以这种奔跑在大地上的方式代表着他的复原，但在开始与结束之间则展现的是他的伤痛、失落以及重新走上回归之路的曲折与艰辛。在这个过程中，生养族人的大地、滋养族人生生不息的传统信仰，尤其是世代相传的祈祷仪式和吟唱的词曲成为伴随他重归故里、重获身心健康的重要保障，因为这些反复的吟唱，尤其是吟唱中反复提及的地名等已经成为一种象征性的语言。

> 这些象征具有一个确定的目的：就像祈祷者从熟悉的地方开始，进而转向神话中的地名一样，将神迹与现实连接起来，这样，让心灵停留在熟悉的高山、河流、山谷等了解的形象上，再逐渐超越，进入内心的神秘景象。②

同时，土著人的口述传统中富有对美丽自然的赞美之词，通过对美的赞颂，土著人学会了认识和真正体验生活中存在的美，从而驱散精神上的

---

① Floyd C. Watkins, *In Time and Space: Some Origins of American Fiction* (Athens: University of Georgia Press, 1977), p.169.

② Donald Sandner, *Navaho Symbols of Healing* (New York: Harcourt Brace Jovanovich, 1979), p.202.

厌恶和痛楚，而埃布尔的最终康复必然也少不了对美的认识和接受。

　　埃布尔的母亲和兄长因为相同的疾病在他幼年时就去世，他由祖父弗朗西斯科在居留地抚养长大，并伴随祖父一起牧羊，从小就熟知并敬仰这片土地。但是，成年后的埃布尔选择了投身战场，九死一生后又在洛杉矶这样的大城市中漂流，深陷于酗酒、暴力、堕落的深渊。当他 1945 年在战后重返家乡瓦拉托瓦（Walatowa）时，眼中的家园是"萧条的，只依稀看去是一整片，丝毫无法给人宽慰……"① 此时的埃布尔回想起当年离家的情形，才发现自己急于响应号角的召唤，却在关上门的一刹那就感受到"完全的孤独，似乎他已经离家数里之外、数月之久，早就离开了自己熟知的小镇、山谷、山丘和一切"，"当他记起回眺田野的方向时已经太迟"。② 这种离开家园的孤寂感在土著人看来是一种永远无法摆脱的痛苦感受，因为自 15 世纪以来的历史已经带给了他们太多的苦难记忆，离开故土已经不仅仅是一种空间的转移，而是一种沉淀在血液中的伤痛和无尽的追忆，是一种无法得到抚慰的纠结。此时的别离不禁让人想起一位奥马哈族（Omaha）老人对故土的追忆：

　　　　在我年轻时，故土非常美丽，沿着河岸是成片的森林，生长着三角杨、枫树、榆树、白蜡树和胡桃树……我在林地和草原上都能看到许多种动物的踪迹，能听到许多种鸟儿欢快的鸣叫。走出门外，我能看到各种生命，造物主将美丽的生物放在这里……但是现在，大地上一切都已改变，只有悲伤，生命都已不在。我看着大地的荒凉，感到说不出的哀伤。当我半夜醒来，常常觉得自己会在这可怕的沉重孤寂感中窒息而死。③

　　对于土著人来说，远离故土不仅意味着远离亲人和朋友，更意味着远

---

① N. Scott Momaday, *House Made of Dawn* (New York: HarperCollins Publishers, 1999), p.10.

② Ibid., p.21.

③ Joseph Epes Brown, *The Spiritual Legacy of the American Indian* (New York: The Crossroad Publishing Company, Inc., 1984), p.12.

离自己熟悉的一切生命，远离一个神圣的世界，而历史教会他们，伴随这样的远离常常是无法预知的劫难。

虽然战后埃布尔回到了家乡，但是他并未得到精神的抚慰，因此几年间他都沉迷于酒吧和斗殴，在大城市的生活、在工厂的劳作都无法填补内心的空虚，在遭受伤害的同时也在与他人发生冲突，甚至闹出人命，遭受了牢狱之灾。在一片喧嚣与迷乱中，只有重返祖父的住处或重新投身于这片他曾经熟悉的土地时，他才能有稍许的平静。"清风微微吹过，带着泥土和庄稼的气息；这一刻，他感觉一切都很好，他自由自在"。① 虽然祖父一直试图用古老的祈祷词、颂歌帮助他复原，但他却无法与之调和，但当他身处大峡谷时，当他再次饮用河里的清水时，他却感受到峡谷、峭壁曾经带给他的清新，"空气纯净得只有夏天和月亮的气息，在眼睛和物体之间一片清朗"，"他似乎又平静了，犹如喝了一点暖暖的甜酒"。此时的埃布尔已经忘却了自身的苦痛与烦恼，"他只想为这艳丽的峡谷献上一曲"，尽管他不知道如何歌唱，却相信此时的心声一定是一首"歌颂宇宙万物的赞歌"。② 最终，他在好友贝纳里的帮助下重新回到祖父的家园，"我们会看看太阳如何曾经并一直伴着微风升起，阳光普照大地"。③ 尽管祖父已经离开了人世，但是从洛杉矶再次回归家园的埃布尔这一次在峡谷中的游历却让他重新恢复了对大地的亲近，在攀登峭壁时，他再次"像一株藤蔓一样紧贴着岩石表面"，"在寂静中倾听周围的一切声音，听到了低低的风声"。④ 当他与大地融为一体时，草原猎手的精神重新回到了他的身上，机智而谦恭的成功捕猎让他重新获得了族人的认可，追随族人的步伐，他开始在太阳升起的那一刻不知疲倦地奔跑在大地上，"除了奔跑本身和呈现的大地与黎明之外，并没有其他奔跑的理由"。⑤ 但是此刻在大地上奔跑的埃布尔却向读者展现了他健康的状态，以这幅充满活力的画面证明了

---

① N. Scott Momaday, *House Made of Dawn* (New York: HarperCollins Publishers, 1999), p.27.

② Ibid., p.53.

③ Ibid., p.166.

④ Ibid., p.174.

⑤ Ibid., p.185.

大地——人类的自然之源所能赋予人类复原的神奇魔力。

莫马迪的自然书写与英美文学中最具代表性、最备受推崇的亨利·戴维·梭罗相比，在对自然的尊崇上两者相差不大，但原动力却不尽相同。梭罗是在浪漫主义浪潮高涨的时候选择了远离社会，回归自然，追寻个人的纯洁，是一种对自然与野性的浪漫主义的感受和表达，是对自由和个人主义为核心精神的浪漫主义的精彩演绎，是对 19 世纪高速变化的社会伦理的一种暂时性的反叛。他放弃众人赞扬并认作成功的生活方式，独自走向瓦尔登湖时，

> 发觉我的同镇同胞不大愿意在法院、教会或任何其他地方给我一个职位，我只得自己转向，比以往更加义无反顾地面向森林，那儿的山水草木对我更青睐些……我去瓦尔登湖的目的，既不是为了图个廉价的生活，也不是为了图个奢侈的生活，而是想去做些私人营生，在那里，各种麻烦会减少到最低限度，免得我因缺乏一点点公共常识和商业才能，加之生产规模又小，闹出一些伤心好笑的蠢事来，到头来一事无成。[1]

他为此选择的短暂离开成为他对"发达的文明"犀利的实践性的批判，是对"心灵和大脑成了大粪似的肥田之物"[2] 的社会生活的逃离，只能无望地企盼着"如果可能——我决不愿生活在这个动荡的、歇斯底里的、混乱的、繁琐的 19 世纪中，宁愿站着、端坐着、深思着，任由这个 19 世纪逝去"。[3] 但是显然他无法端坐着避过整个 19 世纪，只能在短短两年后又回到了这个污秽的世界，而到来的 20 世纪的境况则更为恶劣。

原野成为以梭罗为代表的浪漫主义者们遁世和隐居的理想家园是因为它具有"中断一个人的社会责任并激发起完全的自由感这样极具诱惑力的

---

[1]　亨利·戴维·梭罗：《瓦尔登湖》，戴欢译，当代世界出版社 2003 年版，第 12 页。

[2]　同上书，第 125 页。

[3]　同上书，第 209 页。

特点"，[1] 但这种假定的无政府状态下个人的自由以及与自然的和谐关联必然会被现实版的社会因素所打破。大自然绝不应该仅仅是个人追求自由而归隐的暂时的避难所，而应该是与整个人类和世上的其他存在一样、如空气般不可分离的长久的相容。跟随莫马迪在大草原上游历，读者更多地感受到人类与自然中的花、鸟、虫、兽以及太阳、星辰、山川、河流之间"相互拥有"的亲密关系，"这种相互拥有是指人类投身于大地，同时在最本质的经历中与大地合而为一"，[2] 而不仅仅是一个提供个人沉思、内省的安静、平和的外在物。只有在这样的相互拥有而不是占有中，人类才能真正具有审美的体验，也才能感受到与自然长久的和谐、自由的相容感。

与梭罗所生活的"动荡的、歇斯底里的、混乱的、繁琐的 19 世纪"相比，当代人不得不面对的是一个境况更加恶化的世界，对于绝大部分人来说，已经没有一个"瓦尔登湖"可以作为逃避的"世外桃源"。引用《幸存的喜剧》作者、在 20 世纪 70 年代初就提出环境伦理探讨的著名学者约瑟夫·米克（Joseph Meeker）的话，"我们现在正在走进的不是一个悲剧的，而是一个灾难的时代"，[3] 这是他观察现实后作出的无奈判断。当所有的成员都沦为牺牲品之后才开始寻找灾难的原因或补救的措施显得多么的乏力，但是面对现实，人类不期望生态状况能够迅速地得到改善，即或有所改善也并不意味着人类又重新回到田园牧歌般的简单生活状态。对此，米克强调喜剧精神是因为喜剧

> 让人以健康、清晰的愿望回应世界不得不遭受的磨难，它能让人投入直接性的关注，快速适应环境，在细小的事物中获得快乐，尽量

---

[1] J. Frank Papvich, "Journey into the Wilderness: American Literature and *The Way to Raining Mountain*" in Kenneth M. Roemer, ed., *Approaches to Teaching Momaday's The Way to Raining Mountain* (New York: MLA, 1988), p.117.

[2] N. Scott Momaday, "Native American Attitudes to the Environment", in Walter Holden Capps, ed., *Seeing with a Native Eye: Essays on Native American Religion* (New York: Harper, 1976), p.80.

[3] Joseph W. Meeker, "Preface to the Second Edition" in *The Comedy of Survival: In Search of an Environmental Ethis* (Los Angeles: Guild of Tutors Press, 1972, 1980), p.10.

避免痛苦，热爱生命并对与之相关的所有一切感到亲切，让智力敏锐，思想和行为多样化，有技巧地回应新情况。①

当人类不得不面对灾难时，除了反省、补救之外，如何乐观地幸存更是每个人必须考虑的问题。对此，动物行为学家、米克的导师康拉德·洛伦茨（Konrad Lorenz）表达了赞同。他在《幸存的喜剧》的前言中写道，

让人类从其动物起源脱离开来，认为自然受其支配的道德说教并不能使我们对将来抱有希望，实际上，我认为这是极为危险的观点。我在写作中就批判了柏拉图式的理想主义对欧洲思想的重要影响……柏拉图式的理想主义是悲剧思想无可争辩的思想基础之一。②

他之所以强调人类不能忽略自身的动物起源，并对人类的幸存抱以乐观是因为"行为的乐观风格是对生物进化幸存的本能模式的真正肯定"。③他从一个科学家的专业角度解释了生物幸存的可能性，但是他只是强调了观点，并没有给读者指出可行的路线。米克在书中从莎士比亚和但丁等古典作家的创作中读出了幸存喜剧的因素，但是给读者开出的药方却是"防守式的喜剧"，"将真正有创意的喜剧留给其他更美好的时代"。④ 由此看来，人类的幸存仍然处于困境。

但是，当读者在困境中回眸时，却发现土著人几百年间在与白人战斗、与自然磨合的困苦中总能幸存。土著学者在解释这样的特征时将之归功于"部落千百年古老的传统恶作剧精灵（Trickster），一个反英雄的喜剧老师，神圣的愚者，让幸存的印第安人成为喜剧的艺术家，而不是悲剧

① Joseph W. Meeker, "Preface to the Second Edition" in *The Comedy of Survival: In Search of an Environmental Ethis* (Los Angeles: Guild of Tutors Press, 1972, 1980), p.11.
② Konrad Lorenz, "Foreword" in Joseph W. Meeker, *The Comedy of Survival: In Search of an Environmental Ethis* (Los Angeles: Guild of Tutors Press, 1972, 1980), p.17.
③ Ibid., p.17.
④ Joseph W. Meeker, "Preface to the Second Edition" in *The Comedy of Survival: In Search of an Environmental Ethis* (Los Angeles: Guild of Tutors Press, 1972, 1980), p.11.

的牺牲品"。[1] 当我们不仅仅从文化的幸存，而是将之扩展为生态的幸存来研究时会发现，这根植于印第安文化中动物伦理的喜剧大师代表了土著人在物质层面（物质营养）和精神层面（精神支柱）上适应外部世界的技巧，是他们能够上演幸存喜剧的动力，也是真正有创意的喜剧可以继续上演的秘密。

---

①   Kenneth Lincoln, *Indi'n Humor: Bicultural Play in Native America* (New York: Oxford University Press, 1993), p.5.

第四章

越界的恶作剧精灵

——*动物的教化*

　　北美土著人的传统信仰中极为核心的互惠理念使得广袤的北美大陆在与西方文明发生碰撞之前的岁月中始终保持着一种水草丰茂、生命同欢的平和景象，在这样的生态和谐中人类因为基于责任感的付出而免受自然的责罚，自然中的所有其他生命体和景观也因为人类的恰当行为而保持着平衡与合理的循环。土著人口述传统中反复表达的动物伦理对于一代代族人进行着互惠观念的教导，克制了人类作为食物链的顶端所容易拥有的自负与贪婪，一方面为其他生命提供了生息的良好机会，同时也为人类自己留下了随机搬迁、改良生活质量的余地。

　　在生活实践中大量的土著部落都会克制自己的猎杀行为，将其他动物视作"非人类的人"（other-than-human person），为了生存的食物而限定猎杀的数量，并通过全族人共同参与的仪式活动、祈祷等方式向动物表达感激。如果一个猎人对于奉献自己生命养活人类的动物没有感激之情就会被认作是一种羞耻，因为这样的相互惠及是生命存在的基本原理。例如，在奥基布韦人看来，

　　　　如果族人看着那些非人类的人的栖息地遭受威胁和毁灭而袖手旁观不也该感到耻辱吗？总之，奥基布韦族群的人们是通过相互赠与成为一员的，那么这些与他们相互赠与的非人类的人不也应该与族群的

其他成员一样获得同样的尊敬和帮助吗？我们认为保护麋鹿、海狸、麝鼠、山猫、野鹅、野鸭、松鸡和野兔的栖息地是一种道德责任，不仅仅是族人希望能继续狩猎和捕捉，而是因为这些非人类的人也是奥基布韦社群的成员。①

与白人将猎取动物看作食物、皮毛的来源或者作为娱乐的方式来满足自己的生理和心理需求不同，土著人

将动物看作是同一个精神王国中聪明和清醒的伙伴，创造者将人类的命运与动物的命运联系在一起，让他感受到自己和为自己牺牲的动物都理解各自在狩猎活动中所扮演的角色——也就是说，动物服从了命运。②

所以，土著人相信自己狩猎的成功在很大程度上是因为动物在被猎杀之前就自愿奉献自己，尽管在许多现代人看来这是愚昧甚至不可理喻的观念，但是土著人用"非人类的人"这样的观念将动物与人类放置在同一个平台上，并不因自己有强大的工具、细致的观察、集体的智慧和合作的努力而沾沾自喜。这种态度及其所导致的良好的生态结果，不也正是我们在面对现代的生态窘境时所应该认真思考的吗？正因为他们自然地认为动物也与人类一样拥有灵魂，因而，相互的道德责任在他们看来是无须争辩的。同时，许多土著人也相信，各种生物之间并没有必然的区分，传说中的各种动物会互相转换，因为生命之流在整个宇宙中循环，各种生物都各有长处和短项。他们会很自豪地把自己称作熊族人或者狼族人，会在草原上披上野狼皮追逐、接近野牛，会将它们看作聪敏的"人"而表达尊重。尤其是对于骑着骏马驰骋在大草原上的猎手来说，他们更加深刻地体会到

① Dennis McPherson and J. Douglas Rabb, *Indian from the Inside: A Study in Ethno-Metaphysics*, (Thunder Bay: Lakehead University, Center for Northern Studies, 1993), p.90.
② Calvin Martin, *Keepers of the Game: Indian-Animal Relationships and the Fur Trade* (Berkeley: University of California Press, 1978), p.116.

自己与胯下的骏马已经并且也必须合二为一，因为在他们少年时，马儿是他们成人礼上最珍贵的礼物，从此的朝夕相伴让他们成为最忠实的伙伴，成为游历在这片土地上时最熟悉的朋友。莫马迪回忆他 12 岁时有了第一匹自己的马，在随后的四五年间，他与这匹马一起徜徉在故土上，常常觉得"马儿变成了我的感觉的延伸，带着我触摸大地、空气、太阳，比我自己所能接触到的要更加清楚、完美"。① 这种半人半马的体验并不是来自希腊神话中潘神（Pan）的启示，而是一种物我两合时的奇妙体验和神圣情结。在他的基奥瓦祖先从山区走向平原时，他们学会了驾驭骏马，接受了太阳舞，从而开始真正爱上了这片草原。在马背上，他们保持了北美平原最典型的传统文化——"马文化"（"the horse culture"），实践着一种曾经在传说中广为人知的"半人马文化"（"the centaur culture"），表达着他们对生活中的伙伴马儿的热爱和感激。

在白人到来之前，土著人只是在自然世界中获取自己生存所需的食物，对于动物并没有占有的概念，因为所有动物、植物和人类都是一个相互关联的世界中必不可少的部分，都是有灵魂的平等物，也就不可能存在"拥有"和"被拥有"的关系。他们除了繁育狗作为自己狩猎的伙伴之外，并不畜养其他的动物。同样的理由也使绝大部分土著部落都将对动物灵魂的敬仰赋予了特定的专业色彩，"有组织的、熟练的、完善的仪式和程序主导着部落的狩猎活动"，② 因为狩猎并不是个人或单个家庭而是整个族群为了生存而必需的活动，所以在每一次狩猎活动中，族群中的圣人（Holy Man）或者祭司（Shaman）会担负起引导猎人成功捕获猎物的责任。在很多狩猎活动之前，他们会组织以表达感激猎物为目的的仪式，会影响猎取的方式并决定猎取的数量。同时，所有捕获的动物都不允许浪费，"如果一个部落捕杀了超过需求量的动物，让多余的腐烂掉不仅是不对的，更重要的是，这是对动物灵魂大大的不敬，部落会受到以后打猎失败的责

---

① N. Scott Momaday, "The Centaur Complex" in *The Man Made of Words: Essays, Stories, Passages* (New York: St. Martin's Press, 1997), p.77.

② Stacy Kowtko, *Nature and the Environment in Pre-Columbian American Life* (Westport: Greenwood Press, 2006), p.32.

罚"。①土著部落长期执行的有组织的捕猎形式在很大程度上控制了动物猎杀的数量，有效地维护了生态的平衡。

在很多族群中，他们会视动物为人类的导师（animal masters），引导他们寻找水源、辨识方向、预知天气、躲避灾难等，这些来自生活实践的知识让土著人内心始终保持着对动物的感激，并用集体仪式、传颂的方式不断在下一代族人中强化这样的理念，使之成为部落信仰的一部分。只有根植于自然的文化才会萌发出这样的动物伦理，只有这样视其他存在为平等、互惠的认同才能够使人类真正认识自己，从而有效地约束自己的行为。在欧洲人大量进行动物毛皮交易之前，土著人都会根据一块土地的动植物状况来决定其承载人类的数量，从而限制群体的活动范围。例如，他们会划分出部分区域为禁地，只允许孙子辈成人以后才能进入，从事狩猎活动，这样得以使自然供给进行充分的复苏和循环。在生存的主要条件之一——食物这一环节，动物与人类的和谐相处、共同生息充分体现了土著人的传统文化对于生态状况的深入影响，其中的动物伦理在文化表征中的最明显表达就是族人中普遍流传的恶作剧精灵故事。

第一节　北美土著人的动物伦理观及恶作剧精灵传说

以游牧、渔猎著称的北美土著人在自然活动中非常依赖各种动物，因为考古证据显示，耕作是4000年前才开始在美国西南部出现，而狩猎一直为他们提供着重要的食物来源，②因此，动物的生存状况直接影响和反映了他们的生活质量，而他们的动物观也直接影响了美洲大陆的生态景象。例如，西尔科在《鹿之歌》（"Deer Song"）中描写了一只鹿被猎杀之前的情景：

---

① Stacy Kowtko, *Nature and the Environment in Pre-Columbian American Life* (Westport: Greenwood Press, 2006), p.35.

② Stacy Kowtko, *Nature and the Environment in Pre-Columbian American Life* (Westport: Greenwood Press, 2006), p.19.

如果我嘶叫着死去，

切莫以为我失去了对你们的爱，

鹿角与黑瘦的鹿蹄踢碎了黑黑的岩石，

——这挣扎就是那仪式，

闪亮的牙齿掩没于血肉之躯。

看看吧，

我将与你同去，

因为你轻柔地呼唤着我，

因为你是我的兄弟

和姊妹，

因为高山就是我们的母亲。

我将与你同去，

因为在我死去时，

你爱着我。①

　　在诗歌中，西尔科描写了族人对死去的鹿的尊敬和感激，因为鹿带着对族人的爱、为了族人的生存而死去，它的死去就如同一场仪式，既是生命循环的象征，也表现出土著人对生存伦理的信仰。因为"在大部分部落的信仰中，鸟儿、动物和植物组成了世界的'其他人'，通过仪式，各种'其他人'参与了人类的活动……传统的印第安人通过整个世界都积极参与到仪式之中来感受精神的活力"。② 猎杀动物并不能表现出人类的勇猛或高明，西尔科在这首诗歌中正是明晰地表达出了这种朴素的生存伦理。

　　贾罗尔德·拉姆齐（Jarold Ramsey）在《〈有麋鹿作保护神的猎手〉及生态想象》（"*The Hunter Who Had an Elk for a Guardian Spirit," and the Ecological Imagination*）一文中以现在美国俄勒冈州达尔斯地区（The

---

① Leslie Marmon Silko, "Deer Song" in *Storyteller*（New York: Arcade Publishing Inc., 1981), pp.201–202.

② Vine Deloria Jr., *God Is Red: A Native View of Religion*（Golden: Fulcrum Publishing, 2003), p.278.

Dalles, Oregon）的瓦斯科人（Wasco）、维什拉姆人（Wishram）以及切奴坎族人（Chinookan）都非常熟知的故事——以《有麋鹿作保护神的猎手》为例，介绍了土著人通过流传久远的口头故事，教导族人应该如何理解人类与其他生物群体的恰当关系。在故事中，麋鹿拜访了一位不知名的年轻人并告诉他："如果你对我恭敬，并听我的话，我将成为你的导师，尽一切可能帮你。你一定不要骄傲，不能猎杀太多的动物，我将成为你的保护神。"① 从此，年轻人成为一个能干的猎人，只为自己所需而打猎，但是他却因此受到父亲的责骂，从而大开杀戒。麋鹿将他引诱到湖边，带进湖底，让他看到了自己所杀的数不清的熊、鹿，"他们都是人，在那里呻吟"。② 麋鹿放他回到家里，但是年轻人从此一蹶不振，"保护神离我而去，我会死去。"③ 在美国西部的土著部落中都流传着类似的故事，因为"他们都以万物有灵的理念看待世界，相信个人自童年以后人生的状态和品性除了家庭的关系外，很大程度上取决于自己与万物神灵的交流"，④ 尤其是年轻人，必须以坚定的信念理解并执行这样的亲缘关系才能受到神灵的眷顾，从而获得人生的满足。否则，保护神将离他而去，他的人生也将变得毫无意义。在这样的信念指导下，土著部落族人在生活中总是以实际行动表现着与其他生物种群以及生活环境的亲密交流。例如，在给孩子命名的传统仪式中，他们会用死去的令人尊敬的长者的名字呼唤孩子，"我们希望高山、溪流、峭壁、森林都知道这个人现在叫做[某某]，我们希望鱼儿、鸟儿、风儿、雪花、大雨、太阳、月亮、星辰都知道[某某]又活过来啦"。就这样，"在交织着人类、自然以及超自然的生命共同体中"，⑤ 一个个体的生命以群体参与的方式庄严地宣告开始一段新的历程。在他成长的过程中，部落族人会通过世代相传的故事告诉他如何与万物相处，"只

---

① Jarold Ramsey, " 'The Hunter Who Had an Elk for a Guardian Spirit,' and the Ecological Imagination" in Brian Swann, ed., *Smoothing the Ground: Essays on Native American Oral Literature* (Berkeley: University of California Press, 1983), p.311.

② Ibid., p.311.

③ Ibid., p.312.

④ Ibid.

⑤ Ibid., p.310.

猎杀自己所需；不管是在自己的猎物前，还是在对自己的猎杀表示敬意的族人面前都要对自己的成功保持谦逊，总之，要对赋予自己猎人才干的精神源泉感到感激和崇敬"。①

同样，苏族老人黑麋鹿口中所讲述的也并不仅仅是他个人或他所在部落的经历，"这是所有神圣的生命的经历，是值得一讲的，这是我们两条腿的与四条腿的、空中长翅膀的以及一切苍翠植物同甘共苦的经历；因为凡此都是一母所生的子女"。"我们都来自大地，终生都和一切鸟兽草木一起伏在大地的胸膛上，像婴儿似的吮吸着乳汁。"② 这位被视作圣人的老人用最质朴的语言向族人描述世间万物的亲缘关系，在他的眼中，"印第安人变成了麋鹿、封牛以及种种四条腿的走兽乃至飞禽，大家以神圣的神态一起在那通向完善的红色道路上行走"。③ 以各种形状出现的万物必须一起共同生活，"像一个人似的"。④ 在这样的教导中，部落族人相信人类不可能独存，只有与万物合为一体才能共同走向完善。同时老人也告诉族人，甚至大地的神灵也是人类亲缘的化身，作为一个老祖宗出现在他幻象中的神灵尽管已经十分老迈，但是"我凝望着他，因为我似乎有点认识他；而且，在我凝目注视之时，他慢慢地在变化，我明白了：他就是当我最后达到我的寿限时的我自己"。⑤ 人类、神灵、世间的其他动物在他的讲述中都以族人最能理解的亲缘关系呈现，都在一条共同的道路上经历磨难和艰辛，也最终只能以共同体的形式走向幸存。

"大部分美国土著社会都相信每一个人生来就受到动物灵魂的庇护，给予引导、保护和启发鼓舞"。⑥ 作为人类的保护神，土著人将动物的这

---

① Jarold Ramsey, " 'The Hunter Who Had an Elk for a Guardian Spirit,' and the Ecological Imagination" in Brian Swann, ed., *Smoothing the Ground: Essays on Native American Oral Literature* (Berkeley: University of California Press, 1983), p.315.
② [美] 约·奈哈特转述：《黑麋鹿如是说——苏族奥格拉拉部落一圣人的生平》，陶良谋译，上海译文出版社1994年版，第1、3页。
③ 同上书，第37页。
④ 同上书，第37页。
⑤ 同上书，第26页。
⑥ 同上书，第43页。

种特征以图腾的形式展现在自己的生活中。例如，在北美土著人的诸多遗址中都发现了以动物为主体的雕刻、岩画等，用动物形象制作驱邪的吉祥物等。图腾能非常明确地表现出一个社群的物质、意识和社会形态方面的文化特征，所以他们的动物图腾也可以明确地反映出他们对于环境的洞察力，表达了他们对于环境的解读。当今天的人用拜物教的意识来解读这些图腾时，非常容易低估这样的象征意义对于土著人来说在行动上的指导力，以及对于他们的生态系统的真正影响。

作为精神上的兄妹，不同动物对于土著人来说具有不同的象征意义。例如，许多部落将蛇视为祖先的化身，在沙漠地区也被视作净化和补给的雨水的象征；霍皮族人等将蜘蛛称作"蜘蛛祖母"是因为她在精神上启发了族人这种编织、连接各方的象征意义，与族人所信仰的万物相连的生活原则达成了一致；沙地里四处可见的蝎子象征着沙漠所具有的生机与死亡的相伴相随，表现了土著人对于生死的敬畏和领悟。由于不畜养动物，所以一些大型凶猛的动物，如猎豹、狮子等不会给他们带来财物的损失，他们对于这些常常被牧场主视为敌对、危险的动物仍然带有敬仰和爱护之情。例如，切罗基人称猎豹为"森林之王"，契卡索人称之为"猫神"，霍皮人相信它是人类的庇护者，是指导人类的神物，而大部分土著文化中都将熊看作力量、教导、复原、谦卑和梦想的化身，是大地的一部分，对于熊的敬与不敬不仅会影响人与熊的关系，还会对生态系统造成直接的后果。[①] 在位于美国西北部的小熊部落（Bear Clan）的传说中，一个部落酋长的女儿爱上了一个伟大的熊的首领，结婚生下了双胞胎兄弟，这两兄弟就是部落的保护神，他们具有在人和熊之间不断变换的能力，小熊部落的族人也自认具有保护自然环境的责任。在纳瓦霍人的传说中，熊就像一个姐姐一样保护了第一个人类。莫马迪的族人一直认为熊具有变形的能力，能在人形与熊形间相互转换，因为熊看似死去一样的冬眠和复苏后的活力重现具有极大的象征意义，似乎是自然力量修复的结果，令他们相信"野

---

① 参阅［美］约·奈哈特转述：《黑麋鹿如是说——苏族奥格拉拉部落一圣人的生平》，陶良谋译，上海译文出版社1994年版，第38—39页。

生世界里的熊与驯养的动物相比和自然有更亲密的关系，是自然世界生生不息修复一切伤害的复原能力的象征"。① 莫马迪也曾在访谈中谈到自己对于熊的特殊感受，因为他的基奥瓦族名字（Tsoai-talee）就是指"岩树男孩"（Rock Tree Boy），而岩树是指现在被叫作魔塔（Devils Tower）的地方，也就是男孩变成熊追逐姐姐从而形成天空的北斗七星的传说发生的地方，由此他自认在熊男孩身上找到了自己。"我在很多年里都在为自己的熊的能量而挣扎"，② 甚至在作品中写到一个男孩变形为熊，"在一定程度上，我正在写我自己，我并不是在写自传，但是我想象的故事就是我自己感受到的熊的能量的释放"。③ 他毫不避讳地说到："我是一只熊，我有这种变成熊的能力，有时熊代替了我，我就变形了，我从来无法确切地知道这种情况会在什么时候发生。"④ 而作为一个作家，莫马迪就是通过书写故事接受并传达这样的传统。在他看来，这样的感受不必理解，只需接受，因为这是一种情感。在这样的传统中，"你感受到与动物世界和原野的巨大亲情，你在最了解这只熊时感觉强壮，你对写作感到热切……是活力的极大迸发"。⑤ 部落传说中的熊男孩通过变形为熊而重建与自然的联系，因此他笔下的埃布尔也正是在与动物的亲密接触中理解并完成了变形与疗伤的过程，在公鸡、马、牛、蛇、鹰、熊的辅助下完成了复原。从这些传说和创作故事中可以看出来，即使是对于人类具有一定危险的凶猛动物，土著人也能"基于它的特点和它在生态系统中扮演的角色将令人畏惧的敌人融入自己的世界观中，从而再次在环境中矫正他们的社会生活"。⑥

　　除了北极地区的因纽特人以外，位于美国西南部的祖尼人、霍皮人、纳瓦霍人、阿帕契人等在现存的美国土著居民中是受西方文化影响较少、

---

① Susan Scarberry-Garcia, *Landmarks of Healing: A Study of House Made of Dawn* (Albuquerque: University of New Mexico Press, 1990), p.40.

② Charles L. Woodard, *Ancestral Voice: Conversations with N. Scott Momaday* (Lincoln: University of Nebraska Press, 1989), p.13.

③ Ibid., p.13.

④ Ibid., p.15.

⑤ Ibid., p.16.

⑥ Susan Scarberry-Garcia, *Landmarks of Healing: A Study of House Made of Dawn* (Albuquerque: University of New Mexico Press, 1990), p.41.

保持民族传统较好的代表，在他们所信仰的拜物教话语中，六种动物具有较普遍的象征意义。

> 有六种动物与六个方向相连，包含了特定的力量。北方是山狮（猎豹）的领地，是漫长旅途和寻找先知的保护者。狼守护着东方，会增添狩猎和探索的能力。獾保护南方，帮助寻找疗伤的草药。熊站在西方，具有治疗的特殊能力。鼹鼠在地上，保护作物的生长和人类目标和期望的萌芽。最后，鹰将灵魂带往看不见的世界，当人类寻求问题的答案时，传达祈祷和要求。[1]

在他们对于现存世界与未来世界的理解中，动物意向进行着生动而直观的引导，成为部落群体中大众化教育的有力手段。

与其他民族相比较，土著人较为重视文学的教化作用。早期的口述文学既是他们传承信仰的具体表现形式，也是他们在群落内部宣扬传统、灌输道德行为规范、教育部落成员的重要手段。在教化的过程中，土著人的幽默天性表露无遗。他们视生活如原本欢愉的游戏，成功者开心，失败者也令人开心，这样的人生哲学既来自于他们对生命循环反复的乐观理解，只要仍在参与就没有失败；[2] 同时也是他们坚韧意志的外在体现，因为幽默需要用智慧来解码现实，它"正如弗洛伊德理论中的'超我'，温和地安抚被迫屈服的'自我'，"[3] 从而使印第安民族在面临任何困苦与磨难时都能幸存。其中最具代表性的就是丰富的恶作剧精灵形象，它集复原与破坏力于一身，善于变形并能随意跨越人类与动物之间的界限，是善与恶、好与坏、美与丑平衡共存的统一体。例如，塞恩迪（Saynday）是基奥瓦文化中最为知名的恶作剧精灵，族人相信他具有超能力，并擅长变形。同

---

[1] Susan Scarberry-Garcia, *Landmarks of Healing: A Study of House Made of Dawn* (Albuquerque: University of New Mexico Press, 1990), p.45.

[2] Kenneth Lincoln, *Indi'n Humor: Bicultural Play in Native America* (New York: Oxford University Press, 1993), p.25.

[3] Ibid., p.47.

时，他富有创意，"是一个创造者，他象征性地体现了基奥瓦生活中，甚至是人类生活中所有好的和恶的成分。他既能干好事，也能做坏事，因此，他是一个广泛存在的角色"。[1] 在印第安文化中，它反映了土著人"对打破平衡后的混乱局面"[2] 恢复到和谐、平衡、统一这一最高境界的追求，同时在欢笑中完成其教化功能。

　　恶作剧精灵在许多族裔文化中都广泛存在，对于这一文化现象的研究不仅激发了文学研究者的兴趣，更早地在人类学家和社会学研究者中被广泛提及。其中具有很大影响力的当数罗伯特·D. 佩尔顿（Robert D. Pelton）和保罗·雷丁（Paul Radin）。佩尔顿通过研究约鲁巴（Yoruba）、阿散特（Asante）等非洲口头神话传说中的代表性恶作剧精灵，出版了《西非的恶作剧精灵研究——神话的反讽和神圣的欢愉》（*The Trickster in West Africa: A Study of Mythic Irony and Sacred Delight*）一书，尝试探索出西非恶作剧精灵传说的深层结构的相似性。尽管佩尔顿以西非的代表性的恶作剧精灵为主要研究对象，但是他发现恶作剧精灵意象在人类社会发展过程中，尤其是农牧文化繁荣阶段具有相当的普遍性，"在宗教发展的各个阶段……在世界各地都有出现"，[3] 而所有的这些恶作剧精灵都在口述传统中用"一种生动而含蓄的宗教语言将动物性与仪式变化联系起来，通过性行为和笑声塑造文化，将世界进化与个人历史相连，用预言将边界扩展为无限的远景，在日常生活中展现通向神圣的路径"。[4] 在他的研究基础之上，学者杰伊·埃德华兹（Jay Edwards）发现，

　　　　神话传说的每一个情节都是不同的，而能将情节串连起来的就是滑稽风趣的具有高度不可预测性的精灵。读者靠充分的想象自由阐释

---

[1]　Charles L. Woodard, *Ancestral Voice: Conversations with N. Scott Momaday* (Lincoln: University of Nebraska Press, 1989), p.30.

[2]　邹慧玲：《印第安传统文化初探之二——印第安恶作剧者多层面形象的再解读》，载《徐州师范大学学报》2005 年第 6 期，第 36 页。

[3]　Robert D. Pelton, *The Trickster in West Africa: A Study of Mythic Irony and Sacred Delight* (Berkeley: University of California Press, 1980), p.5.

[4]　Ibid., p.3.

恶作剧精灵在西非人民生活中的作用，而阐释本身就代表了不同传说中精灵所可能发挥的功能：如试探或维持边界、划定界域、拥有改变的力量等。①

他通过对比列维－斯特劳斯的神话结构二元对立关系模式阐发出精灵角色在非洲和非裔美国文学中的独特而强有力的作用——

跨越或扰乱边界。他通过恶作剧或欺骗的方式给予或掠夺他人。他在大部分非洲裔美国文学故事中都是权力的中间人（a power broker）。换言之，他在斯特劳斯的二元模式中可以既扮演角色 A，又扮演角色 B。②

同时，他也指出这类精灵故事在非裔美国人日常生活中的意义："它使（非裔美国人）有了一个文化认知的模式来思索劳役和经济束缚所造成的精神困境。这一类型的精灵故事正是抓住了非裔美国人生活的主要道德窘境而成为一种演绎推理或隐喻。"③当代美国著名黑人学者小亨利·路易斯·盖茨（Henry Louis Gates, Jr.）在其著名的"表意"理论中借用了两个典型的神话传说中的人物：源自约鲁巴神话传说中众神的恶作剧精灵及使者伊苏－伊勒巴拉（Esu-Elegbara）和源自美国黑人文化中的神话形象"表意的猴子"（the Signifying Monkey）来发掘和解读黑人文本的双声性（double-voicedness）和表意功能，从而建构黑人文学理论。他从黑人语言入手展示黑人文学传统如何在白人文化语境中对语言传统加以有意识的表述，凸显其自身的话语形式和功能，并提出黑人的方言土语可以表达出语言的特殊复义性；表意并不在于以何种方式表明词汇的含义，而是以修辞性的形象取代了含义，从而通过对支配性主流理论加以转型，使批评话语

---

① Jay Edwards, "Structural Analysis of the Afro-American Trickster Tale", in Henry Louis Gates, Jr. ed. *Black Literature and Literary Theory* (New York: Routledge, 1990), p.84.

② Ibid., p.91.

③ Ibid., p.92.

具有多重包容性。① 在这些对非洲恶作剧精灵的现代研究中，社会因素的考量常常成为不可忽视的因素，因为黑人在美国社会中的特殊地位以及他们无法抹去的痛苦经历使他们被迫以强烈修辞性的表达来传达感受，表达批判，恶作剧精灵的双面技巧也就成为了黑人在美国社会生活中幸存的必要技能。就如珍妮·R. 斯密斯（Jeanne Rosier Smith）在其恶作剧精灵美学中所提出的一样，由于恶作剧精灵所具有的双声话语的特点、能呈现不同形象、代表不同视角，他的双面性及能融幻想与现实为一体的特征给美国少数族裔作家提供了更好的方式去"挖掘更大意义上的真实，并超越魔幻现实主义的标签。"② 在当代美国少数族裔文学中，"集传统与变化于一身的精灵已成为政治化的想象艺术的理想代言人。"③ 它决不仅仅是技巧的卖弄或风格的展现，其修辞性的形象就是含义。表意的恶作剧精灵本身具有的双声性揭示出少数族裔在美国所谓民主社会生活中长期遭受种族、性别双重压迫的现实。但与白人文学的比喻修辞不同的是，少数族裔文化中的恶作剧精灵又能成为备受压迫的这一群体公开表达愤怒或以欢笑疗伤的媒介，成为代表这一群体的一种隐喻。"精灵不仅仅是故事的角色，它们也是修辞手段，向叙述结构注入能量、幽默和多介质，从而在叙述形式中形成一个政治激进的次文本（politically radical subtext）。"④

　　白人学者保罗·雷丁（Paul Radin）对北美洲分布非常广泛的苏族人的一支——温尼巴戈人（Winnebago）的传统神话和习俗进行了深入的研究和考察，通过田野调查、录音，经过土著人的翻译以及他自己对温尼巴戈人的了解、对其语言的熟练掌握，记录了他们具有代表性的恶作剧精灵神话传说，在此基础上分析了这些神话的性质和含义，于 1956 年出版了《恶作剧精灵：美洲印第安神话研究》（*The Trickster: A Study in American Indian Mythology*）一书，成为研究美洲印第安恶作剧精灵文

① 参阅程锡麟、王晓路：《当代美国小说理论》，外语教学与研究出版社 2001 年版，第 199—202 页。

② Jeanne Rosier Smith, *Writing Tricksters: Mythic Gambols in American Ethnic Literature* (Berkeley: University of California Press, 1997), p.7.

③ Ibid., p.2.

④ Ibid., p.153.

化非常具有影响力的一部专著。雷丁首先在第一部分《温尼巴戈印第安人的恶作剧精灵神话》中据实记录了他们口头流传的恶作剧精灵故事的一个完整系列，从他准备踏上出征之路到引退回归天堂共计 49 个片断。基于他对这些片断的理解和分析，雷丁试图归纳出美洲印第安文化中普遍流传的恶作剧精灵的特点及其文化意义和社会作用。温尼巴戈人信仰相当数量的神灵，而绝大部分神灵"都被描写为动物或者像动物一样的人，这些神灵主要的特点就是他们任意变形的能力，能根据自己的希望变成动物或者人类，有生命的抑或无生命的"。[①] 成为一个勇猛的战士往往是温尼巴戈人的理想，所以保护神是他们成长历程中必不可少的神圣企求，而恶作剧精灵神话以踏上出征之路为起点也就具有了一定的普遍性并表达出了其重要性。但是从神话故事一开始，恶作剧精灵就开始不断打破族人的禁忌，通过接近女色逃避出征（族人相信出征前的战士不能接触女色），通过破坏武器独自前行（战斗作为一个集体的行动转变为个体的行为）等，从族人期望的英雄式角色不断祛魅，成为一个不带有社会特征的放浪形骸的流浪者。这样以回归原始、打破禁忌从而达到出人意料的效果是重要的口述技巧之一，可以更好地抓住听众的好奇心，也更加有效地起到启蒙教育的作用。回归原始状态的恶作剧精灵摆脱了社会道德的约束，但是更多地接受了自然力量的启发。"自然世界成为自觉意识的代表"，[②] 在因为自己的愚蠢或仅仅依靠本能干了坏事受罚时，树木、鸟儿、鱼儿等以他能听懂的语言或他能理解的方式让他突然感受到恐惧、悲伤、愚蠢、羞愧、孤独、诱惑、责任等社会群体中一个普通的个人必须面对和认识的基本特征，与这些特征相对应的片断伴随着他一步步完成了心理和身体结构的进化，以一种直观的方式教育了他，也同时教育了听众。

　　雷丁研究发现，北美印第安部落中的恶作剧精灵传说系列中也许精灵形象不同，但主体内容具有很大的相似性。不管是以一只兔子、一只乌

① Paul Radin, *The Trickster: A Study in American Indian Mythology* (London: Routledge and Kegan Paul, 1956), p.115.

② Ibid., p.133.

鸦、一只郊狼还是一个老人的形象出现，这一类典型的恶作剧精灵都集中表现为"世界的创造者和文化的创建者"①，在半神、半人之间，在有意、无意的行为之中，恶作剧精灵以一个独立的姿态和个体的行为担当了土著人行为导师和心灵教化的角色。独自一人的形象让人类理解了个体与社会的差别与关系；幽默和欢笑让他们看出了人与动物的区别，知道自己认识自身、了解世界的独特方式和可能性。传说中的精灵总是保持着与自然的紧密接触，"他称呼所有的物体为小兄弟"，称呼人类为"我的叔叔、阿姨"，② 以此表现他对他们的理解。在神话顺序发展的故事情节中，在他自由变形的绝对可能性中，他既是行动着的教导者，又是一个被取笑的小丑和反面教材，因为他是从一个独立于人类之外的"模糊的、本能的、不本分的个体逐渐演化为一个面部轮廓清晰、带有人类心理特征的人"③。这期间，他在与自然万物的接触之中，在饥饿、性欲等直觉和无意识的驱使下，在对传统禁忌的对抗和责罚中或失败，或觉悟，逐渐开始认识自己的身体器官及其功能，开始产生现实感，有了良知和责任的意识。至此，恶作剧精灵作为一个生动的象征，已经"从一个普遍的自然的和具有生产力的力量转化为一个明确的英雄般的个体人类"，"从一个无意的恩人变成了现在有意地善待人类和大自然的恩人"。④ 就如温尼巴戈人自己对于恶作剧精灵的评价一样，他"由世界的创造者创造，他是一个和善的好脾气的人。……他也是一个贼，四处冒险。……通过他，世界得以永远保持现在的状态，因为他，现在的一切都没有受到干扰，正常发挥着作用"。⑤ 这个亦正亦邪的精灵能够得到这样的评价也许就是因为他最大限度地反映了现实，用最直观和富于变化的手法展现了可能与真实之间的种种较量，并总是能够幸存，在灌输给人类一定的文化理念和传统之后，努力让人类以更适宜的方式生活在这个世界上，并在欢笑中完成了教化的作用。

---

① Paul Radin, *The Trickster: A Study in American Indian Mythology* (London: Routledge and Kegan Paul, 1956), p.125.

② Ibid., p.133.

③ Ibid., p.133.

④ Ibid., p.142.

⑤ Ibid., p.148.

　　由于恶作剧精灵在传统文化中的广泛性和普遍性，白人学者在对主流文学的研究中也会从这样的传统中获得灵感，例如沃里克·沃德林顿（Warwick Wadlington）在《美国文学中的骗局》（*The Confidence Game in American Literature*）一书中就借用了恶作剧精灵或者骗子（confidence man）的概念，将之视为一种原型，因为"人类相互信任与合作的最基本要素已经危如累卵，恶作剧精灵介于人之间、社群之间的行为就是这种边际状况的原型类比"。[1] 美国社会自清教传统起，到超验主义，再至现代社会中对于新生、赎罪、道德败坏等问题的关注促成了对"骗局相关动机的"[2] 的反复描述，因此，沃德林顿在书中以赫尔曼·梅尔维尔、马克·吐温和纳撒内尔·韦斯特（Nathanael West）的代表作为例，揭示了恶作剧精灵欺骗现象之下所隐藏的"强大的精神能量"和"需要幸存并重新开始"的生活方式。[3] 另一位白人学者卡尔·克伦伊（Karl Kerényi）在雷丁的著作之后附有一篇对比研究的论文，将北美印第安神话与希腊神话对比，发现恶作剧精灵与普罗米修斯、泰坦巨神厄庇米修斯，尤其是和赫尔墨斯都可以对应，因为他们都是"仁慈的创造者，成为民族学者所称的'文化英雄'"，都带有"偷窃"或"狡猾的一面"。[4] 但是，这些学者对恶作剧精灵双面性、边缘型、幽默性以及他作为信使、中介的化身等方面的研究大多只看重他所代表的人类在面对自然、面对社会，甚至面对自己的内心时常常出现的"正反对立、非理性地经历"[5]，是一种纯粹修辞学的考量，是一种"相互依靠、善于游说的艺术，能够为发掘作者和读者之间具有创意的合作关系提供一种修辞艺术的模式"，[6] 而丝毫不提及这种文化传统最本质的教化的意义。北美土著人并不是仅仅将恶作剧精灵理解为

---

① Warwick Wadlington, "Preface" in *The Confidence Game in American Literature* (Princeton: Princeton University Press, 1975), p.x.

② Ibid., p.11.

③ Ibid., p.6.

④ Karl Kerényi, "The Trickster in Relation to Greek Mythology" in Paul Radin, *The Trickster: A Study in American Indian Mythology* (London: Routledge and Kegan Paul, 1956), p.181.

⑤ Warwick Wadlington, *The Confidence Game in American Literature* (Princeton: Princeton University Press, 1975), p.15.

⑥ Ibid., p.6.

一种以哄骗的方式获取信任的骗局原型，也不是如拉伯雷式的广场狂欢的宣泄，而是出自内心的"信任"之后的实质改变，这样的改变源自于对于超越人类、动物甚至神灵的力量的敬仰，来自于幸存的需要，更来自于他们对于天地万物相互关联、相互惠及的原则的坚持，也只有对恶作剧精灵发自内心的真正相信才能确实起到教化、改变的作用。

在对恶作剧精灵传统的发掘中，黑人更多地将它视为一种"不得不"的选择，一种机智的修辞，而土著人在此之上，更多地是出于一种自觉的选择，一种对传统的回归。肯尼斯·林肯在《印第安式的幽默：美国土著的双文化运用》（*Indi'n Humor: Bicultural Play in Native America*）一书中驳斥了美国文化中刻板、懒惰、酗酒的土著人形象，旨在通过解读部族文化中具有悠久传统的恶作剧精灵，阐释印第安式的幽默。恶作剧精灵是典型的反英雄，他既是幽默的指导者，又是值得尊敬的莽汉，通过自己的鲁莽、愚蠢、集正反因素为一身及其完全人格化的思维和行为方式教化人们。同时，他又成为印第安民族以幽默的艺术天性幸存，而不是完全沦为悲惨的牺牲品的有力代言人。[①] 幽默作为人类所具有的独特的感性品质，能将个体集结成群，在共享的文化背景之中集合形成具有个性特征的社群，并在需要时通过这样的教育方式为社群中的个体以及整个社群带来改变。

与外来的西方幽默不同，北美土著人的传说故事中所包含的幽默"来源于神秘的家园——荒野——人与生物共存的地方，由此产生的幽默就具有万物有灵的亲密感，认为家园是可以理解、能够表达并且意义丰富的"。[②] 而其中最具有典型特征的幽默叙事就应该归于恶作剧精灵了。作为北美土著人幽默品质的代言人，他所具有的特性不仅为被压迫者在面对压迫时带来鼓舞，并且对于所有处于不同境况的人类来说，他都代表着一种态度，那就是能够"欣然接受生活中的不可知与紊乱，帮助我们确立与

---

① Kenneth Lincoln, *Indi'n Humor: Bicultural Play in Native America* (New York: Oxford University Press, 1993), p.5.

② Katrina Schimmoeller Peiffer, *Coyote At Large: Humor in American Nature Writing* (Salt Lake City: The University of Utah Press, 2000), p.14.

我们无法领会的广袤原野的关系，并从中获得创造性的灵感"。① 幽默需要语言为载体，在当代美国土著文学创作中，充满喜剧色彩的恶作剧精灵成为土著作家抨击印第安刻板的模式形象、颠覆白人殖民话语、重构印第安文化传统并走向多元共存的重要写作技巧。同时，来源于他们的动物伦理的恶作剧精灵叙事也为阅读者提供了一种理解自己与外在世界相互依存关系的独特视角。

第二节　当代美国土著小说中的恶作剧精灵叙事

恶作剧精灵叙事作为土著人幸存方式的一种艺术表达来源于该民族的传说故事，这一传统并没有随着历史的进程消亡，而是在现当代的土著作家的文学创作中被广泛运用。这样的现象一方面说明这种传统具有巨大的影响力，另一方面也说明恶作剧精灵变形的特点所代表的自由、机会，以及他"打破二元关系、对抗固定教条、确定幽默胜过悲剧"② 的特质对于土著人来说仍然具有强大的当下性，仍然是他们在现实社会生活中幸存的指导和精神力量。同时，恶作剧精灵作为一种传统并不仅仅是一种古老的展品、一种艺术的存在，或者一种抽象的要素，他的生命力首先来自于其所具有的行为特点，是一个"行动的比喻"（trope of action），③ 这既包括恶作剧精灵自身行为的变换和不确定性，也包括读者的认知行为的变化以及由此带来的世界观的变化和对二元知识结构的接受或者摒弃，对于真理、谬误等基本观念的认可等。所以，这不仅仅是作者一人的语言游戏，恶作剧精灵所代表的自由与可能"可以解放读者、角色和听众，只要我们意识和理解构成符号的所指和能指"，④ 尤其是所指与能指的相互转换和不确定性，在理解和接受的基础之上，这样的叙事就可能会成为杰拉尔

---

① Katrina Schimmoeller Peiffer, *Coyote At Large: Humor in American Nature Writing* (Salt Lake City: The University of Utah Press, 2000), p.89.

② Chris LaLonde, *Grave Concerns, Trickster Turns: The Novels of Louis Owens* (Norman: University of Oklahoma Press, 2002), p.19.

③ Ibid., p.55.

④ Ibid., p.42.

德·维泽诺所说的"彻底改变符号象征的叙事",是"行动"(doing)的表征。[①] 这样的改变会指符号意义的改变,甚至会令符号具有了一定的行动的指导意义,"通过恶作剧精灵,我们要能够在后现代的语用学和语言游戏中识别和判断我们的焦虑……在那戏谑的严肃世界中我们不依据真实或本体论,而是根据观念进行判断"。[②] 这样,在学会打破固定教条后,我们才能真正就事论事地理解、接受并付诸行动。同时,理解印第安文化中的恶作剧精灵传统以及当代作家的恶作剧精灵叙事也将有助于读者在理解他们的动物伦理的前提之下,通过这一行动的比喻和象征,改变长期存在的人类中心主义的观念,转为生态中心主义,重新建立与自然世界的亲密联系,在恶作剧精灵的变形和教化中,达到一种精神上的认同和沟通,从而在行动上作出实质性的改变。

要理解土著人在历史和现代社会生活中面临的生存困境,那种长期承受的被驱逐、被禁锢的窘迫感,以及土著人应对这种悲惨状况的乐观策略,路易斯·厄德里奇在代表作《爱药》中塑造的恶作剧精灵——盖瑞·纳娜普什[③] 是一个很好的典型。他并不是本书的主要人物,但他对于本书的核心主题——爱药却有着直接的影响力。他是具有神奇的触摸能力并被外婆寄予厚望能带来爱药——让爱起死回生——的利普夏·莫里西的父亲,从祖辈那里继承的洞察力让利普夏成为一个具有一定魔力的人,成为能带来爱药的人。尽管他的魔力由于传统文化语境的缺失而变得苍白乏力,但是在他逃避宪兵的征召追捕时,正是盖瑞在他肩头的轻轻一拍让他像所有纳娜普什家的男人一样,因为心脏"'提拉提拉'地跳,不是'嗒嗒'地跳"[④] 的毛病而能顺利地免被军队征召。那一刻,利普夏对父亲第一次有了一种新鲜的感觉,

---

① Gerald Vizenor, "Trickster Discourse" in *American Indian Quarterly*, Vo. 14, No. 3 (Summer, 1990), p.285.

② Chris LaLonde, *Grave Concerns, Trickster Turns: The Novels of Louis Owens* (Norman: University of Oklahoma Press, 2002), p.41.

③ 这一家族姓氏不由让人联想起土著文化中最为著名的恶作剧精灵纳娜波周 (Nanabozho)。

④ [美] 路易斯·厄德里奇:《爱药》,张廷佺译,译林出版社 2008 年版,第 368 页。下文中所有来自此小说文本的引文均出自此版本,不再赘述,只在括号中标明页码。

> "有了父亲就是这种感觉。那晚，我感到自己一下子变大了，好像世界这棵大树刹那间冒出新芽，迅速生长，快得都看不清。我感到了什么是渺小，大地如何不断分裂成小片，而小片继续分裂。他把手放在我肩上，我感到星星就在那里。"（368—369）

曾经相信自己魔力的利普夏这才真正理解了作为一个个体的渺小，但也了解了这个世界会像一棵大树一样为那些分裂成细小碎片的个体提供无尽的生命力和庇护，并通过父子亲情传递下来。父亲盖瑞因为"信仰正义，而不是法律"，"只相信居留地的规则"（203）而成为与美国现行法制系统对抗的代表之一，也因此"差不多有一半的时间不是在坐牢，就是越狱、被通缉"（196）。他无法顾及儿子的成长，但是作为一个

> 有名的政治英雄、携带武器的危险罪犯，擅长柔道和逃跑，还是美国印第安人运动组织的领袖，他拥有神奇的逃跑能力，会飞，能变成其他东西，迅速脱身。猫头鹰、蜜蜂、双色蔷薇、兀鹰、棉尾兔和尘土，这些东西他都可以变化自如。他是迅速掠过月亮的云朵，是泥沼里扑腾的野鸭的翅膀，他还是……（364）

没有人知道他到底有多少种变形的可能，但是他拥有能够逃避一切责罚的能力，也正是这样的一个父亲让利普夏最终在历经颓丧后，仍然相信"前面的路也好走"（369）。恶作剧精灵永远拥有的变形、逃生的技能和反抗的精神成为土著人在现世幸存的信念和技巧，让他们相信"没有哪个该死的钢筋监狱能关得住齐佩瓦人"（343），也没有哪个体制或文化能扼杀他们的自由和天性。此外，在该书中，鹿成为一个非常具有教育意义的恶作剧精灵意象，"只有以前真正的印第安人对鹿才有足够的了解，他们能捕到鹿"（31），而一直在居留地长大的伊莱就是一个这样的老手，因为他真正懂得并持有祖辈的传统，理解动物，不像在城市长大的金从来没有射过箭，与动物有过真正的接触，却在酒后吹嘘着听说过的猎杀狐狸的故事，想象着自己张弓搭箭，射穿狐狸，而狐狸真的能够如传说中的精灵一

样，"如闪电般在空中一飞而过，钻进洞里不见了"（33）。金对那只传说中的狐狸如何能够咬断射穿身体两侧的箭而逃走（33）这种天生的聪敏所带来的逃生技能并没有尊重，只是吹嘘的素材而已，只有伊莱理解，"他们被称为狐狸是有原因的"（33）。伊莱能培养琼长大也不是一个偶然，他们非常相像，"琼身上有树林生活的影子，就像伊莱一样，也许比伊莱更厉害。她吃松树树液，吃草，像鹿一样咬下新芽"（90）。她"天生拥有那种动物般的本能"（10），在复活节的暴风雪中，"她没有失去方向感"（6），"就像走在水上一样走回家"（7）。琼在复活节之夜的死亡尽管让家人感到悲伤，但她在历经都市生活的迷惘之后所选择的归家，也正体现了土著人所信仰的灵魂的回归，所以高迪在妻子琼死后还是忍不住会呼喊她的名字（土著人相信永远不要喊死人的名字），因为她不断回来找他，她的脸在窗户上，"她正在卧室里把床单从床上扯下来，整理着她的香水瓶"，"什么都阻止不了她"（220）。在主流叙事技巧中，这只能理解为高迪酒醉后的幻觉，但是土著人却会相信这是恶作剧精灵的启示——那只逃生的狐狸所代表的、那些琼自婴儿起就本能地像鹿一样在树林中求生的技能让这一切都变为现实，并让高迪在撞死的母鹿身上又看到了琼。

　　土著人敬仰这些善于变形的恶作剧精灵，在他们的故事中，人类与动物的相互关联以最好的方式得以表达，那就是他们相互转换的能力，相互帮助逃避不测、敢于反抗的自由与勇气，这样的乐观与想象不仅让他们能够幸存于这片土地，甚至还能够通过自己的恶作剧精灵传统感染、影响白人。在《爱药》中，被撞死的鹿还能让白人修女玛丽·马丁·德·包瑞斯"突然哭起来，她的胸口似乎裂开了似的，没有任何预兆。眼泪夺眶而出，她号啕大哭，这顿猛哭把她全身掏空了"，而正是在这样没来由的号啕大哭之后，她"如同醒来的孩子，有一阵子脑子里一片空白"，也只有在此刻，她"感觉自己在尘土和寂静中闻到露水的味道"（230）。这一刻，我们相信琼并没有真正死去，她就像一个精灵一样又回到了人群中，通过鹿，向自己的丈夫、向白人修女传达着信息，也让新生代的艾伯丁·约翰逊在北极光穿梭的夜空中看到了灵魂的舞蹈，想起了琼，"她肯定在跳舞。她会为游荡的灵魂跳两步舞。她细长的腿抬起来，又放下。她的笑声是最甜美的"（39）。这精灵的舞步将琼带回到亲人的身边，也让读者超越传统的生死界域理解了土著人信仰的精灵所能带来的心灵的启迪和教化以及他们永恒持久的生命力。

北美土著人所体现出的幽默具有一种重要的特征，那就是幽默可以作为一种途径和方式，教导他们了解"人与一个地方以及人们相互之间的协同合作的有效关系"，[①] 因为在地球这个人类唯一共享的生态家园中，变化与不可预知让人类必须学会适应环境，只有欣然接受一切不可预知的变故才能更好地幸存。民间广泛流传的恶作剧精灵故事就讲述了在令人惊异的种种历险中精灵们是如何以变应变，在这样一种集体无意识的创作和流传中教会了人们应对变化，学会"如何在精神上、实践中和想象中富有策略"。[②] 土著人这样的态度和策略就来自于他们与自然交往的实践，他们相信改变，通过改变自己来适应自然，而不是通过征服自然来证明自己，因此他们在尊敬自然的前提下，乐于去"体验自然法则，发现内在的真理和谬误，进行着对于传统和道德的检验。坚守部落的分界线和起源的本地局部感让他们能自由探察自己的传统和自然环境"。[③] 他们在自己的自然环境中通过不断的探察、改变来适应、构建适合自己和周围存在物的生态圈，并以一种乐观的态度面对自然环境中所有可能出现的变故，学会了理解世界存在的有限性和应对生活变化的无限性，从而得以幸存，而恶作剧精灵叙事正是"用喜剧的语言游戏生动展现了人类这样的适应"。[④] 在北美印第安文化中，"狐狸、北美鸟、熊和郊狼等都不是动物：他们是第一批人类，是在人类存在之前神话原型中的种族成员"。[⑤] 它们在口述的神话故事原型中会以"老人"或"老女人"以及动物的形象出现，具有奇妙

---

① Katrina Schimmoeller Peiffer, *Coyote At Large: Humor in American Nature Writing* (Salt Lake City: The University of Utah Press, 2000), p.196.

② Ibid., p.196.

③ Kenneth Lincoln, *Indi'n Humor: Bicultural Play in Native America* (New York: Oxford University Press, 1993), p.51.

④ Gerald Vizenor, "Trickster Discourse" in *American Indian Quarterly*, Vo. 14, No. 3 (Summer, 1990), p.286.

⑤ William Bright, *A Coyote Reader* (Berkeley: University of California Press, 1993), p.XI.

的能力，既创造了这个世界，也对于人类的生活和文化的形成施加了巨大的影响。但是与西方的"神"不同，他们通过打破禁忌，甚至愚蠢的行为来"进行道德教育"①。马克·林斯科特·里基茨（Mac Linscott Ricketts）在对北美印第安文化中不同形象的恶作剧精灵的研究基础之上，总结出他们共同的特性，认为他们帮助

> 创造了大地……将喧闹的神话世界转变为现在有序的宇宙；他似乎为了人类的福祉征服魔兽，盗来日光、火焰、清水；他是文化技能和习俗的导师；但是，他又是一个顽皮的人，性欲强烈，食欲无穷，极度自负，对敌对友皆欺诈而狡猾；他永无休止地漫游在大地上；是一个受罚于自己的把戏和愚笨的轻率之人。②

对于人类来说，恶作剧精灵的漫游和探索也表达了自己对于自然世界的好奇，他们的顽皮和愚笨都是在学习过程中不可避免的错误，不会导致沮丧，也不应该由此举步不前。当恶作剧精灵的失败成为传说中令人欢愉的笑话时，人类学会了解放自己，前进的步伐总是在笑声中迈得更坚定。恶作剧精灵会自嘲自己的失误，"他像一个遭受折磨的救世主一样忍受他们的嘲弄，并最终在他们的笑声中解救了他们。"③

在北美土著人所津津乐道的恶作剧精灵中，粗暴而喧闹的郊狼应该是一个典型的例子，这种原生于这片土地的动物广泛存在于他们的民间传说中，在美国土著部落中，除了西北部的渡鸦和东南部的兔子以外，郊狼的恶作剧精灵形象在民间具有一定的知名度。④ 他有时是创世的恩人，有时是贪婪的掠食者，甚至是霸占他们妻子的好色之徒。不管是英雄还是恶

---

① William Bright, *A Coyote Reader* (Berkeley: University of California Press, 1993), p.12.

② Mac Linscott Ricketts, "The North American Indian Trickster" in Mircea Eliade and Joseph M. Kitagawa, eds., *The History of Religion: Essays in Methodology* (Chicago: University of Chicago Press, 1959), p.327.

③ Ibid., p.348.

④ Mac Linscott Ricketts, "The North American Indian Trickster" in *History of Religions*, Vo. 5, No. 2 (Winter, 1966), p.328.

棍，读者在解读郊狼时都需要有较强的幽默感和灵活性，去理解他外表下所隐藏的"魔法、力量以及现实主义的态度和行为"。[①] 他是典型的亦正亦邪的双面代表，有时是加冕的国王，有时又会突然变为脱冕的小丑；有时是英雄，有时又会因为自己的贪婪或疏忽成为犯错的替罪羊。同时，他又是一个典型的"恶作剧精灵—修理者"(trickster-fixer)，[②] 善于通过自己的行为改变并修正已经存在的现实，这样的能力让他在听众中具有广泛的人缘，所以，"所有美国印第安传统在现代诗歌的运用中，郊狼形象的展现以及持续存在是最为突出的……从落基山以西到墨西哥，北至加拿大，都能在这些群落文化中发现恶作剧精灵英雄郊狼是最为显著的因素"。[③]

在以郊狼为代表的恶作剧精灵叙事中，托马斯·金（Thomas King）的《青青的草，流动的水》(*Green Grass, Running Water*, 1993) 应该是一个很好的例子。在这部小说中，郊狼和叙述者"我"始终贯穿于两个叙述层面——一个是颠覆性的历史叙事，一个是现实版的当代土著生活描述，而在一切叙述开始之前呈现在读者面前的就是一只正在熟睡、做梦的郊狼，其中的一个梦溜了出来，看到了除了水以外一无所有的世界并吵醒了郊狼，郊狼让梦中的它成为狗（dog），而它却前后颠倒误作了神（GOD），一个"没有规矩"的"小小的上帝"，[④] 由此拉开了一幕幕郊狼积极参与的纠结于历史和现实之间的喜剧。

在颠覆性的历史叙述中，印第安古老传说中的四个创世女性——"第一女"（First Woman）、"变化女"（Changing Woman）、"思想女"（Thought Woman）和"老女人"（Old Woman）分别化身为"孤独的护林人"（Lone Ranger）、"伊什梅尔"（Ishmael）、"鲁滨逊·克鲁索"（Robinson Crusoe）

---

① Katrina Schimmoeller Peiffer, *Coyote At Large: Humor in American Nature Writing* (Salt Lake City: The University of Utah Press, 2000), p.195.

② Mac Linscott Ricketts, "The North American Indian Trickster" in *History of Religions*, Vo. 5, No. 2 (Winter, 1966), p.327.

③ Gary Snyder, "The Incredible Survival of Coyote" in William Bright, *A Coyote Reader* (Berkeley: University of California Press, 1993), pp.154–155.

④ Thomas King, *Green Grass, Running Water* (New York: Bantam Books, 1994), p.3. 下文中所有来自此小说文本的引文均出自此版本，不再赘述，只在括号中标明页码。

和"鹰眼"(Hawkeye)，作为叙述者展开了四次颠覆白人基督教和经典文学、建构印第安文化和历史的再叙述。她们都以创世为叙述起点，并且都强调正宗的创世传说，既不是浪漫的"很久很久以前……"(9)，或者"很久以前在一个遥远的地方……"(10)，更不是"起初神创造天地，地是空虚混沌，渊面黑暗"(11)，而是以她们的土著语言讲述她们自己的创世故事：有两个世界，一个天上的世界，一个水的世界，来自天上的"第一女"跌落水世界，与水中的龟祖母一起创造了大地，创造了"第一女的花园"(40)，一个丰饶、美丽、自由的花园，会说话的树为她和不知来自何处的阿赫达姆(Ahdamn)提供所有吃的好东西。在他们的花园里，"动物、植物，一切都是亲人"(42)。但这时，郊狼的梦——神(GOD)跳进了花园，责令他们"不能吃我的东西"，并且要执行他的"基督教规矩"(73)。不屑与他为邻的"第一女"毅然带领阿赫达姆离开了花园，去寻找另外的美好世界，却因为是"确定无疑的印第安人"(75)而被士兵投入了弗罗里达的监狱，不得不中断了她的创世故事。

"变化女"的讲述也起于一无所有的水世界，她从天上跌落到诺亚装满动物的肮脏的船上，压扁了老郊狼，她因为向老郊狼道歉而惹怒了诺亚，因为他严格遵照规矩，"动物不会说话"(160)，并因为相信是伊娃触犯天条让人类受罚而迁怒于"变化女"，将她抛弃在一座荒岛。荒岛上的"变化女"目击了追杀莫比·迪克(Moby-Dick)的埃哈博船长，不过在这次对白人经典叙事的再叙述中，"变化女"却是与象征黑人女同性恋的莫比·简(Moby-Jane)——一只黑色矫健的母鲸成功逃脱了追杀，并志在摧毁埃哈博的捕鲸船。但"变化女"尽管自称伊什梅尔却因为是一个"任性的印第安人"(250)而被士兵投入了弗罗里达的监狱，不得不中断讲述。

随河水漂流的"思想女"遇到了一个手提黑皮箱、自称 A.A. 加百列的男人，这不由让人联想到《圣经》中的天使长加百列，那位让圣母玛利亚诞下救世主的天神。但是这一次，他却无法说服"思想女"成为玛丽。自由的"思想女"继续顺水漂流，又遇到了鲁滨逊，"一个文明的男人，身边没有有色人种可进行教育、给予保护就觉得日子很难过"(325)，但是"思想女"不愿被驯化为"星期五"，而是愿意和他互换角色，成为主宰"星期五"的鲁滨逊，否则她宁愿继续漂流。这一次，追求自由的"思想女"也没有逃脱，因为"又是一个印第安人"（361）而被士兵投入监狱，叙述再次中断。

最后，"老女人"开始讲述她的经历。她跌落水中，看到了一个"在水上行走的年轻人"（Young Man Walking On Water），当然，熟知基督教的读者都知道，这是救世的无所不能的基督。傲慢的年轻人首先就训导"老女人"要遵守他的教义："第一条是没有人配帮我，第二条是没有人配告诉我任何事情，第三条是除我之外，没有人能同时跨越两界"（388）。但是，当他面对洪水中求救的人们时，却只会高举双手，徒劳地对着波涛和颠簸的大船大叫："平静下来！停止摇晃！平静下来！停止摇晃！"（389）"老女人"忍不住教导他："你的行为看上去就像你没有亲人似的，你不应该对那些欢乐的波涛大声叫嚷，你不应该对那艘兴高采烈的船大喊大叫，你要唱首歌"（390）。于是，她用轻柔的歌声平息了风浪，挽救了人类，但人类还是只相信是基督救赎了他们。"老女人"对人类的救赎没有得到认可，但她在丛林中遇到的纳斯蒂·邦波（Nasty Bumppo）却蛮横地将她认定为自己自以为熟知的印第安朋友，主观地将白人和印第安人的不同特点进行对比，这样的叙述成为对美国早期的自然作家，尤其是以詹姆斯·费尼莫尔·库珀（James Fenimore Cooper）等为代表的倨傲的白人优越性的反讽。在白人的叙事中，土著人只是被动地任由他们评说和误读，就如"老女人"会因为邦波强加给自己的"鹰眼"这个名字，以"假扮白人"（439）的罪名被士兵抓捕一样。

尽管她们的叙述都被中断，但是，在托马斯·金的笔下，土著人的历史叙事却与当代土著人的社会生活相互交织并得以继续延续。四个创世传说的代表人物重新转化为现代生活中的四个"老印第安人"（Old Indians），"四五百岁了"（52），每隔七年，他们就会突然消失于弗罗里达州约瑟夫·和华耶医生（不由让人联想起耶和华）工作的精神病院，去"修理这个世界"（106），去"改正它"（107）。这时，读者立刻意识到，这四个"老印第安人"正是除了传统的郊狼之外，变身于现代生活中的四个创世女性的恶作剧精灵化身。在她们作为创世女的历史叙事中已经清晰地展现了土著传统如何被白人的强势文化所冲击，以及她们如何试图颠覆和重新书写民族历史，那么，在现代层面的叙事中，读者将通过郊狼和四个"老印第安人"的神秘恶作剧精灵力量，看到他们如何修改误写的历史，帮助现代土著人修理这个原本属于他们的家园，重新找回他们传统的民族信仰——伴随代表活力与和谐的拜日舞，土著人能够消减白人文化的压迫，重返家园。

在与历史叙事平行的现代土著生活描写中，伊莱·斯坦兹·阿娄恩（Eli Stands Alone）和莱昂内尔（Lionel）分别代表了两代土著人，这两个人物的塑造非常典型地凸显了当代土著人的困惑和境遇。"在小说和电影中最普遍不过的主题就是印第安人离开居留地的传统生活，去到城市，然后被毁灭；印第安人离开居留地的传统文化，面对白人文化，陷入两种文化的困境；印第安人离开居留地的传统文化，接受教育，被他的部落所摒弃"（317）。但是，与这些套式的描写不同，伊莱是大学的文学教授，受人尊敬，事业成功。他长久地生活在居留地之外，家人都认为他已经是"一个著名的白人"（122）了，但是他却在母亲逝去后选择回到了居留地，生活在母亲遗留的小木屋，成为这所坐落于白人建造的水坝泄洪道上的小木屋的坚守者，并决定一直坚守在这里，"只要草还是青青的，水还在流"（295），让白人的大坝成为摆设，无法发电牟利，并对白人毅然以"不"（149）作为唯一的回答，想象着"大坝底部正渐渐开裂"（148）。

莱昂内尔作为一个年轻的土著人，由于人生中非他所愿的误会而陷入生活的死角，八岁时需要做的扁桃体切除术被误作为心脏手术而记录在健康档案中，读大学时原本在盐湖城参加一次学术会议，最终却糊涂地被误认为持械参与美国印第安运动而被监禁。这样的记录对于一个印第安人来说就意味着"没有选择"（69），他只得以一个电器推销员的身份，在居留地边缘过着没有明天的无望生活。通过再读大学，像舅舅伊莱一样改变命运的梦想成为一个一推再推、自欺欺人的假想，面对即将到来的40岁生日，他也没有更多的期盼。但是，这一切最终因恶作剧精灵的到来而发生了改变。

在莱昂内尔驾车回居留地参加一年一度的拜日舞仪式的路上，他让四个"老印第安人"搭上了顺风车，当然，这不会是一次偶然的相遇，"老印第安人"直言相告："孙子，我们将会帮助你。"（187）莱昂内尔对于这些陌生人无言以对，而他们已经决定从送他一件生日礼物——一件夹克开始。这不是一件普通的夹克，它来自于莱昂内尔从小就崇拜的英雄主义的光辉人物约翰·韦恩（John Wayne）——以英勇的白人打败野蛮的土著人为主题的西部片中最著名的战无不胜的白人英雄。但是当四个"老印第安人"和化身为人的郊狼（"灯光照在那个男人的背上，莱昂内尔看不见他的脸"（328））一起送给他这件夹克时，"它的背部有两个破洞"（336），因为"老印第安人"已经"再次修正"（248）了约翰·韦恩的西部片，在人们早已熟知的西部片电视画面中突然增加了莱昂内尔、伊莱、郊狼、"老印第安人"等。这一次，人们看到的不是白人如何战无不胜，而是在印第安勇士的反抗中，"约翰·韦恩低着头，傻傻地盯着射在大腿上的箭，当两粒子弹射向他的胸部，直穿夹克背部时，他还惊愕地摇着头，觉得难以置信"（358）。恶作剧精灵对西部片、经典文学和历史的改写体现了当代土著作家在技巧和主题两个方面对主流叙事的颠覆。白人强大的主流文化对印第安传统文化的压制和扼杀就如在拜日舞仪式即将开始前莱昂内尔穿上的那件古董般的外套一样，让他觉得"有点紧"，"感到夹克让他呼吸困难"（421）。经过郊狼和"老印第安人"修正后的西部片还原了历史的真相，也让莱昂内尔摒弃了不再适合自己的幻想，能够在拜日舞仪式前像一个成熟的、真正勇敢的武士一样阻止了白人乔治偷拍土著传统仪式的企图（土著人忌讳仪式的场景被外人偷窥），并决定"像舅舅伊莱一样，在这里住一段时间"，抑或继母亲之后，学成归来后能够继续在这里"看到清晨的太阳"（464）。

就像莱昂内尔的成长受到舅舅伊莱的影响一样，青年一代的成长和回归自然离不开老一辈的引导，而老一辈的经历和回归也离不开他们所受的传统力量的指引。伊莱的回归是他通过与白人妻子的生活进行印、白两种文化对比后的结果，而他为了这片土地付出生命的代价则实现了一种极富象征意义的回归。尽管最后大坝溃堤，他被洪水卷走，但是亲人们在悲伤之中更加相信，"伊莱很好，他回家了"（461）。造成这样的结果，表面上是因为地震，但细心的读者会发现，恶作剧精灵造成了三辆汽车——和华耶医生的黑人助手贝博（Babo）的品托车、和华耶医生的卡曼－吉亚车和莱昂内尔一直爱慕的艾伯塔（Alberta）的尼桑车——漂浮在水库中，冲击了大坝。贝博曾经亲眼看见，似乎有"一只黄色的狗在嗅汽车的后轮"（20），品托车看似停在水坑中，"水坑已扩大，变得又宽又深"（25）；和华耶医生是在开车去追踪"老印第安人"的路上丢了车，而郊狼"飞舞、跳跃、站立"在空中一路跟踪他（262）；阿伯塔尽管并没有亲眼看见出现在身边的印第安人，但是她确实听见有人说"旁边有印第安人"，然后发现自己的车不见了。最终这三辆车（三辆汽车的车名与当年哥伦布发现北美大陆时的三艘船的船名谐音：品塔 la Pinta，尼娜 la Nina，桑塔－玛利亚 la Santa Maria）都漂浮在水库中，冲向了大坝。除了郊狼和"老印第安人"的恶作剧精灵的魔力，还有什么更好的解释呢？他们施展这样的魔力就是为了恢复大地的活力，"没有洪水，就没有养分，就没有三角杨树"（415），这也解释了为什么每隔七年老印第安人就会从精神病院出逃一次，因为七年前的春天开始，"就有了病虫害，花园里的榆树全死了，甚至场地正中间的巨大的橡树都受了感染，几个大树枝都变得灰暗，尽管树还活着，但枝叶稀疏萧条"（77）。虽然死树被砍去，移栽了新的树苗，但是"墙边的草地异常干枯，新栽的榆树的枝条显得枯黄卷曲，大橡树也没有任何改善的迹象"（103）。直到恶作剧精灵们施展魔力，让洪水重新浇灌大地之后，当"老印第安人"重新回到医院以后，窗外的花园才有了改观，"又是春天了，一切都绿了，一切都活了"（465）。而这一切，都离不开以郊狼和"老印第安人"为代表的恶作剧精灵，在他们的舞步中，"在西方，云层贴着大地、带着雷声而来，在远处，世界一片黑暗，跳跃着闪电"（303），或许郊狼不太准确的舞步为世界造成了一些麻烦，但是他申辩道："那真的不是我的错。"（304）而他又像一个幼稚、任性的孩子一样只是"忙于成为一个英雄"（432），所以在这个"原本就没有真理，只有故事"（432）的世界上，恶作剧精灵确实成为了土著人的导师，尽管他并不完美，但正是这真实存在的不完美才能够让人类直面自己的缺陷和所犯的错误，抱以乐观的心态去改良和进步。

自认为一无是处的莱昂内尔能在 40 岁时确定人生的目标，在参与历史叙事的改写中重新发现自己对居留地上生活的亲人和族人所担负的责任，从而对未来抱有明确而真诚的期望，并能付诸实现。这正是作者通过讲述故事传达给读者的信息。作为叙述者的"我"有时会忽略郊狼，告诉他"我没有在和你说"，但是他却反问"这儿还有谁吗?"（432）。当然，还有读者。在这场语言主导的游戏中，受到最大教化的当然应该是读者。在伊莱坚信大坝会崩溃仍毅然坚守时就已经决定以自己的生命作为代价换来土地的滋养和春回人间的结局中，他的亲人们认识到，"人类必须接受自己终有一死的事实，甚至就像恶作剧精灵一样，为了自己和整个人类的利益，选择死亡"，[①] 所以他们相信伊莱以这样的方式不仅回归了家乡，更是真正回归了精神的家园。土著人相信是恶作剧精灵创造了死亡，而人类终有一死的共同命运会教化人类，"人类必须死亡，这样他们才会一直相互感到惋惜"，[②] 而这样的惋惜之情让土著人在悲伤和压力中找到了身份的认同，在逝去者和生存者之间重新建立起了联系的和谐纽带。传说中恶作剧精灵永不消亡的特性让土著人看到了人类的脆弱和渺小，更增添了对自然的敬仰和对人类行为自我约束的自觉性。

托马斯·金对于恶作剧精灵叙事的运用很好地体现了他对印第安文化传统的坚守，他一再强调：

> 尽管后殖民主义旨在为人们评判产生于被压迫者和被殖民者反抗压迫者和殖民者的文学提供一种方法，但是这一术语本身就设定将欧洲人到达北美为讨论的起点。同时，用这一术语探讨文学时就逐渐暗示了一种进步和改良。尤其令人气恼的是，它也假定了保护人与被保护人之间的斗争激发了当代土著文学，为我们的写作提供了方法和主题。更糟的是，后殖民写作的观点实际上切断了我们的传统，而传统是早在殖民主义问题之前就业已存在的，并且在殖民化过程中也通过

---

① William Bright, *A Coyote Reader* (Berkeley: University of California Press, 1993), p.120.

② Ibid., p.119.

文化得以传承。它认为当代美国土著文学主要就构建于压迫之上。①

　　对于将当代土著文学设定为是建构于压迫之上而产生的后殖民文学的观点，金在这篇文章中清楚地表达了其反对的立场，因为北美土著与其他被殖民对象不同，他们的被殖民状况并没有终结，就不存在"后"的评说。同时，他们的文学创作始终坚守对传统文化的传承和发扬，他们的叙事手法和主题都来源于这样的传统，而不是殖民经历的产物。

　　金更加赞许读者从"联想的文学"而不是"后殖民文学"的角度来解读他的作品。"在大部分情况下，联想文学描写的是土著社会……专著于土著生活中的日常活动和错综复杂"。② 尽管冲突不可避免，但是印第安传统和人物始终是描写的核心，而白人叙事不过是作为被颠覆的对象而存在，这就要求读者对于印、白两种文化具有一定的了解和判断，尤其是对于印第安文化不仅要有灵活和理解的心态，还要有开放和包容的心胸。

　　尽管托马斯·金现在的国籍是加拿大人，但是他出生并成长于美国加州，二十世纪八十年代才移居加拿大，后来仍然在美国的犹他大学和加拿大的圭尔夫大学执教。作为切落基族和希腊、德国血统的混血后代，先后在美国和加拿大两国的大学执教。他并没有生活在切落基居留地，也不是他作品中所描述的黑足族人的后代，但是他更勇于从泛印第安的角度来展开叙事。被誉为当代美洲土著杰出作家的代表之一。他身兼美国和加拿大双重经历的背景为他的文学创作提供了更为广阔的发挥空间，他并不仅仅强调加拿大的历史政治背景，而是抹去国别的差异，以北美大陆广泛浓厚的印第安文化根基为出发点，以欧洲文化的核心代表为参照物，进行印白文化的对比。他作品中的四个"创世女神"的传说来自于切落基族、黑足族、切延内族（Cheyenne）等不同部落的传说。她们的创世传说以及四个"老印第安人"的修正共同以口述的形式颠覆和改写了白人权威的书面叙事，不管是神圣的《圣经》，还是经典的《白鲸》、《鲁滨逊漂流记》和《皮

---

① Thomas King, "Godzilla vs. Post-Colonial", *World Literature Written in English*, Vol. 30, No. 2 (1990), pp.11–12.

② Ibid., p.14.

袜子故事集》，以及大众文化的集中反映——西部片，都成为恶作剧精灵修正的对象。《青青的草，流动的水》并不是一部真正意义上的美国小说，但是金在这部作品中有意识地将多个土著部落、多个地区的传统仪式（如太阳舞仪式等）融入叙事，更具代表性地体现了北美大陆的印第安文化所共有的典型特征，并不会因为白人强行划分的加拿大和美国两个国家的不同政体结构和历史差异而被割裂或扭曲，他在叙事中充分表达出来的"道德观念"，他对"其他人和整个世界的反应方式"①都凸显出他的印第安身份以及他对印第安文化的认同，娴熟而生动的恶作剧精灵叙事成为他立足于传统、颠覆压迫、表达族裔身份认同的有效方式。

厄德里奇、维泽诺和金等当代北美土著作家坚守传统叙事，书写了介于人类与动物之间、文化与自然之间的调停者（mediator）——恶作剧精灵，在笑声中修正错误，对读者进行传统价值观的教育。在他们的故事中，恶作剧精灵"自身成为一种差异性"的象征，成为"兼有神与人的预示"。②他间或是人、间或是动物，而间或又是神的特点使读者认识到

> 他相对于神、动物、人类、英雄、傻瓜来说都是富于变化并无所不能，他在对与错的评判中既是否定者，又是肯定者；既是毁灭者，又是创建者。当我们嘲笑他时，他对我们露齿而笑，发生在他身上的一切都会发生在我们身上。③

就如维泽诺所说，"恶作剧精灵阐释学是对幸存文学中的模拟描写的阐释，是对血统、种族主义、嬗变和第三性的反讽，是口述部落故事和书

---

① N. Scott Momaday, "The Man Made of Words" in Geary Hobson, ed., *The Remembered Earth: An Anthology of Contemporary Native American Literature* (Albuquerque: University of New Mexico Press, 1979), p.162.

② Paul Radin, *The Trickster: A Study in American Indian Mythology* (London: Routledge and Kegan Paul, 1956), p.168.

③ Ibid., p.169.

面叙事的主题"。① 在部落口述的看似荒诞的恶作剧精灵故事之中，土著作家们听到了自然的寂静之中回荡着的"动物的欢笑，鸟儿的哭泣"，发现了能"解放人类思想的是永存的幽默而不是焦虑之情"。② 他们运用自己的想象一再表述压迫之下的幸存故事，而对于读者来说，在关于人类命运、地球的生命力的思考中，土著人所信仰的恶作剧精灵也教会了我们一种乐观而谦卑的态度，一种坚守不懈的策略。这样的态度和策略一方面来自于他们视动物为人类平等的伴侣的朴实观念，另一方面也表现出这样的态度所可能导致的不同生态影响。土著人在幸存的实践中验证了并艺术化地表达、发扬了这样的策略，而当我们不得不面临幸存的考验时，不也应该从他们的动物伦理中有所感悟吗？

论及幸存或生存状态，哲学家们无疑是这一主题最执着的研究者。在他们追求智慧的行程中，人与自然的关系、人类的真善美与责任等都是解答人类最终命运不可回避的议题。以古罗马哲学家西塞罗（Cicero）为例，他在分析研究当时的主要学派，即伊壁鸠鲁学派、斯多葛学派、亚里士多德学派和学院派学说的基础之上，向同胞总结推出了自己的伦理思想，一种尊崇自然法则的必然性、以理性的责任感处世的哲学。尽管"自然赋予每一种动物以自我保存的本能"和"生殖的本能"，但是人类凭借特有的理性，"能领悟到一连串的后果，看出事情的起因，了解因对果和果对因的关系，进行类比，并且把现在和将来联系起来。"③ 而人类作为"唯一能感知秩序和礼节并知道如何节制言行的动物"，④ 成为自然依靠的力量，只有人类将本能的感觉提升为精神层面的对善的自觉渴求，"在思想和行为中都应当保持美、一致和秩序"，⑤ 才能在义与利的冲突中认识到"义不是唯一的善就是至高的

---

① Gerald Vizenor, *Manifest Manners: Postindian Warriors of Survivance* (Hanover: University Press of New England, 1994), p.15.

② Ibid., p.15.

③ ［古罗马］西塞罗:《西塞罗三论：老年·友谊·责任》，徐奕春译，商务印书馆 2005 年版，第 94 页。

④ 同上书，第 95 页。

⑤ 同上书，第 95 页。

善，"① 也只有如此，人类才能以自觉的责任感追随善的脚步幸存于世。

当代生态批评理论的研究视角所围绕的核心就是"一种对环境性的允诺（commitment to environmentality）"，② 一方面人类为了幸存的目的而不得不执行这样的允诺，另一方面人类在义与利的冲突中又常常被利益所诱导，放弃自己的责任和允诺，从而招致自然毁灭性的打击。频频爆发的生态危机事件不仅给从事环境研究的学者们加大了压力，也给普通社会成员发出了警示，推动了草根团体积极参与环境保护运动。与传统环保活动中主要由精英人物发起的将重心放置于野生物和荒野的保护不同，当代生态保护运动在美国民权运动（The Civil Rights Movement）、劳工运动（The Labor Movement）、抗击有毒物质运动（The Anti-Toxics Movement）和土著民众争取、保护土地的抗争行动的影响下，将环境正义作为焦点之一，成为每一个普通个体都能够参与，关注"贫困团体和有色人种团体每天的生存状态"③ 的全民性质的运动，是在提升民众的环境意识的基础之上，旨在"通过对新型政治、文化话语和实践的再定义、重塑和建设，对于社会和环境根本改变的可能性提出了变革的方法。"④ 美国土著民众对于这一草根运动不仅给予了启示，也是遭受生态灾难的有色人种的主要代表，是美国环境正义运动的积极参与者。当代土著作家琳达·霍根（Linda Hogan）通过自己的诗歌和小说创作抒发了族人对于环境正义的倡导和渴求，她笔下的太阳、星辰、鲸鱼等成为环境能量的代言人，成为环境正义的神圣象征。

---

① ［古罗马］西塞罗：《西塞罗三论：老年·友谊·责任》，徐奕春译，商务印书馆 2005 年版，第 225 页。

② Lawrence Buell, *The Future of Environmental Criticism: Environmental Crisis and Literary Imagination* (Malden: Blackwell Publishing, 2005), p.11.

③ Luke W. Cole & Sheila R. Foster, *From the Ground Up: Environmental Racism and the Rise of the Environmental Justice Movement* (New York: New York University Press, 2001), p.16.

④ Ibid., p.14.

第五章

环境正义

——当代美国土著小说的社会诉求

1994 年，时任美国总统的克林顿签署了《环境正义的行政命令》，环境主义的话题受到前所未有的关注。美国政府对于环境正义的认识缘起于国内许多草根团体、律师、学术界人士和普通民众中的积极分子针对环境污染导致的某些团体或者全民的生活质量问题或者健康问题所采取的行动。在过去的三十年中，对于这些活动及其影响的调查显示，"在美国，环境危害的散布极不公平，穷人和有色人种比富人和白人承受了更多的污染"。① 学者发现，环境灾难与种族差异的密切关系绝不是一种偶然的联系，而是一种新生的社会不公，环境问题所隐含的是人权问题，对于环境改良的探讨进而转变为为边缘群体争取公民权和生存权的政策变革的决议，引发了环境正义运动（the Environmental Justice Movement）。环境种族主义成为存在于生态世界中的强权压制的表现形式，"体现为社会边缘化和经济弱势化的人群所遭受的环境歧视性对待……是普拉姆伍德（Plumwood）所谓'霸权中心主义'（hegemonic centrism）的极端形式"。②

环境正义运动并不仅仅是一些言行激烈的抗议或以阻挠为目的的即时

---

① Luke W. Cole & Sheila R. Foster, *From the Ground Up: Environmental Racism and the Rise of the Environmental Justice Movement* (New York: New York University Press, 2001), p.10.

② Graham Huggan & Helen Tiffin, *Postcolonial Ecocriticism: Literature, Animals, Environment* (New York: Routledge, 2010), p.4.

性事件，所涉及的范围也不仅仅局限于由于环境污染所造成的伤害，而是理念与行动的结合，是意识形态与社会形态的变革。在观念上，"民主决议的制定和公众的自决权"（democratic decision making and community self-determination）① 是核心，在此前提下，通过质疑决议制定过程的合法性，在权力关系的公开论争中改良社会结构，使社会可以为公众提供洁净安全的工作，开发可持续发展的经济，让民众住上有保障的安全经济的住房，增强公众的凝聚力和社会机构之间的相互协作，而最终目标就是达成种族和社会的正义。

追溯环境正义运动的历史，学者们对于其起源的时间段说法不一，也无法统一认定某一事件是促发该运动的标志性事件。例如，有人将 1982 年发生在北卡罗来纳州沃伦县（Warren County, North Carolina）非裔美国人对于倾倒有毒物质的抗议事件视为运动的发端② ；也有学者将 1960 年代联合农场工人反对在工作场所使用杀虫剂为起点③ ；而一些美国土著学者则认为土著民众早在五百年前就为了保卫土地与欧洲入侵者抗争，开始了最早的环境正义斗争。1960 年代和 1970 年代，他们为了保留地的完整和安全与美国政府以及一些石油、矿产企业展开过多次交锋，对于以提取自然资源为目的而大肆破坏荒原的做法进行过执着的抵制，"作为环境种族主义最早的牺牲品，土著美国人加强了对于环境正义运动这一理念的理解"。④ 他们的历史经验有力地说明了自决权的重要性，他们为失去的土地和正在遭受破坏的生态环境一直与美国联邦政府和州政府进行着不懈的激辩。早在克林顿的行政命令签署之前，美国土著人就在 1990 年成立了"土著环境网络系统"（the Indigenous Environmental Network，简称 IEN），将他们对于环境保护的认识和行动制度化，为美国的环境正义运动提供了借鉴。

---

① Luke W. Cole & Sheila R. Foster, *From the Ground Up: Environmental Racism and the Rise of the Environmental Justice Movement* (New York: New York University Press, 2001), p.16.

② Ibid., p.19.

③ Ibid., p.20.

④ Ibid., p.27.

当人们的欲望与需求超出所能拥有时，必须通过达成协议或者制定制度来进行公正的份额分配，此时，正义成为了一个复杂的议题。但是到底什么是正义的与什么看起来是正义的却首先是一个超越政治、经济局限性的理性的观念之辩。尤其是当环境正义成为讨论的对象时，当动物权利和自然景观与人权正面冲突时，当功利主义和效率理论与人类的德性和义务对话时，环境正义成为一个无可回避的必要反思，也成为一个挑战人类的传统观念、考验人类的认知限度的敏感议题。正义这一政治学概念与环境相联系是学术界的理论学者与社会活动家面对全球生态系统急剧恶化，为改变这一现状而逐步走向同轨的结果，是理论探索与实践活动相互支撑的良好表率。在这个结合的过程中，理论家从正义的概念出发，对其含义以及所涉及的研究领域进行了前所未有的扩展，从物质领域的分配形式及原则扩展为精神领域的认可和尊重，再到政治领域的参与和执行，最终达成社会和自然领域的全面发展。当与环境活动家们的实践相结合时，他们共同探讨了社会中不同族群在涉及环境问题时所面对的不同待遇与结局，追根溯源地摸索出人们的相互认可和尊重以及是否参与环境议题的探讨与决议直接导致了种种环境不正义现象，并最终导致弱势群体在环境议题中无法发挥作用，也无法实现自身的全面发展。由此，环境种族主义成为无法掩盖的社会毒瘤。

在此基础上，学者和活动家们还共同探讨了非人类世界的正义问题，让自然世界成为正义的主体和接受者，而非人类正义的媒介和场所，这一极具挑战性的新视角最终全面揭示了扭转生态危机的关键，那就是鼓励对于多元文化的认可与尊重，以一视同仁原则保障人类与非人类共同参与程序正义的决策与执行，以此达到整个生态系统的全面可持续性发展。在此过程中，美国土著居民既是环境非正义的受害者和环境正义运动的积极参与者，同时，他们的传统生态观又成为多元文化的代表，影响着人们对于环境正义的理解，指导着人们不断探索环境正义运动的方向和路径，最终在认可、参与、发挥作用的过程中挑战环境种族主义，达到个人与族群、人类与非人类的和谐共存。

美国土著作家群的文学叙事中普遍贯穿着"疗伤的大地"（healing

earth）的表述意向，琳达·霍根认为大地具有诊疗人类伤痛的力量是因为这是一片"神圣的福地"（blessed earth）①，其神圣性不是来自于人们的表述，而是"来自大地本身的能量"。② 在印第安文化中，自然世界原本所具有的生命力远远大于人类的力量，"石块、泥土、云母、矿石，它们都与疗伤有关，或者能提供其他的援助"。③ 这样的疗伤功能并非来自所谓的神秘能量或者仅仅依靠意念得以发挥作用，而是来自于以石块、泥土、山鹰、河水等自然成分为代表的存在与人类存在不可分割的牵绊与回应，这样的牵绊与回应以人类的记忆为载体，只要还有记忆，自然的力量就能帮助人类幸存，因为在土著人非线性的循环往复的时间之流中，在他们只有开始与回归（beginnings and returns）的意识世界里，人类与大地一样共享着存亡，自然世界也与人类一样记录着过往，等待着复原和回归。"我们是大地身躯的一部分，人类的梦想就如风起时记得如何飞翔的山鹰羽翅上的微风的力量和流动一样，让我们的这片土地变得鲜活并生机勃勃"。④ 与自然世界相比，人类的历史只是大地上反复演绎的悲喜剧的一幕而已，人类也远比其他的自然存在年幼，而自然目睹着人类的到来与成长，带着母性的忍耐默默关注着被人类改变的一切，与人类一样等待着回归。霍根认为，"过去与将来（before and after）这样的表述被受伤者、被害者或病患者反复提及"，⑤ 纠结于一去不复返的过去与不可知的将来的二元思维对于既成的伤害与毁灭没有任何的修复意义。作为受伤者的代表之一，土著人并不单单沉浸于自己所遭受的伤害之中，而是作为幸存者的代表渲染着回归，并指引着回归的线路，那就是恢复自然的主体地位，在正义的道路上与自然共享回归。在印第安文化中，故事的讲述者因为独特的地位和技巧，能够让文字"成为大地、事实和自然整体的支撑点"，⑥ 他们作为记忆

---

① Linda Hogan, *The Woman Who Watches over the World: a Native Memori* (New York: W. W. Norton & Company, 2001), p.150.

② Ibid., p.149.

③ Ibid.

④ Ibid., p.206.

⑤ Ibid., p.201.

⑥ Ibid., p.57.

的书写者承担着引导回归的责任，用文字承载记忆，教育人类。追随着这样的传统，霍根在书写回忆的过程中探讨着还自然以正义的可能，在伤痛中摸索着复原的回归之路。

第一节　美国土著环境正义运动——
撕开环境种族主义的面纱

作为一个古老的政治学概念，"正义"最初指基于美德和美好的道德标准而生的公平与正当。柏拉图借助苏格拉底式的问答认定"正义是具有最大约束力的最高义务"，而作为哲学王的一国之君则是"正义的特别的奴仆和崇拜者"，[①] 这是理想王国的强盛之道。更多的学者将之定义为"一个社会中物质的分配以及决定如此分配物质的最好原则"。[②] 在现在的正义理论研究中，美国哈佛大学教授约翰·罗尔斯（John Rowls）于 1971年推出的《正义论》一书引起了巨大的反响。罗尔斯提出了"无知之幕"（veil of ignorance）的术语，设想当每个人都处于原初状态时，在没有利益冲突的状态下成为预期的玩家，制定正义原则，成为纯粹的程序正义的案例。"对正义原则的非强迫、完全一致的统一完全可能达成。纯粹程序可付诸实施。人们在原初状态将会一致同意且不带强迫的正义原则，仅就全体一致同意的特征而言，成为了适当的正义原则。"[③] 但这更多地是对于正义理论一种理想主义的研究和论证，基于道德主义的正义观念对于社会现实缺乏改造的力量，同时，"它没能赞赏对环境无知觉构成部分的正义责任，它也并不对我们在处理环境事务时必须运用的正义原理提供更多支持"，[④] 所以，如何正确理解正义的概念，以及如何扩展其含义而将之与生

---

① Plato, trans. John Llewelyn Davies and David James Vaughan, *Republic* (Beijing: Foreign Languages Teaching and Research Press, 2002), p.257.

② David Schlosberg, *Defining Environmental Justice: Theories, Movements, and Nature* (New York: Oxford University Press, 2007), p.3.

③ John Rawls, *A Theory of Justice* (Cambridge: Harvard University Press, 1971) 12.

④ ［美］彼得·S. 温茨：《环境正义论》，朱丹琼、宋玉波译，世纪出版集团上海人民出版社2007 年版，第 297—298 页。

态环境的现状相联系，这是当代研究生态的学者一直在探索的课题。

正义理论在传统政治学领域中只涉及如何以最好的原则合理分配社会物品，但是正视社会现实中业已存在的种种不正义和非正义现象，现代学者认为，在当今的正义理论研究中，"需要指出造成不合理分配的过程"，[①]也就是说，要挖出形成非正义社会的根源。由此，正义的概念从物质分配这一中心向更宽泛的理念延伸，正义也涉及"个人和团体的认可、参与及发挥作用（recognition, participation, and functioning）"。[②] 首先是认可。艾丽斯·扬（Iris Young）早在1990年的著作中就对正义理论仅仅涉及分配问题提出批判，"尽管分配问题对于令人满意的正义结局至关重要，但是将社会正义减缩为分配也是错误的"。[③] 她认为，造成分配不公的根本原因就在于缺乏认可，由于缺乏认可，人们在个人和文化层面所面对的各种形式的贬损、羞辱会对个人和群体在社会和政治领域造成损害，所以要对正义理论进行全面而注重实效的探讨，必须对社会语境加以关注，将现实社会中的统治与压迫作为研究的起点，在这样的研究视角下才能发掘出社会中的非正义问题并找出分配不公的原因。扬认为，这些都归因于"对于群体差异缺乏认可。分配不公就是社会结构、文化信仰和制度语境直接造成的"。[④] 由于在社会、文化、政治、经济等各个层面，不同群体的差异确实存在，正义理论就不可避免地应该将调停各种社会群体和相互关系的制度、语言、规范等内容纳入研究范围。"既然存在社会差异，一些群体享有特权而其他群体遭受压迫，社会正义要求明确地承认并关注群体差异，以求消灭压迫。"[⑤] 由于差异造成非正义，要达到社会正义的目标，首先需要认可差异的存在，在此基础上，才能进而消除压迫，达成真正的全面的社会正义。南希·弗雷泽（Nancy Fraser）也致力于探讨造成不公的

---

① David Schlosberg, *Defining Environmental Justice: Theories, Movements, and Nature* (New York: Oxford University Press, 2007), p.4.

② Ibid.,《前言》, p.8.

③ Iris Young, *Justice and the Politics of Difference* (Princeton: Princeton University Press, 1990), p.1.

④ Ibid., p.22.

⑤ Ibid., p.3.

原因，她认为，"不认可或者错误认可是非正义的文化和制度表现"。① 在特权群体的文化统治中，他们对于不同社会的文化价值及实践视而不见，缺乏敬重，这种文化的非正义会妨碍异质群体作为道德和政治上的平等一员加入社会的正义分配。接受多元文化才能做到认可，才能从身体、权利和生活方式三方面达到完全的接受与敬重。作为一种非物质形式的分配对象，认可是社会实践中的一种社会准则，是差异下的认同，是正义分配的前提。

其次是参与。扬提出，"民主和参与式的决策过程既是社会正义的组成部分，也是条件"。② 在现实的社会实践中，现代人越来越清晰地感受和认识到，程序正义不仅仅是一个口号，而更多的是一个越来越多人实际参与以达到分配公正和政治平等的社会活动形式，正义的理念转而为"审议和决策的过程问题。因为作为一个公正的规范，所有追随它的人都必须原则上对它有有效的认识，并且能够不被强迫地表达赞同。要达到一个正义的社会状态，就必须能够让所有人的需要得到满足，所有的自由得到发挥。这样，正义要求所有成员都能够表达需求"。③ 要达成这样的社会正义，就需要在认可和尊重的前提下进而进行社会和政治的变革，"在文化价值的制度形态中表达尊重，为实现参与提供资源和对策"。④ 在能够认识并接受所有群体的差异后，在容忍并理解相异的文化、社会构成和价值后，在认可和尊重的基础上让所有成员能平等表达需要并得到满足，这是现代正义理念的一个巨大进步，是超越物质分配限制后正面的扩展，是对非正义根源挖掘后的积极修正，也在政治和社会领域达成正义的必然之路。

最后是发挥作用。人们对于公平与否的评判往往局限于度量自己是否

---

① Nancy Fraser, "Social Justice in the Age of Identity Politics: Redistribution, Recognition, and Participation", in Grethe B. Peterson ed., *The Tanner Lectures on Human Values* (Salt Lake City: University of Utah Press, 1998), p.7.

② Iris Young, *Justice and the Politics of Difference* (Princeton: Princeton University Press, 1990), p.23.

③ Ibid., p.34.

④ Nancy Fraser, "Recognition without Ethics?", *Theory, Culture, and Society* (18, 2001), p.29.

以及获得多少正义。"正义的核心标准不是我们获得多少正义，而是对于所选择的生活，我们是否为了能够行使更大的职责、发挥更好的作用而获得所需。"① 一个正义的社会能够为每一个个体和族群提供发掘最大潜能并完美发挥作用的条件，这既包括提供物质上的保障，更需要政治、社会的变革，在认可尊重和自由参与的条件下，使每个成员都能繁盛地绽放生命之花，这样才能既达到物质上的极大繁荣，为分配提供可能，更能将物质与精神相联系，促成各个成员实现自己所设定的生活目标，从而达成整个社会的和谐和可持续发展，这才是检验社会是否正义的标准。

但是，当对社会正义的探讨转向环境正义时，当将个人面对的非正义扩展至某个少数族裔或族群所遭受的非正义对待时，尤其是将这两者结合起来研究时，学者们却遭遇了从概念到实践的巨大挑战，从而不得不进行全新的探索。从概念出发，传统的正义研究只涉及物质分配领域，但是从上文可以看出，现代学者已经将关于正义的理想化的理论探索扩展至政治、文化、社会生活变革的各个层面，在多元文化的框架中提倡全面的认可与尊重，为自由参与提供可能性，从而达到全面发挥作用，这样就为少数族群实现公平正义扫清了认识上的障碍。那么，如何在理念上接受正义与环境的有机联系呢？要解决这个问题，就必须首先厘清人类的精神世界为什么与外在世界发生了分离以及如何清晰地看待人类与环境的关系问题。

提及正义这一概念，伊曼纽尔·康德（Immanuel Kant）对于人类属性的界定与强调成为一个具有代表性的个案。在康德看来，人类特有的属性是理性与自由，理性使人们能够抽象地进行思维活动，能够想象出各种可能性，并且赋予人类自由，去选择其中之一。也正是因为具有这样的理性与自由选择的意志，人类在追寻至善的道路上也必须为自己的行为接受道德评价，在善与恶的交织中寻求正义。作为正义的形式特征，理性要求一致性，也即要求一视同仁（impartiality），这是定义正义的主要特征。

① David Schlosberg, *Defining Environmental Justice: Theories, Movements, and Nature* (New York: Oxford University Press, 2007), p.30.

为了达成一致，每一个人都必须在相同状况下以这样或者那样一种方式行动，即人们认为对于其他任何人来说是正当的方式采取行动。在康德的纯粹实践理性的批判中，他提出了"善"与"福"的差别：人的行动"以某种使人快乐或痛苦的东西为前提，并且趋乐避苦这条理性准则规定那些行动如何相对于我们的爱好而言、因而仅仅间接地是善的，这样一来，这些准则就永远不能称之为法则，但仍可以称为理性的实践规范。这目的本身，即我们所寻求的快乐，在后一种情况下并不是善，而是福，不是一个理性概念，而是一个有关感觉对象的经验性的概念。"① 作为理性的实践规范，人们在很多情况下自然会为了自己的"福"而不是至上的"善"去行动，这是自然法则的结果，是人们对于遵守法则所产生的某种兴趣，"我们将它称之为道德的兴趣；正如就连对法则怀有这样一种兴趣的能力真正说来也是道德情感一样"。② 人类对于善与恶的趋避与人类属性紧密相关，但是在理性的实践规范中又会产生有差异的，甚至完全相反的结果。

在康德看来，人类的理性发出了绝对命令，指导人们普遍适用的行为，也即一个证明个人行为正当的普遍规律，从而使其在道德上成为正当。依照康德的观点，这就是道德律，具有理性和自由的存在物给世界带来道德规范，只有人类具有这样的属性，从而具有这样的道德规范，也只有针对人类来说，道德上的赞美或者谴责才具有意义。同时，人们遵守道德律就是在服从自己与他人共享的理性推理能力的产物，这是人们自己给自己规定的一个法则，由此，人类是具有自律能力的，能自治与自律地创造和服从道德律，从而必须接受行为不正义的道德谴责或者正义的道德赞美。但是，正是因为人类是道德律的源头，"因此他们具有一种特别的尊严，以至于若在他们未曾参与的目的中被仅仅作为手段的话，这就是不正当的。他们必须总是被作为目的本身来对待"。③ 但是对于康德所认为的这个人类建构的目的王国中，"人类的福利是道德的一个重要目标，人具

---

① ［德］康德：《康德三大批判合集》（下），邓晓芒、杨祖陶译，人民出版社 2011 年版，第 76 页。
② 同上书，第 94 页。
③ ［美］彼得·S. 温茨：《环境正义论》，朱丹琼、宋玉波译，世纪出版集团上海人民出版社 2007 年版，第 151 页。

有特别的尊严，任何人不能仅仅被作为手段，每个人都必须被作为目的本身而受到尊重"。① 尽管康德并没有认为存在着人权，也并未执着地强调人权，但是他的立场必然导致的结果就是人权传统的现实存在。他坚持明确证明的就是"人类是道德的目标，是目的本身，是具有尊严与无以伦比价值的存在物"。② 由此，对于人类自由以及生命和财产等福利权利的保护"都是道德的目标"，人类是具有"作为自身目的的无与伦比的价值"的神圣物。③ 尽管没有理由拒绝人权观，但是，对于人权观的过分拥戴已经深刻地影响了人类的生活方式，尤其是在分享地球资源上，当前的方式是否正义已经引起了广泛的关注和论争。

与康德强调以人类存在为前提的道德价值不同，当代学者为价值判断提供了更多的可能性，除了人类因理性与自由而采取的行为所具有的道德价值之外，不管人类存在与否，其他物体也具有工具价值、审美价值或者其他类型的价值，即"事物在其与人类行为的关系之外可以是有价值的"。④ 同时，道德情感也应融入其中。其中，汤姆·雷根（Tom Regan）对于动物权利的论证无疑是一种非康德哲学的人权观。康德认为，"敬重任何时候都只是针对人的，而绝不是针对事物的。后者可以在我们心中唤起爱好，并且如果是动物的话（如马、狗等等），甚至能唤起爱，或者就是恐惧，如大海，一座火山，一头猛兽，但从来不唤起敬重。"⑤ 他认为对于事物最接近的情感只能是"惊奇"，因为其他事物都没有人类所具有的"功德"，⑥ 是不能进行道德判断的。而雷根认为，"任何生活主体，不管是人类还是非人类，都拥有作为不被伤害的这样一些权利"。⑦ 人类作为具有理性和自由的道德规定与判断的主体，对于其他生活主体都负有义

---

① ［美］彼得·S. 温茨：《环境正义论》，朱丹琼、宋玉波译，世纪出版集团人民出版社 2007 年版，第151—52 页。

② 同上书，第 152 页。

③ 同上。

④ 同上书，第 173 页。

⑤ ［德］康德：《康德三大批判合集》（下），邓晓芒、杨祖陶译，人民出版社 2011 年版，第 90 页。

⑥ 同上书，第 91 页。

⑦ ［美］彼得·S. 温茨：《环境正义论》，朱丹琼、宋玉波译，世纪出版集团上海人民出版社 2007 年版，第 178—79 页。

务，在对于它们的道德判断中，都"暗含它们具有固有价值的观念"。[①]
在雷根看来，因为正义要求一视同仁，正常的人类、婴儿、无法治愈的严重智障患者，以及人类以外的其他哺乳动物，"在作为生活主体上是相类似的"，在一视同仁之下，"任何人如果宽恕了对人类之外的动物的类似对待，而不能容忍这种对待人类的行为，他们就违背了公平的要求"。[②]在公平正义的原则上，雷根提出了动物权利的观点。接受这样的观点，人们在对待作为生活主体的人类以外的动物时，就应该像对待人类一样带有类似的尊重。

同样，在对应的人类义务方面，康德认为"在客观实践上按照法则并排除一切出自爱好的规定根据的行动叫做义务，它为了这种排除之故在自己的概念中如此不情愿地包含有实践上的强迫，即对行动的规定"。[③]所以，人类履行的义务就是一种被强迫的、不情愿的规定之举，人们的行为和意识是"合乎义务"还是"出于义务"成为个人道德评判的分界线，是合法性和道德性的分别，但也会直接影响并决定此行为所可能导致的直接效果。人类理性的道德律会强制要求履行义务，但出于敬重而履行的义务则是道德价值的产物，所以，人们对于非人类的敬重与否会在很大程度上决定自主义务的履行后果，极大地影响着其质量及持续性。同时，不管是合乎义务还是出于义务的人类行为常常为人类提供特权。与动物相比，由于动物缺乏理性，所以动物们也就被免除了道德责任，而人类的理性赋予我们被优先选择的特权，所以在雷根的解释中，人类因为拥有的潜在价值（道德也好，义务也罢），使动物与人类相比常常成为特定情形下的牺牲品。人类与动物具有不同的，甚至相互限制的权利，雷根的动物权利观念提供了一个与康德不同的基本原则。

当代的环境正义运动除了要求公平的分配之外，也同时追求个人和族群的认可、参与并发挥作用，是对于自然世界的所有存在物的认可与尊

---

① [美]彼得·S.温茨:《环境正义论》,朱丹琼、宋玉波译,世纪出版集团上海人民出版社2007年版,第177页。

② 同上书,第181页。

③ [德]康德:《康德三大批判合集》(下),邓晓芒、杨祖陶译,人民出版社2011年版,第94页。

重,人类与非人类事物合而为一地参与生命系统的循环,通过展现不同的话语、概念和建构不同的原则将正义"扩展至每个动物、社群和自然系统"。① 以人类为中心的世界不可能孤立地存在和繁荣,人类必须学会并且能够"带着关切与亲情和动物、植物及自然世界生活在一起"。② 针对现实境况,当代学者在对于人类福祉的最大化研究中,尤其是功利主义理论的探讨中发现,所有道德上持有正义理念的个体都应该努力争取善的最大化以及恶的最小化,而由于人类与其他动物的紧密关系和相互影响,曾以人类为关注中心的功利主义理论在当前已经将目标设定为"不在于人类的福祉或人类的幸福,而是有感觉的生物的幸福。"③ 在人权与动物权利相互交织、相互制约的现状下,在追寻理想正义论的征途上,人们越来越清晰地认识到人权的局限性,动物权利的合理性,但是仅仅纠结于权利和效益仍然不能帮助人们摆脱对于非理性的高水平物质消费的欲望追求,不能为由此导致的生态上的不负责任的恶劣后果扭转局面,对于除了人类和动物之外的生态圈的其他重要元素没有充分合理的考虑与解释,对于环境中非动物构成成分的正义没有必要的说明,对于除人类之外的存在物的固有价值的认识没有得到统一。

在人与动物的权利探讨之后,针对自然环境中如沙漠、河流、山脉、花草等非动物组成体的正义与否的探讨是更为激烈的论争。人们一直以来就无法接受将自然视为正义的主体,"对于许多理论学者来说,非人类的自然与正义完全没有联系"。④ 只有在参与者道德平等的基础上,才有可能论及其是否正义这样属于道德范畴的概念,而自然中的非人类物体是人类道德世界的外在物,"既缺乏自愿合作的能力,不是财产权的所有者,

---

① David Schlosberg, *Defining Environmental Justice: Theories, Movements, and Nature* (New York: Oxford University Press, 2007), p.9.

② Martha C. Nussbaum, *Frontiers of Justice: Disability, Nationality, Species Membership* (Cambridge: Harvard University Press, 2006), p.78.

③ [德] 康德:《康德三大批判合集》(下),邓晓芒、杨祖陶译,人民出版社2011年版,第206页。

④ David Schlosberg, *Defining Environmental Justice: Theories, Movements, and Nature* (New York: Oxford University Press, 2007), p.104.

又不能对所接受的正义有所回馈"，① 所以无法以一视同仁的原则谈及它们的正义与否或者人类对待它们是否正义。在环境正义运动的过程中，人们更多的关注焦点是面对环境危险时，个人或群体遭遇到怎样的不公，而不太关心对于环境本身是否不公。但是不可否认的是，人们已经普遍认识到自然的宝贵，以及自然界与人类世界的紧密联系，所以，一些研究环境政治学的学者在论及人与自然的关系时，强调人类对于自然所应担负的道义和责任，"为了未来子孙的福祉，可持续性是正义的必要条件"。②

被誉为现代生态学之父的奥尔多·利奥波德在他称之为大地伦理的说明中，用生命共同体的概念为环境正义进行了令人信服的注解和说明，他的大地成为与人类世界平等的组成体。利奥波德的大地不仅仅包括土壤，而是把土地当成一种生物结构的想象，是一个能够产生各种生物个体的生物，是一个生物与非生物相互作用的复杂"生物区系金字塔"。③ 以太阳为源头的能源通过植物转化为能量，这一能量在金字塔中流动，以底层土壤为铺垫，上面依次是植物层、昆虫层和不同类别的动物而至最高层，通过相互依赖的食物链而成为一个稳定的体系，这个"高度组织起来的结构，它的功能的运转依赖于它的各种不同部分的相互配合和竞争"，④ 人类不过是这一结构复杂而效率高超的金字塔中的一个部分。利奥波德没有提及人权的特殊性或优先性，相反，他以客观的口吻描述着这个能量的流动之环。

"食物链是一个使能量向上层运动的活的通道，死亡和衰败则使它又回到土壤。这个环路不是封闭的，某些能量消散在衰败之中，某些能量靠从空中吸收而得到增补，某些则贮存在土壤、泥炭，以及年代久远的森林之中。这是一个持续不断的环路，就像一个慢慢增长的

① David Schlosberg, *Defining Environmental Justice: Theories, Movements, and Nature* (New York: Oxford University Press, 2007), p.105.
② Ibid., p.113.
③ [美] 奥尔多·利奥波德：《沙乡年鉴》，侯文蕙译，吉林人民出版社2000年版，第203页。
④ 同上书，第204页。

> 旋转着的生命储备处。其中总有一部分会由于向下坡的冲蚀而流失掉，但这是正常情况下由岩石浸蚀而引起的小量和部分的损失。它们在海洋中沉积起来，在一定的地质时代的进程中，上升而形成新的陆地和新的金字塔。"①

在这个承载着生命的金字塔中，它的各个部分都亲密地相互依赖，任何个体的固有价值都因为与整体固有价值的密不可分而成为平等的共同体，在抛弃传统人权至上的观念之后，在利奥波德的大地伦理中人类成为与其他存在物相同的平等物，"把人类在共同体中以征服者的面目出现的角色，变成这个共同体的平等的一员和公民。它暗含着对每个成员的尊敬，也包括对这个共同体本身的尊敬。"② 人们相信，在自然系统自身的整体性和完善性不遭受人类破坏的情况下，"以环境多样性和环境自治为特征的生态圈中，自然一定有机会幸存"。③ 整个生态系统是一个自主、自治的统一整体，自然具有巨大的潜力保持整个系统的运转，人类必须抱有生态的感受力，认可自然的有机整体性，以平等参与者的身份加入其循环运转，在整体的持续发展中获得个体的幸存。

至此，对于价值的探讨已经没有障碍，在生态中心整体论的观点中，人们认识到所有事物的固有价值，不关乎理性与自由、道德与义务、权利与效益或者人类与非人类，整个生态系统，也即生命金字塔的完整性、稳定性和多样性具有超乎一切的优先权，这样才具有一视同仁的前提条件，也才具备探讨真正意义上的环境正义的可能性。在一个广阔的生态视野中，环境保护的议题将与社会正义同时得到关注，环境的破坏会使人类的生存变得难以接受，但是社会正义的缺失会加速环境的衰败，对于正义的追求必定不能忽视其对环境的影响。"社会正义的要求与环境保护的需要之间存在张力……大多数针对环境质量而建议的解决方法都将直接或间接

---

① ［美］奥尔多·利奥波德：《沙乡年鉴》，侯文蕙译，吉林人民出版社2000年版，第205页。

② 同上书，第194页。

③ David Schlosberg, *Defining Environmental Justice: Theories, Movements, and Nature* (New York: Oxford University Press, 2007), p.137.

地给穷人或低收入人口带来不利影响"。① 因此，谈及环境正义就必然不仅仅是一个哲学观念的界定，而是涉及政治、社会、经济的多方位探讨。既然正义的概念已经从人类世界的物质流通扩展至整个生态系统中各个存在物的相互认可、参与并发挥作用，从对个体的公平考虑转而思考和研究所有存在物的最大贡献，生态视角成为探讨正义概念的最广阔视角，那么作为自主、理性的人类参与者在这个转变的过程中又是如何相互协作的呢？在现实中各个个体或者各个族群之间是否存在差异？以当代美国土著居民为代表，他们以自觉、自律的生态思想著称于世，在全球的生态危机现状中，他们是否面对过环境非正义的状况？美国政府如何行事？他们又是如何应对的呢？

提倡环境正义的学者认为，在人们追寻环境正义的过程中，政府作为政策的重要制定者，"必须论及群体的不公，提出容忍差异的共存与繁荣，支持群体认可，赋予群体能力，帮助各种集体活动以助长族群和个人的能效"。② 但是，在实际的社会生活中，环境正义运动从一开始就是一项草根运动，从一个正义理论的研究到将之付诸于社会实践，使生态环境和人类的生存状态发生实质性的改变，最起码对于人类不同族群之间存在的差异性必须认可，并提供自由参与、发挥能效的可能，从而改善全体存在的生存状况。但是在实践中这仍然是一个具体而艰难的过程。环境正义运动的参与者很早就发现，在滥用职权的上层权力机构所造成的一系列环境灾害中始终存在着一种模式（a pattern），那就是严重的环境破坏总是发生在弱势群体所生活的地域。在美国的环境运动中，"成长最为迅速和成功的是环境正义运动……'环境正义'这一术语被用来指代草根环境运动中至少两个部分重合的环境运动：反有毒物质运动和反环境种族主义运动"。③其中的反对环境种族主义运动"聚焦于涉及有色人种群体和这些群体常常

---

① [美] 彼得·S. 温茨：《环境正义论》，朱丹琼、宋玉波译，世纪出版集团上海人民出版社 2007 年版，第 1 页。

② David Schlosberg, *Defining Environmental Justice: Theories, Movements, and Nature* (New York: Oxford University Press, 2007), p.37.

③ Ibid., p.46.

面对的高比例的环境风险问题，并普及了环境正义的概念"。① 联合基督教会种族正义委员会的领袖本杰明·查维斯（Benjamin Chavis）认为，环境种族主义是指"在环境律法的实施、有毒废料处置和污染工业的定点以及对于有色人种在环境决策中的排斥等种族歧视"。② 伴随着美国社会 20世纪以人权运动为代表的各种社会运动的风起云涌，反对环境种族主义运动是引发美国环境正义运动的原因之一。

美国的种族正义委员会（the Commission for Racial Justice，简称 CRJ）在 1987 年对全国有毒废料处置地点进行全面调查后出具了题为《美国有毒废料与种族》（*Toxic Waste and Race in the United States*）的报告，记录了美国商业性危害废料处置地点和未处理的有毒物质排放区域的人口分布状态。该调查显示，"在决定商业危害有毒物质处理地点时，族裔是最关键的变数。在聚集了最多商业危害有毒物质处理点的地区，非白人居民的比例最高"。③ 进入 20 世纪 90 年代后，这样的趋势不仅没有得到控制，反而愈演愈烈。就 CRJ 对全国 530 个左右的商业危害有毒物质处理点的调查来看，以全国邮政区号为划分单位，各个地区中有色人种在有毒废料处置地点生活的人数比例在 80 年代为 25%，到 1993 年，这一比例上升至 31%。④ 以美国化学废料处理公司为例，它管理着美国最大的毒物废料堆，其选址都集中于美国少数族裔聚居区，"化学废料公司故意瞄准这些群体是因为他们的少数族裔组成结构令他们不太可能去抗议"。⑤ 他们不太可能去抗议的原因在很大程度上取决于他们的经济地位和他们在社会生活中所体会到的安全感，即在当前的法制体系中，他们是否受到保护以及被保护的程度。薇姬·比恩（Vicki Been）教授在发表

---

① David Schlosberg, *Defining Environmental Justice: Theories, Movements, and Nature* (New York: Oxford University Press, 2007), p.47.

② Rev. Benjamin F. Chavis, Jr., "Forward" in Robert D. Bullard ed., *Confronting Environmental Racism: Voices from the Grassroots* (Boston: South End Press, 1993), p.3.

③ Luke W. Cole & Sheila R. Foster, *From the Ground Up: Environmental Racism and the Rise of the Environmental Justice Movement* (New York: New York University Press, 2001), p.55.

④ Ibid.

⑤ Ibid., p.4.

于《生态法律季刊》和《耶鲁法律评论》上的论文中都论及高贫困率与有毒废料处置地点选址的关联，其研究结果显示，"位于中低收入区域的处置点所占比重很大。"①

环境正义活动家们早已发现，当有色人种比白人更多地暴露于有毒废料的危害之中时，他们承受更高的风险，在环境法律的执行力度上，所有的环保法律并不能给予他们与白人相同的保护。《全国法律杂志》(*National Law Journal*) 在 1992 年展开的研究证实了这样的观点："美国政府清理有毒废料地点和惩处污染者的方式差异很大，与黑人、西语裔和其他少数族裔聚居区相比，在白人聚居区的行动更迅捷、效果更好、惩处更严厉。这样不公平的保护往往取决于该区域是富有还是贫困。"② 以数据为有力的说明，该杂志的研究证明，"运用处置危险废料法律对处置地进行惩处，在白人居住区的罚金比相似处置地有色人种居住区罚金高出 500%；白人聚居区对于违反污染法的处罚比有色人种聚居区高出 46%；在美国政府为了清理有毒堆场而制定的有毒废物堆场污染清理基金资助中，有色人种聚居区要比白人社区多等 20% 的时间才能被列入优先清理的名单"。③ 以上事实说明，与白人相比，美国少数族裔面临更大的生态风险，在相同的法律框架下，他们却无法得到充分的保护。

以上的现实是环境运动活动家们以及民众参与环境正义运动的动力，他们强烈希望改变这些现象以帮助弱势群体获得洁净、安全的生活和工作环境，在利和恶的环境资源分配和处理上都与社会中的其他族群获得平等的对待。在认识到环境种族主义的存在以及由此产生的不公正社会现实之后，环境正义囊括了

"文化规范和价值、准则、法规、行为、政策以及支持可持续发展群体的决议，那样，人们能够自信地相互影响，使他们的环境变得

---

① Luke W. Cole & Sheila R. Foster, *From the Ground Up: Environmental Racism and the Rise of the Environmental Justice Movement* (New York: New York University Press, 2001), p.57.

② Ibid.

③ Ibid.

安全、富足而丰饶。环境正义让人们能够实现他们的最大潜能……不错的收入、安全的工作、优质的学校和娱乐、像样的住房和足够的健康护理、民主的决策和个人的足够权利、社区免于暴力、毒品和贫困的困扰，这些造就了环境正义。在这样的社区里，文化和生物多样性得到尊重和高度敬仰，分配正义得以实施"。[①]

随着环境正义运动的进一步发展，尤其是伴随着正义理论的不断扩展，活动家和理论家们逐渐发现，环境正义运动不应该仅仅局限于环境资源的分配和处置问题，而要深入根源，找出造成这些现象的原因，从而改变结果。所以，最近二十年的环境正义运动将种族、经济、文化、政治等引入抗争的内容，要求获得对不同族群价值以及所有非人类环境因素价值的认可与尊重，强调弱势群体参与决策的必要性，以达到整个生态系统的构成者为获得可持续性存在和发展而发挥最大功效。以美国土著的环境正义运动为例，他们的土地所有权被强制剥夺，是美国社会中有毒物质排放、铀矿开采导致的尾矿污染和核爆炸实验的受害者，是遭受环境种族主义迫害的代表，那么在他们参与的环境运动中，他们如何在认可、参与和发挥作用方面积极推动美国环境正义运动的开展呢？

在对生存环境的保护运动中，种族差异凸显为公平正义的参照点，在金钱、政治和基本生存权力的博弈中，最为弱势的草根群体更早感受到生存的危机，是生态恶化的最大受害者，由此他们也具有逆转这一趋势的最大动力和积极性。在这一群体中，美国土著民众以"保护大地母亲"为口号和驱动力所展开的一系列社会活动具有极大的影响力，尤其是他们较早就发起并运作良好的"土著环境网络系统"成为草根环境正义运动的代表性组织，为其他族裔做出了表率，具有积极的指导意义。"土著环境网络系统"是草根运动的典型代表，作为一个国际性的联盟组织，这个由四十多个草根环境正义组织组成的网络系统起源于一个只有两百多人口

---

① Bunyan Bryant, *Environmental Justice: Issues, Policies, and Solutions* (Covelo: Island Press, 1995), p.6.

的亚利桑那小镇迪尔肯（Dilkon）。当地居民发现在他们的居住地将要建造一个价值四千万美元的回收工厂，为居民带来两百个工作岗位和每年二十万美元的收入以及六十万美元的租金。但是他们也了解到，这些极具诱惑力的承诺中暗藏的所谓回收工厂是一个以焚烧化学和工业溶剂为目的的有毒废料焚烧炉。以洛丽·古德曼（Lori Goodman）为代表的居民们发起组建了"反对破坏我们环境的市民组织"（Citizens Against Ruining our Environment，简称 CARE）并定期聚会。尽管部落首领被公司收买，CARE 在"绿色和平组织"等机构的帮助和支持下，迅速发展为一个有80 个成员的稳定组织，并最终迫使商业公司取消在迪尔肯建立有毒废料堆场和焚烧炉的计划。迪尔肯的胜利成为"土著环境网络系统"的基础，1990 年 6 月在此举行的"保护地球母亲会议"（"Protecting Mother Earth Conference"）吸引了来自 25 个部落，超过 200 人的土著民众代表，他们意识到在 CARE 的基础上应该建立信息互通的有效组织，展开更加广泛的反对废料堆场的运动，由此，"出现了一个由草根民众组成的、从草根阶层发声的草根运动"①——IEN。与同时期的其他环境运动组织不同，IEN 更加强调土著民众的草根性，以及在全美境内的活动影响力，同时，就如 IEN 的协调员汤姆·戈尔德图思（Tom Goldtooth）所言，IEN 能将不同部落、拥有不同文化和语言的土著民众聚在一起是因为"我们有能将我们结合在一起的相同的东西，那就是信仰，不管我们做什么，在我们的文化和信仰中有相同的精神，我们必须不断祈祷并敬仰我们的大地母亲。"② IEN 以保护大地母亲为主旨的年度会议不仅为全美的土著环境运动活动家提供了共享信息的平台，更在不同层面开展了系列具有实效性的工作，例如进行教育和培训，提供技术支持和政策建议等。在每一次的会议上数以百计的参会者都会重温传统的民族文化仪式，提升凝聚力；每一次的会后都有大量的专业人士能将他们所学到的知识和信息带回各自的部落和社群，内容涉及与环境相关的疾病的索赔及处理、参与区域政策的决议和制定、土著

---

① Luke W. Cole & Sheila R. Foster, *From the Ground Up: Environmental Racism and the Rise of the Environmental Justice Movement* (New York: New York University Press, 2001), p.139.

② Ibid., p.141.

传统植物的培养种植与利用，等等。作为一个以土著民众为根基的环境运动组织，IEN 在民族的传统价值观中发掘行动的指南，以印第安文化中的大地母亲这一显性特征为行动的口号，充分显现出土著民众在全国范围内参与变革与环境相关的政策和行为的自发性和影响力，这样的环境正义网络组织的出现标志着自下而上、高度组织性地改善环境，进而促成社会正义的大众运动成为目前环境运动的主流，是不可遏制的趋势和重要手段。

学者发现，美国土著民众展开的环境正义运动以及美国社会对于这些运动的逐步认识、接受、支持和发展非常典型地证明了，环境正义概念与实践必须相互结合并逐步改变社会现实，正义概念中除了公平分配的正义以外，认可的正义、参与的正义和发挥作用的正义，这些理念对于环境正义运动具有更加明确与现实的指导意义。对于美国土著民众来说，他们遭受的生态不公除了因为经济、政治的弱势以外，对于他们文化认同的缺失也是重要原因之一，所以在他们组织开展的运动中，"文化的含义与认同是环境正义斗争所涉及的中心"。① 例如，许多土著部落都有各自神圣的地方，是他们寄托信仰、教育后代的传统方式，但是，现在这些地方大多因为采矿、炼油、核爆而沦为荒漠，流失的清水、被撕裂的大山正威胁着部族的传统生活方式。纳瓦霍首领乔·雪利（Joe Shirley）认为，在族人的圣山上"开采天然气和石油是亵渎，是蹂躏纳瓦霍人的信仰"，② 这样的行为就"如同在林肯纪念堂开挖一个气井……当涉及我们的文化时，油气公司的无动于衷令人难以想象"。③ 在环境正义的斗争中，土著人是在"为保卫故土的环境、长存于那些地区的本土文化和地域感知而战……这种对族群居住地的保卫就是为了文化幸存，对于土著美国人和其他原住民群体和活动家来说，这无疑是重中之重"。④ 因为在他们看来，物质的分配不公只不过是表象，深藏于物质不公之下的是对文化的蔑视，最终导致

---

① David Schlosberg, *Defining Environmental Justice: Theories, Movements, and Nature* (New York: Oxford University Press, 2007), p.51.

② Ibid., p.64.

③ Ibid.

④ Ibid., p.63.

的是种族与文化彻底的灭绝。所以，当谈及环境正义时，"土著美国人拥护洁净的环境"组织（Native Americans for a Clean Environment）领导人兰斯·休斯（Lance Hughes）说："我们不是一个环境组织，这并不是环境问题，这事关我们的幸存。"[1] 土著人心中的大地不仅仅是一个物理环境，它同时也是一个心灵的家园，他们与环境的亲密关系在环境正义的运动中表达了一种白人文化从未体验过的"族群环境的身份认同（community environmental identity）"，[2] 对于这种人与环境的别样情怀的接受、认可与尊重才可能让土著人的生态观在环境正义的运动中得以体现，才可能克服种族主义的桎梏，让他们参与政治决策，"自主参与自己生存环境的决策过程是环境正义的核心，伴随而来的是对多元文化视角的赞赏和对文化完善的敬仰"。[3] 只有这样，土著人传统的生态思想才能在族群中继承并持续影响白人的观念。由于环境问题往往涉及的不仅仅是个人，而是整个群体的生活状态，当族群的功能得到最大发挥时，才能真正实现公平，并在此基础上达到自治（autonomy）。对于生活在保留地上的土著人来说，"在公平之外，环境正义的中心是自主自治。……自主自治是指本土文化通过行使自由控制他们自己的空间（和地域），用自发而适当的生态和文化范式组织可持续性的公平的生产和消费模式"。[4] 这无疑是土著民众在环境正义运动中所追求的最高目标，使他们的传统生态文化得到认可，是他们在能够参与美国的政治、经济决策后所期待的最好结局。同时，他们运用自己的传统文化所建构的可持续、公平的生产消费模式对于其他族群以及整个美国的环境运动也具有积极的指导意义。在1991年召开的美国有色人种环境领导峰会上，参会者制定了环境正义的17条原则，这些原则将

---

[1]　David Schlosberg, *Defining Environmental Justice: Theories, Movements, and Nature* (New York: Oxford University Press, 2007), p.63.

[2]　Ibid., p.61.

[3]　Charles Lee, "Beyond Toxic Wastes and Race" in Robert Bullard ed., *Confronting Environmental Racism: Voices from the Grassroots* (Boston: South End Press, 1993), p.39.

[4]　Devon Peña, "Autonomy, Equity, and Environmental Justice" in David N. Pellow and Robert J. Brulle eds., *Power, Justice, and the Environment: A Critical Appraisal of the Environmental Justice Movement* (Cambridge: MIT Press, 2005), p.144.

文化完善与环境可持续性联系起来，也将人类与其他生物的可持续性联系起来，其中包括："公共决策以所有人的相互尊重和正义为基础；作为平等的伙伴参与各个层面的决策的权利，包括需求评估、计划、贯彻、实施和评价；所有人的政治、经济、文化和环境自主的基本权利"等等。① 这正是美国社会中各个族群在环境正义的斗争中共同努力的结果。

美国土著人不仅在环境正义的运动中为消灭环境种族主义并为族群的幸存而战，他们还用自己对于环境的敬仰之情影响着白人，表达演绎着自然界作为正义主体和积极参与者的神奇能力，并在自己的生活方式上应和着环境的需求，在自己的文化形式上表达着对于天人合一的认可，也就是对于非人类组成体的尊敬，配合着自然的演进约束着自己的取舍，这不仅仅是为了顾及子孙后代的福祉，在更大程度上是一种认可后的自觉选择。他们认为非人类也是人类，因为人类与自然世界的其他成员极其相似，"这些相似性会引导我们认识到我们共同的特点，由此，非人类、自然都纳入正义的领域"。② 人类不仅要追求自身应得的正义，还应该还自然以正义，"关注社会和政治上的认可问题，个人和系统的功能问题，以及在社会和政治体制中，对于这些观念的排斥的抗议之声"。③ 这不仅是观念的更新，更需要行动的验证。当代美国土著小说家、诗人琳达·霍根通过文学语言，展现了土著人在寻求环境正义之路上对于自身权利的抗争，突出了复杂的社会历史与自然界的相互影响，以及语言如何塑造和表达这样的相互关系。同时，她更多地表达了土著人对于被蹂躏的环境本身的关注，作为社会上弱势文化的代表，为整个生态圈的正义权利表达着诉求。

第二节　琳达·霍根小说中的环境正义诉求

在当代美国土著作家中，契卡索女作家琳达·霍根在小说和诗歌创作

---

① David Schlosberg, *Defining Environmental Justice: Theories, Movements, and Nature* (New York: Oxford University Press, 2007), p.66.

② Ibid., p.133.

③ Ibid., p.159.

中都颇有建树，她的作品曾荣获美国图书奖、美国全国图书评论奖、兰南基金奖、古根海姆奖等，并于 1998 年荣获美国土著作家圈的终身成就奖。与其他土著作家相比，霍根不论是在诗歌、小说还是在散文创作中都更加集中关注一个凸显的主题——环境，以美国土著居民所特有的传统文化视角对于美国现代发展过程中的环境变迁进行鞭挞，对于土著居民在此过程中的惨痛经历进行回顾，在对历史的再阐释和对殖民暴力的控诉中强调其社会和政治诉求。

　　霍根的作品中始终透露出一种强烈的社会责任感，这来源于她叔叔韦斯利·亨德森（Wesley Henderson）对她的影响。亨德森在 1950 年代曾是美国土著社会中颇有影响力的人物，他致力于在丹佛市建立"白水牛议会"（the White Buffalo Council），帮助因为美国政府实施的"再安置计划"（the Relocation Act）而被迫从印第安保留地迁移入城市的土著人获得就业培训、教育及物资上的帮助，以尽快适应城市生活。霍根从小就目睹了身边的土著人因为身份差异而不得不面对的社会变迁与动荡，她从小成长的土著世界俄克拉荷马与印白混居的丹佛市为她提供了一个既单纯又复杂的文化大背景，一方面她可以去体会淳朴的土著灵学思想传统，但另一方面又不得不适应不断变更的混杂的社会洪流的影响，因此，回顾与对比成为必要的生活方式与生存手段，也成为她文学创作的模式和根基。她视自己在文学创作中的努力尝试为"一种新式的工具，拆解、重建。写作是我主要的撬棍、锯子和铁锤"。在拆解与重建的过程中，"精神上与政治上的诉求都非常重要，并合而为一"。[①] 她在文学表述中反复讲述的土著人的灵学思想以及他们在现实生活中面对种种压迫的不断挣扎体现了一位少数族裔知识分子的良心感知，一种对于普遍正义的探求，是源自"一种泛部族群落的情感，将无需族群溯源的本土性与对于大地的敬仰和照管联为一体"。[②] 至此，当土著人的大地情怀成为情感抒发和政治诉求的新起点时，人类已不再成为崇高物的代表，也不再是道德正义的必然聚焦点。在她的

---

① 　Eric Cheyfitz ed., *The Columbia Guide to American Indian Literatures of the United States Since 1945* (New York: Columbia University Press, 2006), p.150.

② 　Ibid., p.150.

文学作品中，环境正义成为表述的动力，超越种族、种类差异的生命共同体的幸存与完善成为表述的核心。

谈及生命共同体这一生态新视角，学者们大都会将其归功于奥尔多·利奥波德等西方学者的新探索，但是，霍根认为，这不过是土著人早已熟知的老故事，在他们流传千万年的传统仪式和传说中一直被反复传颂着。在一篇题为《我所有的亲人们》（*All My Relations*）的散文中，霍根描写了族人的神圣的"汗蒸小屋仪式"（a sweat lodge ceremony）。为了帮助族人的康复，他们搭建一个简单的小棚屋，中间有火堆烧烤着熔岩石块，"让人想起大地火红炽烈的地核，所有生命中的闪闪火花"。[①] 人们围坐在棚屋里，当夜幕降临时，当湖水浇淋到火红的岩石上时，当人们被腾腾的水汽围绕时，

> 整个世界都进入这个小屋里，冒着烟的雪松枝的柔柔的香气陪伴着他们到来，都被召唤到这里。动物们来自温暖而灿烂的远方，黝黑湖底的湖水在这里，还有风。弯曲在头顶的幼嫩柔软的柳条枝想起了它们扎根于大地的生活，阳光随它们的枝叶而来。它们想起矿物质和水都随它们的枝干蜿蜒而上，鸟儿们曾在它们的枝叶中筑巢，行星曾在它们短暂而纤弱的生命上空运行。雷雨云从遥远的地界飞驰而来，风儿从四个方向汇聚而来，它穿过岩洞，灌注过我们的身体，这是麋鹿吸入的空气，也曾穿透过灰白色的熊的双肺。我们看到夜空中繁星点点，而那发光的星星早已消失无迹。这里的一切变得热烈而神圣，这是一个无限大的集体，谦卑而孤寂；我们坐在一起，独自地，轮流深情地倾诉着自己的困窘、期望、失败与幸存。我们想起来，万事万物都是相互关联的。[②]

小小的汗蒸小屋里汇聚了不同的生命体和无生命体，在朦胧的水雾

---

① Linda Hogan, *Dwellings: A Spiritual History of the Living World* (New York: W. W. Norton & Company, 1995), p.39.

② Ibid., p.40.

中，人们无需用眼睛识别彼此，川流在空中的是人类用语言交织的一幅星象图，人们的记忆在这幅图上闪烁，那熠熠生辉的不仅是人类的故事，更有一直陪伴着人类孤独身影的熔岩、湖水、柳枝以及各种动物，甚至还有关注着这个世界的遥远星空。在人类无助困窘时，这个"无限大的集体"远比高高在上的"上帝"更与我们亲近，因为这是一个我们永远不可能与之分离的存在，他们能无时无刻地伴随我们左右。霍根认为，这就是传统仪式能够疗伤的关键所在，认识到人类与万物相互关联是仪式的目的，只有修复人类与万物的关联才能医治人类的创伤。

> 在我们祈祷前后，仪式参加者都念叨着"我所有的亲人"，这些话创立了与其他人、与动物、与大地的联系，要获得健康就必须将所有这些亲人记在心里。仪式旨在让人回到初始，重组思想，是一次追随内心的导向的成功之举，是人类精神与世界上的一切共同构成的全貌，我们让支离破碎的自己与世界完整无损。对自己，我们在一个复原的神圣之举中重组生活的碎片，我们重建与其他事物的联系。仪式就是回归的起点，它让我们回到平衡之地，即与万物同存的地方。①

作为具有主观能动性的人类来说，相聚在一起的语言交流帮助人们在回忆中重新认识自己，再次找到身边无处不在的亲人。同时，土著人也相信，仪式的结束只是新的历程的起点，在新生活中，获得疗伤的人将带着新的眼光看待这个世界，怀揣同情地与世间万物同行。"动物与祖先都深入人体中，浸染着皮肤与血脉，大地与我们融为一体，石头也能在人的身体里扎根。"② 就像利奥波德的表述曾经遭到许多人的质疑一样，对于这些流传千万年的土著人的传统，白种人是不会轻易接受的，这些传统常常被指责为迷信、不科学、非理性等。对此，霍根认为，土著人早已接受"人

---

① Linda Hogan, *Dwellings: A Spiritual History of the Living World* (New York: W. W. Norton & Company, 1995), p.40.

② Ibid., p.41.

世间有一种智力在人类的知晓和领会能力之上"的观念，① 这是他们的先人对他们的教导，也被越来越多的现代科学和实践所证实。她提到因研究基因转换而荣获诺贝尔生物学奖的科学家芭芭拉·麦克林托克（Barbara McClintock）对于自己培养的植物生命力的敬仰，对它们的观察和倾听，除了科学精神之外，她还抱有一种"信仰的飞跃"，告诫同仁要"花时间去看，有耐心去倾听物质要告诉你的一切，人们必须要对那些有机体富有情感"。② 当现代社会将古老的神话传说贬斥为迷信和谎言时，霍根坚持认为"它们是一种更高形式的真理，它们是我们人类通向精神和心理成长之路上最深层、最内在的文化故事"。③ 在神话传说中，我们人类得以回到创世之初，回到人性的原初，以孩子般的纯真再次倾听自然的声音，用没有被玷污的目光再次审视自然万物，用没有被扭曲的价值观看待未来，得以有机会展望未来，规划未来，甚至重建未来。有些人会认为这是荒唐的呓语，但是霍根在《不同的产物》一文中指出，我们就需要寻找这样一种语言，"带着敬仰为生命发言，寻求一种思想的生态"，这种语言并不以科学为标杆，却是一种我们赖以生存的"另一种产物"。④ 这种语言可以重建人类与世界中断的联系，具有冲破科学的束缚直达人类心灵的力量。人类能够找到拥有这样的语言并被它所征服是因为我们与承载人类的外在世界有"内在的交流方式"，我们对于自然始终有一种"无法表达的情感"。⑤ 除了科学的表达之外，人们还会用不同的表达方式，"用仪式和诗歌找寻新的表述方式，告诉它我们想以一种新的方式生活在世上，告诉它，荒野和流水，蓝色的苍鹭和橙色的蝶蜓并不是因为我们而珍贵无比，不管我们是否认可，在管辖我们的自然世界的运转中，它们原本如此"。⑥

　　当西方社会大量充斥着各种世界末日的预想和猜测时，当全球生态状

---

① Linda Hogan, *Dwellings: A Spiritual History of the Living World* (New York: W. W. Norton & Company, 1995), p.11.

② Ibid., p.49.

③ Ibid., p.51.

④ Ibid., p.60.

⑤ Ibid., p.57.

⑥ Ibid., p.46.

况的持续恶化已经让许多人失去希望时，土著人却在历经诸多磨难后发出了新生的倡议。"对于大地之爱，我们需要新的故事，新的观念和条件，新的叙事去想象另一种途径，去学习还在世界上起作用的无尽的神秘与无穷的变化……印第安人不能是唯一记得与大地之约的人……我们需要在时空中回眸与展望，站在创世的零起点上去保证我们不再毁灭任何生命，不管它们看似多么微不足道"。① 作为土著文化的代言人，霍根在小说创作中就背负着这样的使命，在美国土著的环境正义运动影响下，她用文学语言表述着土著人对于环境非正义的批判，以及对于环境正义的探寻。以她1990 年出版的第一部小说《卑鄙的灵魂》（*Mean Spirit*）和 2008 年新推出的小说《鲸鱼的子民》（*People of the Whale*）为例，这两部作品都入围角逐普利策奖的短名单，都非常具有代表性地突出了霍根对于环境问题以及环境与人类关系的关注，也反映出霍根在环境正义这一议题上的思考与突破。

霍根在 1990 年推出的小说《卑鄙的灵魂》一经出版就受到极大关注，《洛杉矶时报》发表的书评认为这部作品堪称"北美的魔幻现实主义，就如同加西亚·马尔克斯和伊莎贝尔·阿连德用魔法师的目光考量他们的政治史，琳达·霍根则通过奇事和魔幻审视某些血腥的美国真相"。② 这部小说以 1920 年代发生的历史史实为原型，以土著人保留地上突然被发掘的石油而引发的一系列凶杀案为主要背景，在作品中则移至俄克拉荷马州一个名叫瓦托纳（Watona）的小镇，因为石油而暴富的奥萨基（Osage）妇女格雷斯·布兰科特（Grace Blanket）被杀害，但她并不是附近土著人中唯一的受害者，围绕着地底下的财富已先后有近 20 人莫名死亡或失踪，而这凶残的明目张胆的罪恶却无法在联邦法律的框架中得以惩处。霍根通过文学之笔再现这段暴力的罪恶史实并不仅仅是为她的同胞所遭受的残害讨回公道，借用小说中的土著人牧师乔·比利（Joe Billy）的话："这不仅

① Linda Hogan, *Dwellings: A Spiritual History of the Living World* (New York: W. W. Norton & Company, 1995), p.94–95.

② 参阅该作品封底摘录的书评。Linda Hogan, *Mean Spirit* (New York: Ivy Books, 1990)。下文中所有来自本小说的引文都出自此版本，不再赘述，只在括号中标明页码。

仅是一场种族的战争，他们在向大地挑战，他们烧毁了我们的森林和玉米地……"（14）。土著人曾经被迫迁移到被白人嫌弃的贫瘠的土地上生活，而当这片土地上发现了石油之后，不仅土著人会因为白人的贪婪而再次遭到挤压驱逐甚至失去生命，这片土地也成为被无情掠夺的最大受害者。

尽管这是一部以发生在土著部落中，围绕石油而展开的杀戮史实为背景的故事，但是作品中的人物更加关注的却是如何保护大地和其他生命免遭涂炭，因为以格雷克劳德（Graycloud family）一家人为代表的小镇土著民众都清楚谁是杀害格雷斯等人的元凶，也知道在美国现有的法律体制下，利令智昏的白人并不会为他们伸张正义。所以，在这场对抗白人贪欲与保护族人权利的斗争中，他们在保护格雷斯的女儿的同时更需要以自己的方式宣张正义，如果是因为脚下的这片土地导致了杀戮，那么他们清楚，只有在保全这片土地的前提下才能保全自己，也才能阻止更多的罪恶。

霍根在小说中通过白人和土著人两个社会群体围绕自然资源的智谋之争展开了一幅色泽纷呈的场景图。与白人混居的土著人不得不面对遍布小镇的死亡阴影，忍受小镇周围的土地上丑陋的黑洞和从地底下冒出的令人猝不及防的烈焰，他们曾经幽绿的森林被汽油挟裹着火焰舔舐成一片焦黑。而远离小镇的某个僻静之处却生活着一群古老的族人，他们隐居山上，被小镇上的土著民众尊称为"山人"（Hill People）。他们默默关注指导着格雷克劳德等土著居民的安危与抗争，不仅担当了格雷斯女儿的保护神，并且更多地担当着精神领袖的角色，指引着小镇上的土著民众回归传统，在这场大地的保卫战中伸张正义，也最终引导白人重新认识了"上帝"，在一种神启般的领悟中共同回归大地。霍根在作品中极富寓意地塑造了三个人物：克里族人牧师乔·比利、志在书写一部土著人的《圣经》式预言书的米卡尔·霍斯（Michael Horse）和白人神父邓恩（Father Dunne），这三个宗教式人物的变化和抗争以一种通俗的方式传递出印第安文化的精神影响力。作为精神世界的导师，小说中牧师式的人物不仅帮助土著人温习了传统，也试图引导白人接受印第安文化中万物合一的灵学思想，最终才能够保全大地免遭涂炭，保全人类免遭杀戮。

年轻时的乔·比利毕业于发达的东部城市波士顿的神学院，他以自己的才学和志向赢得不惜与家人断绝关系的白人女子玛莎，"回到家乡，立志拯救和服务于他自己的印第安乡民。他生来就会礼拜和祈祷，这特质遗传于他的父亲萨姆·比利，一位转而信仰基督之前从业23年的药师"（14）。在俄克拉荷马印第安浸礼会教堂里，乔对他的教众们宣讲着神的旨意，但是他讲得最多的还是这个正在坍塌的世界，"印第安世界正在与白人世界相互撞击"（13）。小镇上的土著人在这个相互撞击的过程中遭遇种种不公平，他们被迫在白人不要的贫瘠土地上生存，例如格雷斯赖以生存的"不毛之地"（The Barren Land），根据道斯法案划归她名下的那160英亩干旱的砂石地。但是当这片被白人抛弃的土地因为石油而成为"巨富之地"（The Baron Land）后，格雷斯却并没有享受到由此带来的福利，反而成为财富的祭品，并将伴随这笔财富的死亡阴影留给她的女儿、妹妹、妹夫等所有可能获得继承权的亲人，使他们也陆续遭受磨难或死亡。面对这样的现实，白人的上帝已经无法给土著信众带来心灵的慰藉，乔·比利和许多其他印第安教堂的牧师一样，都只有重试传统的印第安佩约特仪式（the peyote ceremony），作为仪式中的引路人（road man），他引导"印第安民众的生命之路，为他们搬开阻路石，勾画出心灵的版图"（73）。佩约特仪式上的比利神父不再是教堂里的黑衣人，他脸上涂抹着红色的黏土和黄色的赭石，"那是大地的元素"（73），口中的祈祷也与往时不同，"由于某种原因听来更加深沉，更加触动心灵，更加实在，似乎更加来自身体的直感而不是头脑的思考"（73）。教堂里的民众不时会听到远处传来的爆炸声，那是白人在探测石油时不断爆破打井，心碎的教民不禁哀叹："我们中的许多人已经支离破碎，就像刚才大地被撕裂一样。"（75）在绝望中，比利牧师想到了父亲留下来治愈族人的"蝙蝠之药"（the bat medicine），"蝙蝠最大的优点就是它们和我们一样，是站在两个世界里的一群人"（257）。与白人治愈疾病的药丸不同，被土著人从白人的枪弹和火焰中救护下的在岩洞中世代繁衍的蝙蝠为人们带来了希望，"蝙蝠们来自药袋，灵药恢复了药效"（241），而它最大的药效就是给族人重新带回信仰，连比利牧师都不再相信自己在教堂的布道，他的白人妻子玛莎认识到"她的基督教丈夫正在听从来自蝙蝠的世界的神灵"(137)，她也逐渐变得越来越像一个土著人，而完全没有了白人的外形和气质。最终，这对夫妻选择摒弃基督上帝，一起去到土著山人的世界，与他们一起在大地之灵中找寻生活的真迹。

米卡尔·霍斯老人作为小镇上土著民众尊重的古老传统的代表，他与山人一样能够理解这个自然世界中一切事件的意义。从燃烧的山林中他听到了"大地发出的崩塌之声，痛苦的呻吟"(189)；目睹无助的现状，他启发比利重启蝙蝠之药，并与族人一起保护山洞中幸存的蝙蝠群，而他最为雄心勃勃的行为就是重新书写一部土著人的《圣经》，他把自己所写下的内容叫做《霍斯福音》，他说道："《圣经》满是错误，我想我会校正它，例如，它何处提及所有的生物都平等合一？"(273)他志在"为后人书写，为后代及其后代书写，似乎书写行为本身就是占卜、预言的一部分，就是救赎的行动"(341)。霍斯的书写行为就和土著作家的书写一样，他们借助书写为族人传承印第安传统文化的同时，更希望通过这样的书面文字给白人以警醒和启示，就像霍斯对山人解释自己的书写行为时所说，"除非看见书面的文字，他们并不相信事物的真相"(361)。白人对于书面表达的顽固信仰让霍斯不得不从解构他们最为神圣的文字《圣经》开始，在《霍斯福音》中传递出土著人的精神信仰，以此校正由于精神世界的错误而导致的自然世界的偏差。在他的福音书中，他试图描绘出"所有信仰的核心，它是创造者的历史，创造者清晰地告知白人和我相同的话语"(362)，所以这部福音不仅仅是土著人的心灵指南，作者更希望它能成为所有人都深深信仰的精神向导，能够教导人们"尊崇天空父亲和大地母亲，照看所有的一切……与大地温和共存……向大地祈祷，修复身心，恢复表达，重塑灵魂，使之与自然和宇宙和谐共处……"(361—362)对于已经遭受重创的大地，霍斯在福音书中用土著人的文化视角提醒人们要远离这片土地，在人类停止戕害的前提下，自然强大的生命力能够让它自我修复，"当所有人归来，尊崇大地，为它祈福，那一天就会到来"(362)。面对残酷的现实，以比利和霍斯为代表的土著人始终坚守着这片土地，始终引领着族人寻求着走出困境的良方，从未放弃过解救这个分崩离析的世界，因为他们知道，族人与世界早已合而为一，当自然成为正义的载体时，族人也才能真正获得拯救。

除了代表土著文化传统的比利牧师和霍斯老人之外，霍根在小说中还描写了白人神父邓恩的心路历程。他也不能接受在这片土地上赤裸裸的杀戮，自认为是人类精神的正义领航者，他也试图用自己的知识引导民众摆脱苦难。他曾尝试着去理解土著人对于自然的认识和了解，远离教堂，在旷野中重建住所，在与自然的亲近中，他认为自己终于听到了"上帝的大地"之声，"那是大地在说话，是土地深层而梦呓的声音，他似乎第一次醒悟过来，似乎他的眼睛终于睁开。他将《圣经》放在一边……上帝真正的话语就在草丛中，他早该知道。他将橡树上的十字架取下，用软泥轻柔地填塞在树身的伤口上……"（188）自认为找到真理的邓恩神父孜孜不倦地向身边的土著人念叨他的神启，还以自己为榜样教导他们理解"猪和鸡也有生命之灵，就像在基督教堂和天主教堂中的生命之灵一样"（238），他意识到"自己如何被错误地教导，相信动物没有灵魂"（239）。但是，白人的基督教文化已经深入他的血脉，不管他如何努力，也无法完全接受土著人天人合一的信念，无法将自己"降格"为与大地和其他生命体和非生命体同一的存在，对于霍斯重新书写《圣经》的"大逆不道"的行为极为愤怒，"你不能那样做……那是上帝的真言……它（《圣经》）宣布人统治世上的一切生物"（273）。霍根由此满含讥讽地鞭挞了基督教文化中根深蒂固的人类中心主义思想，在这样的主流文化中，人类不可能找到修补创伤，重建未来的良药，白人在这样的思想引导下也不可能成为世界的正义之师，在人类世界和自然世界中再造和谐。

小说中将白人世界和土著人的世界联系起来并且以发现并惩处罪恶为己任的是来自华盛顿的警探斯泰斯·雷德·霍克（Stace Red Hawk）。作为一名拉科塔人（Lakota），他满怀同情地来到奥萨基人的土地上，希望用强大的联邦法律为他们伸张正义，自信自己是"联邦政府的天使，他能介入印第安事务，并且他相信他能帮助印第安人"（127）。但是，他目睹了联邦政府对于土著人的土地上发生的凶杀案的冷漠态度和迟缓行动，当土著民众质问他"为什么你们的法律会助长这么多的罪恶?"时,他无言以对。最终,作为法律的执行者,斯泰斯认识到,所谓强大公正的联邦法律并不能保证生活在这里的土著人的安宁,更无法保护这片土地免遭人类的侵害,所以他选择了回归传统,"他向先人和那些小小的斑点鹰祈祷……印第安领土上这些他与之斗争的人们并不热爱大地和她的生灵……他向人们,那些印第安人求助,他向那些来自天空的鹰人求助"(205)。只有在山中独行时,斯特斯又能安静地思考,"他感受到了大地的灵魂……他感受到了河流的美丽和力量,他变得头脑清醒,他确信为政府工作是一个错误的决定……有时斯泰斯认为人们已经走入绝境,但有时他又知道未来是一片开阔地,他必须找到新路穿过它"(248)。他去到山人的世界,"在山人古老的居住地弥漫着一种不同的安宁,那里如此宁静,它深深地浸入大地火红的骨架中"(253)。就像牧师比利和霍斯老人一样,他在罪恶被揭示后选择回到族人中开始新的生活,在绝望的深渊中只有族人的世界以及让他们幸存下来的自然能让他"寻求到希望"(371),他从那些死去的树干上闪烁的狐火中看到了人类或许能够幸存的希望之光,"他想希望就像狐火,生动而明亮,在腐朽中成长"(371)。

霍根通过对这段历史的再叙既描述了土著人所遭受的不公,更彰显了土著人对于人类与非人类平等合一的信仰所能激发的生命力,在面对种族差异所导致的社会不公的同时,土著人更加关注由社会不公引发的人类对于自然的漠视和摧残。在小说中,霍根由环境种族主义所导致的种种罪恶为起点,在人物的悲欢离合和情仇恩怨中申述着土著人对于白人文化的批判和反击,他们对于人类正义的探索过程也正是他们回归信仰,重拾文化身份的过程,更是他们回归自然,还自然以正义的过程,而在这个过程中,白人的律法既无法为土著人提供保护,更无法为大地带来庇护,土著人也由此相信,只有在大地的幸存中土著人才能得以幸存。霍根在《卑鄙的灵魂》中通过历史再现揭示了环境种族主义的种种罪恶,但是读者会发现,拘于环境正义运动的早期特征,霍根在作品中更多地聚焦于土著民众所遭受的不公,而伴随着环境正义运动的广泛影响,霍根也突破了族群和种群的局限,在2008年推出的《鲸鱼的子民》

一书中，将正义之剑的锋芒指向了更为广阔的表述空间，表达了更具广泛性的意义诉求。

《鲸鱼的子民》的故事主要发生在美国西海岸华盛顿州北部的一个阿兹卡族（A'atsika）小村庄，它毗邻海湾，有两条河在这里汇集入海。在海湾的另一面有一些白色的老房子，那里住着老人们，一些已经不知道岁数但仍然铭记着古老传统的老人们。村子里也有受人敬仰的老人，那就是威特卡（Witka），他是村子里最后一位猎鲸人，也是最后一位"与鲸鱼说话的人，如果某一条鲸鱼愿意为了陆地上的人们而奉献自己，他会恳求他们，伸展双臂唱着歌呼唤他们。当人们挨饿时，他召唤请求他们。而其他时候，威特卡会看着它们成群游过……对于一个生活在两个世界、两种环境中的人来说，他看到的情景是如此壮观。"① 一身白衣的威特卡与族人最大的不同是他与生俱有的责任，"他学习唱歌和祈祷。年仅五岁时，他就梦到了海底的山川和峡谷的全景图，那里巨石密布，海藻森森，水流滔滔，他对此感到无比亲密"（19）。从此，海底世界成为他的向往，长大后的威特卡在水底"能够不呼吸地保持冬眠状态"（19）的本事使他常年遨游在大海中。他与鲸鱼对话，倾听他们从水下游过的声音，告诉族人什么时候鲸鱼已经准备好奉献自己，他们可以出发带回一条鲸鱼。在渔夫们外出捕鱼时，他会对着大海吟唱：

> 哦鲸鱼兄弟姐妹们，祖母鲸鱼，祖父鲸鱼，如果你来到陆地，我们有美丽的草木，我们有温暖的地方。我们有孩子需要喂养，我们会让你亲眼看看他们。我们会让你的灵魂回归孩童，我们会祈祷它再次回归肉体，它会成为我们的身体。你会成为人类的一部分，在我们的身体里，你会在温暖的地方舞蹈，创造光明，创造爱。想着你，我们将会强壮。我们会期盼着你，我们会好好待你，那么有一天我会成为你。（22—23）

---

① Linda Hogan, *People of the Whale* (New York: W. W. Norton & Company, 2008), pp.18–19。下文中所有来自本小说的引文都出自此版本，不再赘述，只在括号中标明页码。

威特卡与村子里的女人们用歌声抚慰着将被带回来的鲸鱼，他们用肃穆的歌声表达人类对鲸鱼的感激，赞美鲸鱼"为了他们牺牲自己的人的伟大壮举……是水里的人，鲸鱼的子民"（20）。

威特卡关于大海的知识无限广博，所以，村子里的人都尊他为"医药神手、好奇梦幻之人，一个猎手和雕刻家，一位能治愈风湿和眩晕症的药师"（19）。当他年老去世时，人们都久久不忍让他离去，都不相信他已真的不再呼吸。随着他的离去，族人永远地失去了猎鲸人的指引，他们与鲸鱼的纽带从此断裂，对于族人来说，人类与鲸鱼开始真正生活在截然不同的两个世界，他们失去了古老的捕鲸传统，日本人、白人带来的轰隆的大船和枪炮将村庄与海洋从此割裂。

威特卡的孙子托马斯·W. 贾斯特（Thomas W. Just）出生的第二天，人们看见一条章鱼走出大海，来到海边的岩洞。千百年来生活在海边的人们从来没有见过这样的奇观，他们或惊恐，或猜疑，或高兴，因为章鱼走过他们身边时，"它的眼睛看着他们，看过每一个人，似乎知道所有人的过去，所有人的将来"（15）。在族人的古老信仰中，章鱼柔软的身体使它们善于隐身于各种地方，它们会根据环境改变身体的形状而贴附在所有不为人所知的角落，人们畏惧这样的"变形者，它们对人类的瞒骗和迷惑，凡人总是结局不善"（17）。但是托马斯的妈妈却"认为它是圣物，在托马斯降生之时它的出现会赋予他特别的人生……她相信章鱼是儿子的灵魂守护神，因为她与老人们过去的想法一样，相信存在着这样的救助者，他们是仁慈的魂灵"（16）。在族人的星空图上，人们总能找到鲸鱼、海狮和章鱼的星座，所以，当它悄无声息地重回大海后，人们希望"它会帮助他们"（18）。作为威特卡的孙子，托马斯的出生为人们带来期待，希望他是与祖父一样的人，能够重建人类与鲸鱼祖先的相互交流和呵护。但是，托马斯却并没有祖父般的天生才能，他既不能在海底久留，也对于海底的亲人一无所知，在匆忙奔赴越南战场后不久就销声匿迹，只有军队送来的身份识别牌和紫星勋章等告知族人，他是一位战死沙场的英雄，再也无法回到大海，回归鲸鱼的故乡。

但是，托马斯的妻子露丝·斯莫尔（Ruth Small）并不相信丈夫已经死去，她的祖父是威特卡的好友，一样精通水底世界。她与托马斯青梅竹马一起长大，他们的结合在长辈和他们自己看来是天生注定的。露丝生下来就与众不同，她"生来就有鳃缝……接生婆不得不把这个女婴放在一个装满水的锌质浴盆里，这样她在被他们送到城里的医生那儿去之前才不会被空气呛死……鳃就长在她耳朵的前面，医生们犯了难，他们花了好几周的时间才把鳃给缝上，让露丝·斯莫尔能用肺呼吸"（27）。她比托马斯的水性更好，"她看起来就像一个精灵，就像许多故事中的女人一样，她能在洋面上行走，就如月亮在水面上开辟了一条道路似的。故事中的女人和月亮一起创造了植物生长的循环、潮汐的运动和雨水"（27—28）。与祖辈一样，"她能听到水下鱼儿从哪里游过"（29），所以以捕鱼为生的露丝总是能轻松捕捞到所需。但是，当鲑鱼回游的丰产季节到来时，她却并没有欢欣，"它们真美，我一只也不想杀。但是我只出售我们需要的数量，对餐馆里会被食用的那些鲑鱼我几乎不得不满怀敬仰，有时我会扔一些回水里"（32）。托马斯奔赴战场后，她生下了儿子马可·波罗（Marco Polo），"他的脚趾间有一些脚蹼"（34），对此，露丝异常高兴，"他们是不被大地束缚的一家人……他们生活在两种环境中"（34）。与白人医生的惊慌和基因返祖的解释不同，露丝的族人们都相信祖辈流传下来的故事，关于他们的祖先鲸鱼的故事，"他们是鲸鱼的子民，他们崇拜鲸鱼……鲸鱼就是他们的生命，他们的慰藉。有时他们的朋友剑鱼会刺伤一条鲸鱼，它会游到岸边等待死亡，或是到达时已经死去，而这是海洋母亲和朋友剑鱼为饥饿的人们送来的礼物"（43）。作为鲸鱼的子民，族人中总是时不时会有一些人带有祖先的特征，鱼鳃、脚蹼总是在提醒他们自己与海洋世界不可分割的亲情。果然，马可从小就对海洋有不可遏制的渴望，他在水底待的时间越来越长，他生来具有的智慧让老人们相信，"他是一位祖先的化身"（38）。在接受了学校的教育后，海湾对面白房子里的老人来接他，他与他们生活在一起，学习另一种知识。"倾听着，他似乎听懂了世界的内心，他是一个有智慧的男孩"（61）。与族里的老人们在一起时，他一方面知道外面世界的科学知识，但是在这里，"有关于水、大地、植物、星空的知识，有另一种语言，现在是学习新词汇、新歌和植物的时候了"（62）。

替代父亲，马可从小就感受到了责任，他也曾疑惑地问露丝："母亲，我如此与众不同，我将成为什么样的人？"(63) 在鲸鱼进入他们的生活之前，没有人知道答案，马可的神奇力量和使命只有在人类与鲸鱼再次直面时才会展现。

尽管被告知丈夫已经阵亡，但是露丝从未相信军队送来的消息，她与托马斯的爱情就如祖父母辈的爱情一样，"是一种来自大地，透过环境直达水底深处交流的爱。露丝通过自己的眼睛和心灵，看透了这个世界的时空。在幽暗的梦中，她透过遥远的海洋，看到了涌动的水母、飘摇的海藻丛林、飘忽的蝠鲼、游上来呼吸的海龟，透过这一切还有厚重的云层，她看见了他"(36)。更为神奇的是，儿子马可也和妈妈一样，看到父亲"在一片长满草的田地里走过"，尽管还不知道稻米是什么，他看到了在灌满水的稻田里劳作的父亲（38）。所以，多年后当他们得知托马斯已经在越南被找到并且马上就要回家后并不吃惊。但是，母子俩在机场并没有等到亲人的归来，托马斯再次失踪，这一次，他躲在旧金山的角落里，又过了五年后，他才真正回到了故乡，却既不愿意和妻子生活在一起，也不愿意与自己的儿子亲近，而是在祖父遗留下的海边小屋里孤独地抚慰自己的伤口。不为家人所知的是，托马斯思念和牵挂着自己远在越南的女儿林（Lin）以及已经逝去的妻子马（Ma），他在两个世界间撕扯着，挣扎着，而这一切都源于战争，"战争就像海洋，能将每个人炙烤淹没的海洋，只有几个人能游走"(46)。托马斯回到故乡面临的第一件大事就是族人准备的猎鲸行动。任部落会议主席的德怀特（Dwight）为金钱所驱使，秘密与日本人和白人签约，捕杀鲸鱼，却冠冕堂皇地宣称这是回归部落传统，"猎鲸会让我们找回自己"(69)。被蒙骗的族人跟随他猎杀鲸鱼，马可听到了水底鲸鱼的动向，他阻止他们捕杀年幼的鲸鱼，但是没有任何人听从，在一次成功的围猎之后，马可永远留在了大海。随后，族人立刻意识到大自然对于人类贪婪行为的报复，这片土地上开始干旱肆虐，流淌千百年的河流断流，植物枯萎，在无边无际的水的世界里，人类却陷入无水可用的悲惨境地。尽管人们纷纷去教堂祈祷，面向大海唱着古老的歌谣恳求，干旱仍然没有丝毫减弱。

　　琳达·霍根在《鲸鱼的子民》的题首写道："为海洋治愈创伤，为所有从战争中归家的老兵治愈创伤……"读者在作品中能够清晰地看到以鲸鱼为表征的大自然和以托马斯为代表的老兵所遭受的创伤，尤其是当大自然遭受非正义对待时会如何回击人类，但是，如何愈合这样的创伤才是读者渴求的答案，如何通过纠正人类的错误行为还自然以正义才能有助于愈合人类自己的心灵之殇更是这部作品的真正意图。只有当人类意识到自己对于大自然的不公正行为，并采取行动纠正偏差，才能看清造成个人不幸的缘由，也才能彻底摆脱苦难的困扰，通向和谐幸福的彼岸。在《鲸鱼的子民》中，托马斯的经历不仅代了美国土著人在二十世纪的痛苦遭遇，他重归部落希望通过猎鲸行动找寻传统（75，77）的想法和行为并没有为他带来丝毫的慰藉，反而遭受了失去唯一的儿子这一更大创伤。在露丝的影响下，在越南的女儿林万里迢迢前来找寻父亲的感人举动中，托马斯终于开始思考，在大自然的正义得以回归后，人间的罪恶才得以惩戒，托马斯也才最终在妻子和女儿所在的两个故乡中找寻到生存的意义。

　　在看似平静的部落生活中首先意识到大海正在遭受不公正对待的是露丝，她作为"水的女人，鲸鱼的女人"（65），不仅能和族人一样感受到历史和现实中的战争给土著人带来的肉体的摧残和精神的痛苦，她更被一种孤独感所煎熬，"为发生在他们土地上的青草、他们的水流"而备感孤独，"不仅是对那儿发生的大屠杀、奴隶制，更有对大海的屠杀"（65）。面对族人为了金钱而大肆捕杀鲸鱼的计划，她直接冲到部落集会的地方慷慨陈词："为什么我们的祖先视鲸鱼为神灵之鱼而白人视他们如魔鬼？……这里还有谁能如我们祖先那样与鲸鱼有别样的关系？我们当中谁知道带回一条鲸鱼应该唱的歌？应该用的正确方式？谁会为此斋戒？"（82）尽管族人认为她是一个害羞、孤僻的女人，但是她清楚地知道人的内在贪婪和残酷，为了拯救鲸鱼，她不得不与族人为敌，面对强大的社会势力，她大声疾呼："去告诉大海你们将要干什么，它已经在倾听你们的话，正在用一种全新的语言作着决定，那鲸鱼的世界在等着从人类的捕杀中逃离。水之神在倾听，水之神在思考，他并不愿意这样。世界的神灵都知道，真理就在这满是坏决定的屋子之外。"（83）势单力薄的露丝在无力说服族人改变猎杀计划后，只得面对大海吟唱，请求水里的生物都快快逃离。

长大后的马可从老人们那里不仅学会了在海流中自由驾驭自己的雪杉小舟的本领，更学到了与大海相处的恰当方式和各种颂歌。作为一名高超的渔夫，他不得不成为部落此次捕鲸行动的一员，"满怀对鲸鱼的爱，他觉得自己被扯成了两半。他曾与两条鲸鱼一起遨游，他们用古老的眼神看着他，让他觉得自己作为一个人是多么渺小"（78）。他是村子里唯一记得古老歌谣的年轻人，他忍不住对他们吟唱："哦，鲸鱼，怜悯我们吧，我们如此潦倒，我们如此衰弱，我们如此渺小，我们只不过是饥饿的人类。"（78）但是，族人毫无敬意地杀死一只尚未成年的鲸鱼，它满身伤痕地被拖上岸，毫不珍惜地被屠宰，族人的这次猎鲸行动终于激怒了大自然。当大海已经向人类贡献了无穷的资源，而人类仍然贪婪无止境地向大海索取时，当祖先细心呵护的曾经成群结队在大海中自由嬉戏的鲸鱼在今天已经成为珍稀生物时，为了惩戒人类对于鲸鱼的不公正对待，自然的神灵通过干涸的大地展现了自己的神威。

不管人们如何祈求，雨水还是没有回归这片土地。露丝曾经告诫族人要敬仰大自然，善待世上的生灵，面对大自然的惩戒，露丝不仅仅想到了如德怀特之类的破坏者（breaker）为族人带来的灾难，相信是他在捕鲸时杀死了自己的儿子，更想到了如飓风般的巨浪（large, rough breakers）会如何轻易地摧毁人类的自大，而回顾土著人千百年来所历经的苦难，正是"西班牙、俄罗斯、英国、美国的教师和传教士，以及 1910 年造成四分之三以上的族人死亡的瘟疫和几乎让鲸鱼灭迹的巨型捕鲸船"（106），这些更为邪恶的破坏者将族人逼到了今天的境地。族人与自然长期的和谐关系被这些西方的传统和生活方式所破坏，他们再次感受到大自然对于人类不公正对待的反击。为了满足日本人和白人的贪欲，土著人的大地成为博弈的战场，而自知不敌自然的土著人成为战败的牺牲品，成为环境种族主义罪恶的替罪羊。露丝知道，白人教堂中的祈祷不是水之神的语言，不是这片土地的自然神灵所接受的祈愿。同样，当族人没有履行自己对于大自然的责任时，"祈祷没有作用，古老的歌谣也没有作用"（129）。她想到了部落传说中章鱼化身的雨水祭司（the Rain Priest），"他能驱走魔咒，或者改变水流，并呼唤雨水。他能唤来淡水，这是他的天资，当年因为(与白人)签订条约而导致干旱时，人们召唤他……雨水祭司就是他们的摩西，他曾经拯救过他们一次，露丝想这可能是他们唯一的救助"(130)。她向白房子里的老人们求教，并献出自己赖以生存的渔船给雨水祭司，最终让雨水重新回归这片干涸的土地。随着雨水的归来，花儿重新绽放，雨水冲刷后的山坡上出现了先人们遗留下来的生活印迹，"古代的鱼叉、充满爱意和生存欲望的岩雕，雨水确实暴露了现代人的恶行，但是一段历史也得以再次展现"(153)。这时，族人开始思考雨水祭司的呵护，"雨水让人们回到从前"(153)，对比灾难与赐福，目睹他们的土地因为白人的支配和驱使所承受的灾难以及部落神灵对他们的救赎，他们再次感受到古老的力量，认识到血脉中遗留下来的元素会永远和他们在一起，"他们感受到了和美"(154)。

但是，霍根的故事并未到此结束。这不仅仅是一个关于美国土著人回归传统、呵护家园的故事，在西方文明席卷全球的现实背景中，太平洋北岸边这个不知名的小角落里曾经发生和正在发生的故事也在世界各地上演。土著人失去自己的家园时，也被派送到世界的其他地方，在战场上目睹了大地母亲的磨难，更在目睹其他大陆上的人民所遭受的涂炭中看到了自己民族的苦难。从越南战场归来的托马斯与其他土著作家笔下的越战老兵不同，他的回归不仅归功于土著文化巨大的疗伤力量，霍根通过托马斯的疗伤历程展现的是一个超越民族历史局限的个案，就像土著人敬仰的蜘蛛祖母编制的生命之网一样，这是一个交织着人类与自然，融合着敌人与亲人的神秘历程，在人类的利益与自然的权利的交战中、和解中演绎着自然与人相互伤害、相互呵护的艰难历程，最终在自然的正义得以伸张之后，人类的创伤得以愈合。

当托马斯回到故乡时，没有人知道他在外飘摇的这么多年都发生了什么，作为一个受人敬仰的猎鲸人的后代，他的战争勋章赋予他英雄的荣耀，但是族人们看见的是一个默默无语、失魂落魄的孤独男人，一个抛弃妻儿的古怪陌生人。他以为参加捕鲸可以在回归传统时重新找到自己，但是儿子的死亡彻底打碎了他最后的期盼，他绝望地将祖父的老屋周围围上高高的围栏，将大海完全隔在自己的视线之外，以此默默疗伤。但是露丝让他看到了紧靠在他门边的海豹，"那些是你的亲人。"（115）在这些海豹身上，他重又认识了"他所在部族的祖先"，他知道"所有的故事都在我们的身体里"（116），与自然的血脉亲情是围栏无法阻隔的，对祖先的回忆是任何经历都无法磨灭的。在露丝的提醒下，"回忆回到他的身边"（117），他记起自己最初得以在战场幸存就是因为能将自己深深地埋在热带丛林的泥浆中，"我就是大地，他现在想起来，那是我生存下来的原因。我成为了大地，这成为他的幸存之宝"（122）。而正是在那片大地，他也第一次体验到绝望，"作为大地他注意到了植物，甚至它们的根都被摧毁了，他想在世界的那一端什么都长不出来了。他的祖父会怎么想呢？尽管身处战场，意识到这一点让他心碎"（122）。将大地作为庇护所的托马斯不能像其他美国士兵一样作战，作为大地的子孙，那些从天而降荷枪实弹的伞兵不再是他记忆中像大海中的水母一样代表自然脉搏的生命天使，当被命令枪杀越南平民时，他从他们脸上看到了自己亲人的容貌，尽管相距遥远，但他们看上去如此相似。而且没有越南人视他为美国人，他们相信他与他们有一样的血脉。他被迫决定为了保护这些远方的亲人而将枪口对准自己的战友，从此抛掉身份牌，像一个越南人一样开始了在稻田里的耕作，在偏僻的小乡村中开始了第二次人生，娶妻生女，直到被美国人找到并被强迫送回国。

带着满身的谎言，托马斯只有寄希望于捕鲸找到与自然的紧密关系，但是最终他在暗暗的围栏中才认识到人类的罪恶。就如露丝愿意奉上祭品换回雨水一样，托马斯也在思考着自己应有的付出，"托马斯自己感受到对于干旱的责任，他知道正在发生什么，大海正在为被掠去的一切哀伤，为马可和死去的鲸鱼，它在为一切哀伤"（136）。在托马斯看来，这一切还包括他远在万里之外的女儿林，还有那一片也曾被摧毁的绿色丛林，"他后悔丢下了女儿林……他记得飞过那片耀眼的绿油油的美丽大地，向下看去，他想，我要帮助我们的国家，我们的人民，他们的国家，他们的人民"（136）。带着土著人的大地之爱，他心中的自然没有界限，他心中的亲人也无法割舍，念叨着女儿和儿子的名字，他心中的迷雾渐渐散去，他将用真相抹去谎言，他将雨水的回归视作神灵对自己牺牲的认可，"他相信他的献祭带来了雨水，他将追寻生活真相不被掩盖，他将找回自己的女儿，所有的真相，帮助带回了雨水"（151）。随着雨水的回归，托马斯踏上了吐露真相、揭露谎言的历程，同时，他也开始回到大海，每晚去练习潜水，他相信先人们的信仰，"某一天，我们会藏身海底……我们再也不会回来，我们将会像故事里说的一样，变成鲸鱼"（158）。听着海洋的呼吸，托马斯又记起了越南村寨里的小河流水，他"想去种下种子，那是希望，那是未来。他想在这遍布炸弹、弹坑和燃烧的森林的荒芜之地上生长出希望"（165）。那里的人们和他们有相同的信仰，他们曾经远离炮火和化学武器，只是伴河而居，呵护着野兔和蛇类，种植稻米，"这些大地的子民，他们幸存下来了，就像他，一个部落或者某个遗留下来的民族"（167）。但是从天而降的战争就如一个魔鬼，摧毁了大地，摧毁了人类，托马斯在另一片土地上看到了祖先曾经遭受的这一切，在他们为正义而战时，远方的异乡人也在为正义而战，"人类是可怜的无情的动物……如果根本就没有非正义？根本就没有智慧呢？"（199）托马斯作为战争的一分子用真相为自己的行为赎罪，他归还了所有的勋章，他告诉了战友逝去的真相，他知道只有真相能够挽救自己，这样的真相不仅仅涉及人与人，而是"某种更深层的东西，大地与海洋，被炸毁的森林。他不得不再次关心它们，他不得不再次成为水、岩石、遍布春天的野花的大地，和它漂亮的各色苔藓"（268）。在远方的战场上，托马斯眼看着美丽的森林转眼消失而深深自责，"我为自己是人类而难过……我甚至杀死美国人，我不得不"（275）。为了美丽的自然，为了这些陌生的亲人，托马斯不得不杀死自己的美国同胞，因为政治家的谎言已经无法掩盖这场所谓正义战争对人性的摧残，战场上的托马斯忘不了族人的古老故事中一再传颂的大地对于人类的仁爱之心，为了人类生存所提供的涓涓滋养，以及在大地这个慈爱的生命之网中人类应有的相互关爱，他做出的不得不的抉择与其说是挽救那些越南平民，毋宁说是为了还自然以正义，即使他因此而内心愧对战友及他们的父母亲人。

还历史以真相后的托马斯在白房子里的老人们那里又学到了儿子曾经

唱过的那些对自然的颂歌，重新练习儿子曾经划过的独木舟，也只有在那里他迎来了"宁静的一天……他活着醒了过来……（他听到了）生命的微风，就像宇宙的呼吸一样"（281）。他也向大海郑重承诺："我们会变得更好，现在那是我们的职责，我们会变成好人。海洋说我们不再猎杀鲸鱼，直到可以的时候到来。他们是我们的母亲，他们是我们的祖母，我们的职责就是呵护他们。"（283—284）重经大海洗礼后的托马斯真正开始思考人类对于外在世界的愧疚，"他给予了这个世界什么？他获取了什么？"（291）当他重新回到自然的怀抱，开始担负起传承祖辈信念的责任时，当自然的正义得以回归时，他迎来了多年未见的女儿，儿子被害的真相也能够得以昭雪。此时，不仅仅是托马斯和露丝，所有的族人都认识到，"在人类的律法和正义之外，有一些人们需要却不知晓的某种东西，那就是回归到他们的过去，回归到爱，回归到对大地上的足迹的神圣触摸，回归到鲸鱼母亲，回到家"（295）。

托马斯所回归的家园不仅仅是指有土著文化所引导的生态和谐的小村庄，霍根在小说和诗歌中所钟爱的灰鲸的故乡也是人类共同的家园：

> 我们是离开水的人，
> 进入了一个干燥的世界。
> 我们从战争和干旱中幸存，
> 从饥饿中幸存，
> 并生活在
> 一个未经勘测的地带
> 满是孤独。
> 因此我们感到干渴。
> 因此，
> 当我们满怀爱意时，
> 我们记起了水中的生活……①

---

① Linda Hogan, "Drum" in *The Book of Medicine* (Minneapolis: Coffee House Press, 1993), p.69.

　　当这个无限广阔的万物之源的"家"成为一个不再遭受欺凌的神圣所在时，人间的正义也才能得以伸张，人类也才能真正诗意地、宁静地与世间万物一起生息繁衍在这片大地上。如果说在《卑鄙的灵魂》中霍根更多地关注土著民众所遭受的环境种族主义的迫害，以及他们的反抗与斗争，那么随后十几年间美国土著民众发起的反击环境种族主义的团体活动以及环境正义运动的强大影响力对于霍根的文学反思明显地反映在《鲸鱼的子民》中，她的视野已经超越族裔的局限，叙述了一个真正的全人类共同面对、共同认识并共同参与的正义之战，具有更为广阔的认同感与号召力。

结　语

北美土著人的生态智慧

——顺应自然

　　享誉世界的环境保护理论家、被称作美国野生生物管理之父的奥尔多·利奥波德在 20 世纪 40 年代出版的《沙乡年鉴》(*A Sand County Almanac*) 一书中提出了土地伦理和共同体的概念，将最初处理人与人关系的伦理概念扩大到人与土地的关系，也就是将共同体的界限扩大到包括土壤、水、植物和动物的总体，"或者把它们概括起来：土地"。[①] 他针对当时资源保护主义的局限性提出这种伦理进化的可能性和必要性，就是希望这样的伦理观能够成为一种理解生态形势、指导生态改良的模式，而最根本的改良则是"要把人类在共同体中以征服者的面目出现的角色，变成这个共同体中的平等的一员和公民。它暗含着对每个成员的尊敬，也包括对这个共同体本身的尊敬"。[②] 利奥波德在世时并没有看到这种将人类对土地最初的生存需求、审美资源的向度扩大到提升人类灵魂的精神层面的支撑体的巨大改变，因为他最有影响力的作品在他生前都无法出版。但是幸运的是（抑或是生态形势的不幸所致），从 60 年代开始，随着雷切尔·卡森、约翰·缪尔 (John Muir) 等学者的不断推进，"生态"一词迅速成为整个美国公众关注的焦点，"这十年见证了联邦清洁空气和水

---

① ［美］奥尔多·利奥波德：《沙乡年鉴》，侯文蕙译，吉林人民出版社 2000 年版，第 193 页。
② 同上书，第 194 页。

法案、荒野法案获得通过，以及让美国变美的化妆品运动"。① 这些源于生态恶化的运动或改革的出现让社会大众不得不面对一种白人文化中闻所未闻的土地伦理，一种解读人类与自然的关系的新型理念。这时，他们不由自主将目光转向了土著人，试图去理解利奥波德提到的土著人如何能够不破坏土地，"用简单易行的方法把青草带给乳牛，而不是采用不道德的手段"。② 虽然有的学者认为这样的转向是一种"虚构，富于浪漫色彩的创作和延续"，③ 但是土著学者对本民族文化的挖掘和传递以及大量考古学、人类学、民族学等文献的整理和研究却在很大程度上印证了北美土著人的生态理念和实践成果，在土著人的生态之争中不断增加着有力的注脚，其中最具有影响力的倡导者小瓦因·德罗利亚直言，土著人害怕改变大地是因为"他认识到它绝不仅仅是用于开发的有用的工具，它承载着所有生命，没有其他生命，人类也难以独存"。④ 现代人要解决生态难题，改良环境，唯一的办法就是"接受印第安人的方式才能得以幸存，对于白人来说，他们必须完全接受印第安的生活方式才能生活下去。当他们来到这片土地时，这就真的已经是他们不得不做到的了"。⑤ 在土著人的心中，具有感知能力的自然会因为人类的行为而向人类提出挑衅，所有生物以及一切非生物都会因为人类没有履行自己与大自然的契约而向人类发出挑战。当人类将道德的纽带抛掷后，当亲情被忘却后，自然会毫不留情地不断给人类开出罚单，而人类要免于责罚，唯一的出路就是自省，在前人的榜样行为中寻找启示和良方。

　　不少具有强烈社会责任感的学者在直面当下全球普遍存在的生态灾难，尤其是考察发生在弱势群体、少数族裔、第三世界国家的更为严重的

---

① Calvin Martin, *Keepers of the Game: Indian-Animal Relationships and the Fur Trade* (Berkeley: University of California Press, 1978), p.158.

② ［美］奥尔多·利奥波德:《沙乡年鉴》，侯文蕙译，吉林人民出版社 2000 年版，第 196—97 页。

③ Calvin Martin, *Keepers of the Game: Indian-Animal Relationships and the Fur Trade* (Berkeley: University of California Press, 1978), p.161.

④ Vine Deloria, Jr., *We Talk, You Listen: New Tribes, New Turf* (New York: Macmillan Company, 1970), p.186.

⑤ Ibid., p.197.

状况时，常常发现，伴随种族灭绝的常常还有生态灭绝，北美原住民与欧洲白人遭遇的历史就非常具有典型性。哥伦布怀抱着极大的宗教热忱在西班牙女王的期待中出征，当他在"新大陆"上与土著人的相遇成为一个最具有典型性的文化碰撞的例证时，他自然而然地将这些甘愿无偿给予帮助的淳朴的人类纳入自己的宗教神性范畴之中，将他们与犹太信仰中曾经迷失的部落族群相联系，认为他们保留的是一种"神圣的原始风格"（divine primitivism）。① 这样的原始风格最初没有引起白人的恶感是因为这正好吻合他们对西班牙曾经拥有的光辉岁月的怀旧情结并激发起复兴的期望，更重要的是赋予他们机会在宗教谱系中"以不可抹杀、益处多多的方式书写（《创世纪》中）预言的那必将到来的未来"。② 所以，哥伦布能在自己记叙的首次相遇中毫不犹豫地为这些人类定下了命运的基调：

> 他们一定是好的仆人和聪明人，因为我发现他们立刻重复了我对他们说的话。我想他们会乐意成为基督徒，因为在我看来他们没有宗教信仰。依照主的意愿，我将在我的回程中为陛下带上他们中的六个人，这样他们就能学会说话。③

土著人最初表现出的驯良、朴实在白人的解读中立刻成为实用性的表现，对他的语言的重复让白人自信地认为这些人的世界是一个有待填补的无声的空洞，与之对应的必然是心灵的空白、信仰的缺失，白人自然也就有了神圣的责任去填补这些空洞，用自己的文化去教化这些一无所有的原始人，同化他们也就成为白人基于自己宗教信仰和实用动机之下的必然手段。在白人最初自认为出于善意的教化遭到排斥和抵抗之后，他们对于土著人在随后所遭受的"绝妙的瘟疫"、④ 饥荒等灾害也没有人性的关怀。紧随西班牙人而来的清教徒们也大多将这样的种族灭绝看做违背上帝旨意的

---

① Djelal Kadir, *Columbus and the Ends of the Earth: Europe's Prophetic Rhetoric as Conquering Ideology* (Berkeley: University of California Press, 1992), p.137.

② Ibid., p.174.

③ Ibid., p.175.

④ Ibid., p.182.

天谴，上帝"拜访这些迷失的部落加以神圣的惩罚，将他们引出歧途，签订新的盟约，加入新的分配"。[①] 在种族灭绝的威胁下，土著人的文化和信仰在这样的盟约中被合理合法地排斥出去，而在所谓的重新分配中，他们世代居住的土地更是完全按照白人的需求被瓜分，伴随而来对于土地和资源的利用方式当然也是依照物质化生产方式的驱动为核心，教徒们追寻的新的希望之乡、人间的伊甸园最终沦为了梦幻一场。对于长期与自然和谐相处的土著人来说，他们原本就不是需要教化的野蛮人，他们也不需要上帝的拯救，但是他们却在这场实力悬殊的战斗中、在欧洲诸国列强的财富争夺中成为最悲惨的牺牲品。但是，这种开始于种族灾难的自然灾难在不同地区的持续出现，对于现代人认识历史、了解现在、拯救未来却是非常有力的教育。

通过对比的方式来解读印白两种文化本质上的不同，从而解释由此导致的完全不同的生态结果所能产生的不仅仅具有历史、哲学、神学等方面的人文价值，而且更能有效地指导法律改革、政体改良，通过吸收土著人的古老智慧，有效地指导和改善当前的实际危机。例如，米查·伊利亚德（Mircea Eliade）在对比研究中就指出，"'野蛮人'是将自己视作与宇宙、大地相连，而'现代化'的西方人则只与历史相连"，[②] 因此堕落后的救赎成为神学影响中核心的关键词，而自然当然不在考虑之列，更何况自然原本就是上帝之作，是为了满足人类需求的附着物，人的救赎远比自然的改良更为重要。但是诸多的"野蛮人"却并没有视自己的需求为第一要务，例如，玛雅人相信，

> 自然是产生生命和所有一切的超级力量，所有的自然物都是生气勃勃具有生命力的，而大地和水又高于其他自然成分，因为它们是生命的源泉。每一个动物、每一条河流、每一个石块都有它自己的"神

---

① Djelal Kadir, *Columbus and the Ends of the Earth: Europe's Prophetic Rhetoric as Conquering Ideology* (Berkeley: University of California Press, 1992), p.182.

② Mircea Eliade, *The Myth of the Eternal Return* (Princeton: Princeton University Press, 1971), pp.xiii–xiv.

圣人格"。①

在他们看来，人的需求并不可能高于生命之源，只有自然拥有这样的超级力量，那是存在于人类之前的本源，人类对此只有服从和敬仰，否则就会面临自然的责罚。同样，切罗基人的文化和信仰都根植于他们世代生活的土地，在他们的语言中，"信仰"一词的含意也同时包括历史、文化、律法和大地。② 克丘亚人（Quechua）萨尔瓦多·帕洛米诺（Salvador Palomino）指出，"大地，我们的大地母亲一直是我们集体的一部分，我们属于她，但是她并不属于我们。大地和集体是我们族人的灵魂"。③ 在他们的表述中，自然总是高于人类，大地总是被奉为神圣的抚育者和保护者，离开了一个具体而实在的存在之地，人类将如同无根的植物，毫无生存的可能。当大地——我们共同的母亲被粗暴地滥用以后，我们也会同样遭受苦难，"与她一样忍受痛苦和疾患，也只有改变对她的损坏，让她休憩"才会减少我们的痛苦。同样，"与植物、动物群落的不和谐举止会让它们成为人类健康和生命的强敌。它们曾为人类提供消耗的安全营养，不被正确对待的话就成为毒物，另一种不和谐的结果就是他们静静地消失"。④ 最近两个世纪以来千万种物种的持续消失说明它们已经追随祖母女神的足迹，以这种消极抵抗的形式责罚人类的贪婪和自大，抗议人类对禁忌的冒犯，在人类做出实质性的改变之前，这样持续恶化的状况不会改变。

土著部落文化中一直普遍流传的大地情怀，教育着族人正确认识人类与自然的恰当关系，而不是像西方文化教导的那样去痴迷地追逐一种虚妄的乐园和救赎，实践的却是非我莫属的劫掠和占有，尤其在 20 世纪 70 年

① Rigoberto Queme Chay, "The Corn Men Have Not Forgotten Their Ancient Gods" in Inter Press Service, comp., *Story Earth: Native Voices on the Environment* (San Francisco: Mercury House, 1993), p.20.

② Jace Weaver, "Introduction" in ed., *Defending Mother Earth: Native American Perspectives on Environmental Justice* (New York: Orbis Books, 1996), p.12.

③ Ibid., p.12–13.

④ Paula Gunn Allen, *Grandmothers of the Light: A Medicine Woman's Sourcebook* (Boston: Beacon Press, 1991), pp.169–170.

代以来大量消耗化石燃料的社会需求下又探明"全国一半以上的煤矿藏量都在密西西比河以西，近40%的铀矿、三分之一或许更多的煤、估计全国15%的石油和天然气田都在西部的印第安地区"。① 所以这块当年因为缺乏雨水被白人视作不宜居住和开发而强行安置大量土著居民于此的荒漠之地又成为了大肆掠夺资源的宝地，强迫土著人签订长期的租赁合同进行开发，在他们视作母亲的大地上进行贪婪的开采。对于这样的野蛮行径，西尔科、莫马迪等作家都在作品中进行了无情的批判，警醒世人正视大自然的惩罚。

　　美国科罗拉多州丹佛市伊利夫神学院（Iliff School of Theology）的著名教授乔治·E.廷克在几十年的白、印神学对比研究中发现，"现代生态恶化在很大程度上是因为西式、欧化的改变造成的，它逐渐突出个人而贬低共同利益，对于自治、自主、长久存在的原住民群体缺乏政治上、经济上的尊敬和理论上的认同"。② 他一方面作为奥赛基－切罗基人的代表对自己的民族信仰具有相当的了解，另一方面作为西方神学的专业人士又有长期的深入研究，完全是通过客观、细致的对比和分析做出了这样的结论。他和小瓦因·德洛里亚等土著学者都发现，基督教和土著信仰在解释世界的本源时本质的差别在于基督教的创世纪在一开始就让人类产生了自大、自我中心的观念，因为神说："我们要照着我们的形象，按着我们的样式造人，使他们管理海里的鱼、空中的鸟、地上的牲畜和全地，并地上所爬的一切昆虫。"③ 因此信仰基督的教众们都自然地"轻易地将世界看作等级体系的存在方式，所有一切都最终恭顺地服务于人类的需要"。④ 而

---

① Donald L. Fixico, "The Struggle for Our Homes: Indian and White Values and Tribal Lands" in Jace Weaver, ed., *Defending Mother Earth: Native American Perspectives on Environmental Justice* (New York: Orbis Books, 1996), p.31.

② George E. Tinker, "An American Indian Theological Response to Ecojustice" in Jace Weaver, ed., *Defending Mother Earth: Native American Perspectives on Environmental Justice* (New York: Orbis Books, 1996), p.167.

③ 《圣经》中的《创世纪》1：26。

④ George E. Tinker, "An American Indian Theological Response to Ecojustice" in Jace Weaver, ed., *Defending Mother Earth: Native American Perspectives on Environmental Justice* (New York: Orbis Books, 1996), p.156.

这样的盲目自大在西方人文特征中就表现为对于"征服"的崇拜和追求，对于新世界的无穷探索和占有，对于欲望和贪念的无法扼制等等，最终造成了人类与自然世界的对立，产生了当今的生态危机。对于这样的现状，廷克也希望西方主流世界应该从殖民恶果中吸取教训，从土著神学中最核心、最本质的两点——互惠性和空间性中获得改良的方法，因为

> 美国印第安人互惠性的总体概念是人与世界达成平衡、和谐的根本……[人们要]开始理解人类所做的任何事、每一件事都会对我们周遭的世界造成后果……要知道在世界上如何恰当的行事，要知道人类的行为都有必然的代价，某种相互的作用。[①]

这样的理念一方面能解释土著人发乎自然的自律行为，一方面也能说明他们部落仪式的意义所在。也就是说，仪式在很大程度上就是他们互惠原则的表现形式，他们在丰收仪式上的赞美、感激就是一种在精神和形式上都表现出来的对于"伟大的神灵"和大地的回报，并要以实物作为供奉。同样，为了生存而必要的狩猎甚至战斗也会有仪式相伴，他们不仅为自己祈祷，也为死去的猎物或牺牲的对手祈祷，因为世界的平衡与和谐需要人类对所有的存在物都抱有尊敬，而这样互惠的价值就是"持续性的核心所在，以此保持平衡，遏制人类基本生存技巧的负面效应"。[②]同时，土著人坚持的空间性则将他们与生存的世界紧紧相连，并督促他们随时保持对于生存环境的责任感，这是存在的基础，也直接决定着生活的本质。

祖辈创造和流传下来的神话传说成为当代土著作家研究和借鉴的原型，他们就像传统文化中的故事讲述者一样，在现代语境中通过仪式化和神秘化的叙事继承和传扬着祖先的理念。"多年以来神秘的集体体验——

---

① George E. Tinker, "An American Indian Theological Response to Ecojustice" in Jace Weaver, ed., *Defending Mother Earth: Native American Perspectives on Environmental Justice* (New York: Orbis Books, 1996), p.160.

② Ibid., p.162.

个体感受都融入了整体模式——形成了部落美学以及部落文学的基础"。[1]
在这样的美学和文学基础之上，他们仍然相信黄色是为族人提供生命活力
的谷物、花粉的颜色，是象征女性的颜色。在人类面临放射物等化学物质
威胁的生态现状中，女性神祇所代表的生发力和凝聚力依然具有很大的鼓
舞性和导向性。"我们的灵性、智力、情感、社会机构和运作"[2] 共同决定
了我们对于物质世界的理解，也直接影响了外部世界的状态。当人类生存
的世界被视作一个具有生命力的星球时，当它的伴随者——动物、植物、
矿物、天气以及一切现象都具有与人类一样的灵性时，伴随神话的神秘性
也就成为了现实性，就如艾伦所说，"我爱的女人是一个星球，我爱的星
球是一棵树"。[3] 这是一棵产生于北美印第安女性传统的生命之树，她由
绿变黄，再由黄转绿的四季循环成为这个世界生命转换、生生不息的象
征，也成为人类对于克服生态灾难的希望的象征。

　　在传统的信仰中还诞生了土著人的文化英雄——恶作剧精灵。作为土
著人动物伦理的最好代表，他成为人类与自然之间的信使和调解人，因为
土著人相信他们自己的创世故事，

　　　　在世界的历程中有三个连续的阶段，开始时，动物是导师，人类
　　还处在睡梦般的模糊状态。随着'变形者'抑或文化英雄到来，他
　　赶走了最初的恶魔，为人类生命扫清了道路。所有狩猎、捕鱼的方
　　法、猎狗的驯养、打造独木舟都会归功于他；是他让人类成长为真正
　　的人。随着他的离去，第三阶段到来并还持续着，这时，人类与动物
　　不再交流，只有萨满（Shaman）还保持着人类与非人类领域的关联。
　　总有一天文化英雄会回来，那时，地球将在烈焰中消融。[4]

---

[1]　Paula Gunn Allen, ed., *Spider Woman's Granddaughters: Traditional Tales and Contemporary Writing by Native American Women* (Boston: Beacon Press, 1989), p.4.

[2]　Paula Gunn Allen, *Off the Reservation: Reflections on Boundary-Busting, Border-Crossing Loose Canons* (Boston: Beacon Press, 1998), p.118.

[3]　Ibid.

[4]　Werner Müler, "North America in 1600" in Walter Krickeberg et al. eds., *Pre-Columbian American Religions* (New York: Holt, Rinehart and Winston, 1968), p.160.

土著人在这则故事中做出这样的预言一方面强调了他们对自己的动物伦理的深信不疑，一方面也说明他们对于现代生态状况的绝望。人类与动物之间所能够存在的一种类似社会化的友善交往的关系作为一种生态和谐的象征曾经指导着土著人进行"只取所需"的狩猎活动。这个精灵代表动物积极参与人类的社交活动，与人类赌博、嬉戏、交换智慧，甚至可以结婚、生子，因为土著人相信他作为人类与自然世界之间保持特殊关系的重要因素——力量（Power）的代表，是一种"与每一种物体和现象相关的精神力量"。[①] 也正是这样的力量"使自然界中的万物生机勃勃，能与人类相互感应"，[②] 也只有这样的力量能让人类信守仪式，遵照戒律，幸存于世。如今，当人类失去了与动物间的亲密关系，也就失去了对大自然的神秘力量的敬仰，所以在印第安故事中只有烈焰能像神话和基督教创世故事中的洪水一样，消灭恶果，带来新生。从这样的悲观中，读者不难想象土著人是经历了如何的苦难，他们的精神大厦曾经在伴随欧洲人的病毒所导致的剧烈的人口减少（据统计，欧洲病毒导致了90%到95%的土著人死亡[③]）后经历了怎样的震颤，他们中的一些人也曾在亲人死亡、动物消亡时被迫归顺基督，或是在欧洲物质文化的利益驱导下卷入皮毛贸易的狩猎活动，因为欧洲人所带来的身体和精神的双重打击曾经让他们的传统信仰失去了力量。但是就如学者卡尔文·马丁（Calvin Martin）基于对加拿大东部、美国东北部和大湖区的米克马克族人（Micmac）、克里族人（Cree）和奥吉贝瓦人（Ojibwa）大量史料调查的基础之上所做出的结论一样，"欧洲的疾病、基督教和与技术结伴而来的皮毛贸易——这三者是相互啮合的——对于印第安人与大地的关系的恶化负有责任，土著人对于环境曾经是满怀悲悯的"。[④] 自然在他们的眼中曾经就像一个社会的集合体，各种动物都像生活中的人类社会一样，

① Calvin Martin, *Keepers of the Game: Indian-Animal Relationships and the Fur Trade* (Berkeley: University of California Press, 1978), p.34.
② Ibid.
③ Ibid., p.46.
④ Ibid., p.65.

在大自然中担当着相应的职责，发挥着与人类一样的作用。土著作家在当代语境下广泛塑造的恶作剧精灵就是试图通过重拾传统文化，一方面对于土著人因为卷入皮毛交易而引发的"是否生态之争"进行间接的说明，更多的则是希望人类能够及时反省与修正，在文化英雄的教导下能免遭亡于烈焰的灭顶之灾。

审视当今的生态危机现状，土著作家琳达·霍根认为，人类的自大与盲目引发了对于自然的漠视和践踏，最终人类也无法逃避因为自己的不公正行为所导致的来自大自然的惩戒。"人类的眼睛并不能正视自己，自己的行为……我们的所作所为源于我们自己深层的、未经探查的阴暗面"。① 作为一位具有强烈环境保护意识的当代土著作家的代表，霍根在自己的文学表达中从未停止过对于生态现状的探讨，并同时参与环境保护运动的实践，例如她对于北美大陆西海岸的灰鲸的跟踪观察，以及她和土著年轻人参与的护马计划等，她始终是环境正义运动的积极参与者。当人们通过各种形式表达着对于"2012 灭世之灾"的焦虑和恐惧时，霍根用北美土著人的传统目光探寻着灾难的本质和缘由。如果人类会面临漫漫长夜，那是因为"我们叫它小小的世界 / 为了让它与我们相配 / 用我们告慰自己的所有谎言 / 因此对于世界的崩塌视而不见 / 但是它在毁灭 / 不是源于已知 / 而是源于从未被探知"。② 因为自大，人类选择用眼睛掠过盲点，在渺小的心中只能装下微缩的世界，用谎言掩饰对于自然的不公与不尊，而人类也只能独自地惊恐面对自己的末日。要扭转生态恶化的现状，人类就必须承认，"生态与和谐共存于一个运作体系中，对于这个大陆的新移民来说，这些是最新的科学知识，而在我们的时代，这些观念又将重获生机"。③ 这些观念就是西方文化中从未被准确探知的人与自然的恰当关系，是土著

---

① Brenda Peterson & Linda Hogan, *Sightings: The Gray Whales' Mysterious Journey* (Washington D. C.: National Geographic Society, 2002), p.282.

② Linda Hogan, "The Night Constant" in *Rounding the Human Corners* (Minneapolis: Coffee House Press, 2008), pp.75–76.

③ Brenda Peterson & Linda Hogan, *Sightings: The Gray Whales' Mysterious Journey* (Washington D. C.: National Geographic Society, 2002), p.277.

人在千百年的实践中通过"理解、观察和关怀"① 而获取的与动物、植物以及大地的亲人情怀。作为环境正义运动的草根代表之一,霍根在小说中将人与自然的公平对等关系进行了生动的阐释,灰鲸成为她叙述的主脉不仅因为科学证实,在已经进化为水中巨人的灰鲸"体内还隐藏着类似人类的手骨和腿骨,他们已经不需要的部分,他们将是我们未来的样子",② 还在于她展现了与灰鲸等动物的遭遇对等的人类的坎坷命运,能够超越族裔的局限,通过北美土著人基于环境种族主义而激发的政治诉求表达了一种更大意义的全人类与世界共存的社会诉求。从她最为熟知的土著文化角度,霍根描述了其民族信仰中对于人类与非人类所具有的平等生命力的认可,也通过小说引发读者对于人类责任的思考。鉴于人类知识的局限,过去的世界与未来的世界大都是谜,但是土著人所信仰的"生命之网"却一直是霍根等土著作家寻求环境正义的支撑,也是我们从土著文化中必须了解、认可、尊重并积极执行的,应该使其发挥有益的功能,使人类能够在一个真正正义的世界中与所有存在共存。

对此,莫马迪在一篇题为《超越时空的想象》(*A Vision beyond Time and Place*)的文章中表达了相同的观点。他用"文化短视"(cultural nearsightedness)这一短语来描写现代人。对此他解释说,

> 我们生活在一个让人紧迫的世界里,我们总是常常沉湎于现在——现在所发生的一切,这样更容易一些。我想,我们老是被怂恿着忘记过去,忘记让我们走到今天的过去……一个人只有通过继承传统才能更加全面地了解自己。③

正是这样的短视行为让现代人在一味追求当下的过程中忘记了回头

---

① Brenda Peterson & Linda Hogan, *Sightings: The Gray Whales' Mysterious Journey* (Washington D. C.: National Geographic Society, 2002), p.276.

② Ibid., p.282.

③ Charles L. Woodard, *Ancestral Voice: Conversations with N. Scott Momaday* (Lincoln: University of Nebraska Press, 1989), p.6.

看，忘记了对比古朴和现代这两个世界真正的差异，自然也看不见我们将会面临的是一个"皮之不存，毛将焉附"的前景，无法认识莫马迪等土著人所信仰的"伟大的灵魂"，那种能将自己的存在和灵魂与高山、河流、花草、树木、虫兽融为一体的精神。他们将这样的生存视为真正的永恒，而将血肉之躯的繁殖看得不再如此重要，尤其是当我们崇尚的现代文明已经成为了一个只会"消灭灵魂的存在"[①]时，传统的价值观和世界观则更加值得现代人在困境中回望。要在此在和遥远的过去之间搭设这样的桥梁，要让现在的人知道并理解这种广泛的价值，作家们基于想象的阐释成为了一种通达本质的必需，因为作家的创作不仅仅是故事的讲述，更是在创造，"一个人会像一个故事讲述者塑造自己和听众一样来创造出一个地方，作家就能创造出地方"，[②]这样的地方会是马克·吐温的密西西比、薇拉·凯瑟的内布拉斯加大草原或者威廉·福克纳的约克拉帕托伐县，这些地方或现实、或神秘，或具体、或模糊，但是都表现着作者的意图，传达着他们的责任。他们传送着文字、借助着文字前行。[③]作家的语言和表达来自于一个他们认同的地方，他们也通过文字创造出一个个地方，将那里曾经发生、正在发生、甚至即将发生的故事告诉更多的人，传达出他们的认同。同时，这样的地方又能超越时间，通过文字成为一个个长久的、更广泛的存在。对于美国当代土著作家来说，他们更像是"后印第安的武士"（postindian warriors），他们将传统与后现代叙事手法相结合，并作为"一种新的叙事游戏的代表，用新的模拟刻画推翻强显表达的控制"。[④]他们的书写和叙述不仅是对于白人文学霸势的回应和挑战，更是通过他们刻画的新故事，"通过回述他们自己的幸存引发新的情节"，[⑤]在这个过程中，

---

① Charles L. Woodard, *Ancestral Voice: Conversations with N. Scott Momaday* (Lincoln: University of Nebraska Press, 1989), p.202.

② Ibid., p.67.

③ 黑麋鹿曾称约翰·奈哈特为 word sender，肯尼斯·林肯也这样赞扬莫马迪，而莫马迪更愿意将自己看做是一个 wordwalker。参阅 Charles L. Woodard, *Ancestral Voice: Conversations with N. Scott Momaday* (Lincoln: University of Nebraska Press, 1989), p.149。

④ Gerald Vizenor, *Manifest Manners: Postindian Warriors of Survivance* (Hanover: University Press of New England, 1994), p.6.

⑤ Ibid., p.11.

他们不仅要了解和忍受强势话语对于所谓真实的再现，还要冲破种族主义的阴影和扭曲、残破的白人表征获得幸存，这确实需要兼具勇气与智慧、坚守与反击的勇士精神。

作为美洲大陆这片广袤土地的主人，土著人的文化、价值观和灵感体悟与欧洲白人的基督教神学理念有极大的差异，甚至可以说是两个完全不同的话语系统。但是与其他族裔被迫或努力融入主流文化的表现完全不同的是，他们在与外来入侵者的长期交往和斗争中，总是尽力保持自己的传统文化特点。在现存的土著居民中，有10%到25%选择信仰基督教，[1]绝大部分土著人在被反复挤压、不断迁移的有限的居留地上，还在尽力实践着祖先的精神。如何将这种长期被边缘化、妖魔化的古老知识系统在现代实证性科学思想占领主导地位的现实生活中进行引导、归位并加以重新实践，将会是一项需要各门学科共同参与的重大工程，其中既有自然科学、人类学、宗教学、考古学、社会学、文化研究等学者的大力贡献，也需要更能以浅显的文字、生动的表达感动和教育广大普通民众的文学家的积极参与，在这方面，当代美国土著作家无疑已经做出了很好的表率。细读他们的作品，读者总是能在字里行间发现他们对祖先传统文化体系或自然、或刻意的普遍表达，总是在不经意间已经追随他们的描写踏上了一次次的自然之旅，其中既有对斑驳大地、精神苦旅的见证，更多的则是在自然教化、文化洗礼后的重生。在一个长期充斥着以个人主义的英雄式征服为正面意向的主流文化圈中，土著作家创作着一个个基于社群的神话般的复原、幸存的故事。尽管他们大多展现的是当代土著青年的困惑与新生，但这一个个通过重新发现自然、认识自己从而改造自己的成功案例，对于缓和或者解决当代广泛存在的精神世界和生态世界的危机应该都具有很大的说服和教育意义。他们将人与世上的一切都看做是一个如蛛网般相互关联的整体，任何一根蛛线的断裂都会导致整个蛛网的倾斜和破损，这样，他们对于自然世界就有了与白人文化完全不同的视角和解读，在自己视线所

---

① Jace Weaver, "Preface" in *That the People Might Live: Native American Literature and Native American Community* (New York: Oxford University Press, 1997), p.viii.

及、现实所在、解说所达之上衍生出了一整套指导、训诫、实践的运作之规，从而帮助个人和整个部族都达到与自然环境长久地和谐相处，其中顺应自然的生态智慧对于当今全球普遍存在的生态危机的现状，无疑具有极大的现实指导意义。

参考文献

英文书目

1. 主要作品：

Allen, Paula Gunn. *The Woman Who Owned the Shadows*. San Francisco: Spinsters Ink, 1983.

Erdrich, Louise. *Love Medicine*. New York: Holt, 1984, 1993.

Hogan, *Linda. Mean Spirit*. New York: Ivy books, 1990.

—*People of the Whale*. New York: W. W. Norton & Company, 2008.

King, Thomas. *Green Grass, Running Water*. New York: Bantam Books, 1994.

Momaday, N. Scott. *House Made of Dawn*. New York: HarperCollins Publishers, 1966, 1999.

—*The Way to Rainy Mountain*. Albuquerque: University of New Mexico Press, 1969, 2003.

Silko, Leslie Marmon. *Ceremony*. New York: Penguin Books, 1977, 1988.

—*The Turquoise Ledge: A Memoir*. New York: Viking, 2010.

Welch, James. *Winter in the Blood*. New York: Penguin Books, 1986.

2. 英文专著:

Achterberg, Jeanne. *Woman as Healer*. Boston: Shambhala, 1991.

Adams, Carol J.. ed. *Ecofeminism and the Sacred*. New York: Continuum Publishing Company, 1993.

Adamson, Joni. *American Indian Literature, Environmental Justice, and Ecocriticism: The Middle Place*. Tucson: The University of Arizona Press, 2001.

Allen, Paula Gunn. ed. *Studies in American Indian Literature: Critical Essays and Course Designs*. New York: MLA, 1983, 1995.

—*The Sacred Hoop: Recovering the Feminine in American Indian Traditions*. Boston: Beacon Press, 1986, 1992.

—*Spider Woman's Granddaughters: Traditional Tales and Contemporary Writing by Native American Women*. New York: Ballantine Books, 1989.

—*Grandmothers of the Light: A Medicine Woman's Sourcebook*. Boston: Beacon Press, 1991.

—*Off the Reservation: Reflections on Boundary-Busting, Border-Crossing Loose Canons*. Boston: Beacon Press, 1998.

Ammons, Elizabeth & White-Parks, Annette. eds. *Tricksterism in Turn-of-the-Century American Literature: A Multicultural Perspective*. Hanover: University Press of New England, 1994.

Armbruster, Karla & Kathleen R. Wallace. eds. *Beyond Nature Writing: Expanding the Boundaries of Ecocriticism*. Charlottesville: University Press of Virginia, 2001.

Armstrong, Virginia. *I Have Spoken*. Chicago: Swallow Press, 1971.

Ballinger, Franchot. *Living Sideways: Tricksters in American Indian Oral Traditions*. Norman: University of Oklahoma Press, 2004.

Benton, Lisa M. & John Rennie Short. eds. *Environmental Discourse and Practice*. Malden: Blackwell Publishing, 1999, 2004.

Billard, Jules B.. ed. *The World of the American Indian*. Washington, D. C.:

National Geographic Society, 1975.

Brady, Emily. *Aesthetics of the Natural Environment.* Edinburgh: Edinburgh University Press, 2003.

Branch, Michael P. and Scott Slovic. eds. *The ISLE Reader: Ecocriticism, 1993–2003.* Athens: The University of Georgia Press, 2003.

Bright, William. *A Coyote Reader.* Berkeley: University of California Press, 1993.

Bross, Kristina. *Dry Bones and Indian Sermons: Praying Indians in Colonial America.* Ithaca: Cornell University Press, 2004.

Brown, Joseph Epes. *The Spiritual Legacy of the American Indian.* New York: Crossroad, 1982.

Bryant, Bunyan. *Environmental Justice: Issues, Policies, and Solutions.* Covelo: Island Press, 1995.

Buell, Lawrence. *The Future of Environmental Criticism: Environmental Crisis and Literary Imagination.* Malden: Blackwell Publishing, 2005.

Capps, Walter Holden. ed. *Seeing with a Native Eye: Essays on Native American Religion.* New York: Harper, 1976.

Chavkin, Allan. ed. *Leslie Marmon Silko's Ceremony: A Casebook.* New York: Oxford University Press, 2002.

Cheyfitz, Eric. ed. *The Columbia Guide to Native American Literature Since 1945.* New York: Columbia University Press, 2006.

Clifford, James. *The Predicament of Culture: Twentieth-Century Ethnography, Literature, and Art.* Cambridge: Harvard University Press, 1988.

Cole, Luke W. & Sheila R. Foster. *From the Ground Up: Environmental Racism and the Rise of the Environmental Justice Movement.* New York: New York University Press, 2001.

Coltelli, Laura. *Winged Words: American Indian Writers Speak.* Lincoln: The University of Nebraska Press, 1990.

Deloria, Vine Jr. *We Talk, You Listen: New Tribes, New Turf,* New York:

Macmillan Company, 1970.

—God is Read: A Native View of Religion. Golden: North American Press, 1973, 1992, 2003.

Dobrin, Sidney I. & Christopher J. Keller. eds. Writing Environments. New York: State University of New York Press, 2005.

Doty, William & Hynes, William. eds. Mythical Trickster Figures. Tuscaloosa: University of Alabama Press, 1993.

Dreese, Conelle N. Ecocriticism: Creating Self and Place in Environmental and American Indian Literatures. New York: Peter Lang Publishing, Inc., 2002.

Eastman, Charles Alexander. The Soul of the Indian: An Interpretation. Lincoln: University of Nebraska Press, 1980.

Edmonds, Margot & Clark Ella E. Voices of the Winds: Native American Legends. New York: Facts On File, Inc., 1989.

Eliade, Mircea & Joseph M. Kitagawa. eds. The History of Religion: Essays in Methodology. Chicago: University of Chicago Press, 1959.

Eliade, Mircea. The Myth of the Eternal Return. Princeton: Princeton University Press, 1971.

Ellen, Arnold. ed. Conversations with Leslie M. Silko. Jackson: University Press of Mississippi, 2000.

Engelhardt, Elizabeth S. D.. The Tangled Roots of Feminism, Environmentalism, and Appalachian Literature. Athens: Ohio University Press, 2003.

Eodoes, Richard illustrator & Ortiz, Alfonso. Eds., American Indian Trickster Tales: Myths and Legends. New York: Viking Penguin Inc., 1999.

Fitz, Brewster. Silko: Writing Storyteller and Medicine Woman. Norman: University of Oklahoma Press, 2004.

Fleck, Richard F. ed. Critical Perspectives on Native American Fiction. Pueblo: Passeggiata Press, 1997.

Gaard, Greta & Patrick D. Murphy. eds. Ecofeminist Literary Criticism:

Theory, Interpretation, Pedagogy. Urbana: University of Illinois Press, 1998.

Gates, Henry Louis Jr.. ed. *Black Literature and Literary Theory*. New York: Routledge, 1990.

Gill, Sam D. *Native American Traditions: Sources and Interpretations*. Belmont: Wadsworth Publishing Company, 1983.

—*Mother Earth: An American Story*. Chicago: University of Chicago Press, 1987.

Gill, Sam D. & Sullivan, Irene F. eds. *Dictionary of Native American Mythology*. New York: Oxford University Press, 1992.

Gish, Robert Franklin. *Beyond Bounds: Cross-cultural Essays on Anglo, American Indian, and Chicano Literature*. Albuquerque: University of New Mexico Press, 1996.

Glotfelty, Cheryll & Harold Fromm. eds. *The Ecocriticism Reader: Landmarks in Literary Ecology*. Athens: The University of Georgia Press, 1996.

Grinde, Donald A. Jr., & Bruce E. Johansen. *Ecocide of Native America: Environmental Destruction of Indian Lands and People*. Santa Fe: Clear Light Publishers, 1995.

Griffin-Pierce, Trudy. *Earth Is My Mother, Sky Is My Father: Space, Time and Astronomy in Navajo Sandpainting*. Albuquerque: University of New Mexico Press, 1992.

Harkin, Michael E. & David Rich Lewis. eds. *Native Americans and the Environment: Perspectives on the Ecological Indian*. Lincoln: University of Nebraska Press, 2007.

Hobson, Geary. *The Remembered Earth: An Anthology of Contemporary Native American Literature*. Albuquerque: University of New Mexico Press, 1979.

Hogan, Linda. *The Book of Medicine*. Minneapolis: Coffee House Press, 1993.

—*Dwellings: A Spiritual History of the Living World*. New York: W. W. Norton & Company, 1995.

—*The Woman Who Watches over the World: A Native Memoir*. New York: W. W. Norton & Company, 2001.

—*Rounding the Human Corners*. Minneapolis: Coffee House Press, 2008.

Hohne, Karen & Helen Wussow. eds. *A Dialogue of Voices: Feminist Theory and Bakhtin*, Minneapolis: University of Minnesota Press, 1994.

Horne, Dee. *Contemporary American Indian Writing: Unsettling Literature*. New York: Peter Lang Publishing, Inc., 1999.

Huggan, Graham & Helen Tiffin. *Postcolonial Ecocriticism: Literature, Animals, Environment*. New York: Routledge, 2010.

Jaimes, M. Anette ed.. *The State of Native America*. Boston: South End Press, 1992.

Jaskoski, Helen. ed. *Early Native American Writing: New Critical Essays*. Cambridge: Cambridge University Press, 1996.

Kadir, Djelal. *Columbus and the Ends of the Earth: Europe's Prophetic Rhetoric as Conquering Ideology*. Berkeley: University of California Press, 1992.

Kowtko, Stacy. *Nature and the Environment in Pre-Columbian American Life*. Westport: Greenwood Press, 2006.

Krech, Shepard. *The Ecological Indian: Myth and History*. New York: W. W. Norton & Company, 1999.

Krickeberg, Walter et al.. *Pre-Columbian American Religions*. New York: Holt, Rinehart and Winston, 1968.

Krupat, Arnold. *For Those Who After: A Study of Native American Autobiography*. Berkeley: University of California Press, 1985.

— ed. *New Voices in Native American Literary Criticism*. Washington D. C.: Smithsonian Institution Press, 1993.

— *The Turn to the Native: Studies in Criticism and Culture*. Lincoln:

Nebraska University Press, 1996.

LaLonde, Chris. *Grave Concerns, Trickster Turns: The Novels of Louis Owens*. Norman: University of Oklahoma Press, 2002.

Larson, Charles R.. *American Indian Fiction*. Albuquerque: University of New Mexico Press, 1978.

Lauter, Estella. *Women as Mythmakers*. Bloomington: Indiana University Press, 1984.

Lincoln, Kenneth. *Native American Renaissance*. Berkeley: University of California Press, 1983.

—— *Indi'n Humor: Bicultural Play in Native America*. New York: Oxford University Press, 1993.

Lindberg, Gray. *The Confidence Man in American Literature*. New York: Oxford University Press, 1982.

Love, Glen A. *Practical Ecocriticism: Literature, Biology, and the Environment*. University of Virginia Press, 2003.

Lupton, Mary Jane. *James Welch: A Critical Companion*. Westpot: Greenwood Press, 2004.

Lyon, Thomas J.. *This Incomperable Land: A Book of American Nature Writing*. New York: Penguin, 1991.

Marriott, Alice & Rachlin, Carol K. eds. *American Indian Mythology*. New York: The New American Library, Inc., 1972.

Martin, Calvin. *Keepers of the Game: Indian-Animal Relationships and the Fur Trade*. Berkeley: University of California Press, 1978.

McLuhan, T. C.. *Touch the Earth*. New York: Outerbridge & Dienstfrey, 1971.

McPherson, Dennis & J. Douglas Rabb. *Indian from the Inside: A Study in Ethno-Metaphysics*. Thunder Bay: Lakehead University, Center for Northern Studies, 1993.

Meeker, Joseph W.. *The Comedy of Survival: In Search of an*

Environmental Ethic. Los Angeles: Guild of Tutors Press, 1980.

Minh-ha, Trinh T. *Woman, Native, Other: Writing Postcoloniality and Feminism.* Indianapolis: Indiana University Press, 1989.

Momaday, N. Scott. "The Native Voice" in Emory Elliott, ed. *Columbia Literary History of the United States.* New York: Columbia University Press, 1988.

—*The Man Made of Words: Essays, Stories, Passages.* New York: St. Martin's Press, 1997.

Moore, Kathleen Dean et al.. eds. *How It Is: The Native American Philosophy of V. F. Cordova.* Tucson: The University of Arizona Press, 2007.

Moss, Maria. *We've Been Here Before: Women in Creation Myths and Contemporary Literature of the Native American Southwest.* Hamburg: Lit Verlag, 1993.

Murphy, Patrick D.. *Literature, Nature and Other: Ecofeminist Critiques.* Albany: State University of New York Press, 1995.

Naranjo-Morse, Nora. *Mud Woman: Poems from the Clay.* Tucson: University of Arizona Press, 1992.

Nash, Roderick Frazer. ed. *American Environmentalism: Readings in Conservation History.* New York: McGraw-Hill, 1990.

Nation, Dene. *Denedeh: A Dene Celebration.* Toronto: McClelland and Stewart, 1984.

Nelson, Elizabeth Hoffman and Nelson, Malcolm A. eds. *Telling the Stories: Essays on American Indian Literatures and Cultures.* New York: Peter Lang Publishing, Inc., 2001.

Nelson, Robert M. *Place and Vision: the Function of Landscape in Native American Fiction.* New York: Peter Lang Publishing, Inc., 1993.

—*Leslie Marmon Silko's Ceremony: The Recovery of Tradition.* New York: Peter Long Publishing, Inc., 2008.

Nussbaum, Martha C.. *Frontiers of Justice: Disability, Nationality, Species*

Membership. Cambridge: Harvard University Press, 2006.

Ostrov-Weisser, Susan & Fleischner, Jennifer. eds. *Feminist Nightmares: Women at Odds: Feminism and the Problem of Sisterhood*. New York: New York University Press, 1994.

Owens, Louis. *Other Destinies: Understanding the American Indian Novel*. Norman: University of Oklahoma Press, 1992.

Palumbo-Liu, David. ed. *The Ethnic Canon: Histories, Institutions, and Interventions*. Minneapolis: University of Minnesota Press, 1995.

Peiffer, Katrina Schimmoeller. *Coyote At Large: Humor in American Nature Writing*. Salt Lake City: The University of Utah Press, 2000.

Pelton, Robert D.. *The Trickster in West Africa: A Study of Mythic Irony and Sacred Delight*. Berkeley: University of California Press, 1980.

Perdue, Theda. *Cherokee Women: Gender and Culture Change, 1700–1835*. Lincoln: University of Nebraska Press, 1998.

Pesantubbee, Michelene E.. *Choctaw Women in a Chaotic World: The Clash of Cultures in the Colonial Southeast*. Albuquerque: University of New Mexico Press, 2005.

Peterson, Brenda & Linda Hogan. *Sightings: They Gray Whales' Mysterious Journey*. Washington D. C.: National Geographic Society, 2002.

Plant, Judith. ed. *Healing the Wounds: The Promise of Ecofeminism*. Philadelphia: New Society Publishers, 1989.

Plato. trans. John Llewelyn Davies and David James Vaughan. *Republic*. Beijing: Foreign Languages Teaching and Research Press, 2002.

Porter, Joy & Roemer, Kenneth M. eds. *The Cambridge Companion to Native American Literature*. New York: Cambridge University Press, 2005.

Purdy, John & Ruppert, James. eds. *Nothing but the Truth: An Anthology of Native American Literature*. New Jersey: Prentice Hall, 2001.

Radin, Paul. *The Trickster: A Study in American Indian Mythology*. New York: Schocken, 1956.

Rainwater, Catherine. *Dreams of Fiery Stars: The Transformations of Native American Fiction*. Philadelphia: University of Pennsylvania Press, 1999.

Rawls, John. *A Theory of Justice*. Cambridge: Harvard University Press, 1971.

Rideout, Walter. ed. *Sherwood Anderson: A Collection of Critical Essays*. Englewood Cliffs: Prentice Hall, Inc., 1974.

Roemer, Kenneth M. ed. *Approaches to Teaching Momaday's The Way to Rainy Mountain*. New York: MLA, 1988.

—Ed., *Dictionary of Literary Biography, Volume 175: Native American Writers of the United States*. Detroit: Gale Research, 1997.

Rosendale, Steven. ed. *The Greening of Literary Scholarship: Literature, Theory and the Environment*. Iowa City: University of Iowa Press, 2002.

Sanders, Thomas & Peek, Walter W. eds. *Literature of the American Indian*. Encino: Glencoe Publishing Co., Inc., 1976.

Sandner, Donald. *Navaho Symbols of Healing*. New York: Harcourt Brace Jovanovich, 1979.

Scarberry-Garcia, Susan. *Landmarks of Healing: A Study of House Made of Dawn*. Albuquerque: University of New Mexico Press, 1990.

Schlosberg, David. *Defining Environmental Justice: Theories, Movements, and Nature*. New York: Oxford University Press, 2007.

Schweninger, Lee. *Listening to the Land: Native American Literary Responses to the Landscape*. Athens: The University of Georgia Press, 2008.

Seton, Ernest Thompson. *The Gospel of the Red Man*. New York: Doubleday Doran, 1936.

Shi, Jian. *Native American Mythology and Literature*. Chengdu: Sichuan People's Publisher, 1999.

Silko, Leslie Marmon *Storyteller*. New York: Arcade Publishing, 1981.

—*Sacred Water: Narratives and Pictures*. Tucson: Flood Plain Press, 1993.

—*Yellow Woman and a Beauty of the Spirit: Essays on Native American Life Today*. New York: Simon & Schuster Paperbacks, 1996.

Smith, Jeanne Rosier. *Writing Tricksters: Mythic Gambols in American Ethnic Literature*. Berkeley: University of California Press, 1997.

Smith, Lindsey. *Indians, Environment, and Identity on the Borders of American Literature*. New York: Palgrave Macmillan, 2008.

Snyder, Gary. *The Practice of the Wild*. New York: North Point Press, 1990.

—A *Place in Space: Ethics, Aesthetics, and Watersheds*. New York: Counter Point Press, 1995.

Starr, Emmet. *History of the Cherokee Indians*. Muskogee: Hoffmann Printing, 1984.

Stein, Rachel. *Shifting the Ground: American Women Writers' Revisions of Nature, Gender, and Race*. Charlottesville: University Press of Virginia, 1997.

Swann, Brian. ed. *Smoothing the Ground: Essays on Native American Oral Literature*. Berkeley: University of California Press, 1983.

Tedlock, Dennis & Barbara Tedlock. eds. *Teachings from the American Earth: Indian Religion and Philosophy*. New York: Liveright Publishing Co., 1975.

Thoreau, Henry David. *Walden and Other Writings*. New York: Bantam Dell, 1854, 2004.

Torres, Sergio & John Eagleson. eds. *Theology in the Americas*. Maryknoll: Orbis Books, 1976.

Trafzer, Clifford E. ed. *Blue Dawn, Red Earth: New Native American Storytellers*. New York: Doubleday, 1996.

Trimble, Martha Scott. *N. Scott Momaday*. Boise: Boise State Coll., 1973.

Trimmer, Joseph & Warnock, Tilly eds. *Understanding Others: Cultural and Cross-Cultural Studies and the Teaching of Literature*. Urbana, IL: National Council of Teachers of English, 1992.

Turner, Frederick. *Spirit of Place: The Making of an American Literary Landscape.* Washington D. C.: Island Press, 1989.

TuSmith, Bonnie. *The Search for a Woman-Centered Spirituality.* New York: New York University Press, 1992.

Velie, Alan R. ed. *Native American Perspectives on Literature and History.* Norman: University of Oklahoma Press, 1995.

Vizenor, Gerald. *The Trickster of Liberty: Tribal Heirs to a Wild Baronage.* Minneapolis: University of Minnesota Press, 1988.

—ed. *Narrative Chance: Postmodern Discourse on Native American Indian Literatures.* Albuquerque: University of New Mexico Press, 1989.

—*Manifest Manners: Postindian Warriors of Survivance.* Hanover: University Press of New England, 1994.

Wadlington, Warwick. *The Confidence Game in American Literature.* Princeton: Princeton University Press, 1975.

Warren, Karen J. ed. *Ecofeminism: Women, Culture, Nature.* Bloomington: Indiana University Press, 1997.

Watkins, Floyd C. *In Time and Space: Some Origins of American Fiction.* Athens: University of Georgia Press, 1977.

Weaver, Jace. ed. *Defending Mother Earth: Native American Perspectives on Environmental Justice.* New York: Orbis Books, 1996.

—*That the People Might Live: Native American Literatures and Native American Community.* New York: Oxford University Press, 1997.

Winsbro, Bonnie. *Supernatural Forces: Belief, Difference, and Power in Contemporary Works by Ethnic Women.* Amherst: University of Massachusetts Press, 1993.

Wong, Hertha D. Sweet. ed. *Louise Erdrich's Love Medicine: A Casebook.* Oxford: Oxford University Press, 2000.

Wong, John & Hertha D.. eds. *Family of Earth and Sky.* Boston: Beacon Press, 1996.

Woodard, Charles L.. *Ancestral Voice: Conversations with N. Scott Momaday*. Lincoln: University of Nebraska Press, 1989.

Wright, Anne. ed. *The Delicacy and Strength of Lace: Letters between Leslie Marmon Silkon and James Wright*. Saint Paul: Graywolf Press, 1986.

Young, Iris. *Justice and the Politics of Difference*. Princeton: Princeton University Press, 1990.

The Compact Edition of the Oxford English Dictionary, Vol II. Oxford: Oxford University Press, 1971.

3. 英文期刊论文:

Allen, Paula Gunn. "The Psychological Landscape of *Ceremony*." *American Indian Quarterly* 5.1 (1979): 7–12.

— "A Stranger in My Own Life: Alienation in American Indian Prose and Poetry." *MELUS* 7.2 (1980): 3–19.

— "Special Problems in Teaching Leslie Marmon Silko's Ceremony." *American Indian Quarterly* 14.4 (1990): 379–86.

Antell, Judith A. "Momaday, Welch, and Silko: Expressing the Feminine Principle through Male Alienation." *American Indian Quarterly* 12.3 (1988): 213–20.

Beidler, Peter G. "Animals and Theme in *Ceremony*." *American Indian Quarterly* 5.1 (1979): 13–18.

Belhumeur, Carole and Jon. "Reconnecting with Mother Earth." *Native Journal*, October (1994): 2–7.

Bell, Robert C. "Circular Design in *Ceremony*." *American Indian Quarterly* 5.1 (1979): 47–62.

Bird, Gloria. "Towards a Decolonization of Mind and Text 1: Leslie Marmon Silko's *Ceremony*." *Wicazo Sa Review* 9.2 (1993): 1–8.

Blumenthal, Susan. "Spotted Cattle and Deer: Spirit Guides and Symbols of Endurance and Healing in *Ceremony*." *American Indian Quarterly* 14.4

(1990): 367–377.

Broad, William J. "Scientists Fear Atomic Explosion of Buried Waste." *New York Times*, March 5, 1995.

Brown, Alanna Kathleen. "Pulling Silko's Threads through Time: An Exploration of Storytelling." *American Indian Quarterly* 19.2 (1995): 171–179.

Burlingame, Lori. "Empowerment through 'Retroactive Prophecy' in D' Arcy McNickle's *Runner in the Sun: A Story of Indian Maize*, James Welch's *Fools Crow*, and Leslie Marmon Silko' s *Ceremony*." *American Indian Quarterly* 24.1 (2000): 1–18.

Castillo, Susan. "Postmodernism, Native American Literature, and the Real: the Silko-Erdrich Controversy." *Massachusetts Review* 19.1 (1991): 71–81.

Chavis, Rev. Benjamin F. Jr. "Forward", in Robert D. Bullard ed., *Confronting Environmental Racism: Voices from the Grassroots*. Boston: South End Press, 1993.

Chay, Rigoberto Queme. "The Corn Men Have Not Forgotten Their Ancient Gods" in Inter Press Service, comp., *Story Earth: Native Voices on the Environment*, San Francisco: Mercury House, 1993.

Cole, Luke W. & Sheila R. Foster. *From the Ground Up: Environmental Racism and the Rise of the Environmental Justice Movement*. New York: New York University Press, 2001.

Downes, Margaret J. "Narrativity, Myth, and Metaphor: Louise Erdrich and Raymond Carver Talk about Love." *MELUS* 21.2 (1996): 49–61.

Evasdaughter, Elizabeth N. "Leslie Marmon Silko's *Ceremony*: Healing Ethnic Hatred by Mixed-Breed Laughter." *MELUS* 15.1 (1988): 83–95.

Fitz, Brewster E. "Coyote Loops: Leslie Marmon Silko Holds a Full House in Her Hand." *MELUS* 27.3 (2002): 75–91.

Fraser, Nancy. "Social Justice in the Age of Identity Politics:

Redistribution, Recognition, and Participation", in Grethe B. Peterson ed., *The Tanner Lectures on Human Values*. Salt Lake City: University of Utah Press, 1998.

— "Recognition without Ethics?" *Theory, Culture, and Society* 18 (2001): 21–42.

Hailey, David E., Jr. "The Visual Elegance of Ts' its' tsi' nako and the Other Invisible Characters in *Ceremony*." *Wicazo Sa Review* 6.2 (1990): 1–6.

Jahner, Elaine. "An Act of Attention: Event Structure in *Ceremony*." *American Indian Quarterly* 5.1 (1979): 37–46.

King, Thomas. "Godzilla vs. Post-Colonial." *World Literature Written in English* 30.2 (1990): 10–16.

Kowalewski, Michael. "Writing in Place: The New American Regionalism." *American Literary History* 6.1 (1994): 171–83.

Krupat, Arnold. "Native American Literature and the Canon." *Critical Inquiry*, 10. 1 (1983): 145–171.

Lee, Charles "Beyond Toxic Wastes and Race" in Robert Bullard ed., *Confronting Environmental Racism: Voices from the Grassroots*, Boston: South End Press (1993): 41–52.

Lincoln, Kenneth. "Reviewed Work: *N. Scott Momaday: The Cultural and Literary Background* by Matthias Schubnell." *American Indian Quarterly* 11.1 (1987): 735.

Lopez, Barry. "Story at Anaktuvuk Pass: At the Junction of Landscape and Narrative." *Harper's*, December, 1984.

McCafferty, Kate. "Generative Adversity: Shapeshifting Pauline/Leopolda in *Tracks* and *Love Medicine*." *American Indian Quarterly* 21.4 (1997): 729–751.

Mitchell, Carol. "A Discussion of Ceremony." *American Indian Quarterly* 5.1 (1979): 63–70.

Oaks, Priscilla. "The First Generation of Native American Novelists."

MELUS, 5. 1 (1978): 57–65.

O' Meara, Bridget. "The Ecological Politics of Leslie Silko's *Almanac of the Dead*." *Wicazo Sa Review* 15.2 (2000): 63–73.

Peña, Devon. "Autonomy, Equity, and Environmental Justice" in David N. Pellow and Robert J. Brulle eds., *Power, Justice, and the Environment: A Critical Appraisal of the Environmental Justice Movement*. Cambridge: MIT Press (2005): 131–152.

Pittman, Barbara L. "Cross-Cultural Reading and Generic Transformations: The Chronotope of the Road in Erdrich's *Love Medicine*." *American Literature* 67.4 (1995): 777–792.

Piper, Karen. "Police Zones: Territory and Identity in Leslie Marmon Silko's *Ceremony*." *American Indian Quarterly* 21.3 (1997): 483–497.

Rainwater, Catherine. "Reading between Worlds: Narrativity in the Fiction of Louise Erdrich." *American Literature* 62.3 (1990): 405–422.

Ramirez, Susan Berry Brill de. "Storytellers and Their Listener-Readers in Silko's 'Storytelling' and 'Storyteller' ." *American Indian Quarterly* 21.3 (1997): 333—357.

Reid, E. Shelley. "The Stories We Tell: Louise Erdrich's Identity Narratives." *MELUS* 25.3/4 (2000): 65–86.

Ricketts, Mac Linscott. "The North American Indian Trickster." *History of Religions* 5.2 (1966): 327–350.

Sanders, Karla. "A Healthy Balance: Religion, Identity, and Community in Louise Erdrich's *Love Medicine*." *MELUS* 23.2 (1998): 129–155.

Scarberry, Susan. J. "Memory as Medicine: The Power of Recollection in *Ceremony*." *American Indian Quarterly* 5.1 (1979): 19–26.

Schweninger, Lee. "Writing Nature: Silko and Native Americans as Nature Writers." *MELUS* 18.2 (1993): 47–60.

Silko, Leslie Marmon & Hirsch, Bernard A. "The Telling Which Continues: Oral Tradition and the Written Word in Leslie Marmon Silko's

Storyteller." *American Indian Quarterly* 12.1（1988）：1–26.

Swan, Edith. "Laguna Symbolic Geography and Silko's *Ceremony*." *American Indian Quarterly* 12.3（1988）：229–249.

— "Healing via the Sunwise Cycle in Silko's *Ceremony*." *American Indian Quarterly* 12.4（1988）：313–328.

Vizenor, Gerald. "Trickster Discourse." *American Indian Quarterly* 14.3 （1990）：277–287.

Warren, Karen J. "The Power and Promise of Ecological Feminism." *Environmental Ethics* 12.2（1990）：125–146.

中文书目：

1. 中文专著：

［美］阿兰·邓迪斯编：《西方神话学读本》，朝戈金译，广西师范大学出版社 2006 年版。

［美］奥尔多·利奥波德：《沙乡年鉴》，侯文蕙译，吉林人民出版社 2000 年版。

［美］彼得·S. 温茨：《环境正义论》，朱丹琼、宋玉波译，世纪出版集团人民出版社 2007 年版。

陈许：《美国西部小说研究》，北京大学出版社 2004 年版。

程锡麟、王晓路：《当代美国小说理论》，外语教学与研究出版社 2001 年版。

［美］戴斯·贾丁斯：《环境伦理学：环境哲学导论》，林官明、杨爱民译，北京大学出版社 2002 年版。

董衡巽：《美国文学简史》，人民文学出版社 2003 年版。

［德］恩斯坦·图根德哈特：《自我中心性与神秘主义：一项人类学研究》，郑辟瑞译，上海译文出版社 2007 年版。

高小刚：《图腾柱下：北美印第安文化漫记》，三联书店 1997 年版。

［德］哈拉尔德·韦尔策编：《社会记忆：历史、回忆、传承》，季斌、

王立君、白锡堃译，北京大学出版社 2007 年版。

[美] 亨利·戴维·梭罗:《瓦尔登湖》，戴欢译，当代世界出版社 2003 年版。

[德] 康德:《康德三大批判合集》(下)，邓晓芒、杨祖陶译，人民出版社 2011 年版。

[法] 克洛德·列维 – 斯特劳斯:《种族与历史 种族与文化》，于秀英译，中国人民大学出版社 2007 年版。

[美] 蕾切尔·卡森:《寂静的春天》，吕瑞兰、李长生译，上海译文出版社 2008 年版。

刘海平、王守仁主编:《新编美国文学史》，张冲主撰第一卷，王守仁主撰第四卷，上海外语教育出版社 2000/2002 年版。

[美] 露易斯·厄德里奇:《爱药》，张廷佺译，译林出版社 2008 年版。

[德] 马丁·海德格尔:《演讲与论文集》，孙周兴译，三联书店 2005 年版。

——《林中路》，上海译文出版社 2007 年版。

[法] 马塞尔·莫斯、昂利·于贝尔:《巫术的一般理论 献祭的性质与功能》，杨渝东、梁永佳、赵丙祥译，广西师范大学出版社 2007 年版。

[英] 迈克·克朗:《文化地理学》，杨淑华、宋慧敏译，南京大学出版社 2005 年版。

乔健:《美洲与亚洲文化的远古关联:印第安人的诵歌》，广西师范大学出版社 2004 年版。

彭兆荣:《文学与仪式:文学人类学的一个文化视野》，北京大学出版社 2004 年版。

[美] R. F. 纳什:《大自然的权利》，杨通进译，青岛出版社 1996 年版。

[法] 让 – 皮埃尔·韦尔南:《神话与政治之间》，余中先译，三联书店 2001 年版。

[以] S. N. 艾森斯塔特:《反思现代性》，旷新年、王爱松译，三联书店 2006 年版。

单德兴:《重建美国文学史》，北京大学出版社 2006 年版。

盛宁:《二十世纪美国文论》，北京大学出版社 1993 年版。

［美］斯科特·莫马迪:《通向阴雨山的道路》，主万译，上海译文出版社 1994 年版。

［美］唐纳德·沃斯特:《自然的经济体系——生态思想史》，侯文蕙译，商务印书馆 2007 年版。

［美］尤金·哈格洛夫:《环境伦理学基础》，杨通进等译，重庆出版社 2007 年版。

［美］约·奈哈特转述:《黑麋鹿如是说——苏族奥格拉拉部落一圣人的生平》，陶良谋译，上海译文出版社 1994 年版。

王诺:《欧美生态批评:生态学研究概论》，学林出版社 2008 年版。

王茜:《生态文化的审美之维》，上海人民出版社 2007 年版。

［美］威廉·福克纳:《熊》，李文俊译，中国和平出版社 2005 年版。

［波］显克微支:《通过大草原》，陈冠商译，中国和平出版社 2005 年版。

［美］詹姆斯·奥康纳:《自然的理由——生态马克思主义研究》，唐正东、臧佩洪译，南京大学出版社 2003 年版。

［英］詹姆斯·拉伍洛克:《盖娅:地球生命的新视野》，肖显静、范祥东译，上海人民出版社 2007 年版。

［古罗马］西塞罗:《西塞罗三论:老年·友谊·责任》，徐奕春译，商务印书馆 2005 年版。

赵敦华:《现代西方哲学新编》，北京大学出版社 2001 年版。

朱振武:《美国小说本土化的多元因素》，上海外语教育出版社 2007 年版。

2. 中文学位论文:

刘玉:《文化对抗——后殖民氛围中的三位美国当代印第安女作家》，厦门大学博士学位论文，2005 年。

童靖:《自我、自然及当代美国印第安自传文学》，西北大学硕士学位论文，2005 年。

张明远:《重建生态和谐:生态批评视角下的西尔科的〈仪式〉》,湘潭大学硕士学位论文,2007年。

邹惠玲:《后殖民理论视角下的美国印第安英语文学研究》,山东大学博士学位论文,2005年。

3. 中文期刊论文:

陈许:《土著人的回归——美国西部印第安人小说中的人物身份探讨》,刊《盐城师范学院学报》2005年第3期,第89—94页。

高琳:《书写当代印第安人生存困境的〈爱之药〉》,刊《当代外国文学》2006年第2期,第161—164页。

郭洋生:《当代美国印第安小说》,刊《西南民族学院学报》1996年第4期,第1—5页。

胡铁生、孙萍:《论美国印第安文学演变历程中的内外因素》,刊《河南师范大学学报》2005年第3期,第130—135页。

刘克东:《〈亚利桑那菲尼克斯意味着什么〉中的"魔法师"形象和口述传统》,刊《外国文学》2007年第6期,第18—24页。

刘玉:《美国印第安女作家波拉·甘·艾伦与后现代主义》、《用神话编织历史——评波拉·甘·艾伦的短篇小说〈指日可待〉》,刊《外国文学》2004年第4期,第3—5页、9—13页。

刘玉:《美国印第安女性文学述评》,刊《当代外国文学》2007年第3期,第92—97页。

邱惠林:《美国原住民的称谓之争》,刊《四川大学学报》2007年第2期,第52—59页。

石平萍:《美国少数族裔生态批评:历史与现状》,刊《当代外国文学》2009年第2期,第26—34页。

砰萍:《美国少数族裔生态批评在中国》,刊《解放军外国语学院学报》2009年第3期,第98—104页。

孙宏:《美国文学对地域之情的关注》,刊《外国文学评论》2001年第4期,第78—84页。

王建平:《解构殖民文化　回归印第安传统——解读路易斯·厄德里奇的小说〈痕迹〉》,刊《东北大学学报》2004年第6期第6卷,第455—457页。

王建平:《后殖民语境下的美国土著文学——路易斯·厄德里奇的〈痕迹〉》,刊《国外文学》2006年第4期,第75—81页。

王建平:《莱斯利·西尔科的〈典仪〉与美国印第安文化身份重构》,刊《东北大学学报》2007年第1期,第86—89页。

王建平:《〈死者年鉴〉:印第安文学中的拜物教话语》,刊《外国文学评论》2007年第2期,第45—54页。

王家湘:《美国文坛上的一支新军——印第安文学》,刊《外国文学》1996年第6期,第23—25页。

王诺:《生态批评:发展与渊源》,刊《文艺研究》2002年第3期,第48—55页。

曾繁仁:《生态美学:后现代语境下崭新的生态存在论美学观》,刊《陕西师范大学学报》2002年第3期,第5—16页。

张贤根:《海德格尔美学思想论纲》,刊《武汉大学学报》2001年第4期,第413—418页。

朱新福:《论早期美国文学中生态描写的目的和意义》,刊《解放军外国语学院学报》2004年第3期,第72—75转第80页。

邹惠玲:《从同化到回归印第安自我——美国印第安英语文学发展趋势初探》,刊《徐州师范大学学报》2001年第4期,第18—21页。

邹惠玲:《典仪——印第安宇宙观的重要载体——印第安传统文化初探》,刊《徐州师范大学学报》2004年第4期,第54—57页。

邹惠玲:《〈绿绿的草,流动的水〉:印第安历史的重构》,刊《外国文学评论》2004年第4期,第40—49页。

邹惠玲:《北美印第安典仪的美学意蕴》,刊《艺术百家》2005年第3期,第95—97页。

邹惠玲:《印第安传统文化初探之二——印第安恶作剧者多层面形象的再解读》,刊《徐州师范大学学报》2005年第6期,第33—37页。

邹惠玲：《19 世纪美国白人文学经典中的印第安形象》，刊《外国文学研究》2006 年第 5 期，第 45—51 页。

邹惠玲：《试论蕴涵于印第安创世传说的印第安传统信仰》，刊《徐州师范大学学报》2007 年第 1 期，第 40—44 页。

后 记

　　最早接触美国土著文学是在 2005 年春天，我在美国匹兹堡州立大学英文系 Dr. De Grave 的文学课堂上，与研究生们一起探讨美国少数族裔文学。第一次读西尔科的《仪式》和威尔奇的《浴血隆冬》，它让我突然在离家如此之远的地方找到了一种强烈的亲近感和似曾相识的感觉。从此我就没有放弃过对美国土著作家的关注，开始收集他们的作品和相关研究文献。2008 年 5 月 12 日四川汶川发生 8 级特大地震，生灵涂炭，满目疮痍，近 9 万条生命的消失对我内心造成了极大的震动。"人应该如何面对自然，如何与自然相处？"在随后的几个月里，当我重读美国土著经典小说时，我被他们顺应自然，谦和、平静地与天地万物相处的态度所感动，从此坚定地选择以当代美国土著小说中凸显的生态思想作为自己的研究重点。2009 年上半年我在香港大学访学期间收集、整理了大量的文献资料，并于 2010 年在美国乔治亚大学美国土著研究中心进行了为期半年的研究、写作，完成了本书的初稿。

　　回想自己这几年的写作过程，身边和远方的无数恩师、同窗、亲人和好友，推动我从最初的好感萌动到写出这厚厚的研究专著，尤其是程锡麟教授多年来的教诲和指导。先生在专业上一丝不苟，为人谦虚宽容，让我真正理解了"学高为师、身正为范"的含义，在指引我走上学术之路的同时，也教会了我如何做人、做事。我还要感谢师母多年来对我慈母般的关爱，当我处于低谷时，她轻轻的几句话总是能让我重拾信心。

　　衷心感谢四川大学石坚、朱徽、袁德成、段峰、王晓路、冯川、冯宪光等师长的传道授业解惑，他们传授的知识和他们的人格魅力让我终身受益。感谢美国乔治亚大学美国土著研究中心主任 Jace Weaver 教授及夫人 Laura Weaver，英文系 Dr. Channette Romero、香港大学美国研究中心前主任 Priscilla Roberts 教授、美国匹兹堡州立大学英文系 Dr. De Grave，他们在我访学期间给了专业上的指导和生活上的关心。感谢上述大学图书馆提供的丰富学术资源。

感谢同窗学友们，每周的相聚、畅谈在我摸索前行的迷茫征途上点亮了莹莹的微光，不断的相互督促、鼓励让我们成为了可以分享忧愁与快乐的挚友。感谢四川师范大学外国语学院的同事，他们在我学习期间给予了极大的理解和支持。感谢所有给予我帮助的老师和朋友。

真诚感谢我的家人，他们不仅给予了我很大的精神支持，还分担了大量的家务劳动，使我可以静心学术与写作。感谢我的爱人江勇和女儿朵朵在我面临研究的压力时给我鼓励，在我因为健康遭受重大打击时一直陪伴呵护我，给我信心和勇气直面一切，使我能坚持下来并顺利完成了本书的写作。

本书的部分内容曾在《国外文学》、《当代文坛》、《四川师范大学学报》、《西南民族大学学报》等刊物上发表，在此谨向编辑同志们献上诚挚的谢意。

特别感谢人民出版社的曹春、邓仁娥老师，她们逐字逐句、一丝不苟的审读、修正，避免了书中的许多错误和不当之处，她们和作者的认真商榷进一步提高了论证的准确性和严谨性；感谢人民出版社参与本书审校的所有编辑同志们，他们在本书的编辑、出版过程中付出了大量的心血和劳动，正是他们烦琐的工作和艰辛的付出才使本书得以顺利出版。

美国土著文学研究是中国美国文学研究大军中的一支后起之秀，国内研究资料的匮乏以及对外直接交流的不足使得这个研究领域具有一定的挑战性，但同时也具有极大的拓展空间。本书作者力求在认真研读的基础上，与国内的研究热点相结合，提出一些个人的见解和观点。由于水平所限，本人在写作中难免有疏漏与不足之处，敬请学界前辈与同道批评指正。

秦苏珏
2013 年 6 月

责任编辑：曹　春
封面设计：木　辛
责任校对：张　红

图书在版编目（CIP）数据

当代美国土著小说中的生态思想研究／秦苏珏　著．
－北京：人民出版社，2013.10
ISBN 978－7－01－012396－7

I.①当…　II.①秦…　III.①小说研究－美国－现代　IV.① I712.074

中国版本图书馆 CIP 数据核字（2013）第 178236 号

当代美国土著小说中的生态思想研究
DANGDAI MEIGUO TUZHU XIAOSHUO ZHONG DE SHENGTAI SIXIANG YANJIU

秦苏珏　著

人民出版社 出版发行
（100706　北京市东城区隆福寺街 99 号）

北京中科印刷有限公司印刷　新华书店经销

2013 年 10 月第 1 版　2013 年 10 月北京第 1 次印刷
开本：710 毫米 ×1000 毫米 1/16　印张：17.75
字数：260 千字

ISBN 978－7－01－012396－7　定价：43.00 元

邮购地址 100706　北京市东城区隆福寺街 99 号

人民东方图书销售中心　电话（010）65250042　65289539